北京文学年度报告文学精选 2017

北京文学月刊社 / 选编

光明日报出版社

前　言

文化读物正处在一个让人欢喜又让人忧的时代。

一方面，互联网时代和文化的多元，让读者置身于琳琅满目、应有尽有的文化大超市中；另一方面，当代社会生存压力日渐加大，生活节奏日益加快，八小时之外的有限时间，读者面临阅读选择的困难。如何在浩如烟海的网络信息和汗牛充栋的纸质图书中寻找到有价值的读物，以节省为数不多的业余时间，已成为读者面临的共同课题。

创刊于1950年的《北京文学》，迄今已走过了一个多甲子的光辉历程。50年代，《北京文学》因发表新编历史剧《海瑞罢官》而引发了全社会的广泛关注。"文革"之后，《北京文学》佳作迭出：汪曾祺的《受戒》和《大淖纪事》、张洁的《爱是不能忘记的》和《从森林来的孩子》、邓友梅的《那五》、陈建功的《丹凤眼》和《飘逝的花头巾》、余华的《现实一种》、刘震云的《单位》、刘恒的《伏羲伏羲》和《贫嘴张大民的幸福生活》等等，均成为广受传播的文学名篇。新世纪以来，《北京文学》锐意改革，本着刊物为读者办、编辑为读者着想的宗旨，贴近生活，关注时代，直面现实，体味人生，不断推出文学的精品力作，作品被转载率和被关注度一直在全国文学期刊中名列前茅，受到了社会各界尤其是广大读者的广泛欢迎。

为了让广大读者在有限的时间里阅读到《北京文学》每年发表的精品力作，领略《北京文学》的神韵与作品精华，我们决定编辑出版《北京文学》年度作品精选系列图书。

这套年度作品精选共四册，荟萃了2017年度《北京文学》发表的中篇小说、短篇小说、报告文学和散文随笔精品。作者阵容强大，既有名声显赫的众多著名作家，也有一批锐气逼人的文学新秀；作品风格各异，题材多样,内容精彩纷呈,一定程度反映了《北京文学》"中国文学的精品阵地,社会焦点的文学视窗"的刊物特征,相信是广大读者值得一读的年度优秀文学选本。

以后,我们每年都将编辑出版类似的优秀作品年选。期待广大读者的关注、阅读,同时也期待广大读者的建设性批评与建议。

北京文学月刊社
2018 年 4 月

目 录

试飞英雄 ………………………… 张子影·001

一个男人的海洋 ………………… 许　晨·046

穿越子午线的日子
　　——国际化学武器核查中的中国专家
　　………………………………… 张仲全·102

直面北京大城市病 ……………… 长　江·138

第三种权力
　　——中国第一个村务监督委员会成立纪实
　　……………………………………… 李　英·205

一个中国公民的航母梦
　　——中国第一艘航母"辽宁舰"的前世今生
　　……………………………………… 李忠效·255

中国创新之问 ………………… 陈　芳　余晓洁·289

试飞英雄

张子影

近年来,随着中国综合实力的迅速增长,中国的军工技术和国防力量突飞猛进,歼-20、东风系列导弹、国产航母等等国之重器的入列或问世,令世人瞩目。本文描写和揭示的是新中国历代新型战机试飞的内幕,让我们跟随作者的笔触,见证中国空军试飞英雄惊心动魄的壮举和叱咤风云的精彩华章。

人类航空史过去了100多年,然而,今天我们在科研试飞中遇到的困难和风险一点都不比100多年前少。

试飞员就如同驯服烈马的驯马员,他们面对的通常是一架对其习性尚无所知的全新战机,而他们的工作,就是在实际驾驶中探索战机的品质和性能,敏锐地感知其机动能力和驾驶感,熟悉其武器系统和操控环节,然后帮助设计者和工程师完成对战机的改进、调试直至最后定型。

中国试飞研究院总工程师周自全说过这样一句话:好飞机是飞出来的,是试飞出来的。没有试飞员,就没有中国航空工业的发展。

试飞员,就是中国航空的速度和高度。

【专业链接】音障

音障,是指飞行器速度接近音速时,会追上自己发出的声波造成震波,进而对加速产生障碍的现象。进入超音速后,航空器前端会产生一股圆锥形的音锥,在旁观者听来有如爆炸一般,称为音爆或声爆。

飞行速度达到音速的十分之九,即马赫数M0.9空中时速约950公里时,局部气流的速度可能就达到音速,产生局部激波,使气动阻力剧增。要进一步提高速度,就需要发动机有更大的推力。激波使流经机翼和机身表面的气流,变得紊乱,使飞机剧烈抖动,操纵困难。同时,机翼会下沉、机头往下栽;如果这时飞机正在爬升,机身会突然自动上仰,可能导致飞机坠毁。这就是"音障"问题。

第一章　在最危险的时候保住最重要的东西

"谁能把风险变成机遇,谁就是成功者。"

那天刮的是北风,而一年中这个季节常常是刮南风。随着咯噔咯噔的机轮声,飞机滑行在周围有些像得克萨斯州田园风光的机场滑行道上。我仍记得,在准备起飞时,发动机暖机时散发出的滑油味,以及空气中弥漫的机场草地剪割后鲜草的味道飘进了驾驶舱。

我一生当中也有过为数不多难以忘怀的飞行经历,当时的经历引发的五味俱全的各种感慨,及随后的浮想联翩一直萦绕在我的心头。

这次是在2009年1月寒冷的一天,我降落在纽约的哈得逊河上。

英俊而儒雅的萨伦伯格用了这种北美文学式近乎煽情似的传述,做了他原本主题宏大、立意艰深的《最高职责》一书的开头。

我们每个人的一生都会遇到决定自己命运的关键时刻,对于全美航空公司1549航班的机长切斯利·萨伦伯格来说,这个最重要的时刻就是2009年1月5日下午15时27分,当时他驾驶的飞机从拉瓜迪亚机场起飞约两分钟,在他的眼前突然出现了一群排列成"V"字形的鸟群。萨伦伯格事后在回忆这个惊恐瞬间的时候说,当时的恐怖情形让他想起了希区柯克的影片《群鸟》——那是一部表现鸟群疯狂地啄食驻岛居民的惊悚电影。

萨伦伯格只来得及看到一些黑压压的东西撞向飞机座舱头部,飞机的前风挡玻璃就已顷刻间被鸟的尸体糊满了!彼时飞机刚刚起飞,正加力呼啸着高速冲向天空。紧接着,飞机发动机高速旋转所产生的巨大气流将飞鸟吸入发动机的心脏中,骤然间飞机上的两台发动机全部停车。

飞机为美利坚合众国航空公司空中客车A320,航班号1549,原定从纽约长岛拉瓜迪亚机场飞往北卡罗来纳州夏洛特。

撞上飞机的这种鸟叫黑颈黑雁,每只重量在3至8公斤,鸟的翅膀全部伸开后有1.8米,平均飞翔速度每小时达80公里。在起飞阶段遭遇空中双发停车,这位年龄58岁、有着42年飞行经历、在空中飞行了19700多小时的机长,经历着他飞行生涯最严峻的生死考验。

出生于得克萨斯州丹尼森的切斯利·萨伦伯格是全美航空公司资深飞行员和安全专家,曾任飞行教员、航空公司飞行员协会安全主席及事故调查员。在美国空军学院毕业时获得优秀空军士兵学员奖,拥有双硕士学位。

之后的事情全世界都知道了,萨伦伯格机长依靠他笃诚的专业精神,顽强的自我意志,坚定的人生信念和高超的飞行技术,将这架负伤的空客A320,平安地降落在哈德逊河面上,机上155名乘客和机组人员全部幸免于难。这一出色表现令他迅速成为全美媒体交口称赞的英雄。当选总统奥巴马专门从费城打电话给萨伦伯格,在5分钟的通话中称赞他表现"英勇""漂亮"。每个人都为他的出色表现感到骄傲。

丁玉清一直咳嗽着,这使他的叙述变得断续和困难,这位飞行大队的政委身材修长,语调从容,如果不是长期在机场露天工作,脸上留下了块块太阳斑,他应该算是比较英俊的。

刚过40岁的试飞部队政委丁玉清不知道自己从何时起患上这个令他不爽的咳症,他有两样东西永不离手,一是工作笔记本,另一个就是一只大容量茶杯,在相当长一段时间内,这只茶杯里装了各式各样千奇百怪颜色味道令人匪夷所思的不同药水,从总部大医院到民间小郎中,他至少让30名以上的医生看过他那不争气的喉咙。每位医生看后都煞有介事地提出一堆建议和结论,再开出一堆药方,于是他的办公室常年飘着一种奇怪的味道。他的太太每天早晚将煎煮好的药水装在保温桶里送来,再灌进他的大水杯。但在差不多三年的时间里,我每次见到他,都不得不关上录音笔。他的咳疾一如既往没有任何好转。

除非休假,去气候干燥的北方,一个月内禁烟、禁茶、禁说话。有医生这样说。

烟和茶是早就禁了,一个月?我怎么有时间丢下大队自己去休假一个月?

还有,禁止说话是不可能的。一个试飞部队的政委一天要说多少话,不在试飞部队干的人,不可能明白。

丁玉清拍拍他的笔记本说,说吧,想问什么,我这里面都有。

事实上,在采访中,关于本大队飞行员的任何话题,丁玉清都不需要翻本子,他能纤毫不差地记忆起很多往事的细节,并且娓娓道来:

> 一名飞行员一生当中会经历成千上万次的起飞着陆,其中绝大多数犹如过眼云烟,但总会有那么一两次特殊的飞行令飞行员面临挑战,给他以经验,或者让他改变,从而使他对这次飞行的分分秒秒永生难忘。
>
> 对于试飞员梁万俊来说,虽然那一次的飞行只持续了短短的4分多钟,但所有的细节如画面般仍然在他的脑海中清晰而鲜活地闪动。

2004年7月1日,西南某机场。雨过天霁,碧空如洗。

指挥所里,一系列的指示声传来:

1号(指挥员):×××开车。

×××(梁万俊):开车明白。

×××:×××工作好请求滑出。

1号:检查好,可以滑出。

×××：训练状态，工作好，加力起飞。

1号：可以加力起飞。

13时40分13时09分，一发绿色信号弹腾空而起，梁万俊驾驶着某型国产科研样机直冲九霄。

这是一次新机的定型试飞，梁万俊驾驶的，是一架多用途科研样机，价值上亿元。

1.2万米高空。

梁万俊刚做完一个预定动作，突然发现，座舱面上油泵指示灯闪烁。紧接着，油量表指针开始下跌。

他向塔台报告了现象：供油箱油量输油比较快。地面的监控也随即发现，油泵灯亮得偏早。

正在塔台休息的雷强听到监控说耗油大，立刻过来，拿过指挥员话筒问：油量多少？

监控回答了。雷强一听就明白，与标准有差距。

塔台上，雷强和另外一名指挥员手握着话筒，紧张地分析着。

发动机漏油，仅仅两分钟，油量表指针就指向了"0"刻度。没有了油，发动机就完全失去动力。

这是一级空中特情！

指挥所内的空气凝结到了冰点。

按照空军相关条例规定：此时梁万俊可以视情作出不同选择——跳伞或迫降。

如果说，飞行员是国家用金子堆出来的，那么，一名成熟优秀的试飞员是无法用钱来衡量的，他们的经验和技术，他们对新机的了解和判断，就是用再多的金子也堆不出来。

但梁万俊和雷强都明白，面对如此险情，跳伞无可指责，以现在飞机的高度和状态，放弃飞机跳伞，只需0.01秒，生命可以完全得以保全。

但是，凝聚科研人员无数心血的战鹰就会坠毁，不仅故障原因难以准确查找，新机型的推进也可能因缺乏依据而延宕……

没有任何犹豫,梁万俊便作出抉择:我要滑回去,尽一切可能把样机保住!

在一般人的眼里,如果不是穿着那身特制的飞行员服,相貌清瘦谦和的特级试飞员、空军某部部队长梁万俊怎么看都像个邻家儒雅的教书先生。长这么大,他从来不是冒尖挑头的角色。当年招飞体检的时候,全年级大多数男生都去了,他却只是在旁边看热闹,武装部长从旁边经过,说了句:"这个小伙子也可以嘛。"结果,还真就这么被选中了。

梁万俊是四川广汉人。

广汉有个民航飞行学院,他的两个高年级的中学学友在那里学飞行,梁万俊去过几次,所以梁万俊对飞机并不陌生,但是,他从来没有想过自己会当上飞行员,而且,后来又做了试飞员。

高中毕业时空军有人来学校招飞,校领导和老师召集了一车的学生们去体检,体格瘦削的梁万俊自然不在其中,他看着同学们一个个兴奋不已地呼呼啦啦地上了车,想想自己也没什么事干,就一路小跑跟着车去看热闹。

脚丫子当然没有车轮子快,等他连走带跑地进到了武装部大院的时候,正看见同学们又在上车,原来目测已经结束,被淘汰的同学们正在返回。一车的学生怎么来的,再怎么回去。只有三两个留下来,参加明天的体检。

上了车的同学们明显都不再像来时那样兴致勃勃,梁万俊看见了,也不好打招呼。跑了挺远的路还没有看上热闹,梁万俊有点沮丧。

命运的阿拉丁神灯就是这个时候闪亮的。负责组织招飞工作的武装部部长从屋里出来送同学们,看着车下站着的稀稀拉拉几个学生,一眼就看到了安静地站在一旁的梁万俊。

武装部长是军人出身,眼光不同旁人。他又瞄了一眼后,对工作人员说:"这个小伙子也可以嘛,让他明天来参加体检。"

于是,一个工作人员就对梁万俊交代了注意事项,时间,要求明早空腹。

喜出望外的梁万俊一路小跑回去。

一进门,母亲就说:"下了学这么久了你这娃儿跑哪里去了?去把红薯洗了,明天早上煮稀饭。"母亲虽然带着埋怨,但声音仍然温和。

梁万俊兴奋地说:"部队来招飞行员,我被选中去体检,明天早上不吃饭了。"

"哦——"母亲答应得平平静静,脸上还是风平浪静的。母亲说:"去把红薯洗了,再把皮削了。"

那一年招飞,广汉一共有 5 人被录取,梁万俊是其中之一。离开家的那天,父亲取下大儿子手上的表,郑重地戴在小儿子手上。那是一块旧的"上海"表,也是全家唯一的一块表。

母亲的脸上照旧没有看到大的激动,将儿子送出门的时候,她长久地站在门口,不断地轻轻地挥手,直到儿子走得看不见了。

从那时起直到今天,这块表梁万俊一直珍藏着。时常拿出来看看,上上弦,贴到耳边听听它清脆熟悉的走动声。看到表,就仿佛看到母亲温和平静的面容。

后来,梁万俊终于得知了武装部长的姓名,并且在一次探家时专门去看望他。武装部长已经退休,他完全不记得面前这个小伙子了。看着面前这位玉树临风般的年轻飞行员,老部长说:试飞这个职业很有风险的,你后悔吗?

梁万俊说:有风险,更有挑战。当试飞员是我一生最正确的选择。

1998 年,拥有丰富飞行经验的梁万俊,从某飞行团副团长的岗位上来到试飞部队。

飞行是高难度职业,试飞更是难中之难。飞行试验涉及飞行力学、空气动力学、航空发动机、自动控制、航空电子等多个学科专业。一名普通飞行员要成为试飞员,必须经历 4~5 年的锤炼。他刻苦钻研军事科技和航空技术理论,搜集整理了上百万字的航空资料、上千张飞机结构图片,有数篇文章在国内外航空杂志发表,成为熟练驾驶 6 种机型的高素质试飞员。

试飞员被称为"悬崖边的舞者"。多年的试飞生涯中,他先后遇到惯导故障、航电故障、供氧故障等险情数十次,都以过硬的心理素质和精湛的飞行技术化险为夷。

梁万俊所在的试飞部队是一个英雄辈出的群体,承担着我国自行研制的新型战机科研试飞重任,曾有多名试飞员壮烈牺牲。梁万俊向老一辈试飞员看齐,每次执行高难度高风险试飞、参加飞行表演等重大任务都主动请缨,迎难而上。几年来,他圆满完成了国产最新型战机火控系统定型、某型系列战机鉴定、国产某新机首飞等数十项重大科研试飞任务,先后荣立二等功2次、三等功4次。

在中国空军的飞行员队伍中,像梁万俊这样的人比比皆是,职业特点及工作性质的要求,他们虽然担负着现代人类社会中最具挑战最崇高的工作,却又都是默默无闻的。如果不是那一次惊天之举,梁万俊的名字像大多数中国空军试飞员一样,并不被人知晓。

成年后的梁万俊很好地秉承了母亲沉稳内敛的性格,按照妻子王文敏的话说,"他性格沉稳,心理素质好,反应灵敏,应变能力强,善于控制自己的情绪,很少见到他大喜大悲,别人十分激动的事,他往往只是一笑而过。"

正是因为他的这种良好的心理品质,才使他在试飞时始终保持沉着冷静,这也是促使他成为一名优秀试飞员的重要保证。

现在我们回到梁万俊发生特情那天的现场。

几秒钟前梁万俊向指挥员报告,他要把飞机带回去。

但是,飞机的高度在下降,机上的梁万俊和地面监控都看到,油量表的指示在异常迅速地下降,但油却输不到供油箱。情况越来越严重。

雷强迅速查看着各种监控数据,人们在他拧紧的眉头上看到了步步临近的危机。同在塔台的研究所的老总眼里含着泪,声音颤抖地说:雷头,跳伞吧——他哽咽着没有说出下半句。

雷强的眼睛血红,一向脾气刚烈的他声音很大地吼了一声:听我的!

巨大的飞机向机场上空逼近。机场上,所有应急车辆全部到位,所有人的心都悬到了嗓子眼儿。指挥塔台里静得让人窒息,只听见指挥员下达指令的声音:"保持好飞机状态,控制高度、速度,作好迫降准备。"

失去动力控制的飞机在下一秒会发生什么问题,没有人能够预测得到。

梁万俊心里很明白,要想将飞机空滑回去,必须准确地通过高度来换取速度,用势能来换取动能。但这一切必须十分精准,百分百准确,正常的飞机降落,可以修正方向和速度,实在不行,还可以拉起来复飞。但此刻,失去动力的飞机没有可控余地,稍有差池,没有任何挽回的可能。

飞机滑到机场1400米上空。

蓝蓝的天空,隐隐传来一阵空气的撕裂声。转瞬,一架失去动力的战机蓦然闯来!

霎时,机场上,塔台里,数百人仰头瞩望,一双双眼睛焦灼地盯住飞机!

在所有人心跳如鼓的当儿,雷强的声音听上去还是那么正常:保持好状态——

梁万俊冷静沉着地调整飞机的状态,在指挥员的指挥下,小心地修正速度和高度偏差,为迫降争取每一秒的时间。

雷强:可以下降高度了,放起落架。

梁万俊下降高度,放起落架。

雷强:起落架好的。对正——

梁万俊对正跑道。

再对正一点,左翼……

近了,更近了……转眼间,梁万俊驾驶的战机俯冲直下。下落航线与跑道呈70度夹角,但此时飞机的速度在400公里/小时左右,远远大于正常值,大速度落地,飞机冲力过大,但凡操作上有丁点失误,飞机就可能冲出跑道,翻滚坠毁。

地面上,飞机设计师、生产人员、试飞指挥员、地面保障人员一齐屏住了呼吸。

13时44分,战鹰陡然降落,在进跑道450米处接地,接近跑道的一刹那,机头一昂,"哧!"轮胎下飞出两股白烟。

"放伞!"雷强及时喊话,声音加大。

他的话音未落,一朵伞花在飞机尾部猛然绽开。然而,飞机冲势只是略减,依然朝跑道尽头狂奔。

"拉应急!"雷强的指令一连串跟上。

"刹爆!"一阵刺耳的尖啸,轮毂在水泥跑道激起两条刺眼的火龙!巨大的速度下,一侧轮胎爆破。

500米、800米、1000米……飞机一气冲出1700米,在距离跑道尽头300米处戛然停住。跑道上,留下两道464米的黑色擦痕。

好着呢——这次,梁万俊从"雷头"简单的一句话里听到赞许。

"成功了!""成功了——"闻讯而来的人们欢呼着从各个角度向机场冲去。

梁万俊走下座舱,飞机总设计师与他紧紧拥抱,激动地说:"你创造了世界航空史上的奇迹!"

试飞员为什么拒绝跳伞?丁玉清说,只要有一线希望,他们就绝不放弃。

苏-27的设计师对该型飞机有两个判断:一是认为这种飞机不可能进入尾旋;二是认为一旦进入尾旋就改不出来,只有弃机跳伞。但是曾经有一次,一架苏-27在西伯利亚上空进入尾旋,飞行员跳伞后,这架没有飞行员的飞机居然自己改出了尾旋,直到耗尽燃油才坠毁。说到大名鼎鼎的"眼镜蛇机动",本来也是一次非常危险的尾旋先兆,最终能成为一种震惊世界的特技动作,是普加乔夫的意外发现。这一次,梁万俊这惊天一落不是一次普通的降落。空中战机燃油完全漏光,发动机停车,距机场20多公里空滑迫降成功,这在国内外航空史上罕见,为试飞员处理类似险情创造了成功先例,将成为罕见的事例进入飞行教材。飞机成功返回,不仅挽救了价值上亿元的科研样机,更飞出了新机优异的空滑性能。如果梁万俊和雷强当时不坚持,一切都化为乌有。

梁万俊成功处置国产某新型科研样机重大特情,荣立了一等功,军委首长称赞他是"思想、技术双过硬的优秀试飞员"。

特情发生后,空情处置时的录音,后来作为特情分析播放。在对梁万俊作事迹采访时,有关方面把这段现场原始录音向所有媒体公开了。这使得许多行外人能够第一次真切感受到什么叫作处置,什么叫作心理品质。我是在控制室听到的原声带,比起翻录的录音,更多了许多丰富细节——连现场的呼吸声都听得见。

录音的文字如下:

×××(梁):现在(高度)场高4800。

1号(指挥员):能不能看见机场?

×××:可以。

1号:按迫降航线做。

1号:到3转弯位置,高度保持2500。

×××:明白了。

1号:保持好下降速度420。

×××:现在速度410。

1号:对的,保持好。把油泵的电门关闭一次再打开。

×××:现在发电机故障。

2号:主交发报故。

1号:保持好速度,保持好高度,保持好下降率,距离不要远,位置不要超过3转弯。

1号:检查一下电源电门是不是都在打开的位置。

×××:都是打开的。

1号:明白了,你可以把交发关一次再打开。

×××:好的,我把直发关一下。

1号(雷):可以,把直发关了打开以后可以把交发关一下。注意检查液压,检查应急泵电门是不是打开的。

×××:打开的。

1号(雷):尽量少动驾驶杆,注意用应急放起落架。

×××:明白。

1号(雷):注意检查液压,放起落架的时候驾驶杆不要动,你电源出故障了,电压不够。

×××:不行了,已经停车了。

1号:正常放起落架,赶快把起落架放下来。你现在高度?

×××:高度1800。

×××:距离11公里。

1号:可以稍下降点高度。

×××:我再向里面转一点再说。

1号:好的,我看到你了,稍向里面转一点。

×××:我现在速度380。

1号:速度不要再小了。可以转,可以下降,保持速度400,你进场没问题。

×××:明白。

1号:保持好速度,看到跑道转,很好,没问题。带住,柔和,柔和,好,放伞! 好,伞好了,不行用应急——

1号:拉一把应急。

1号:保持好方向。

1号:注意方向,轮胎爆了。注意保持直线——保持直线。

×××:好了,停下了。

1号:把所有的电门都关了。

×××:明白了。

从头到尾,梁万俊的语气平平静静,话筒里的声音高低大小几乎完全没有变化,一般情况下人在紧张的时候呼吸会急促。指挥员们都听到过从话筒传来的呼呼的喘气声。但梁万俊没有。

一声也没有。我有点不相信地把录音音量调到最大,我甚至捕捉到了雷强身边雷达波扫描屏幕的吱吱声,也没有听到梁万俊任何的喘息声。

当初,同我一样惊诧不已的记者们见到神情淡然的梁万俊,有了如下的对话:

记者:试飞样机价值上亿元,出现险情精神压力可想而知。可是我们反复听当天你和地面指挥员的对话录音,好像跟平时没有什么区别,为什么?

梁万俊(微笑着):给你们讲个小故事吧——我儿子刚出生才几个月时,我抱着他下楼梯。可能是刚当爸爸太高兴了吧,不知怎么我一脚踩空,和孩子一起从楼梯上滚了下去。那一瞬间,我心里一惊,下意识地把孩子紧紧地抱在胸前,然后收腹、低头,顺势一滚……结果,孩子一点事也没有,还在我怀里睡着。我胳膊、膝盖都摔破了,血肉模糊,把我爱人和岳母吓得够呛。事后我和她们开玩笑说,作为试飞员,关键时候就要"保住最重要的东西"。用这个小例子说明你的问题,试飞员在关键时候肯定什么也来不及想。你如果非要问我这个时候想什么,那就是这句话——"保住最重要的东西"。

记者:你所说的"最重要的东西"在试飞中是指什么?

梁万俊:一架科研样机是无数科研人员心血和智慧的结晶,是中国几代航空人的梦想,一旦被我在试飞中摔了,摔得面目全非、七零八落,要准确分析事故原因就很难。如果分析不准,就容易忽略真正的问题,投产装备部队就不知要出现多少危险。到那时候再来改进,代价就难以估量。退一步讲,就算你安全飞回来了,但是由于你惊慌失措,应该取得的试飞数据没有拿到,一个起落十几万元的科研保障经费就损失了。所以我理解,试飞员要把成功地、完整地带回试飞数据当成"最重要的东西",关键时候要像抱着自己的孩子一样"保得住"!我上天之前,飞行高度有两个选择,一个是1.2万米,一个是1.1万米。当时我征求大队长雷强的意见。他考虑了一下说飞1.2万米。他这个选择实际上为我在出现特情的时候赢得了1000米的高度,这样我才有足够的高度空滑回来。

记者:你成功处理发动机空中停车特情,从20多公里外空滑着陆,无意中证明这种战机具有较好的滑翔能力。这不仅让设计师感到意外,也给战友们日后处理类似特情增添了信心。可是,这毕竟是你冒着巨大风险得来的。你怎样看待冒险和成功的关系?

梁万俊:你的提问让我想起我们试飞员的一位同行——俄罗斯的试飞

员普加乔夫。他有一次试飞苏-28,飞机出现了大仰角失速。按理说,这个时候他如果把飞机扔了跳伞也是无可非议的。但是,他没有放弃,而是在大家都认为不可能挽回的情况下把飞机改成了平飞。这个动作就是大名鼎鼎的"眼镜蛇机动"。所以说,这个特技动作的诞生就来源于一次极其危险的特情。普加乔夫了不起,就在于他不仅战胜了风险,而且证实了苏-28卓越的机动性能。可见,作为试飞员,要把飞机的潜力挖掘出来,风险是不可避免的。

我不止一次亲眼目睹身边的战友牺牲。当年被烧焦的那片土地现在又是绿油油的一片。可是我常常觉得,战友的眼睛在看着我……

据说,当年萨伦伯格在确认所有乘客均已脱险后,最后一个走出机舱走上救生艇,上得岸来,抽完一支雪茄后他给妻子打了个电话,说:"亲爱的,刚才发生了一起事故。"

梁万俊惊天一落架机返回,落地后只是像平常飞行回来一样给妻子打了个电话,说:"飞机没油了。发动机停了。我飞回来了。今天飞完了。"他语气平静得像什么也没有发生过,直到三个月以后,荣立一等功的梁万俊被各种媒体包围采访,有不少记者提出要采访"站在他背后的女人"时,妻子王文敏才知道。

王文敏是成都一家医院的护士长。苗条修长的身材,开朗活泼的性格,与沉稳安静的梁万俊站在一起,怎么看都是有趣。在试飞部队,这一对是人人皆知的恩爱夫妻,两人只要有空就总是出双入对,王文敏永远在不停地说话,而梁万俊是一副成竹在胸任尔东南西北风的姿态。

王文敏曾经在我面前说,以前他挺会说的啊?我有时候问他怎么你老不说话?他说好听的都在结婚前对你说完了。实在问急了,他居然说:要不,我给你念一段小说吧!

他们相识是文敏姐姐帮的忙,姐姐和梁万俊的姐姐两个人是好朋友。经过她俩的共同谋划,当年还是小王的文敏姑娘和还是小梁的梁万俊认识了。小王姑娘是文艺型女青年,还有些小资情调,医院又是男小资美小护们最集中的地方,有个翱翔蓝天的飞行员男友,说不出的神气和带劲——

何况还是那么有文采的,文武双全了。

那时,文敏在成都,小梁在云南,两人大部分时间是靠书信往来。小梁虽然嘴上功夫不行,可文笔不错,字也漂亮。在信纸上没少说好听的话,这样就把小王姑娘给吸引了。

一来二去的通信——另外再加上通BB机短信——等到准备谈论婚嫁的时候,文敏提出,不能两地分居,小梁同志很轻松地回答说:结婚后转业就可以回成都。小王大喜,本来嘛,成都当时有两家大的航空公司,也早就盯上了技术出众的梁万俊。但结婚后,当小王再一次提出转业的事时,小梁同志只是呵呵一笑(那时候已经不用BB机而是打电话了):"我们部队不让我转业。再说,你不是因为我是飞行员才喜欢我的吗?"

这是文敏记忆中老梁唯一的一次"耍滑头"。

"梁副大队长现在这么成功,你会不会有危机感?"我逗文敏。

"现在还没有。"文敏笑了,而后她又很感慨地说,"我们真是糟糠夫妻,从最困难的时候手牵手走过来的。你别看老梁话不多,但他要是对你好,就一门心思的,从心里心疼人。"

文敏刚怀孕时,有一天,收到一封厚厚的信,打开一看,全是老梁利用业余时间一笔一画抄下来的孕育指南。孕妇应该注意什么?哪些东西能吃?如何调节心情?孩子尿布要叠多大?怎么抱新生儿?不仅有文字,旁边居然还画着图解示范,铅笔勾画的大人、小人生动可爱。这件事被文敏反反复复夸了好多年。

那天晚上,文敏失眠了,她睁着大眼睛一眨一眨地想心事。夜深了,她突然对丈夫说:"我特别巴望我快点老快点老——"

梁万俊很奇怪:"人家都盼着永葆青春,你怎么还盼老?"

她说:"你比我大,我老了你肯定也老了,你一老就能退休了。你退休我就彻底踏实了。"

梁万俊沉默了片刻,他当然知道,做飞行员的妻子对丈夫的特殊担忧。看上去乐天派一样的妻子,内心也深深藏着同样的牵挂。

"傻呀你呀——"他轻轻地说,"不能这么想,在一起的每一天,我们都要快快乐乐的。"

2005年2月,万众瞩目的"2004年感动中国十大人物"颁奖仪式在北京中央电视台隆重举行。全中国数亿人目睹了这一天的颁奖直播。演播大厅,当主持人念到梁万俊的名字时,一个身穿飞行服的年轻清瘦的人走向前台,他神情安详,脸上一缕微笑仿佛清风。

主持人深厚情意的声音在偌大的大厅回响,这段堪称经典的授奖词多年之后仍然被人们反复提起:

> 鹰是天空中最娴熟的飞行家,但是他却有比鹰还要优秀的飞行技能。
>
> 万米高空之上,数险并发之际,他从容镇静,瞬间的选择注定了这次飞行像彩虹一样辉煌。生死8分钟,惊天一落,他创造了奇迹。
>
> 为你骄傲!
>
> 中国军人,钢铁是这样炼成的。

试飞事业不会因为风险而停滞,总是在风险中前进、在失败中崛起。谁能把风险变成机遇,谁就是成功者。

梁万俊题字:

你必须每时每刻做好,并且尽量做对,因为你不知道生命中的哪一个时刻,会成为对你一生的评价。

【专业链接】飞机发动机顺桨

> 飞机发动机顺桨是指在发动机空中停车后,把飞机的桨叶转到与飞行方向接近平行状态的操纵动作。此时桨叶顺着气流的方向使螺旋桨自转,减小飞行的阻力。

第二章 两个亿的屁股

试飞员们屁股下面坐着的飞机,随便拎出来一架,至少都价值一两个亿

进入21世纪以来,中国空军遴选出的第一批试飞员是在2006年,通过部队推荐的方式,从全军近300名报名的现役飞行员中选拔,有12人进入候选名单,这12人中,最后只有8人成为正式试飞员,可谓优中选优。

空军某试飞部队政委邹仲春介绍说,战斗机试飞员需要面临的挑战主要有三——一个是专业理论,包括航空和试飞理论;第二个是飞行技术,尤其是风险科目试飞当中的对飞行技术的一些要求;第三个是身体、心理素质,心理素质是正确处置空中险情的最基本的素质。

随着国防航空工业的飞速发展,越来越多越来越尖端的型号飞机频频问世,同一型号的飞机也在通过不断的研究和实战过程中出现改进型。增强型、定型后的飞机的每一次改变依然需要重新鉴定试飞。最新的高精尖航空武器都出自试飞员之手。试飞员们屁股下面坐着的飞机,随便拎出来一架,至少都价值一两个亿。所以试飞员们常常开玩笑地说:我们的屁股值两个亿。

只有最优秀的飞行员,才能有这样的幸运。这是骄傲、自豪,更是使命和光荣。

【专业链接】空警2000预警机

空警2000预警机,中文编号 KJ-2000,英文缩写:E-2000,是中国自行研制并正式列装中国空军的大型空中早期预警控制平台,搭载远程相控阵雷达(PhasedArrayRadar),采用伊尔-76大型运输机作为载机,2009年10月1日建国60周年大阅兵,空警-2000公开露面。该型飞机主要用于探测速度较高的空中或海上目标,扩充侦察能力,加强对电子情报、电磁情报、无线电情报收集,提高作战效能60%以上。

如果把空警-2000型飞机的风险科目试飞的过程记录下来,不需要加工,就会是一部惊心动魄的悬疑剧。这句话,是空警-2000型飞机试飞小组的试飞总师说的。

试飞小组成员们说的是:我们是一步一步拼过来的。

不要错误地理解这个"拼"字,试飞的"拼",与普通意义上的对峙较量完全不可同日而语——试飞的道路上有太多的未知因素,必须时刻保持如临深渊、如履薄冰的警觉,随时要与风险共伍,与死神对垒。

试飞是科学,是比一般意义上的科学更严谨更精确的系统工程,仅有信仰和勇气,是完全不够的。

2008年元旦前最后一个飞行日。早晨出来的时候,所有男人的老婆几乎都交代了同一句话:今天飞完了早点回来。回家吃饭。

对于试飞员们的家属来说,能全家人一起吃餐饭,是件很难得很珍稀,因而很重要的事情。

起飞线上,联合试飞机组在完成起飞前的最后检查后,向指挥员报告。随着一声令下,驾驶员打开加力,加大油门,空警X飞机发出巨大的轰鸣开始滑跑。

当天要飞的科目是"地面最小操纵速度"。要求试飞员在试飞中要关闭飞机关键的右翼主发动机,以检验在这种人为制造的极端状态下飞机的性能。在飞行计划表里,它的等级标记是一类风险。

飞机滑动了,迅速加速。发动机喷口喷出的巨大尾气令整个机场的空气都在震动。

在滑跑加速过程中,突然,仿佛一个趔趄,飞机突然产生了剧烈的偏转角,忽地向右侧跑道外的草地冲去。左座驾驶员此时正手把着驾驶盘,脚蹬左舵,没有操纵飞机改变状态的能力,眼看着飞机以巨大的速度向前偏离——

在此千钧一发之际,右驾驶刘学岩伸手准确地将舵控电门迅速扳到脚控位置,瞬间,飞机得到了响应,说时迟那时快,机头"唰"的一下向左转去,在跑道上留下了一个半圆形的轮迹。随后,两名试飞员通力合作,将飞机控制住。

事后,媒体在形容刘学岩完成这个动作的快速性上,全都用上了"以子弹出膛般的速度"这几个字。

的确经典。

事后,在现场,人们看到,飞机离跑道边线的距离不足半米。这意味着,如果刘学岩的反应晚上0.01秒,飞机肯定就会冲出跑道了。

现场能同时观察到飞机发生这次严重险情的还有试飞院的GDAS(地面实时监控系统),由于时间太短,除了机上的两位试飞员,其他人根本就不知道飞机险些就回不来了。

机场还是一如既往的平静,他们走下飞机回到战友堆里时,还像平时一样与大家有说有笑。

但是那天回家的团圆饭是吃不成了。随即召开分析会,技术人员将判读出来的参数呈现在大家面前的时候,人人都向他们投去赞许的目光。

重大险情化险为夷,激动之余,来不及庆祝,试飞总师朱增科在问题分析会上提出要求:"现在必须中断风险试飞,立即着手清查问题。"

那个元旦没人休息,来自全国的专家云集基地,就出现的问题进行了集中分析研究。随后,组成了攻关组,当然,最终他们找到了问题的所在,并有效解决了问题。

但是新年早已悄悄地溜走了,等他们终于可以轻松地走出试验室,发现树叶全绿了,春天来了。

这个忙碌的冬季里刘学岩还有一本"难念的经"。原来,他90岁的母亲刚做完手术,他的爱人也患有严重的心脏病,这样,一个有病的老母亲只能由一个有病的妻子照顾。无奈中的无奈,他只能请保姆看护。

好事的确多磨,在此之前,空警-2000型机的试飞曾数次出现状况。

2006年12月15日,试飞员张海担任机长的机组执行飞机进行雷达正常方式试飞任务。

10:08，飞机从 D 机场起飞。

12:55，机组接到指挥员"浩海"的指令：

"飞机直接返航。"

张海驾驶飞机转向，同时通知机上科研人员关闭雷达，停止试验任务。此时，距机场尚有 360 公里，飞行时间约为 6 分钟。

但是，13:01，机组接到降落机场的指令，因为空域气候原因，D 机场无法降落，又要求他们"备降 Y 机场"。

他们再次调整航向，转角 110 度，雷达指示，此时他们距离 Y 机场还需大约 5 分钟。

三分钟后 13:04，他们临近 Y 机场，再次接到指令："紧急备降 Z 机场！"

原来，连续转场是因为天气原因，之前他们要求备降的两个机场都因大风先后关闭。

此时，飞机高度 9000 米，距 Z 机场 215 公里。飞机油量有限，这是他们可能备降的最后一个机场了。

但很快，机组又接到 Z 机场的通知："本场有大风，30 分钟后机场关闭。"

"我 20 分钟内到本场。"张海机组回答。

"本场跑道厚度只有 0.16 米。"Z 机场塔台通报机场跑道情况。

"我可以在草地机场着陆。"机组回答。

Z 机场的降落条件立刻报了过来：场压 640，风向 280 度，风速 8～10 米/秒。

这个落地风速偏大。张海机组迅速确定着陆方法，决定采取应急程序。由机长张海操纵飞机，飞行员对外与指挥所、机场保持联系，领航员利用 GPS 领航确定加入航线方法及着陆方法，空中机械师检查油量，兼顾飞机状态，一切应急工作分工明确、有条不紊！

"油量告警！"突然，告警红色信号灯闪烁，显示飞机余油数只有 8 吨；

"电子航图周边键工作不正常，无法正常输入航线！"

"机场编码错误,无法调用机场数据!"

一连串意想不到的特情瞬间井喷式凸显。

"按照无线电罗盘飞向备降机场!"张海果断下令。

13:25,飞机在机组密切配合下,一次着陆成功,由于跑道长度限制,着陆后张海迅速启动四发反推,飞机安全滑回停机坪。

回想这次"多灾多难"险情频仍的飞行,机组全体人员没有一个人慌乱,在最危险的时候,也没有人动议弃机而去——

2005年11月24日,阎良机场,当日天气实况良好,张海担任机长,带领机组成员对空警X号飞机执行强度试飞任务。

12时40分飞机开车。12时50分飞机由东向西起飞。正当飞机加速,滑跑速度约为150公里/小时,空中机械师突然发现一号发动机的转速下降至94%,同时一发、四发耗量表瞬间大幅摆动,燃油压力低,红色告警牌闪烁,而此时的滑跑速度已是180公里/小时,仅仅起飞18秒,发动机供油量变化已非常大,原本正常起飞耗油量约为6吨/小时,而此时一发、四发耗油量最大时为4.5吨/小时,最小时已不足1吨/小时,发动机进入强烈不稳定工作状态。张海见状,随即果断决策收油门,操纵飞机中止起飞,并及时滑回停机坪。

事后,由飞机公司、军代表、试飞院发动机研究所、试飞部队等单位组成的联合专家组对故障原因进行了进一步分析。发现该机在此次飞行前为进行水平测量,将全部燃油从一号、四号发动机抽油接头处抽出,造成再次加油时从防火开关到抽油接头的管路内充满残留空气,导致发动机工作过程中燃油系统产生气塞,引起燃油压力脉动,燃油压力低,红色告警牌闪烁。

2009年4月10日,是试飞院成立50周年院庆前的一个飞行日,本来是个喜庆的日子,但这一天的试飞,联合试飞机组所有成员又一次与"死神接吻了"。

试飞中,当以接近抬前轮的速度在跑道上滑跑时,飞机的主轮突然同时被"抱死"(轮胎转不动)。飞机巨大的重量加上几百千米的速度,瞬间,机下浓烟滚滚。面对突发险情,试飞员们没有惊慌失措,但是,他们现在必须作出攸关生死的抉择。如果中断起飞,由于速度过大,飞机必然会冲出跑道。这时如果将飞机拉起,只有3台发动机工作(该试飞要求关闭一台发动机),加之速度不够,将可能导致飞机拉不起来,就是拉起来,飞机也会因为舵面效应不足,离陆后状态难以控制。

此时,机场上的人都清楚地看到了拖着浓烟的飞机,大家的心都提到了嗓子眼儿,时间仿佛一下子凝固了。现在,没有人能帮助试飞员,没有人能拯救飞机,生与死、成与败,全掌握在试飞员自己的手里。

不拉起飞机,飞机一定会冲出跑道;如果拉起,飞机还有一线生机,"拉起!"试飞员们下定了决心。试飞员们当下最希望的就是飞机能够增速,他们推动油门,但此时飞机增速非常困难,因为地面与飞机轮胎的摩擦力实在是太大了。

飞机硬是拖着轮胎在跑道上蹭出130多米远,巨大的摩擦将坚硬的跑道划出几道深深的黑印。突然,试飞员们听见飞机腹部传来"嘭"的一声闷响,是轮胎爆了!

没有时间了,拉起——

试飞员飞快推杆,尝试着抬起前轮,飞机总算艰难地抬起了机头,轮胎与地面的摩擦力减小了一点,飞机的速度略微增加了一点,试飞员果断再推杆,将飞机拉起。

飞机的速度毕竟不够,升力不足,机头虽然抬了一下,但庞大的身躯又落在了地面,两个后机轮顿在了跑道上。试飞员还是保持着拉起动作,由于飞机与地面的摩擦力进一步减少,飞机再次离地,但随即后机轮又第二次顿在跑道上,就这样一上一下,飞机在跑道上来了个"6级跳",颠了6次才终于顽强地在跑道尽头处爬上了天空。跑道上,留下了6个深深的痕迹。飞机在跑道上这一连串的"6级跑",令机场所有目睹者都惊骇得说不出话来——正是试飞员持续果断的、不屈不挠决不放弃的正确操作,在最大程度上不仅挽救了飞机减少了机体损伤,也挽救了试飞员们自己。

由于飞机只有3台发动机工作,加之舵面效应不足,机身虽然腾空而起了,但操纵起来仍非常困难。起飞后,飞机又产生了大坡度,向右偏去。面对一系列险象环生的情况,试飞员机组齐心协力,终于稳定住飞机。

随着高度的增加,飞机的状态越来越稳定了。

其实,飞机从刹车抱死到离开地面,一共才10秒时间,然而,机组成员感觉这是人生中最长的10秒。这其中任何一秒之内的任何一个操作失误,都会机毁人亡。

同样,如果机组人员有任何的恐慌,都会导致难以想象的后果。他们的飞行服早已被汗水湿透了。

飞机一离陆,机组立即起动4发,准备着陆。此时,塔台由刚才的凝固一下子像是被引爆了,大家迅速分头行动起来,为飞机着陆创造最佳条件。地面指挥员大声通知空中和地面立即启动应急程序,并要求飞机低空通场两圈,让地面观察飞机的状态,特别是轮胎的情况。

第一次通场,飞机的高度为100米,但地面没有看清楚,要求再通场一次。

第二次通场,试飞员们下了狠心,飞机离地面的高度只有11米。地面终于看清了,通过无线电告诉试飞员:"左侧机轮爆胎。"

这种险情,在中国飞行史上也是绝无仅有的。

鉴于飞机在近乎满油的情况,按照降落要求,指挥员指示说让他们先进行空中耗油。

刘学岩通过无线电明确地告诉塔台:"不耗油,马上落地。"

作为一名经验丰富的试飞员,刘学岩此时清楚,虽然空中耗油可以减轻飞机重量,对着陆更加安全,但现在最重要的是大家的心态,在空中多停留一秒,就会增加一份不可预知的风险。飞机对准了跑道,准备降落了……

地面上,消防车、急救车等应急车辆已准备到位。

飞机以轻柔的姿态,如蜻蜓点水般滑向跑道。不愧是一个"老到"的机组!由于左侧轮胎爆胎,他们以右侧机轮先着地,并保持飞机2度的坡度。飞机上,两名驾驶员齐心协力,共同保持住飞机姿态,领航员报速度,空中机械师报发动机状态,配合得相当默契。当飞机稳定后,他们才将飞机的左轮轻轻地放下。

飞机"软着陆"成功,飞机安全了,他们拼回来了!

正在试飞现场的试飞院葛和平副院长和郭平凡副院长迅速赶到了飞机旁边,当机组走下飞机时,大家的手紧紧握在了一起。此时,大家已没有更多的话语,就这么紧紧地握着,好像一松开就会彼此失去一样,大家的眼中全都噙满了泪水。

他们就那么牵着手,互相紧紧地牵着,回到跑道上查看情况。

阳光很明亮,灰白的跑道上那条130多米长的拖痕和6个深深的黑色印迹,一览无余。他们久久地站在那里,看着,风从他们身边吹过,4月暖暖的阳光,跑道两边返青的碧草,预报有飞行的黄色标志旗——这一切是那么熟悉,却又是那么亲切。

试飞员们都不擅长抒情,过了一会儿,不知是谁先说了话:

"要我说,单从动作上讲,今天的降落可以给咱们打5分。"

"反应也可以打5分。"

有人带头吹起了口哨,他们吹着口哨往回走。

春风将这优美的哨音吹得远远的。

那一次的特情发生完全没有预兆。张海机组进行的是加油机的出厂试飞。

本来,试飞的科目完成得很顺利,他们顺利返航,向指挥室报告高度速度后,他们已经看见跑道那条灰色带子了。

飞机加入着陆航线,放起落架,降低高度。高度降下来了,但起落架只放了一半就停了——此刻飞机保持着下降速度,转眼间,飞机的高度越来越低,跑道越来越近,眼看着灰色的带子升起,迎面而来,着陆点就在眼前了,但塔台指挥员发现前起落架只放下了一半,还是没有完全放到位。

"加油门带杆!"危机时刻,张海果断选择了复飞。

复飞通场进行第二次着陆,然而起落架还是放不到位。眼看天色越来越暗,问题还是没有解决。

张海意识到,看来问题是一时解决不了了。张海心里念叨的同时思考着接下来的处置措施。

弃机跳伞还是尝试着陆？一番考量之后，张海选择了尝试着陆。

"最后，前起落架放了一半，没全部放下来，没上锁，就是随时可以收起来，就这样落地了。"张海轻描淡写地说到。

"当时喇叭叫得也挺吓人的，如果机头直接触地，我腿就没了，因为我坐在前面。"最后这一句，他是轻声说的，在我，却如同雷震。

落地后查明，起落架装置中一个胶管里塞了个铆钉。这小东西像蘑菇一样来回滚转着，最后被卡住了，造成了起落架放不到位。

一个小小的铆钉，却可能阴险地成为一桩惊天事故的隐患。听到这个故事，我倒吸一口凉气。

试飞员面对的特情，千变万化，千奇百怪。

试飞部队长陈章，给我讲过一件事，在此我将时间地点前奏什么的略过，只讲主要的：

那一次陈章大队长遇到的危险是在地面——那天他试飞歼教7，他开车滑出时，发现飞机的挡板推起来比平时费劲——这完全是一种手上的感觉。类似于我们开车时说的方向盘比平时偏重或者是偏轻，这种感觉必须是对此型飞机极端熟悉的手感才能觉出来——因为你没有现实的可比性，你只能与自己记忆中的状态比较。

陈章毫不犹豫地报告指挥台，要求重新检查飞机，终止起飞，然后他把飞机滑回来，直接进库。说一声"飞机有问题"，然后就头也不回地走了。

在他的描述指点下，机务人员并没有花多少工夫，就找到原因：原来是飞机在安装时有块挡板没放到位，位置差了一点儿，挡板就把推杆顶住了，出厂检查又没能查出来。

看似一点小小的位置误差，却是巨大的隐患，如果陈章忽略了这一点感觉，继续起飞的话，这架飞机绝对飞不回来了。

对于陈章来说，类似的飞行中遇到特情是常有的事，这件小事他只是按习惯记录在飞行记录本上，回家并没有提起。到了年底，飞机公司召开全体员工大会，出于感激，厂家在会上提起这件事，要求地面各部门人员一定要细心谨慎,尽职尽责。

陈章的爱人就是这家公司的。坐在会场里听着听着,当场就哭了起来。

陈章来自当年红军四渡赤水的地方——安顺。这个有着美好愿望地名的地方,的确,试飞员们用他们的卓越给予了最好的注释。

试飞员邹建国给我讲过这样一件事:

有一年的8月,他和试飞员张贻来驾歼轰7(飞豹)执行出厂试飞前的滑行任务。前舱张贻来,后舱邹建国。在得到起飞命令时,飞机开始滑行,滑出后在跑道滑行,塔台里的指挥员目测就能看到飞机在渐渐右偏,前舱的张贻来看来是在修正,但飞机依然侧偏,后舱的邹建国用无线电呼叫前舱,没有听到回应,他立即切换操作,一边呼前舱,一边减速,并对飞机进行了纠偏,在这短短十几秒的操作中,他感到了头晕、呼吸急促。

邹建国毫不犹豫地一把扯下了氧气面罩。

他沉着地向指挥员报告,同时操作飞机回转,一边继续呼叫前舱试飞员。他看到,前舱试飞员的身体已倾向一边,处于侧倒状态,他判断前舱是昏迷失去知觉了。

在飞机返回途中,他迅速将张贻来的情况报告地面,飞机停稳后,医护人员和设备直接抵达舷梯下,座舱门一开,立即施救。

后来的事故调查发现,造成试飞员昏迷的原因是,飞机氧气系统错误地储存了工业氮气(氧气含量低于1%),试飞员吸入过量氮气造成急性缺氧而昏迷。脑缺氧昏迷造成的脑损伤是以秒计算的,时间越长,损害越大且不可逆。由于邹建国及时发现报告,地面救助及时,为实施对前舱试飞员的抢救提供了宝贵的时间,避免了一起重大事故的发生,挽救了国家财产,挽回了战友的生命。

这件匪夷所思的事故,很长时间后还被试飞员们常常提及,工厂方面更是对当事人作了严厉的处罚并警醒全厂。如果不是邹建国快速反应,再过十几秒,他也会陷入昏迷,而此时飞机如果离了地,绝无生还可能。

作为资深的优秀试飞员,邹建国的名字真正为世人所知是在2012年

11月24日,这一天,中国航母舰载机歼-15一举突破了滑跃起飞、拦阻着舰等飞行关键技术,降落在"辽宁舰"甲板上,由海军飞行员戴明盟首降成功。这一惊世之举受到全世界空前关注。

2013年7月1日,着舰指挥员邹建国顺利通过航母资格认证,邹建国成为我国首批舰载战斗机飞行员和着舰指挥员。

同年8月23日,中央军委主席习近平签署通令,给邹建国记一等功。

与战机在陆地机场起降相比,在航母平台上起降难度要大得多。即使一艘排水量达10万吨的航母,其飞行甲板面积有三个足球场那么大,但在空中飞行员看来就像一张小邮票。而且,航母飞行甲板跑道长度仅为陆地机场的1/10,面积只有其1%。虽然航母甲板总长有300多米,然而能够提供舰载机起飞着舰使用的距离只有百米左右,仅为陆上跑道的1/15。海面上没有参照物,海天一色,同时风向、风速复杂多变,不规则的气流会严重扰乱飞行轨迹。航母行进时,运动要素复杂,在涌浪的作用下,飞行甲板可能会沿着前、后、左、右、上、下六个方向进行运动,飞行员无法完全感知现场环境,要将一架重约30吨的加速飞行的战斗机降落在一张"邮票"大小的甲板上,其难度就可想而知了。

因此舰载机指挥员(LSO)能否及时发出指令,及时准确地引导飞行员修正航线轨迹、调整下降姿态,成为舰载机能否安全着舰的制约性因素和基本保障。

美、俄、英、法等拥有航母的国家中,LSO着舰指挥官从成熟的舰载战斗机飞行员中产生。他不仅飞行技术要让其他舰载机飞行员钦佩和信服,还必须具备优秀的指挥组织能力。同时对飞机的状态和性能、飞行员的技术特点和性格秉性必须十分了解,才能在第一时间指挥舰载机安全着舰。因此,培养一名合格成熟的LSO着舰指挥官十分不容易。

作为中国目前唯一的舰载机着舰指挥员,网络上邹建国被热爱他的军迷们称作中国第一个"手眼通天"的人,意思是他能眼观六路,耳听八方,及时发现飞机偏差并提醒飞行员修正着舰航线。因此,说他"手眼通天"实不为过。

回到空警—2000飞机在机场跑道"6连跳"那一天。当天,为了庆祝这次绝无仅有的死里逃生,试飞单位专门举行了一个特别的宴会,一是庆祝感谢,二也是帮助他们放松一下情绪。在饭桌上,试飞员们与保障试飞的机务人员有说有笑,开怀畅饮,有两个小伙子还挥着筷子高歌一曲。

老实说唱得实在不好听,所以平时不怎么敢唱,今天喝了点酒,放开了。

他们快乐得好像什么事都没有发生过,不像是从鬼门关走回来的。

那天晚上回到家的刘学岩在家门口徘徊了两圈,大声吼了几嗓子才进门,进了门就奔卫生间,反复仔细地刷牙,妻子李春英是护士出身,平时严格限制他喝酒。

第二天没有飞行任务,刘学岩打开电视,他喜欢追剧,可现在的电视剧越来越长,平时飞行难得有时间看,所以他几乎从来没有完整地看过一部电视剧。

刘学岩用一种最舒服的方式侧在沙发上,眼睛盯着屏幕,他不知道李春英何时坐到了身边,平时她是很少看电视的,弄完孩子做完家务,她会吵吵腰酸背痛的,他会再看一会儿让她早睡。

不知是今天的电视有点精彩,还是好久没有放松过了,刘学岩守着电视机半醒半睡地看着,李春英就在他身边坐着,一言不发地陪着。时间一分一秒过去了,夜有些深了,刘学岩感觉到了这沉默的异常。试飞员的脑子是用来思考的,他一下子坐直,只想了十秒钟就明白了:今天是妻子的生日。

他再一次看表,是11点53分。

这个时间,所有的超市都关门了。

晚上,刘学岩在梦中突然大喊:"拉起来,速度不能再小了!"身子一下子从床上弹了起来,又倒下,继续睡。李春英被他吓了一大跳,醒了,再睡不着,她坐起来,久久地望着他。

寂静的夜里,一切都沉默不语,李春英慢慢地对着熟睡的丈夫说:其实也没啥要庆祝的,只要你在天上平平安安顺顺利利,我就知足了。

无独有偶,这个晚上,空警-2000飞机的试飞总师朱增科也做了同样的梦,也在梦中被惊醒,大喊了一声"轮胎爆了,危险!"

这个四十多岁,身高1米87的大个子,戴着一副高度近视眼镜,说话办事向来井井有条。在这个型号中,他和许多参试人员一样,头发明显比一年前白了不少。

【专业链接】高空失密

高空失密:飞机在快速改变飞行高度时,如果座舱没有密封加压,气压在短时间内快速减少,这种现象称高空失密。高空失密后压力与含氧量的快速改变会导致飞行员体内的压力和体外不平衡,出现耳膜出血甚至快速昏迷等身体异常情况。是一种危险的情况。

第三章 机场上的福尔摩斯

一进机场,不管是机上还是机下,他五官全部像雷达一样张开,每个细胞都高度敏感。

试飞部队长张新文有个外号叫作"福尔摩斯"。

2013年7月15日晚,一个夜凉如水的日子,我在空军某院校的小教室里见到了张新文。

飞机严重晚点,又经过将近3个小时的长途驱车,走向小教室的时候,我担心采访对象等急了,负责联系的小李说,没有关系,他们在打扑克牌。

试飞员们的打牌法你肯定没见过。小李说,说是打牌,其实是在猜牌,他们每人摸一手牌,规定留下5张,然后按规定顺序出牌,出牌的时候,只报牌号且只报一次,不准亮牌,牌下来就不准收回,谁最先打完,就为赢家,本局结束。

这太有意思了,相当于打盲牌。普通人,常常需要将打出的牌翻看,以此来分析对方手中的内容。试飞员们的这种打牌法,完全考的是记忆力和主观推理。

见我进来,他们立刻起身,要收牌,我赶紧说,这一把打完,让我也见识见识。

这把已经完了,三人中的高个子说,我还有两手牌。

另一个中等个子的说,你那么肯定?万一我有大王呢?

高个子笑了,说,这把大王根本没上场。大王到现在还没出那就是出不来了。

中等个子翻开了桌上扣着的底牌,果然,一张大王在里面。

真够神的。

我点着高个子说,你就是张新文?

他笑起来:介绍一下,这两位是在我们这里上课的教员。看不出来,作家的眼力不错嘛。

我说,他们脸上没有阳光的味道。你有。

面白、体健、风姿温雅亲和的张新文,远比福尔摩斯那个英国佬英俊多了。但我知道,这个称号不是形容姿态,而说的是他细致缜密而且记忆力极好,善于发现飞行中的问题。

张新文用了简单的一句话概括试飞员的工作,他说,试飞就是发现问题,解决问题。任务不同,风险程度也不同。不管哪一种风险程度的科目,试飞员要做好的是:作风严谨。准备充分。快速应对。

严谨的作风就是严格按照规定的流程和程序完成动作。

充分准备是全面分析科目在执行过程中,可能出现的种种问题及解决处置方法。

快速应对是指优秀的试飞员能够在第一时间正确判断是什么问题,问题出现在哪一部分上。这要求你必须对飞机的各部分性能都十分熟悉。前两条是最后一条的必要条件。

那天张新文驾驶飞机在高度7000多米的位置,突然间他感到耳膜产生了剧烈刺痛,同时眼睛发胀,腹部也有些疼痛,他马上意识到:飞机失密了!

空气中的大气压是随着高度变化而变化的,坐车快速上山下山和坐过飞机的人都会有这样的体会:当高度差快速增加时,会有耳鸣耳痛的感觉,普通人坐民航班机,当飞机开始下降高度准备降落时,这种感觉会比较明显。尽管民航班机机舱是加压了的,但在高度变化太快时还是会有生理反应。

高空失密,指战斗机在快速改变飞行高度时,如果座舱没有密封加压,气压在短时间内快速减少的现象。战斗机在高速飞行时,高空失密会导致飞行员体内的压力和体外不平衡,出现耳膜出血等症状,甚至快速导致昏迷。

此时,张新文的飞机在7000米高空,在这个高度上空气密度不到正常值的一半,如果失密,几十秒之内人就会因为大脑缺氧而休克,必须迅速将高度下降到4000米以下的安全区。他立即指示机组成员带起氧气面罩供氧后,向塔台报告飞机所在高度,并迅速辨认周围环境,下降飞机高度。他们忍受着因失密和失重给身体带来的极度不适,以每秒40米的速度火速下降,终于在70秒后,到达安全空域。

飞机落地后,早已等候的航医立即对他们进行身体检查,有两个年轻的机务人员耳膜已经严重充血,如果当时失密后,张新文反应慢几秒,一来他自己可能昏迷,二来就算还能执行操作,那么也不得不以更快的速度下降高度,而人体的承受能力根本适应不了那么大的下降速率,极可能造成内部脏器、耳膜、肺部不可逆的损害。

也就是说,如果当时张新文的判断或者操作反应慢上几秒,轻则终身损害,重则机毁人亡。

就像张新文在牌桌上能"感应"到牌一样,在工作中的张新文,常常被人用钦佩的语气说:他福尔摩斯一样的感觉太到位了。

技术员将科研单位提供的某型飞机的飞行任务单交到张新文手里,转身就要走,张新文喊住了他说,等一下,这表要动一下。技术员很诧异,任务单好几页纸,三两秒的工夫,张大队长就看完了?

张新文指着第一页上那张表,说,不用看完,我一看这些科目就知道排得还不够科学。

这上面排了8个架次,我觉得不需要这么多,这样,请相关人员来一起开个会吧。

会上,张新文说,任务安排不太合理,应该能在不减少科目的前提下,充分利用可飞天气,合理统筹调整,把同类科目进行合并。

"我们把飞机飞到8000米,如果只是试验一个小科目下来再准备另外一个场次,这样既耽误时间还浪费经费,我们看看怎么一起来调整下这个任务单。如果一次飞行按3个小时算的话,一般飞机到位后,我们争取2个小时去完成一般科目,剩下1个小时的余度开展第二个不需要重新落地起飞的科目。这样8个架次我们争取飞3个架次就把全部科目试飞完。"

与会者大喜,一致同意。

最后,张新文他们只用了2个架次,就完成了任务单上全部科目的试飞任务。

公司老总给我算了一笔账:"如果1个场次按照2个小时到3个小时算,每小时的油量费、地面保障费、航务管理费加上其他人员费用,算下来一个场次大概得需要十几万元的费用,少飞了6个场次总共节省约100多万元的经费。"

天哪,100多万!

一个小会,小半天的时间。

"不仅如此,最为关键的是为接下来的科研试飞项目赢得了金钱无法衡量的宝贵时间。"老总说。

试飞员们太行了。

2015年2月4日,台湾复兴航空的坠机事件引起了全世界的关注。

事件回放——

2015年2月4日10时,台湾复兴航空轻型民航机B22186从台北飞往金门,在起飞后不久,10时56分,客机离航道侧飞与地平线垂直90度,扫过环东大道高架桥,迫降南港经贸园区后方的基隆河,机身断裂,飞机残骸散落在国道上。截至2015年2月7日17时30分,搜救人员已寻获坠机中的 55 人,其中 15 人受伤送医,40 人罹难,另有 3 人失联。

2015 年 2 月 10 日,台湾飞航安全调查委员会公布空难调查初步资料,称飞机起飞后约 36 秒,2 号发动机(引擎)自动顺桨;又经约 46 秒,该 1 号发动机被关断。2015 年 7 月 2 日上午,台湾飞航安全调查委员会公布"2·4 台湾复兴航空客机坠河事件"事实资料报告,其中包括驾驶员关错引擎的照片。

张新文就遇到过一起顺桨事件。

2011 年的一天,张新文带领机组试飞某型飞机时,出现一台发动机无征兆顺桨。这个故障之前没有遇到过,厂家和技术员认为是偶发。但张新文凭借多年试飞经验,他感到这次特情不是偶发现象,如果不加以解决,必将成为隐患,影响部队的飞行安全。他与厂方负责人郑重交涉:"要是对这次顺桨,查不出个 1、2、3 来,对不起!同批次的飞机一概停飞!"

一次偶发的事故如此大动干戈,外行人可能极不理解,但张新文如此肯定,厂方负责人不敢松懈。为查清原因,明确责任,公司派质检人员专程赶到生产发动机的工厂,全程跟踪查找问题。经发动机层层分解排查,最终发现导致发动机停车的原因,竟然是发动机内部的一个小垫片(胶圈),外形尺寸超出了标准规定的公差范围。

非常令人惊异的是,这个误差仅仅只有 0.04 厘米。但正是因为这个小垫片的这点小误差,引起发动机轴在连续运转过程中渐渐产生偏轴,偏轴到一定程度后产生的侧力导致发动机抱死,最终发生无征兆顺桨事故。

检查结果通报后,张新文穷追不舍:"垫片生产超差的原因又是什么?"

又查。原因很简单:切割刀具被磨损,未及时发现。

"为什么没有及时发现?"

"这架刀具上一共生产了多少不合格的垫片?有多少发动机装上了这种垫片?如果一架飞机的四台发动机全部装了这种垫片,如果是十架、几十架呢……"张新文一席话让在场的人后背直冒冷汗!

经过详细调查,厂方及时处理好了全部可能有问题的飞机,张新文的一个"神感觉",避免了重大安全隐患。为此,厂方进行了深刻反思,进一步正规严格了各项制度,挽回了巨额损失。

这个试飞员的感觉太神了。熟悉张新文的人都这样说。

像这样的"神感觉"常常被人提起——

在一次正常试飞过程中,对飞机状态十分敏感的他,感到飞机有低频上下抖动,并听到"啪、啪"声不断,也就是所谓的"卡拉昆仑之音",而当时同机的其他机组人员却无人感知。降落以后,张新文找到机务人员说:把顶部的圆盘检查一下,看是否固定好。

机务一查,固定圆盘的14个螺钉,7个是松的,徒手都可以卸下来。

另一次,一架飞机落地时,飞机在跑道上滑行跑偏,一旁的张新文看见后,当时就对在场的厂方负责人说了句"把胎压检查一下"。

负责人看了他一眼,立刻亲自跑去告诉机务。检查结果,两侧后轮胎压果然不对,不过,压差仅为0.02。

这个数字让机务人员佩服极了。

有人问张新文,你是怎么判断出来问题在胎压上?

张新文解释说:导致飞机跑偏的原因众多,他是快速排除法——机场跑道质量没问题,这里的跑道他很熟悉;飞机落地时没有侧风,他当时在现场这一点也清楚;发动机运转正常,他对发动机的声音太熟悉了,飞行员之前也并未报故障;飞机两边对称,那么可能导致跑偏的原因,要么是前轮没在中立位置——但这可能性不大,并且检查不便——再就是后轮胎压不一致,于是他要求厂方先检查胎压。

像这种小事,发生在张新文身上的还有好多。

空警-2000试飞初期,张新文敏锐地发现飞机有飘的现象,他给厂方建议在飞机尾翼的尾端加两个短板,增加之后果然很快解决了这个问题。

还有一次,一架飞机刚一启动,就发现前轴轮松,常规应对措施是紧一下轴承。但张新文建议他们再检查一下中立机构。机务很信任他,跑去把飞机前置起来,再把中立机构拆开一看,果然,一个钢珠破损。

事后机务问起,张新文淡淡地说"听声辨位"。

出现类似的硬件问题,一般都会有异样的声音。虽然极轻微,而且可能一闪即过,但任何一丝细微的异样声音都逃不过张新文的警觉。

一进机场,不管是在机上还是机下,他五官全部像雷达一样张开,每一个细胞都高度敏感。

武侠小说中的剑客,始终追寻"人剑合一"的最高境界!在飞行界,"人机一体"也是飞行员们梦寐以求的。我想,福尔摩斯一样的张新文就达到了这种境界吧!

第四章　千金不求,万死不辞

生命与价值体现在每一个瞬间

不惧死亡是试飞员面临的第一关卡,对于常人来说无法逾越的障碍,对试飞员来讲仅仅是"及格线"。真正的艰难并不仅在于和死神的对决,而是对新技术、新装备的了解和掌握。正如李中华所说:"开最新型的飞机,做最惊险的动作,出最有分量的结论,这是试飞员的责任。"仅仅只有大无畏的精神和赤子情怀是不够的,没有与时俱进的学习,不仅没有我们英雄的试飞群体,更没有我们当前居于世界先进水平的战斗机群。

如果说,第一代试飞员是勇气型的,第二代试飞员是技术型的,那么,现在的第三代试飞员则是专家型的。他们不仅是新型战机的试飞者,也是设计研制的主要参与者,时代在变,技术在变,试飞员也要随之改变。一名优秀的试飞员,不仅是科学的冒险家,还是航空理论的探索者、飞机设计的参与者和飞行的先行者。所以新时代的试飞员有个更准确的称呼,叫"飞行的工程师"。一架新机试飞,涉及飞行的几十个专业领域,需要有信息学、工程学、电子学等十几门学科知识的支撑,这些都是试飞员必须掌握的知识。试飞员的能力和素质直接关系到飞机的品质。新型飞机发展越快,科技含量越高,其中的风险性也越大。航空科学的每一次突破,都以试飞员技术突破为基础,只有不断创新才能达到更高的科学境界。

对于试飞员们来说,生命的价值体现在每一个瞬间。

2003年10月21日,空军某试验基地,一架国产新型战机歼-8F呼啸着直射蓝天……十几分钟后,战机到达预定空域,指挥中心的大屏幕上清晰地显示着战机的飞行状态,屏幕前的指挥员、总装备部和空军机关的领导同志、有关科研院所的飞机专家、导弹专家和各类科技人员等,都在期待着一个重要时刻的到来。

今天陈加亮要进行的是某型导弹的发射试验。

这时,无线电传来了试飞员陈加亮的声音:"报告1号,导弹准备完毕,允许发射。"

"可以发射。"指挥员发出了命令。

"明白。"

只见万米高空的机翼下突然喷出了一条耀眼的火龙,出乎意料的是,这条火龙并没有像事先预想的那样直奔攻击目标而去,而是仍然悬挂在机翼上。

指挥中心每一个人的心顿时悬了起来。还没等人们作出反应,飞机突然侧偏飞出了监控的视线,空中的陈加亮准确作出判断:"报告1号,导弹未离梁,飞机侧偏。"

已经点上火的导弹未发射出去,还挂在导弹架上,导弹点火受力导致飞机侧偏——这一惊人的故障现象,在地面的静止状态显然是无法模拟更无法预知的。人们不敢想象那将是一种什么后果。

所有人的心都提到了嗓子眼儿。

"按应急预案处置。"指挥员果断地下达了实施应急预案的命令。

"明白。"空中的陈加亮却超乎寻常地冷静。

飞机已在导弹巨大推力的作用下产生严重侧偏,就像是一匹突然脱缰的烈马难以驾驭。此刻,试飞员清醒地意识到自己正面临着一场生与死的严峻考验,谁都清楚点火后的导弹仍挂在飞机上将意味着什么,而给他选择的余地只有十几秒的时间,按特情处置预案规定他完全可以弃机跳伞,但这样一来,凝聚着几代科研人员心血的新型战机和新型导弹,在顷刻间就会化为乌有,其后果必将影响新装备研制的整个进程。

"一定要不惜代价保住新型战机和科研成果!"几秒钟内,陈加亮便以自己的生命为抵押作出决断。他迅速蹬舵压杆极力保持正常的飞行状态,同时迅速将导弹处置好。几个动作迅速、准确、一气呵成,脱缰的烈马终于被降服了,陈加亮即向指挥中心报告:"报告1号,飞机状态已经稳定,请求返航。"

"可以返航,注意飞机状态。"

"明白。"

在返航途中,陈加亮隐约感到飞机有些异常,凭经验判断可能是水平尾翼出现损伤,这是飞行员最忌讳的特情,尤其是在着陆时,当飞行速度减小时,因为尾翼无法控制平衡飞机会突然下沉,处置不当便会机毁人亡,飞行史上曾发生过许多这类事故。

飞临机场了,陈加亮小心地做了一个标准航线正常着陆。在临近着陆时,飞机果然急剧下坠,他旋即推油门增速,同时带杆,控制飞机平稳接地。当飞机稳稳地降落在跑道上以后,飞行现场的人都惊呆了,飞机左侧的水平尾翼已被导弹的尾焰烧掉了近一半。

新型战机保住了,科研数据保住了,凝结了几代科研人员心血的科研成果保住了!

2013年4月8日,以万里晴空为舞台,试飞部队长顾博,在祖国的蓝天上又上演了一场最扣人心弦的刀尖上的舞蹈。

初夏的天,风和日丽。

试飞院组织混合场次科研试飞,某型机计划执行3个架次科研试飞科目。第一架次之后,前舱试飞员顾博,后舱试飞员张晓松执行第二架次试飞科目。

15时09分00秒,战鹰出击。飞机冲天而起,很快上升至12500米高空,机组按照任务单要求,开始做试飞动作,一切操作都按照程序正常进行,一切都那么平静。

15时34分06秒,飞行25分钟之后,飞机在减速过程中,"嘭!"顾博、张晓松突然听到一声沉闷且巨大的声响,还没等他们反应过来,左右发动机相继喘振,紧接着,双发排气温度急剧升高,5秒内蹿升200摄氏度,发动机达到了超温临界点。

机组立刻将特情报告给塔台主指挥员。今天的指挥员是李吉宽,副指挥员张景亭,地面监控指挥员丁三喜。

作为业内人,大家心里都明白:双发同时喘振,急剧超温后,如果不及时处置、或者处置不妥,发动机瞬间将会全部烧毁,飞机必然坠毁。

唯一的办法就是立即收停双发油门。

但是,万米高空本就在发动机起动包线之外(设计要求发动机在8000米以下启动成功率高),何况发动机还是刚刚发生了喘振故障的,故障之后的情况完全不可预测,还有一条非常不利的因素是,飞机离机场还有180公里的远距,这就意味着飞机空中停留时间较长,风险巨大。

在以往的试飞中,飞机双侧发动机同时喘振超温、出现故障的概率几乎为零,数十年未曾出现过。双发关闭后,飞机失去动力,平显、左右多功能显示器等全部无显示或者画面不正常,应急部分信息指示不正确,无法确认高度、航向、位置等信息,飞机操纵变得更加复杂艰险。

作为一名多年奋战在高风险试飞一线的资深试飞员,顾博怎能不知此时的处境。飞机双发同时停车,丧失液压、电源,按照《飞行手册》规定,早就可以选择跳伞。

此型飞机是国防和军队长期研制的重点型号,机上的机载科研设备,经过漫漫研制长路,如果坠机,那一切都要从头再来。"必须保住发动机,就是死,也要试一试!"生死抉择面前,英雄的举动一致而又唯一,顾博和张晓松几乎同时执行了关掉发动机操作。

15时34分15秒,两台发动机停车!飞机正常供电中断!

生死存亡的时刻,顾博和张晓松选择驾机返场,因为这关乎国家重点型号的发展,关乎国防现代化建设的大局,这些早已铸成一种强烈的责任感和使命感,成为他们生命中的一部分。

失去姿态信息,顾博、张晓松只能根据外景目视保持飞机状态,进入下降高度增速通道。所幸天公作美,当天天气晴朗,能见度好。每一秒钟,他们二人的大脑都飞快地作出各种判断,凭着对该型发动机的熟悉,顾博明白,只有使飞机保持较大的俯冲角和飞行表速,通过俯冲增速将飞机"势能"转化为"动能",用高速气流冲击发动机前端的风扇叶片,保证发动机较大的风车转速,才能保证正常的液压压力。

指挥员丁三喜是一名经验丰富的试飞员和指挥员,他不断提醒顾博操纵飞机"俯冲增速,保持状态"。事后调查证明:这是决定发动机能够重起成功的关键一举。

于是,史上最震撼的场面在万米高空上演了:只见飞机机头下沉,机尾上翘,飞机保持一定角度高速俯冲,像一支离弦的箭一般直刺大地,整个场面堪比好莱坞空中惊险大片……

下降过程中,飞机航电系统终于在应急供电情况下投入工作。有了急需的发动机参数显示,再根据发动机特点,为了保证发动机不至于降到空中起动转速以下,维持飞机液压系统压力,创造起动条件,顾博、张晓松在可靠起动包线外分别对左、右发进行了多次推油门起动。

这几次起动虽然没有成功,但使发动机保持在了有效范围之内,实现了飞机的可操纵性。同时顾博边飞行边观察发动机温度变化趋势,一旦发现发动机超温,就立即收停油门。

15 时 38 分,飞机已经从万米高空俯冲下降至相对地面 5000 多米的高度,此时距离机场仍有 100 公里。

在多次起动发动机失败,接近跳伞边界的情况下,顾博、张晓松仍然保持沉着冷静,继续开车动作。他们分工明确,密切协作,顾博保持飞机状态,张晓松判断飞机位置,并相互鼓励。

就这样,在飞机俯冲进入起动包线后,终于将右发成功起动,飞机恢复部分指示,此时飞机速度已接近 700 千米每小时。

15 时 39 分 00 秒,在相对地面 2000 多米高空时,左发也起动成功。险情大为好转,胜利的曙光就在眼前了。

此时的机场,早已启动应急预案,各个抢险救援系统全速运转起来了。各类值班员、应急抢险人员各就各位,消防车、救护车、抢险车、指挥车等各类车辆紧急启动,机场上其他飞机也快速有序疏散。塔台上,大家不约而同地望着远处的天空,焦急地等待着……

飞机发动机空中停车后,二次雷达信号中断,指挥员无法通过雷达显示器了解飞机确切位置。情报保障落在了一次雷达肩上,指挥员要求塔台标图员严密监控飞机状态,确保雷达情报准确连贯。标图员用笔一点一点在标图板上标出飞机航迹点。

飞机双发起动成功后,二次雷达供电恢复正常,塔台收到飞机高度显示,指挥员李吉宽据此不断通报飞机位置,果断下达了一系列正确指令。

返航过程中,顾博在检查飞机惯导工作情况时,发现双惯导同时退网,无法显示姿态、位置和航向等信息。在此情况下,指挥员李吉宽有序引导,张晓松保持飞机状态,顾博在前舱寻找机场,空地密切配合准备返场着陆。

在距离机场14公里时,两条跑道像银色的细带出现在顾博眼前,机组立即建立起落航线。由于情况紧急,飞机进行应急反向落地,地面保障人员迅速将升起的拦阻网放下,开启盲降雷达。

16时04分00秒,在指挥员的指挥引导下,飞机反向安全着陆。

至此,从飞机双发停车到起动成功,顾博、张晓松经历了整整5分钟300秒的惊心动魄、惊天逆转!而从险情发生到安全着陆,机组整整经历了整整30分钟1800秒的险象环生、生死考验!

这次特情处置,他们创造了一项史无前例的蓝天奇迹,挽救了飞机,挽救了型号,挽救了机载科研设备。

随后,他们联合设计厂家,从技术层面上深入分析了此次特情原因,细致分析每一组数字,搞清楚了问题的根源,完善了设计。

当问起为何能在如此极限条件下成功处理特情时,顾博说:"正是因为我熟悉飞机和发动机之间的'小脾气'和'小秘密',才能够达到平衡两者之间关系,最终成功起动双发。"

"紧张会让人或成为一头狮子,或成为一只兔子。"这是顾博最喜欢的一句话。80后的顾博,自从2006年12月调入试飞部队后,他的人生从此掀开了新的一页。经过系统专业的培训、攻读了硕士研究生、入选某重点型号试飞部队、出国培训。作为一名80后试飞员,他深知光有过硬的战斗精神和作风不够,还要建立完善的知识结构,具备过硬的试飞技术,力求成长为一名"知识型、学者型、专家型试飞员"。

试飞是科学,不是逞强。英雄是凡人,不是传说,更不是神。

那一晚,几杯啤酒下肚,顾博和张晓松敞开心扉:"启动了6次,左右发动机各启动3次,只要有一次启动不了,就是和死神的握手。"

"我们连跳伞的地方都选好了,我们是专业的试飞员,既不放弃,也不作无谓的牺牲,如果挽救不了飞机,也不会造成更大的损失,我们敢做事,但不蛮做事。"

挂钟指向晚上7点,白丽丽坐在餐桌旁翻手机,1米外的厨房里,丈夫李吉宽在活泼泼的水龙头边一边洗碗一边哼着歌,老实说他唱得真不怎么样,也听不明白是唱什么,就那么哼吟着,自娱自乐,在家里,这是他唯一能帮上她忙的地方。这是他们一天中最轻松的时刻,他时常中断他的哼唱回答她一些话语,社会新闻、单位见闻什么的。

今天,当挂钟一成不变地指向老时间时,这个家里静得只听得到挂钟嗒嗒走动的声音。

自从战友兼好友余锦旺在执行任务时牺牲,他们晚饭后的这段轻松时光消失了。他回避看她,她的目光却从他进门开始就再不离开他。

李吉宽整整守了两天灵,一进门倒头就睡。他醒来时看到她红肿的眼睛,他什么也没有说。他知道,她需要的不是安慰。

连续几天,他早出晚归地忙碌,作为好友要安慰亲属,作为部队领导要处理一些善后事宜,还要调查事故原因,偶尔回家,两人也很少说话,但他能感觉到她久久粘在他身上的眼光。他知道她在想什么。

亲密战友余锦旺的音容笑貌,白发苍苍的老妈妈忍着晚年丧子的悲痛却大义凛然地说:"我儿子这样牺牲,很光荣!"的情景,以及锦旺的妻子痛不欲生的情景,交替出现在他们的眼前,挥之不去。很长一段时间,他们的生活里没有了轻松的气氛。

两个月过去了,今天,他们面对面坐下来。他们彼此都明白,需要好好谈一谈。

一个月前,李吉宽的老岳父突然来了,丈夫不在家的时候,做父亲的他对女儿说:"跟吉宽商量一下,转业吧,别干了。这个风险太大了。咱们已经为部队作了不少贡献了,现在离开,对得起自己的。"

父亲没有多留,也拒绝她送,一个人步子沉沉地走了。她目送着老父亲的身影,突然发现,父亲已经很老了。

几年前,兄弟试飞部队的一位战友发生试飞事故,在送殡的那天,承受不了剧烈的刺激,烈士的父亲也轰然倒下,就倒在儿子的灵柩旁边。

但作为妻子,她知道他的追求。

果然,不等她开口,李吉宽就说话了。

李吉宽紧锁着眉头,深深地吸了一口烟,双眼凝视着前方,像是在看,又像是什么也没有看,时间仿佛静止了。数秒之后他才缓缓地将烟雾吐出,眼睛微微眯起,嘴唇轻动,慢慢地说:李吉宽只说了一句话:

"飞,还是要飞的。工作总得有人干,只要干这个事,总有这样或那样的伤亡,总会有。"

她把手伸过去,隔着餐桌,握到了丈夫的手。

我知道。她轻轻地说,我明白。

你放心忙你的,家里有我。

每个人都有离开人世的时候,只不过离开的意义不一样。

刘刚牺牲后,付国祥代表家属去看的现场。飞机坠毁砸出十几米深的大坑,四下散落着飞机爆炸的残骸。这情形太震撼了。

山风悲呼,草木动容。一位挚爱试飞事业的蓝天骄子,用生命书写着无限忠诚。

"刚子,我们会完成你未了的任务,你将永远和我们翱翔在祖国的蓝天!"付国祥和战友们擦干眼泪,全身心地投入到事故技术分析。他们明白,刚子走了,祖国的试飞事业还得继续,他们必须接过战友的接力棒。

调阅同类特情数据、组织工厂技术研究、精心作好飞行准备,付国祥和战友暗自加劲。

这是一个复飞的日子。付国祥、王惠林、林学本四人默默来到机场,他们要完成牺牲战友未了的调整试飞任务,用实际行动告慰蓝天英魂。

伴随着发动机的轰鸣,付国祥率先驾驭战鹰飞向万米高空。16000 米、17000 米、18000 米,飞机还在爬升……

"18000 米,飞机各系统正常,发动机正常!"当付国祥通过无线电报告塔台时,全场一片沸腾。当 12 架歼-8 飞机圆满完成调整试飞后,付国祥和战友打开机舱盖,向蔚蓝的天空投去最深情的凝望……

时势造英雄,正是航空事业的发展给了试飞员们展示才华的机会,同时他们才华的展示,为部队的建设发展提供了巨大的支撑。

试飞员所飞的,都是部队飞行员还没有飞过的最先进、最前沿的机型。普通飞行员一生可能通常只飞一两种机型,而试飞员往往至少飞过一二十种。和平时期,不少作战部队的飞行员可能打过的真导弹很少,而试飞员有时试飞一个机型就要打十多枚,一枚就价值几百万元人民币!能有幸参与国家最前沿的军事科研,试飞员们感到无上光荣。

战机是用来打仗的,绝不是在空中展现优美身姿的和平鸽。试飞员们深知,只有飞出极限值,新型战机的性能才能得到拓展,战斗力才能得到提升。他们多担一份风险,部队保障飞行安全就多了一份科学依据。

彭向东和傅云龙回忆了这样一个细节,歼-10 首飞时,他们负责通过飞机上加装的遥测设备拿到试飞的数据。雷强找到他们:"咱们虽然是充满着信心去飞,我也是充满着信心,肯定能够首飞成功,但是我最后还是要说一句:哥们儿我如果真的不行了,走了,你们一定要把遥测数据拿到,这也算是我最后为大家作的一点贡献。"

这样的话语,与其说悲壮,不如说是内心的一种坦然,是融入一种事业后,对自身使命的认知。因为飞行不是飞行本身,这一领域集科技之大成,也是推动一个国家创新的引擎。尖端的航空器体现国家的综合国力,是一个国家能力的重要标志,空中力量关乎国运。中华民族复兴的伟大梦想借助科技之翼腾飞,强军梦离不开航空梦。离开了航空,强军无从谈起;离开了试飞员,试飞无从谈起。试飞员是飞行员,也是工程师,他们架起空军与航空工业的桥梁,架起大地与天空的桥梁,架起梦想与现实的桥梁。这样的角色让他们清楚地认识到自己的使命所在和责任所系。

试飞员梁万俊说:"如果说我们的工作只是受雇于某个公司单纯为追求薪水的话,等钱赚够之后,很可能就不干了,毕竟风险太大。但我们从事的是国家的事业、民族的事业,我们想的是能为空军装备发展,为航空工业的发展再贡献点力量。"

"空军是战略性军种,在国家安全和军事战略全局中具有举足轻重的地位和作用……要加快建设一支空天一体、攻防兼备的强大人民空军。"

中共中央总书记、国家主席、中央军委主席习近平对空军提出了这样的要求。

空天一体涉及"空""天"两部分,在组织协调上融为一体。在这个有史以来最辽阔、恢宏的战场中,飞翔着诸多武器装备——飞机、飞艇、地对地弹道导弹、人造卫星、航天飞机,还有用于拦截航空器、航天器、弹道导弹的各种导弹、动能武器和激光炮。中国航空工业发展研究中心副总师李清认为,空天力量独具"高位优势","在信息获取方面,站得高望得远;在打击陆海目标方面,居高临下、势如破竹,对敌进行远程快速打击,具有广泛的任务适应性。大气层内依旧是主战场,飞机与导弹负责夺取制空权、快速兵力投送与纵深打击;太空力量夺取制天权、全球侦察监视,以及整个作战体系的网络化链接;而在亚空间,高超音速飞行器尚无法相互PK,主要还是用于对敌地面目标,进行远程快速打击。

中国试飞员注定要承担更加重大的责任。

"图发财我们不会选择试飞,图当官我们不会干试飞事业,但为了新型战机早日装备部队,我们千金不求、万死不辞!"

这是中国空军试飞员群体共同的声明。他们用青春和生命印证了自己的誓言。

作者简介

张子影,女,空军政治部创作室专业作家。中国作家协会会员,中国电视剧编剧委员会会员,中国报告文学学会青年委员会委员,巴金文学院终身签约作家。出生于浙江衢州,祖籍安徽肥东。已在《人民文学》《中篇小说选刊》《青年文学》《时代文学》《解放军文艺》《四川文学》《安徽文学》《北方文学》《星星诗刊》《时代报告》等多家刊物发表小说、诗歌及报告文学数百万字。出版小说集、诗歌集、长篇小说,及长篇报告文学等文学作品七部。作品荣获中宣部"五个一工程奖"、曹禺文学奖、《解放军文艺》奖、全军文艺新作品奖、空军蓝天文艺金奖、巴金文学奖等多种奖项。

一个男人的海洋

许 晨

  2016年10月26日,中央电视台新闻频道正常播出,突然屏幕下面飞出一条字幕:据新华社消息,正在单人驾驶帆船穿越太平洋的中国职业帆船选手郭川,在航行至夏威夷西约900公里海域时,于北京时间25日15时30分与岸上团队通话之后失去联系!亿万国人的心被揪紧了,立刻将目光聚焦到这则新闻——郭川为何失联?他现在在哪儿?他到底是怎样的一个人?

一 船长郭川

  "大海啊,请你停一停波浪,祈祷我们的船长平安吧!"
  "海风啊,请你静一静呼啸,祝福英雄的郭川回家吧!"
  一个冷秋的夜晚,华灯初上,光影迷离,美丽的海滨城市青岛笼罩在安谧的夜幕之中。忙碌了一天的人们或乘车疾驶、或步履匆匆,穿过整洁而宽阔的街道,奔向自己那个叫作"家"的温馨港湾。可在著名的青岛奥林匹克帆船中心,远离闹市区的情人坝(挡浪坝)灯塔下,却有一群群普通的市民离开家门,走向这里,自发地聚拢在一起。
  秋夜的海边寒意袭人,可他们丝毫没有觉得,面容焦虑、神情严峻,拉起了一条条长长的横幅,点燃了一支支红红的蜡烛,面向浩瀚大海,仰望无垠星空。有的人双手合十,有的人喃喃自语:郭川船长啊,你在哪儿?你听到亲人的呼唤吗?家乡盼望你平安无事,祖国期待你凯旋……
  这是公元2016年10月28日,距离那个令人震惊的一刻仅仅过去了三天。那是怎样的一刻啊!10月26日,中央电视台新闻频道正常播出,突然屏幕下面飞出一条字幕：据新华社消息，正在单人驾驶帆船穿越太平洋的中国职业帆船选手郭川，在航行至夏威夷西约900公里海域时，于北京时间25日15时30分与岸上团队通话之后失去联系！

一石激起千层浪。立时，亿万国人的心像被一只无形的手揪住似的。

失联！自从马航370客机"失联"之后，这个名词便几乎与"不幸"二字画上了等号。

多年来，郭川的名字在航海界、体育界，抑或是社会各界，不能说如雷贯耳，也是早已声名显赫了。他的不凡业绩通过广播电视、报纸杂志传遍了华夏大地乃至世界航海界。郭川是中国职业帆船航海第一人，获得过诸多"第一"：第一位参加克利伯环球帆船赛的中国人、第一位完成沃尔沃环球帆船赛的亚洲人、第一位单人帆船跨越英吉利海峡的中国人。2012年11月18日，郭川开启"单人不间断帆船环球航行"之旅，经历了海上近138天、超过21600海里的艰苦航行，于2013年4月5日驾驶"中国·青岛"号帆船荣归母港青岛，成为第一个单人不间断无补给环球航行的中国人，同时创造国际帆联认可的40英尺级帆船单人环球航行世界纪录。两年后，他又率领国际船队驾超级三体帆船，成功创造了北冰洋（东北航线）不间断航行的世界纪录……

进入2016年以来，郭川团队一直在国外训练、调整、准备，7月应奥运会主席巴赫之约，从法国拉特里尼泰出发，跨越大西洋到巴西里约热内卢，观礼2016年奥运会，而后启航穿越巴拿马运河北上太平洋，经过两段航程共43天的航行之后，于当地时间9月30日凌晨抵达美国旧金山。计划在10月中下旬，由郭川独自驾驶帆船横跨太平洋，目标地为中国上海。

这个航段是一次挑战之旅：去年6月，意大利"玛莎拉蒂"号船队创造了从旧金山到上海、用时21天的帆船速度世界纪录。郭川决心单人单船沿此航线突破上述纪录，用16天至20天左右到达上海市金山区。因玛莎拉蒂号船队有11名船员，所以郭川不管用多长时间完成航程，都将创造一项新的世界纪录——单人不间断跨越太平洋航行。称之为"金色太平洋挑战"活动。

2016年10月18日上午,旧金山湾区阳光明媚,郭川独自驾驶着"中国·青岛"号,离开停靠的里士满游艇码头,在人们的一片欢呼送行声中,踏上了直达中国上海的航程。当鲜红的三体船从旧金山地标建筑金门大桥下通过的瞬间,国际帆船联合会记时员沙马·科塔古特蒂按下计时器,显示当地时间14时23分11秒。这年,郭川已经51岁了,将在太平洋上独自航行约7000多海里,一路上需闯过风暴、海浪、鲨鱼、孤独等等难关。一般人连想都不敢想,可郭川毫不畏惧。

当然,他不是只知蛮干的傻大胆儿,而是建立在科学训练和多年实践的基础上。他此次驾驶的超级三体船长约30米,宽16.5米,桅杆32米,使用碳纤维材料制造,重量轻,性能好,为世界上仅有的同型五艘帆船之一,在上次的北冰洋航行中表现甚佳。为了准备这次挑战,郭川团队又对此船进行了部分设备的升级改造,驾船从法国一路走来,进行了大量模拟训练。

似乎万事俱备,只欠东风。帆船前进的动力就是风,一帆风顺,乘风破浪,祖先留下的诸多成语证明了这个道理。然而,这是一把双刃剑,无风难行船,风大浪必高。特别是一个人一只船,只靠风航行在茫茫大海上,如果遇上狂风暴雨、浪涛汹涌,那将是难以言表的灾难与不幸。虽说郭川船长已是久经沙场的战将,也不免谈此色变、百倍小心。临行前,他说了一句耐人寻味的话:

"从某种意义上说,我是在不断挑战一个更高的层面。我希望把这件事做得精彩,给自己的帆船梦想增添新的高度。风是我的对手,也是我的伴侣。没有风,走不好;风很大,会带来很多压力。我要时刻小心谨慎,不要产生不好的结果……"

难道是一语成谶?就在郭川驾船航行一周后的10月25日,"中国·青岛"号驶到距离夏威夷以西900多公里的海域,中午时分曾与岸上团队连线通话:"怎么样,船长,没事吧?你那边有什么新消息?"

"啊,还行。"郭川答道,声音里透着疲惫,"没事就是最好的消息。昨天晚上有些不稳定的阵风,有两个乌云团突袭,然后阵风加大,船体感受到了突如其来的压力。好在都已经应对过去了。"

"那你一定要多加注意啊,利用风浪较小的时间,尽量休息一下,保持体力。如果再遇到突发之事,比如撞上鲨鱼什么的,没有体力是不行的。"

"对!其实远航撞到大鱼是常见的事情,这回我就撞到两次了,大概有一两米长,没有什么破坏力。当然,我不希望撞到鲸鱼,否则那就麻烦大了……"

"好的,不说了,保重!"

此次通话后,郭川一位同学又打通了电话,聊了一会儿,他就休息了。北京时间下午3时半左右,岸基保障团队GBS定位图屏上,突然显示帆船航速明显慢了下来,从二三十节突然降到了六七节,大家赶紧联络郭川,不料却一点回音也没有了!

"青岛号,青岛号,你在哪里?听到请回答!听到请回答!"

"郭川船长、郭川船长,在何方位?发生了什么事情?请回答、请回答……"

岸上保障团队负责人刘玲玲,以及她的团队伙伴们,一遍又一遍地用海事卫星电话、用超强信号的手机呼唤着。一个小时过去了,两个小时过去了,郭川就像人间蒸发了一般,无声无息。失联!这两个幽灵一样的大字,像两记大锤重重地砸在人们心上。他们马上向中国驻美国外交使团报告,并联系美国海事部门请求援助。

中国驻洛杉矶总领事馆对此高度重视,立即启动了应急机制,敦促美方采取一切必要措施全力展开搜救。这是人道主义救援,国际上照例是一路绿灯。美国海岸警卫队夏威夷海事救援中心、美国海军在附近游弋的舰只,法国航海帆船运动基地有经验的水手,纷纷在第一时间,前往事发海域。很快,搜救飞机在海面上发现了三体帆船,其大三角帆倾斜落水,甲板上空无一人,无线电对讲机多次呼叫没有应答。消息传来,人们心情十分沉重,这说明郭川落水了……

熟悉帆船运动的人都知道:单人单船的航程中,最怕的是人船分离,一旦由于狂风大浪,抑或是大鱼撞击,失足坠入海中,根本赶不上一直前行的帆船,前后左右无人施救,就会遭遇灭顶之灾。如此看来,郭川船长境况不妙。唯一期盼的是,他在海面上漂浮或游到某个荒岛上,利用野外生存知识坚持,伺机被前往搜救的飞机舰船找到,并且安全地带回来。

祖国时时刻刻牵挂着她的儿女!

自从"青岛"号失联的消息公布之后,举国上下就被"郭川"这个名字牢牢吸引住了。每天每夜,人们密切注视着中央电视台的"新闻直播间""二十四小时""新闻联播"等栏目,忧心如焚地等待着来自太平洋的信息。在10月27日的中国外交部例行记者会上,发言人陆慷表示:"中国航海家郭川不幸落水失联,外交部和中国驻洛杉矶总领馆,正密切关注有关事态,继续协调相关搜救工作。如果有进一步的消息,我们会及时向大家提供。"

郭川的家乡——山东省青岛市,更是在第一时间启动应急机制。市委、市政府召开专题调度会,全力做好各项搜救工作。市体育局、市帆船运动协会等单位,及时联系郭川的保障团队,了解最新信息,慰问郭川的妻子肖莉和亲属。最令人感动的,是那些普普通通的青岛市民。他们视郭川为自己的城市英雄、家乡的优秀儿女,震撼担忧之余,各个微信群朋友圈里振臂一呼,决定于10月28日晚上来到奥帆中心,为郭川船长祈福!

于是,这就发生了本文开头的一幕。

以往总是荡漾着欣喜的青岛奥帆基地出现了从未有过的沉重。

北京航空航天大学青岛校友会、帆船之友会、青岛一中校友等群友们,还有许多自发赶来的市民、游客和外宾,都一脸凝重、虔诚地伫立在海边。人们都在期待船长归来。

二 "疯子"郭川

郭川是一个什么样的人?

他又是怎样成为一名职业帆船赛手的?

这还要从国际帆船运动项目说起。

帆船,顾名思义是利用风力前进的船。国际帆船赛事总体上分为两种。一种是运动员驾驶帆船在规定的场地内、按级别比赛速度,比如奥运会帆船项目。一种是离岸远航横跨大洋,抑或是环球航行,具有探险和科考性质。相比而言,后一种更加考验船员的意志品质和驾船技术。

郭川，就属于后一种更具挑战性的帆船航海家。然而，他并不像欧美国家的运动员那样，大都是从小就在海水里扑腾、迎着浪喝着风长大，而是半路出家，一步步从业余爱好，走上职业航海生涯的。算起来，他真正从事这项运动时，早已过了而立，接近不惑之年了……

是的，36岁之前的郭川，与当下的大部分人一样，上学、读书、工作。只不过从小特殊的家庭经历，养成了他"敏于行而讷于言"、思想独立爱冒险的性格。郭川原籍青岛，生于1965年，是独子，上有姐姐下有妹妹。爸爸妈妈早年在西南地质勘探队工作，条件艰苦，只好长年把几个孩子放在老人身边。

小小年纪，远离父母之爱，或许是一个人童年的不幸，但从另一个角度上看，缺少管束的日子，加之隔辈老人的疼爱，也会给男孩子的天性发展以更大的空间。小郭川从记事起就爱满世界跑，爬树上房掏鸟蛋，下海玩水摸蛤蜊。快上小学了，父母把他接到了身边读书。地质勘探队不是固定在一个地方，哪里有矿苗就到哪里去，家属孩子跟着，几乎成了以大篷车为家的"吉卜赛人"。或许从那时候起，郭川幼小的心灵里就有了"流动"的意识。

小学五年级的时候，电影放映队到各个乡镇去放露天电影。当时有一部片子叫《海霞》，讲述了南海女民兵守海岛的故事。可能是从电影里看到了久别的大海，又是当时少有的彩色影片，郭川看了还想看。有一天放学后，听说几十里外的村子要放映，他便带着戴健、唐矿田几个小伙伴连家也没回，背着书包徒步追着看去了。

到了吃晚饭的时辰，还没见他们的踪影，家长找到学校才发现早已放学，问谁都不知道上哪儿去了，便满世界地寻找："健子、小健，回家吃饭了……"天完全黑了下来，仍然毫无消息，几位孩子父母只得报告了勘探队领导。

队长一声令下，兵分几路，派出了汽车到周边乡镇去找孩子。一直忙活到半夜，终于在一条村路上找到了。几个小学生累得满头大汗，还没走到放电影的村庄呢！不用说，领头的小郭川屁股上挨了爸爸几巴掌。瞧，小小年纪就埋下了"好奇""探险"的种子。

两年后,郭川被送回家乡,进入了青岛第一中学学习。也许是接受了小学的教训,他变得腼腆起来,加之个子不高身子骨也不壮,说话文文静静,跟个女孩似的,在班上很不起眼。唯独天资聪颖,他的学习成绩很好,稳定在班级里的前三名。家乡面临黄海,蓝色的波涛一望无际,少年郭川常常站在大海边,久久地凝望,飞舞的海鸥、漂荡的帆船、苍翠的小岛,令他心醉神迷。几十年后,郭川曾经老实地讲:"那时并没有将来航海的想法,也不知道世界上还有帆船比赛,只是出于好奇、看不透,看不透就越想看……"

这样的中学生,典型的求知欲旺盛的"理工男",高考一定不在话下。果然,郭川一路考到了北京航空航天大学,又在那里读了硕士。不过在同学们眼里,他从来不是那种光知道埋头用功"死读书"的学生,而是一个兴趣广泛天性好动的人。

顺利拿到了北航飞行器控制专业硕士学位,郭川又考取了北京大学光华管理学院,攻读MBA,毕业后被航天部某公司引进,一帆风顺,几年便做到了副司级的部门经理。如果沿着这条现成的大路走下去,他的人生履历便会如期写上"某某公司总经理、首席执行官"之类的头衔。可是,他那"不安分"的细胞一直在活跃着。正如后来他自述道:

"突然有一天,这种单调的生活让我厌倦,我开始拼命拓展生命的外延,因此我去学开滑翔机、学习潜水、学习滑雪……用一切可能的方式挑战自我的极限,用常人难以想象的意志力和与年龄不符的热情,疯狂填充自己生命中的空白。"

他骨子里有一个自由的灵魂,甚至用诗一样的语言,形容那种离开固有的束缚和羁绊,奔向自己喜爱的广阔天地的心情:"从空中飞下来,沐浴着夕阳温暖的光线,像自由的鸟儿一样,在秋天金黄的树梢之上飞来飞去,你想想那有多美!我被这种纯粹自然的美所吸引,常常在空中流连忘返……"

从此郭川的人生之旅拐了一个弯。2001年,他不顾器重他、关心他的领导们一再挽留,不顾父母亲朋、好友同事不理解的诧异目光,放弃了一套单位即将分配到手的住房,毅然决然办理了辞职手续,开始奔向了广阔的梦想天地。

对于这个举动,有不少人是不理解不赞同的:"郭川,你丫疯了吗?公职、房子都不要了?去玩什么户外探险?简直不可思议!"

郭川一笑置之。他记起了美国电影《燃情岁月》中的开场白:"有些人能清楚地听见自己心灵的声音,并按这个声音去生活。这样的人,不是疯子,就是成了传奇。"

他这个惊世骇俗、反向思维的行动,就是在义无反顾地遵从了自己心灵的呼唤。并且他还想告诉大家,只要有梦想,只要想改变,什么时候都不算晚!

诚然,他不是一时的心血来潮,而是经过了慎重的思考甚而是痛苦的煎熬。

郭川摆脱了日常繁杂的事务,沿着自己热爱的轨道"撒欢儿"了。

他没有像其他人一样,辞了职或到国外留学,或去下海经商,而是痛痛快快地去追逐早年的梦想。郭川有计划地去练习滑雪、驾滑翔伞、下潜海底等等,从事各种各样的户外运动、极限挑战。这些既磨炼了身体意志,又掌握了面对艰苦环境的知识技能。当然如同宿命一样,少年时的海边眺望有了答案,最终他迷上了帆船航海。

那是在2001年,郭川有想了解航海的兴趣,得知在国家体委任中国帆船帆板领队的曲春,是青岛老乡也是行家,便去向他请教。曲春比他大两岁,从小爱好水上运动,一直沿着市队省队专业队员的道路走上来,上世纪90年代调到北京工作。曲春看到这位老乡十分真诚,便详尽为郭川介绍了有关知识,最后说:"烟台要举办一次全国帆板锦标赛,你想去看看吗?"

"想,当然想去了。"郭川兴致勃勃。

在曲领队的介绍下,郭川来到距家乡青岛不远的烟台,观看全国帆板赛事及同时进行的帆船表演。利用比赛间隙,郭川上船体验了一把,这是他第一次摸到帆船,第一次站上去有了在海面飘飞的感觉,迎风踏浪,驰骋海天,一下子便着魔似的爱上了它。

事后,郭川感慨地对朋友说:"我玩了很多体育项目,都觉得不太过瘾。

这次到了帆船上,我突然发现航海就是我的梦想,就是我这辈子的生命,以前玩的那些东西,跟航海比起来都无足轻重了!"

说这话时,他的两眼炯炯发光。

郭川最初几年的航海之路,还只是在海湾里或近海边"打转转",属于帆船运动的"发烧友"水平。事实上,这项欧美十分兴盛的运动,在中国仍然处于少数派,数遍全国也没有几个有影响的职业帆船手。直到有一天,郭川遇到了一个在他走向大洋中至关重要的人,才逐渐有了改变。这个人名叫朱悦涛,时任青岛奥运会帆船比赛组委会综合部部长。

2016年初冬的一天,我在青岛市旅游局见到了任副局长的朱悦涛。他已过了知天命之年,可身材保持得不错,看得出来爱好运动,曾经有着十几年的军旅生涯,上世纪90年代转业到青岛工作。得知我正在寻访探究郭川的航海人生,他先是盯着我看了一会儿,而后为我倒了一杯热茶,陷入了深沉而永恒的记忆之中……

本来,他与郭川的生活道路是两条平行线,没有机会交集,可当年那场轰动中外的北京奥运会,共同的追求将他们联结到一起,相识相知,成为终生的朋友。

进入新世纪以来,中国人最自豪的事情之一就是赢得了2008年夏季奥运会举办权。北京,古老而年轻的北京第一次成为奥运城市,而风景秀丽、有着帆船运动基础的青岛,则幸运地成为了北京的伙伴城市,获得承办其中的帆船比赛。于是,一个响亮的口号迅速响彻青岛、山东乃至全国:"相约奥运,扬帆青岛。"

为了实现这个宏伟目标,青岛选调了一批年富力强的干部,组成了奥运会帆船项目委员会,简称奥帆委。2003年7月,刚过不惑之年的朱悦涛出任奥帆委综合部副主任。实话说,开始他与大多数局外人一样,并不真正了解帆船比赛,但多年军旅养成的基本素质使然,干一行爱一行,以高度的热情投入进去。

青岛,曾经为国家培养了一大批优秀教练员和运动员。第29届奥帆赛的落户,使大家看到了帆船运动对城市品牌所蕴藏着的巨大推动力。市委、市政府适时提出打造"帆船之都"构想,希望通过举办奥运会帆船比赛,叫响一个新的城市名片。

郭川,就在这个时候这个地方登场了,一点也不闪亮,而是悄悄地走来,默默地出现……

时任青岛市体育总会主席的林志伟,是一位精明强干的女将,生在青岛长在海边,对这座城市充满了感情。她思维敏捷勇于创新,积极与奥帆委合作,培养大众对帆船运动的热情。这时,她被郭川的执着和真诚所打动,一直全力以赴给予支持,与他和他的家人结下了深厚的情意。

而前面提到的曲春领队,两年前也调回到青岛了,在隶属国家体育总局的青岛航海运动学校任副校长,是国际帆联认可的专家,也投身到奥帆委工作中,全力推广与组织帆船比赛。回到家乡的曲副校长热情很高,对积极参与的老朋友郭川,更是毫无二话地伸出友谊之手。

最先联系郭川与青岛奥帆委结缘的,还是那位有着军人作风的综合部朱悦涛主任。他想:利用帆船扩大青岛国际影响,仅靠奥运会还不行,因为奥帆比赛是在港湾赛场里进行。如果能像欧美帆船手那样,驾船出海,宣传效果会更好。这就需要找合适的船与合适的人!

说话间来到了2004年4月,上海举行帆船展销,朱悦涛前去参观并借机寻船。会上,与一位名叫张伟民的船商相识。他代理世界上著名的美国"亨特"牌游艇帆船,希望找个海港基地扩大销路。两人一拍即合。朱悦涛代表奥帆委提供停放基地,张伟民同意出借一条帆船,船名可以叫作"青岛"号。为此,他们策划了一系列活动,简言之就是"航海三步走战略":

一是走出国门,宣传奥运、宣传青岛。二是中国沿海行,驾船沿海岸线前进,一路走一路报道。三是环球航海行,进一步扩大青岛奥帆赛的影响力。那时这些方面还是空白,也不懂其中的奥秘和风险,他们无知者无畏,敢想敢干。

船有了,战略目标有了,谁来驾船去实现呢?船东张伟民说香港、厦门有这样的人才。朱悦涛摇摇头,提出了选人三条件:一、这个水手必须是青岛人,才能代表青岛城市形象。二、他要胆大心细懂帆船。三、他要有钱有闲有热情。按此标准满世界找，一时难以如愿。虽然青岛有全国第一所航海运动学校，但上到教练员，下到运动员，都是驾的运动帆船，这和远洋帆船是两个概念。

后来，还是做帆船生意的张伟民熟悉这个"圈子"，推荐道："有一个叫郭川的，是你们青岛籍的，原先玩过滑雪、滑翔，现在喜欢上帆船了，行吗？"

"那好，让他来谈谈看。"

在青岛奥帆委办公室里，朱悦涛与郭川见了面，寒暄几句，便试探性地问："你玩过大帆船吗？"

郭川说："玩过，我在香港和奥克兰学过一点，但水平不高。"

这不同于有些人满嘴打包票的作派——郭川老实直白的回答，让朱悦涛顿生好感。很快，两人就利用帆船宣传城市的话题达成了一致。别看郭川身材不高不壮、也不善言辞，但那略显红黑色的瘦削的面孔、明亮坚毅的目光，还是显露着长期从事野外运动的锤炼，以及性格的朴实、真诚与执着。

最重要的一点是，他们的价值观完全相同，一切以事业为重。此前，朱悦涛曾与另一人洽谈此事，那人一张口就是："我来办这件事，给多少钱？"

郭川，根本没提钱的事儿，满脑子想着如何尽快出海成行。这让朱悦涛认定他是个能干大事的人！

三 信使郭川

走出国门的机会来了！

2004年4月，恰逢纪念中国青岛与日本下关结成友好城市25周年，奥帆委策划了"奥运友好使者行"活动——郭川作为船长信使，驾驶着借用来的那艘帆船，代表700万（当时数字）青岛市民前往下关送一封市长亲笔信，借机宣传北京奥运会青岛赛区。

由于张伟民提供的船属于近海游艇性质，要想出国远航还需要改装添加设备。经过汇报争取，市政府大力支持拨了100万元，注册了当时全国第一条无动力远洋帆船，命名"青岛"号。朱悦涛等人又四处联络游说，几乎跑断了腿磨破了嘴,终于拉到了30万元的赞助,可以成行了。

这是大姑娘上轿——头一回的新生事物,注册时,帆船航行到底是归体育总局管,还是归交通部管,费了一番口舌。去日本大使馆办签证时,还遇到了一个令人忍俊不禁的小插曲:日本签证官问什么时候出发?郭川回答9月12日启程,计划20日前到达。人家一听不对劲:"这中间隔了7天时间,你们在哪儿?"郭川坦然道:"在路上。""什么路需要7天?"签证官警惕地看着他:"下关离中国不远,即便坐游轮也要不了这么久,你们想干什么?""误会了……"郭川赶紧解释是怎么回事。日本签证官一听竟然是驾驶无动力帆船的友好信使,惊奇而钦佩地立刻发了签证:"哟西,你们是现代第一批驾帆船去日本的。祝一路平安!"

毕竟是首航驾驶帆船出国,这与在海湾里玩玩大不一样,大家心里没底儿。朱悦涛与郭川、张伟民等人商量,再请几位有经验的航海人保驾。于是,他们找到了香港吴家兄弟、青岛航海学校的张军教练一同出航。吴家兄弟俩是玩船多年的"职业水鬼",有经验有技术。

为了强化青岛元素,同时又要保证安全,朱悦涛特地叮嘱郭川:"咱们毕竟欠缺远航经验,这回在岸上、在媒体前,你只是'形象船长',一到了外海,吴家大哥就是真正船长了,你要听他的。"

"明白!我也会借这个机会,好好向人家学习的。"

2004年9月12日下午,青岛尚未竣工的奥帆基地施工现场,第一次围绕着帆船热闹起来了。"奥运友好使者行"活动拉开了序幕,市政府和奥帆委的工作人员、青岛航海学校的学生、新闻单位的记者,以及喜欢帆船的市民们汇聚一堂,欢送"青岛"号奔赴日本下关市。

这是郭川和"青岛"号的处女航。人们敲锣打鼓,摇着彩旗,挥着手臂,大声祝福:"一路顺风!早日凯旋!""再见,再见,我们一定完成好任务!""青岛"号满载着青岛全市人民的友情,缓缓离开码头,顺风驶出了浮山湾。

在欢送的人群中,朱悦涛、航海学校校长戴志强、副校长曲春,还有市体育总会林志伟等又激动又不安,站在岸边久久地凝望着。谁知怕什么来什么,眼看着帆船刚刚驶出湾口,却突然打了个趔趄,停住不动了,船上的人影一片忙乱。朱悦涛心里大叫不好,赶紧躲到一边给郭川打手机,原来是船底好像撞到了什么东西,船员们正在查看。

出师不利!朱悦涛脑门上冒汗了,欢送仪式还没完,帆船就走不动了,这不等于演砸了吗?不行,首航不能不吉利,他对着电话嚷嚷:"别停别停,你们赶紧走!记者们还在拍着呢!有什么事出去再说。"

"明白!"郭川是个明白人,放下电话便招呼吴家兄弟和张军教练:"走,走,先对付着开出去。"帆船又扬起风帆前进了,很快便消失在人们的视线外。

一场热闹的帆船"首航秀"仪式结束了,朱悦涛他们心里毫无轻松感,总觉得会有什么事似的。果然,当晚9点多,在夜幕的掩护下,"青岛"号又悄悄地回到了出发地——原来船舱出现不明原因的漏水,船员不敢再往前开了。

朱悦涛和戴志强听说了,火急火燎地赶到奥帆基地码头,希望及时排除故障,再抓紧航行。如果让媒体知道报道出去,那可就丢人了!到底是哪儿漏水呢?人们里里外外查了个遍。戴校长还特意找了几名潜水员下水察看,都没找出毛病来。

这时候,还是郭川脑子快。他突然蹲下来,捧起一把船舱的漏水舔了舔,惊喜道:"啊,淡的,渗进来的不是海水。"

"对啊,这说明船底没漏!看看舱里边……"

众人立刻顺藤摸瓜,很快找到了出水点——原来是出发时的意外碰撞,导致船舱淡水箱漏水。他们赶快更换了水箱,清除了积水,帆船于凌晨时分再次出发了。

一场虚惊。天亮后,老校长戴志强还跑到天后宫,给妈祖娘娘烧香磕头,祈祷她保佑"青岛"号。而朱悦涛意识到这只是开始:"就像唐僧西天取经似的,九九八十一难,后边不知还会遇到什么难关呢?"

不幸而言中,第二天就迎来了更大的考验——一场台风突然而至,大海如同发了疯的野马群,铺天盖地横冲直撞。朱悦涛整个心胸也在波翻浪涌。行前,他们给郭川配了卫星电话。这天从早上到晚上,怎么也打不通电话,一次又一次地拨号振铃,耳机里传来的全是无人接听的"嘟——嘟——"

失联了!这个名词虽然还没有像如今这样震撼,但对于当事人来说却是如雷轰顶。朱悦涛茶饭不思,只是不停地拨打着电话,脑海里幻化着可能出现的种种场面:是船翻了?还是设备被风浪打坏了?时令已是秋季,可他待在办公室里坐立不安、汗如雨下……

一夜无眠,等到早晨7点多钟,朱悦涛几乎绝望地连续拨打着电话,突然通了!"郭川、郭川!"朱悦涛一下子从椅子上跳起来:"快说,你小子怎么回事?咋一直不接电话呢!人员怎么样?"

伴随着哗哗的海浪,响起郭川沙哑的声音:"嗨,别提了。我们跟风浪干了一夜,船身东倒西歪,电话早不知甩到哪儿去了,这才找着。不过人都没事!"

听到这里,硬汉子朱悦涛再也控制不住自己,眼泪"哗"一下就出来了,带着哭腔喊道:"好好,人没事就好!郭川,好兄弟,你们一定要保证安全,晚几天到没关系!"

"谢谢朱主任!现在风小了,我们调整一下,继续航行。"

这是郭川第一次在大海上"失联"遇险,此后他的航海生涯还会不断上演类似戏码。而朱悦涛渐渐熟悉并且相信郭川的能力越来越强,没有了那样的担心和流泪。只是到了12年之后的2016年10月,郭川船长在"金色太平洋挑战"中的数天"失联",朱悦涛再次泪流满面……

经过六天六夜的航程,"青岛"号终于驶进了日本下关港。朱悦涛和戴志强等人跟随青岛市友好代表团,乘飞机赶到下关迎接他们。帆船使者来送信了,当地市政府也感到新鲜且十分重视。在跨海大桥上组织了军乐队欢迎,手捧鲜花的学生高呼口号。郭川、张军还有吴家兄弟驾着帆船缓缓驶进下关港,大帆上的"青岛"两个字分外醒目。

依照约定,在大海上航行听吴家大哥的,而上了岸,郭川就是当然的船长了!他在人们簇拥下来到市政厅,向下关市长递交了青岛市长的信。下关市长发表了热情洋溢的欢迎辞。接下来,应该是郭川船长致答辞了。外交无小事,朱悦涛担心不善言谈的郭川说错话,为他起草好了致辞稿。可这天,当在现场看到走上话筒前的郭川两手空空,朱悦涛心想坏了,这小子肯定把讲稿丢了,暗暗为他捏了一把汗!

事实却让人大开眼界,尽管到了台上郭川有点紧张,肩膀不自觉地往上耸,手也不知道往哪儿放,两个大拇指硬邦邦地插在裤兜里,可一开口讲话,却顺畅而得体。郭川说:"六年前我来过日本,当时坐飞机也就是两个小时的事儿。六年后,在现代交通如此发达的当下,我却以一种最原始的方式,冒着很大的风险,在海上航行了7天,战胜了台风大浪的考验,才又一次踏上日本的土地。作为一名信使,通过这种最传统的方式,来表达青岛市民对下关人民的真诚情谊……"

朴实的话语,真挚的情感,令在场的日本市长、议员感动得频频点头。朱悦涛不仅刮目相看,感觉比自己起草的那些礼节性"正确的废话"强多了。在场的记者们纷纷拍照摄像,"青岛"号及其使者的新闻铺满了第二天的报纸电视。

尽管好事多磨,风不平浪不静,但毕竟成功了!"奥运友好使者行"一炮打响,青岛、奥帆赛的名气响出了国门。今天回看那次航海微不足道,反映了当时中国的帆船水平,可意义不小!更重要的是,郭川得到了磨砺,为今后的航海生涯奠定了坚实的基础。

一鼓作气,青岛奥帆委、体育总会等部门决定实施宣传青岛、宣传奥运的第二步战略——中国沿海行。还是与船东张伟民合作,还是这条帆船"青岛"号,还是这个船长——青岛人郭川……

对于上一次航海暴露出的问题,一一解决,力求打一仗进一步。特别是定位、通讯等手段,必须加强,因而需要增添雷达、对讲机等设施,预算方案50万元。通过成功的处女航,现在拉赞助比较容易了,著名的家电大王青岛海尔集团成为奥帆赛赞助商。

而这时的郭川成了名副其实的船长,可以驾船掌舵,不用香港水手保驾护航了。2005年8月中旬,郭川和几名同伴再次从青岛奥帆基地起航,沿着烟台——大连——上海——广州——香港等海滨城市航行,青岛奥运会伙伴城市、帆船之都的名片响彻云霄。

特别是在上海,由于黄浦江航道十分繁忙,是不允许小帆船进入的,只能停留在吴淞口码头上。可这一次,上海市政府特别批准:"青岛"号可以沿着黄浦江一直航行。哈!那一天,郭川他们驾着"青岛"号,缓缓进入黄浦江,一直行进到外滩、行进到东方明珠电视塔下,两岸万众瞩目……

这样,"航海三步走战略"走完了第二步,面对第三步——环球航行时,朱悦涛等人心里却打起了退堂鼓:通过前两次远航,越发感到远海航行不是简单的事,而我们缺乏的东西太多了,出于技术和安全的考虑,还是暂时放一放吧。

是谁说过:机会给予有准备的头脑。千真万确。

2005年下半年的一天,克利伯环球帆船赛的英国代理商慕名而来,找到青岛奥帆委,推广这个项目。克利伯赛事是"世界上规模最大的业余环球航海赛"。爱好者自费报名并接受赛前培训,在职业船长的带领下,从英国出发,途经世界主要港口城市,影响力很大。

朱悦涛看着前来洽谈的代理商,第一个反应是,机会来了,完全可以借船出海,通过这项赛事,实现"青岛"号走向世界的第三步设想。谁知,谈到这个问题时,商业代理痛快地答道:"可以啊,我们允许使用当地城市名称,但需要100万美元的冠名费。"

"啊!"这让一向精打细算的老朱傻了眼。政府没这笔经费,企业难以赞助,你让他去哪儿找这么些钱啊?

朱悦涛不死心,直接给克利伯英国总部去信联系,劝说对方派员前来沟通,并最终说服了他们——将这项赛事中国站定在青岛,无偿提供参赛帆船,冠名为"青岛"号。接下来,又回到了选人的老问题——当克利伯帆船在青岛靠岸时,一定要有一个青岛籍的英雄般的人物参加了环球航行,从船上昂然走下来。不用说,朱悦涛第一个就想到了郭川。

不巧的是,郭川当时已经订好了飞往新西兰的机票,为媒体拍摄滑翔翼的照片。顺便说一句,这些年的探险运动,也使他练出了超一流的摄影技术,是《国家地理》杂志的签约摄影师。他是个办事严谨可靠的人,不想临时爽约，一时陷入了两难之中。

这天晚上，朱悦涛将郭川约到一个通宵营业的咖啡馆，一边喝着醒神的咖啡，一边彻夜长谈："郭川，你一定要继续走下去。这可是国际性的帆船赛啊，今后你要还想航海，就不能错过这个机会。"

"是啊，我知道，可是……"郭川挠挠头，心里还纠结着："我早答应人家了，食言不好吧？"

"想想吧，哪头轻哪头重。咱们计划的航海前两步都办成了，但那只是自己玩儿，克利伯赛事具有世界影响力，如果你再次成功，就是中国的航海英雄，不仅对宣传青岛有好处，还能促进全国帆船运动的发展！"

晓之以理，动之以情，有着深厚家乡情结和责任感的郭川，被深深打动了。他不再犹豫，端起面前的咖啡杯，就像啤酒一样，一饮而尽，说："我干！摄影的事，我再想办法处理好。"

2006年1月，郭川作为首位征战克利伯环球帆船赛的中国人，登上了"青岛"号，参加预定国家沿海城市的一站站比赛。在船上，他的身份是水手，但他却觉得自己更像一个"插班生"，周围都是素不相识的外国人，讲的是英语，聊的是帆船，一切需要从头学起。

虽说曾经有过两次出海航行经历，但这却是郭川第一次面对真正的远海大洋，使他得到了进一步的磨炼。多年后，郭川曾充满感情地回忆道："参加克利伯，是我完成单人不间断环球航海，必须要经历的第一步。"

当年4月，当郭川随船抵达青岛时，整个城市都为之轰动了，因为还没有一个中国人参加克利伯环球赛。如果说前两步奥帆航海行，人们的注意力还在"青岛"号上的话，那么这一次，舆论的焦点都落在了郭川身上。确如朱悦涛所预料，当他从船上走下来时，就完成了从"形象船长"向"城市英雄"的转变。敬佩的目光、赞许的掌声，毫无保留地送给了这位青岛汉子。当年，郭川被评为"感动青岛"十大人物之一。

可以说，此前的郭川还是一位航海的业余爱好者，只不过比对其他极限运动兴趣大热情高罢了。通过参加克利伯环球航海赛，真正触动了他心底敏感的神经——帆船航海或许应该是自己的唯一！

两年后的沃尔沃环球帆船赛,成为郭川真正走向职业航海家的平台。不过,对于郭川的航海人生来说,那是一段惊心动魄、不堪回首却又值得回首的航程……

四 "抑郁症"郭川

沃尔沃环球帆船赛,是世界上历时最长的职业体育赛事,也是全球顶尖的离岸帆船赛事,以其航行时间长、条件艰苦而著称。比赛历时10个月,航程近39000海里,穿越全球最变幻莫测的海洋,停靠11个国家港口。这个项目,不仅是一项挑战人类体能极限的比赛,更是一次对参赛队员毅力和信心的严峻考验。

可是,直到本世纪前10年,沃尔沃赛事还没有在亚洲的城市停留过,也从没有出现一位黄皮肤、黑眼睛的面孔……

东方巨龙的崛起,使古老而傲慢的欧罗巴人另眼相看。从2008～2009赛季开始,沃尔沃环球帆船赛决定采用全新航线,首次征战从未涉及的新领域——亚洲的中国、印度和新加坡。这既是开辟亚洲市场的挑战与机遇,也为沿海的人们提供了更多观赏比赛的机会。

尤其是中国,成功地举办了2008年北京夏季奥运会,青岛作为帆船项目赛区,无论从比赛场地、奥运村等硬件建设,还是赛事组织、志愿服务等软件建设都十分圆满,名声在外。然而,如何经营好"后奥运帆船运动",也摆在了青岛有关人士面前。

前面介绍到的青岛市体育总会主席林志伟,巾帼不让须眉,义不容辞地挑起了重担。早在奥帆赛前,她就积极策划组织了"帆船进校园""千帆竞发2008"等活动。如今,她又在谋划新的篇章。在市领导支持下,成立了青岛市帆船帆板运动协会,林志伟任常务副会长,主持工作。沃尔沃环球帆船赛的到来,使她和许多志同道合的朋友们眼睛一亮。

好啊!青岛将在奥运辉煌后,为国人和世界再次呈现一场精彩的帆船盛会。而更让人振奋的消息接踵而至:沃尔沃组委会确定青岛为本届中国唯一经停港后,再增加中国元素,由爱尔兰和中国联合组队,正式命名为

"绿蛟龙"号。一是带有爱尔兰国旗的绿色,二是龙为东方华夏民族的图腾,代表了朝气蓬勃的中国精神。"绿蛟龙"号,大气磅礴且寓意深长。船队由11名队员组成,10人为爱尔兰人,船长是著名的奥帆赛奖牌获得者伊恩,再选拔一名中国船员参加。而此时的郭川呢,在完成克利伯赛事之后,专门到航海强国——法国去学习航海技术,进行迷你级帆船的训练,希望完成跨大西洋的航行,向职业帆船手的目标迈进。

得知沃尔沃来到中国了,郭川积极请战。他说:"就帆船而言,这是让我在专业上再上一个台阶的机会;就荣誉而言,这是代表国家的事。所以我必须登上那条70英尺的船。如果只选一个中国人参加沃尔沃比赛,我认为非我莫属,因为我有远航的理想,并且具有一定经验和能力。"

这话说得掷地有声,从中可以看到郭川那颗航海报国的赤子之心。但,能不能成为一条"绿蛟龙",还需要完成从爱尔兰到冰岛的航行测试。这一段航程近2000海里,风大浪高,我们的郭川咬紧牙关,闯了过来。船长伊恩决定吸收郭川,可不是当水手,而是一名负责摄像拍照的媒体船员。

只要能上船,就是沃尔沃。没有哪个水手能拒绝沃尔沃的诱惑,就像没有水手能躲过女妖塞壬的歌声一样。他的好友、东南卫视记者黄剑也加入了"绿蛟龙"号的岸队,跟随着船队跑遍沿线。

西班牙时间2008年10月11日下午2点,8艘70英尺级帆船一字排开在阿利坎特市的港口外,随着对讲机中裁判长倒计时的声音:"10、9、8……1,出发!"响起一声长长的尖锐的汽笛声,8艘赛船争先冲过起点,2008~2009沃尔沃环球帆船赛正式拉开序幕。

第一赛段是从西班牙的阿得坎特到达南非的开普敦,横跨欧洲到非洲的大西洋,航行距离漫长,气候、洋流状况复杂,对于首次参赛的郭川来说,是一场严峻的考验。从狭窄险恶的地中海直布罗陀地区出来后,在开阔的大西洋上西行不久,船队就面对赤道无风带的考验,对这一段水域风向的判断及驾驭能力,决定了整个赛段的成绩。

科恩船长经验丰富,率领"绿蛟龙"号船队劈波斩浪,勇往直前。而郭川则履行着媒体船员的职责,拍录下整个船队的事迹,及时传送到赛事组委会。毕竟是初涉顶级大赛，又遇到如此水平高的船员，好比是"一个小学生面对着十个教授"，无论是驾驶技术、身体素质，还是对航海精神的理解，郭川都隔着巨大的鸿沟……

他本来是个完美主义者，做事认真、较劲，一旦定下方向就不达目的不罢休。比如一些人跑帆船，是以玩儿为主，在一个朋友圈里说起来有个谈资。但他玩帆船，期盼能玩出点名堂来，当初滑雪、滑水、滑翔也是这样，总想玩得高级一点儿、专业一点儿。现在却处处"不懂"、时时"碰壁"，一下子倍感压力，甚至压得他透不过气来。

也正是在这个赛段里，高速航行的"绿蛟龙"号意外撞上一条鲸鱼，20节的速度瞬间停滞。缺乏经验的郭川一时控制不住，直接摔进前舱，痛得他"哎哟！哎哟！"直叫。

这对于那些从小就在海浪里泡大的欧洲同伴来说，根本不当回事儿，还打趣地说："郭，摸摸鼻梁骨，是不是快断了。没事儿，不摔上几回成不了好水手。"

这个时候，郭川开始出现焦虑感，继而感觉孤独。他在船上做的是一项独立工作，与其他人没关系。他承受着来自多方面的压力。有对自己的责任，他需要证明自己，赢得所有人的认同；有对船队的责任，他需要把这么多风云人物的故事讲出去；有对赞助商的责任，他需要同时满足沃尔沃组委会，以及沃尔沃中国的媒介诉求；有对国家的责任，因为有了中国在世界上的地位，才会有他这样一个叫郭川的人登上这条船。

他就是凭着这种责任感咬牙坚持着，紧绷着每一根神经，直到快要绷断了。船队完成第三赛段到达新加坡时，组委会总评媒体船员，一位负责人对郭川说："郭，我给你提一点建议，摄像时，你要把那个摄像机端平一点儿！"

"啊，你说什么？我没有端平吗？"这句话让郭川受到很大震动。人家说得很委婉，反映的问题却很严重。一个媒体船员连摄像机都不能端平，且自己还没有察觉，说明身体和心理已到了一种极限。他觉得干不下去了……

新加坡之后的第四赛段,就是到达中国青岛了。中间正巧赶上圣诞节,船队休息的时间比较长,郭川利用这几天抓紧飞回北京休整。体育总局主管大帆船项目的刘卫东前来接他,并陪同他这个远洋归来的单身汉过节。

当晚,刘卫东请郭川好好吃了一顿,又去洗浴中心泡了个热水澡。这是几个月以来,郭川第一次有种享受生活的感觉。刘卫东显得轻松而高兴,因为接下来赛段距离不长难度也不大。两人裹着浴巾躺在小床上,刘卫东欣慰地说:"你小子干得不错,下一步沃尔沃平安到了青岛,对于中国航海运动来说,就是里程碑式的一站。"

他觉得大功即将告成,甚至在想象着绿蛟龙号抵达青岛的时候,将会是怎样热烈的场景啊!可此时的郭川却正经历着煎熬,几个月来如同坐"水牢"的感觉使他心有余悸。他在想之后怎么办。从青岛到巴西赛段,长达12300海里!自己的状态如此萎靡,能不能坚持下来呢?

"卫东,我……感到太不适应,有点受不了……"郭川试探着表达想退出比赛,或者换个别人顶上去。

刘卫东起初并没在意,说着说着,明白了他的想法,便有点着急了,噌地坐起来:"怎么回事?你不想干了?你丫有点出息没有啊你大爷的!这事关系到中国人的脸面。郭川,我的哥哥,能坚持还是要坚持啊!"

一番"臭骂"加上劝解,使郭川不好再说什么,可问题并没有解决。他回到北京的宿舍,虽然洗得干干净净,但整夜失眠了。并且从第二天开始,天天处在昏昏沉沉却无法入睡的状态中。

几天后,郭川下决心去了安定医院,挂了一个专家号。医生一看,说你这是典型的幽闭恐惧症,不管你做什么事情,有意义也好,没意义也好,哪怕你的事儿关系到党和国家的前途命运,现在也必须休息!郭川说没有办法休息,也没办法解释清楚,只是拿了点药回去了。

幽闭恐惧症,是对封闭空间的一种焦虑症、抑郁症。例如处于电梯、车厢或机舱内,可能发生莫名的恐慌症状,以至于心慌心跳、呼吸急促,甚至昏厥。但一离开恐惧环境,便可恢复正常。出现此病的原因很多,比如说成长经历、性格因素、心理压力等等——郭川心想自己如果"抑郁"了,显然是在沃尔沃赛程一待几个月的结果。

郭川平生第一次吃下了抗抑郁药的"百忧解",症状并没有明显改善,每天还是只能睡两个小时。2009年1月12日,他又回到新加坡赛场。此时,岸队中的黄剑也赶了过来陪同。由于长时间睡不着觉,郭川十分痛苦,心情倍加沮丧。

那天,郭川与黄剑站在酒店26层的阳台上观景,突然指着下边的街道问:"我要是现在跳下去,会怎样?"

"哥们儿,你可别开这种玩笑啊!"黄剑惊讶地睁大眼睛。

第四赛段出发前,郭川不得不向伊恩船长说了实情。这位阅历丰富的老船长拍拍他的肩膀安慰说:别担心,很多人有过这种情况,适应适应就好了。同时也作了两手准备,安排黄剑去作救生培训,万一郭川真的不行的话顶上去。想想要回家乡青岛了,郭川不愿让人看作半途而废的"逃兵",咬着牙又上了"绿蛟龙"号。

毕竟是在病态的情况下,整天无精打采,昏昏沉沉,郭川只是被动地履行媒体船员的职责。他不知道那几天是怎么过来的。航行上也屡遭磨难,天气海况特别差。除夕前一天,大约10级左右的狂风突然袭来,船的横隔板撕裂了,不修好是不能继续航行的。

沃尔沃比赛的规则,允许就地维修,可是一时找不到材料,船员们发现郭川的媒体工作台不错,决定把它拆下来当横隔板!看见弟兄们手忙脚乱地拆自己用了几个月的工作台,郭川的心情反而变好了——船如此千疮百孔,估计可能会中途退赛。这样一想,他忽然有种如释重负的感觉,马上躺下来睡了一觉。

谁知等他醒来,发生了令人啼笑皆非的一幕——伊恩船长作出决策:绝不放弃,一定要修好船完成整个比赛!郭川听后心里一沉,病情复发,又进入了浑浑噩噩昏昏沉沉的状态……

在大家的鼓励下,郭川咬着牙坚持着,心里默默计算着到青岛的时间:三天、两天、24小时、18小时……在这种离家越来越近的心理暗示下,他觉得自己马上就要逃离这个空间了,情绪竟慢慢地稳定下来。

此时,伊恩船长和沃尔沃组委会密切沟通着:希望在"绿蛟龙"号进入青岛的时候,让郭川掌舵——按照规则,媒体船员是没有掌舵资格的,但伊恩船长很理解这条船对于中国、对于郭川的意义。

当然,组委会和船上的其他船员也理解。当伊恩船长征询大家意见的时候,他们还幽默地回答船长:没问题,你让他开200海里才好呢——这意思其实是在说:反正我们由于修船很难取得好成绩了,不是正式船员的郭川开得越多,等于就算有了一只"替罪羊"。

2009年1月31日晚上8点左右,郭川欣喜而兴奋地掌着舵,操控着"绿蛟龙"号缓缓驶进青岛奥帆码头。早已等候在岸边迎接的人群欢呼起来,主持人手持话筒高喊道:"'绿蛟龙'号,欢迎你回家!""郭川,好样的!"防波大堤上烟花齐放,在夜空中尽情绽放着青岛人的热情与期盼。

这项在欧美、在世界上盛行数十年的沃尔沃环球帆船赛运动,首次由中国人操作驶进了中国的港湾。为了迎接沃尔沃的勇士们,赛事青岛站组委会特意搭建了一个气势壮观的长城景观,两侧挂满了象征吉祥喜庆的红灯笼,将整个奥帆中心点缀得分外迷人。全体船员下船沿着红地毯登上"长城",体味了中国"不到长城非好汉"的豪情壮志。

一个抑郁症患者强忍着痛苦,给所有人带来了创造历史的快乐……

从北京赶来的刘卫东,是少数几个了解郭川状况的人。本心希望他参加到底,完成这项首次有中国人参加的国际赛事。可如果病情严重,也不能强人所难啊!

事实上,船到港后,熟悉郭川的人已发现异样了。他面目僵硬、双眼无神,甚至不会笑了,心里都为他捏着一把汗。回到父母家里,姐姐一见他面就哭了:"怎么成了这个样子,你这是吃了多少苦啊!这个英雄咱不当了……"

究竟还参加不参加下一个赛段,直到全程结束呢?

在当时的情况下,所有相关的人都面临着两难选择:谁都不能说郭川你要咬牙坚持,因为这样不人道,等于是把一个抑郁症患者再关进牢笼。但同时,谁也不能说郭川你放弃吧,因为他这次参赛具有一种特殊的意义。

假如说那时候就有"中国梦"这个提法的话,郭川的这次航行,其实就是"中国梦"的一个缩影、一个代表、一个标志、一个象征。

曾经的奥帆委副秘书长朱悦涛,早已与郭川是无话不谈的老朋友了,知道他压力巨大,状态不好,便想尽办法给他放松。找人给他按摩身体、陪同他打网球散心,甚至考虑他还是单身,张罗着介绍女朋友,希望他能够坚持到底:"你小子,可不能前功尽弃啊!"

不过,也有十分清楚其中危险性的,特别是那位在新加坡见识过郭川郁郁寡欢的黄剑。他悄悄地说:"老郭,你不能再走了,否则很可能是死路一条。"

第三天,伊恩船长找到郭川严肃地问:"是否还要继续航行?你自己必须要作决定了。"郭川想了想答道:"请给我24小时考虑一下。""好,明天这个时候,我等你准确答复。"

何去何从?所有人都看着郭川!他在作着激烈的思想斗争:就此罢手?抓紧治病,身体会慢慢恢复起来,可半途而废人家老外会怎么看?继续参加,一天到晚睡不着觉怎么行呢,真可能像黄剑说的,再走就是条不归路了!

傍晚,郭川一个人来到奥帆基地灯塔前,遥望着无际的大海和满天的星斗,陷入了沉思……终于,他昂起头颅,大步向伊恩船长的住处走去。

伊恩惊讶地看着他说:"这才过了几个小时,就想好了?告诉我你的决定是什么?""两个字:继续!"郭川掷地有声。

此时此刻,郭川心里想的是,就是死也要死在船上,不能让外国人说中国人不行!现在他看待沃尔沃,已不是一场体育赛事了,而是一次西天取经般的磨难、一次苦行僧似的修行。

郭川这次走得很悲壮,大有"风萧萧兮易水寒,壮士一去兮不复还"的气概。

当然,他没像荆轲那样带什么地图匕首,而是带了一大堆药丸子:六味地黄丸、清心养肝丸、安神丸,还有治疗抑郁症的"百忧解"。毕竟下一赛段从中国青岛到巴西里约热内卢特别漫长,帆船在海上要走40多天,横跨整个太平洋……

我们常说,沧海横流方显英雄本色。其实,英雄并非都有惊天动地的豪言和力挽狂澜的行动。普通人也可以成为英雄,关键就看你在某些时候的一个选择!

令人称奇而欣慰的是,当"绿蛟龙"越过赤道,行至南半球时,郭川的状态竟然变得越来越好,那困扰他数月之久的失眠、抑郁等病症大大缓解了。他熬过了那道坎儿,就像跑马拉松似的,运动员有一个疲乏的极限点,感觉呼吸不畅再也无法跑下去,一旦咬紧牙关挺过来就好了。

他终于可以与那些爱尔兰队友一样,享受帆船航海的乐趣了。这里,我们找到了郭川写于船上的日记,真实而宝贵,摘录一二,读者可以原汁原味地体味当时的情景——

2009年3月1日国际日期变更线

绿蛟龙沿着"国际日期变更线"一路向南航行。得分点在南纬36度左右、新西兰的奥克兰附近,大约离我们600多海里路程,按目前的速度2~3天可以到达。

天气非常好,阳光明媚,风力合适。这样舒适的天气让大家有一个休整的机会,船上弥漫着愉快的气氛。沃布雷克给自己洗了个澡——新的领航员和伊恩·摩尔一样,也是一个酷爱清洁的人,利用这段空隙时间,他把胡子刮了,整洁干净的他和一群胡子拉碴的水手站在一起,很醒目……

2009年3月28日冲过123000海里赛段

早8点多钟前方隐隐约约出现了一个轮廓,是陆地!不多时远处起伏的山峦更加清晰,引来一片欢呼声。这是我们40多天来在合恩角遇到陆地以来的第二次。随着时间一分一秒地过去,远处这沁人心脾的景象在视线中不断地放大,再放大——里约,我们来了!

出发的时候,对漫长的未来是如何地未卜,那目的地遥远得似乎只能在梦中到达,而现在,她就在眼前,真真切切!闭上眼睛,任由海风拂面而过,真心感受这漫长的最后一刻。下午两点,随着一声汽笛声响,绿蛟龙冲过了沃尔沃赛事最长的12300海里赛段……

此后，又接连经历了几个赛段艰苦卓绝的航行，"绿蛟龙"号乘风破浪，与其他8条大帆船一起，于2009年6月27日傍晚，驶到了本赛季的终点站——俄罗斯圣彼得堡，获得了第5名的成绩。郭川，也成为历史上第一个全程完成沃尔沃环球帆船赛事的中国人！

6月29日，沃尔沃环球帆船赛组委会在圣彼得堡海军俱乐部大厅，举行了盛大的庆祝仪式和颁奖晚会。帆船运动在欧洲十分盛行，人们对历经艰辛成功抵岸的航海英雄充满了敬佩之心。所有来宾都盛装出席，男士西装革履，打着庄重的领结；女士则是一身长裙曳地的晚礼服。色彩缤纷的舞台上方，树立着五块硕大的电子屏幕，不断地播放着海上风光，以及沃尔沃赛事片断。

当时，青岛市市长夏耕正在俄罗斯访问，应邀出席了颁奖活动。当组委会主任宣布各种奖项时，来自荷兰、俄罗斯、英国、爱尔兰等与本赛季有关国家的宾客，看到本国选手创造佳绩的形象，不断爆发出一阵阵欢呼声。

夏耕坐在那里，礼貌地击掌致贺，内心里知道这项运动是欧美人的天下，中国人首次跑完全程就不错了。突然，大屏幕上出现了一面鲜艳的五星红旗，一个穿着印有"中国青岛"T恤的汉子站在帆船上，昂首挺胸，搏风击浪。主持人提高声音宣布："中国选手郭川将沃尔沃帆船赛带到了亚洲，获得了更多亚洲人的关注。组委会决定授予他'特殊推广贡献奖'！"

一时间，鼓乐大作，掌声如潮。郭川蓦然听到自己的名字，一脸茫然地愣在那里，直到船长伊恩推了推他："快去，是你的奖，快上台！"他才清醒过来，忙不迭地跑上台与主持人握手、领奖。

而喜出望外的夏耕市长，"噌"地从座位上站起来，一边用力鼓掌一边向台上的郭川挥手，心中充满了喜悦和自豪。霎时，参加典礼的1000多名不同国家、不同肤色的嘉宾全部起立，给这位该项赛事第一个亚洲面孔的中国人，送上了充满敬意的掌声。

主持人继续宣读颁奖词："从35年前赛事创建以来，沃尔沃帆船赛首次开辟了亚洲航线，在印度科钦、新加坡和中国青岛分设了三站，并获得了巨大的成功。作为赛事首次设立的媒体船员，中国人郭川是8艘参赛船上的唯一一名亚洲人,对于赛事在青岛和新加坡两站的推广功不可没。"

喜讯传到国内,国家体育总局、中国帆船运动协会和青岛市有关部门更是欢欣鼓舞。青岛市体育总会主席、市帆协常务副会长林志伟立即行动起来,专门赶到国家体育总局水上运动中心,找到韦迪主任要求授予郭川"环球航海第一人"的称号,并邀请他参加青岛市表彰大会。

韦迪主任是一位学者型的领导,既为郭川取得的成就十分高兴,又感到有些为难,因为刚刚表彰了一位环球航海人——翟墨。这同样是一位值得敬佩的航海家,来自山东日照,他驾船随走随停,历时两年半完成了环球行。韦主任说:"他也是你们山东的,已经授予国内环海第一人了,你看……"

"那不一样。"林志伟据理力争,"翟墨不简单,值得我们尊敬。可他不是正式比赛,郭川参加了沃尔沃,那是国际帆协承认并授奖的亚洲第一人,咱们应该表彰啊!"

这话打动了韦迪!他成为林志伟的支持者……

2009年8月7日上午,青岛电视台800平米演播大厅里张灯结彩、乐曲飞扬,一个名为"挑战人生极限成就蓝色梦想"的颁奖典礼正在举行。这是由中国帆船协会和青岛市政府联合主办的,隆重表彰给青岛带来感动、为祖国赢得荣誉的中国第一位沃尔沃环球帆船赛参与者——郭川!

中国帆协副主席、国家体育总局水上运动中心主任韦迪,青岛市委副书记、市长夏耕,市委常委、市委统战部部长臧爱民,副市长王修林,以及有关方面的朋友林志伟、朱悦涛、戴志强、曲春和众多各界人士数百人出席了大会。硕大的背景屏幕上播放着"绿蛟龙"号搏击风浪、郭川身披五星红旗屹立船头的镜头。全场不断爆发出一阵阵热烈的掌声。

专程从北京赶来的韦迪主任,向郭川颁发了"沃尔沃环球帆船赛中国第一人"荣誉证书。青岛市委统战部部长臧爱民和副市长王修林,分别向郭川颁发了"青岛市打造帆船之都特殊贡献奖""青岛市劳动模范"证书、奖章和10万元的现金奖励。一日之间获得三项荣誉,这是国家和人民的认可啊!见过大风大浪的郭川,此时诚惶诚恐,连连挥手鞠躬致意!

面对着主持人的话筒,不善言辞的他激动地说:"我万分感谢中国帆协、市政府和家乡父老对我的支持和理解。如果没有这种信念,我能不能坚持到底还很难说。说真的,在赛程中最艰难的一段,也就是从新加坡到青岛的那段,我真有些支持不住了。但当我到了青岛,看到在寒风中等待着我的父老乡亲,我一下子就有了力量!"

最后,青岛市长夏耕讲话。他接过话筒看看全场,抛开秘书准备的讲稿,即兴动情地说道:"我们这座城市为一名市民单独举行颁奖仪式,是多年未有的……在一项由西方人所垄断的顶级帆船赛事中,一个亚洲人、一个中国人、一个青岛人能够获得如此高的荣誉,实在是太让人激动了……"

至此,颁奖表彰会达到了高潮,每个人都沉浸在欣喜和振奋之中。

我们的主人公郭川,眼眶中蓦然涌上来一层热辣辣的泪花……

五 硬汉郭川

"参加完沃尔沃比赛,你已经达到了一个很高的高度,其间还患过幽闭恐惧症,是不是应该见好就收了?"

"不!我要把自己想做的事情继续做下去。"

当喝彩与掌声慢慢平息之后,郭川的心态也随之平和下来,开始规划下一步的航海人生。2010年3月,他继续来到法国训练,完成因为参加沃尔沃而中断的"迷你型"横跨大西洋比赛。然后,他便想做一个航海与中国关系更大的事情,让同行和各界看到:我不只是媒体船员,还是一个真正的帆船手、一个中国航海家!

那么,做一件什么样的事情,才能让国际航海界对中国高看一眼呢?才能让同胞们真正了解和重视呢?一个想法在郭川脑海里渐渐萌生——那就是无助力单人不间断环球航行。这是最有影响力的,也是最难的。

国际帆协对于这种航行有严格的规定:水手必须是独自一人驾驶纯靠自然力量驱动的帆船,航行期间不得靠岸、接受外界器材或生活用品补给等,航线起始点必须同为一处,不得通过人工运河等路径点,必须经过非洲好望角和南美洲合恩角等地,且至少跨过赤道一次并横穿过全部子午线,总长度不少于21600海里。

世界上第一个完成不间断环球航行的,是1968年的英国人罗宾爵士。目前为止,世界上完成单人环球航行的人有200多,其中"不间断航行"只有70多人。远比登上珠穆朗玛峰的人要少,可见其难度有多大了。

挑战单人不间断全球航行,郭川在技术方面是有信心的,但要克服许多新的困难、学会许多新的东西。这时候,他问法国国家队的教练、朋友阿兰:能不能找到相关的专家帮助?阿兰与优秀的航海气象导航专家、沃尔沃赛事的高级顾问克里斯蒂安相熟,约好见面详谈。

相互介绍之后,郭川开门见山:"我想做一个不间断航行,请你帮助筹划一下,怎样才能做好呢?"

克里斯蒂安充分了解并信任郭川,思考了一下,给了他一个非常重要的建议:"我觉得你可以做一个世界纪录,这个纪录现在还没有人完成。"

"哦,什么纪录?请你说明。"郭川眼睛亮了。

"单人不间断环球航行的世界纪录,是按船的长度分成三类:第一类不限级别,第二类是60和60英尺以下,第三类是40和40英尺以下的。当下前两项已经有人做过了,唯独40英尺的还是空白。"

"好啊!我就做这个40英尺的!"没想到,第一次见到克里斯蒂安,就得到如此明确而宝贵的提议,郭川兴奋异常。他感到梦想找到方向了,而且不仅是他个人的梦想,也将是中国人在海洋上迈出的重要一步。为此,他接着咨询两个问题:"第一,我想从中国青岛出发和结束,这样对我的祖国有益,可以吗?第二,这是否就是一项国际认可的世界纪录?"

"这个好办,我帮你向世界帆船纪录委员会去确认一下。"

历史上的帆船环球纪录都是以欧美国家作起点和终点的,郭川希望将自己的祖国和家乡列入纪录表,其意义深远而重大,可见他那份拳拳的中国心!

克里斯蒂安是一个办事认真且讲究效率的人,没过几天,他就给郭川带来了好消息:国际帆联同意以中国城市作纪录航行,但线路要重新核定,一定要达到21600海里。如果不够,可以在中间设一个绕标点。

太好了!郭川下定决心,坚决完成这项计划。他那帮法国朋友纷纷鼓励,积极帮助。说一个中国人如果干成了,那就是谱写世界帆船史上的新篇章!

接下来就是选择合适的船。

这艘用来创造世界纪录的环球帆船,尺寸是40尺,"裸价"加上电子设备等,大约四五十万欧元,对于已经从单位上辞职,依靠当特聘摄影师和比赛奖金生活的郭川来讲,显然是无力承担的。不过,国人中不乏慧眼识人、义薄云天之士。郭川在北航上学时有位校友,名叫施雷,毕业20多年,经营有方,已有一定经济实力。他也是个喜欢户外探险运动的人,性情豪爽,对郭川的事迹十分关注和敬佩,经常以此鼓励自己的孩子。

2010年5月,郭川从法国回到北京。施雷请他吃饭,中间聊起单人不间断环球航行的事儿,当郭川说到需要一条船做这事儿,正想法筹钱呢。谁知,此话刚一出口,施雷就豪迈地说:"郭川,我来帮助你,支持你买船。我也没多少钱,就出个两百万吧!"

"那可太好了!"郭川连忙端起酒杯敬了他一杯,心里暖洋洋的。尽管这还不太够,但再筹集就好办了。从中可以看出大家对中国帆船事业的期望。

时间走进2011年,郭川在自己的两个追梦战场上双向推进着——

一是在法国参加M34级别的环法帆船赛,并且拿到了冠军;接着参加6.5米级别跨大西洋比赛,也是为来年单人环球航行作准备。二是漂泊多年的他、一直是"钻石王老五"的他,渴望有个家了……

无情未必真豪杰,怜子如何不丈夫。

这是鲁迅先生写下的诗句,说明英雄豪杰并非不食人间烟火,也有七情六欲,喜怒哀乐。虽说郭川多年来一心痴迷探险运动,把自己的终身大事耽搁下来了,可他那颗坚强身躯的外表下,深藏着一颗柔软的心。只不过是天南海北,居无定所,使他不愿让人家姑娘跟着受苦罢了。

越是这样独行侠一样的硬汉子,越能得到有一双慧眼的佳人喜爱。早在上世纪90年代末,郭川在北京一个外语学习班上,结识了在这里学习的肖莉女士。那时,她刚从四川老家来到北京工作,从朋友处了解到郭川的一些情况,就以一种仰望敬佩的目光看着他。

并不高大也不帅气的郭川,不善言谈不爱张扬的郭川,以其坚毅果敢的性格,真诚宽广的胸怀和做事认真靠谱的风格,深深赢得了这位女子的芳心。只是由于种种客观上的原因,使她不能去主动表露心迹。而一心扑在自己事业上的郭川,更是没有心思捅开这层窗户纸。后来,竟断了联系。

有情人终会成眷属的。新世纪的某一年,两颗孤单而又相知的心再次相遇了,本来就没有熄灭的火花重又燃起,而且越烧越旺。聪慧能干的肖莉,已经办起了自己的公司,经营劳保用品。她依然仰望着大哥哥一样的郭川,绝对信任支持他做的事情,喜欢看着他吃饭、开车、摄影……

这几年,郭川不断在法国、英国和国内北京、青岛之间奔波,每次出发与归来,都是肖莉开车送行和迎接,几乎成为他的"专职司机"了。而似乎只有在这时,他们才能单独地不受任何打扰地倾心交谈。肖莉那辆白色奥迪车,就这样成了温馨的二人世界。

2010年暮春的一个夜晚,郭川按计划前往法国训练比赛,照例由肖莉驾车送他去机场。起飞时间是凌晨1点50分,两人提前驱车行驶在首都宽阔的公路上。夜已深了,人已静了,整座城市进入了甜美的梦乡。白色奥迪车内两颗相知相印的心在深情地碰撞着。

谈了过去,讲了未来,述说了可能遇到的困难,描绘了航海事业的前景。突然,郭川闭上了嘴,肖莉也不说话了,只听到窗外的风声呼呼地掠过,汽车发动机隆隆地鸣响……

不知过了多长时间,郭川终于开口了:"肖莉,我想有个家了,这些年,我奔波得太累了,我真的想有个家。你……"

"不用多说了,郭川,我、我愿意给你一个家!"

没有花前月下的缠绵,没有海誓山盟的浪漫,两个早已心心相印的情侣,在飞驰的轿车车厢里,在夜半的高速公路上,就这样订下了白首之约。这仿佛注定了他们总是聚少离多、天各一方。

长话短说。一年后,郭川忙里抽暇从法国飞回北京,筹办婚礼。两人把家安在了北京五环边一个小区里。2011年5月19日,是中国古代旅行家徐霞客的生日,也是第一个"中国旅游日",郭川和肖莉举办了婚礼。当然,朋友们都知道,他们选择这一天结婚,绝对不是为了徐霞客的缘故。

婚后十个月,郭川的儿子出生了。中年得子,他自然是十分高兴和宝贵,把起名字当成神圣而庄严的大事。之前,肖莉管这个小儿子叫小弟,郭川也认可,但他心目中一直在为叫什么大名而思虑。

家人起了三个认为是很吉利的名字,可他一个也没看中。直到三个月后,郭川胸有成竹地宣布:"有了,我们的小弟大名就叫郭伦布!"

"郭伦布?怎么有点外国味啊?"肖莉不解地问。

"对!世界上伟大的航海家叫哥伦布,他发现了新大陆。哥与郭,读音差不多嘛,用它命名我郭川的儿子,很有意义啊!"

"原来是这样啊!"肖莉恍然大悟,"看来你跟航海算是较上劲儿了!"

2012年11月18日,一个风平浪静的日子。在顺利完成了M34级别的环法帆船赛、横跨大西洋比赛,熟悉新船,训练磨合,作好了充分准备之后,郭川驾驶"青岛"号,开始了单人无动力不间断环球航海之旅。

青岛市政府、市帆船帆板运动协会和各界人士、市民群众1000多人,在奥帆中心基地举行了盛大的出征仪式,为家乡的好汉郭川壮行。这天上午,秋高气爽,整个基地码头上披上了节日的盛装,彩旗飘舞、鲜花簇拥,一块硕大的蓝色背景板高高挺立,上面印着高扬着"青岛"二字的帆船图片,8个大字醒目而庄严:环球英雄,中国传奇!

10时整,一直对郭川赞赏支持的青岛原市长、现山东省副省长夏耕手持一面五星红旗,郑重地交到郭川手中,祝他一路好运!市人大常委会副主任邹川宁、青岛奥帆城市发展促进会常务副会长臧爱民,向郭川赠送"帆船之都"纪念旗帜……

面对家乡父老的殷殷期望和高涨热情,郭川这位铮铮铁汉激动不已,以至于在发表感言时,热泪盈眶,几度哽咽:"今天我特别激动,应该激动,真的很激动。感谢大家、感谢青岛……一年前,哪怕是一个月前,我都不敢想象今天的到来。我想说的是,我行,我能,我一定能!请放心,明年春天,我们故乡见!"

10时42分,郭川接过写满青岛市青少年美好祝福的漂流瓶,抱着自己刚刚9个月大的小儿子郭伦布亲了又亲,而后交给妻子肖莉,在众多亲朋好友的簇拥下,在上千名青岛市民依依不舍的目光中,沿着象征大海的蓝地毯,与中国首位帆板世界冠军张小冬,一起登上了"青岛"号帆船。

欢送的人群中爆发出一阵阵热烈的掌声和欢呼声。其中有一位梳着短发、举止干练的中年女士,神情激动而欣慰,悄悄摘下近视眼镜,擦拭着无法遏止的泪珠。她就是青岛市体育总会主席、帆船协会常务副会长林志伟,为了此次郭川出航付出了很多心血。

不过,最初听到郭川的单人环球航海计划时,林志伟以为只是说说而已,并不太当真。因为这个项目太难太艰苦了,一般人根本不敢问津。可当看到郭川在一步步认真准备着、筹划着,特别是他要求把中国青岛作为出发与返航点——要知道,这是此项目设立以来第一次从东方城市启航,并且坚持将帆船命名"青岛"号时,林志伟感动不已,决心尽力支持他!

2016年12月的一天,我在青岛市奥帆基地媒体中心大厅里,采访了这位曾为打造"帆船之都"立下汗马功劳的林会长。谈到郭川,她充满感情地回忆道:

"郭川,一个原来不怎么让人瞩目的男人,2010年底,他回来了,回到青岛,他告诉我,他正在法国做一个创纪录航海行动的准备工作,我一笑了之;2011年,他又回来了,告诉我他准备好了要前行了,我又一笑了之;第三趟回来告诉我,主席,真的要航行了,我才真正认真地审视了一下眼前的这个执着的男人。他告诉我,他要冠'中国青岛'号。我太高兴了,想跳起来欢呼但又忍住了,我不能让他太觉着我那么想有人为青岛'帆船之都'冠名。

"但是,他又一次回来了,他很沉默,在我一再追问下,他告诉我遇到困难了,他准备起航的大帆船因为冠名遇到困难,原因是船东要冠自己公司的名,郭川坚持冠'中国青岛'号,为此郭川要付出150万租金赔偿船东。郭川告诉我一定要这么办!我当时不知道体制外的体育人有多难,但良心告诉我要帮帮他。在请示了夏市长和栾副市长之后,我从当年的帆船经费中挪了一块,给了郭川团队100万,对他来说杯水车薪,但是他及他的团队从来没忘记过,随后我包揽了他出发的所有活动筹备及费用,送他出发的时候,随行的游艇跟出了很长时间,从欢呼到流泪,流干了眼泪,喊哑了嗓子,我觉着他回来的可能性很小……"

事实上,不少亲朋好友都有这种担心,只是不愿表露出来罢了。一个人、一条船、一片海、一道未知的难题。挑战海洋、挑战自我,太难了……

按照国际惯例,每当一项远洋航海赛事起航前,都会有一位名人从比赛船上跳入大海,为参赛选手壮行。而今天为郭川担任"跳海嘉宾"的,就是那位张小冬,如今她是国家体育总局青岛航海运动学校副校长。张小冬陪同郭川绕行一周,深情地拥抱祝福,相约明年春天再见。而后,她张开双臂纵身跃入大海。

站在起点线上的青岛航海学校副校长曲春按下了秒表。他是国际帆联仲裁专员,执法过雅典奥运会帆船比赛。国际帆联规定,创纪录的航海项目,必须选择醒目而永久的建筑物作参照。曲春受国际帆联委托,肩负着仲裁使命。上个月,他带着几位助手仔细测量,反复权衡,确定了"五月的风"雕塑尖与奥帆中心灯塔顶部,为郭川此行的起终线。

11时57分07秒,"青岛"号以约20海里的时速冲过了起点,标志着郭川正式拉开不间断环球航海的帷幕。曲春大喊一声:"青岛号,起航了!"刹那间,几道彩烟升腾而起。郭川挥了一下手,全神贯注地驾船乘风破浪,向前航行,不一会儿便消失在美丽的水天线中。

此时此刻,始终淡定甚至面露微笑的妻子肖莉,再也抑制不住自己情绪了。她把小伦布交给郭家大姐,突然跪倒在地上,朝着"青岛"号的方向磕了三个头,祈求上苍保佑丈夫一帆风顺,平安回来……

欢乐热闹的场面瞬间消逝,面对的将是几个月孤寂单调、隐藏着种种风险的海洋。当最后一个人影远离视线后,郭川仿佛一下子放松下来,感觉终于可以休息了。

"青岛"号船体太狭小了,40英尺级,长度折合只有12米,为单人不间断环球航行最小级别的。船上有个主控台,上面有一排开关、仪表,用于导航,显示船速、水深、合成风和船行方向等等。供电要靠太阳能蓄电池,还有天线系统,随时和卫星保持联系。

郭川的饮食起居限定在4平方米的船舱内,在海上只能靠脱水压缩食品充饥,吃饭时,把食物浇上热水,泡成糊状食用。他也携带了少量罐头、香肠、咸菜之类的食品和几瓶酒,留着在船上过元旦、春节和过生日时庆贺。这一去就是数月的时光。此外,他只带了一箱纯净水,那是在遇险时的救命水,平时饮用水全部来自海水净化装置。

虽说眼下郭川特别渴望休息,身体却马上要进入另一种状态。首先就是培养自己的睡眠系统,一个人面对大海,什么事情都可能发生,时刻需要保持着高度的警醒状态。他设置了一个闹钟,每次睡觉最多20分钟。哪怕一丁点异样的声响,都会刺激着他的神经末梢。

后来,郭川回忆最初航行过程时说道:

"……实在太困了,死去活来的困。白天还好,我能坚持不睡。可天一黑,半夜到天亮,是最难受的时候。那是我在海上的第二天晚上,凌晨3点,我心力交瘁,决定打个小盹。也就20分钟,突然听见'哐当'一声。我一下就醒了,然后脑袋蒙蒙的,心想肯定是挂上渔网了。最简单的办法,是把帆降下来,看看如果没有动力,渔网的绳子能否自动松脱。但当我降帆之后,发现浮标和绳子仍然绞在船底。我拿了个钩子,小心地把绳子一根一根勾过来,再用刀子割掉。浮标仍不停地在撞击。那真是个恐惧的声音,就像深更半夜有人在猛烈地敲门。

"一个多小时后,声音终于停下了。我拿着手电筒,检查了一下四周,看看船舵,自我感觉没出什么大问题,终于松了一口气。天仍是黑的,很快就是黎明,我却再也睡不着了。受了这个惊吓,睡意全无。说实话,如果那天真出了什么大问题,导致必须放弃这次航行,我一定非常沮丧。为了这次航行,我准备了将近两年,即使要放弃,也不要是现在……"

对,绝不能轻易退却。两年来,他整装待发,秣马厉兵,付出了巨大的心血和牺牲。特别是作为独子,郭川竟然未能赶上为病逝的父亲送终,成为终生的遗憾。那还是他去年在法国集训的时候,一天突然接到家人的紧急电话:父亲病逝,定于后天举办火化仪式。啊!他心痛欲裂,泪流满面,自己长年奔波在外,难以为重病在床的父亲尽孝。这次一定是病情急转直下,来不及通知他回去见最后一面了。

郭川立即请了假,驱车向巴黎机场飞奔,买上最早的一班机票回国,恨不能一步迈回到父亲身边。万万没料到,由于机械故障原因,这趟航班晚点了。他悲伤而焦躁地转来转去,痴痴地等待着,一直从晚上10点等到凌晨3点多钟,等来的却是航班取消!如果改换第二天的航班,计算一下时间,肯定赶不上父亲的追悼会了。

怎么办?父亲自从得知他的环球航海计划后,就表示支持,期待着儿子为中国人争这口气。他要化悲痛为力量,不能有一丝一毫地懈怠和耽搁。想到这里,郭川跪地向着东方磕了一个响头,流着泪说:"爸爸,儿子不孝了,不能为你老人家送行了!请你原谅,你一直以儿子为荣,我不能停下来……"

现在终于成行了,郭川感到身上承载着父子两代的志向,怎能不全力以赴勇往直前呢?夜深人静时,他望着无边的海浪、满天的星斗,总在想那是父亲在看着自己呢,身上就有了无穷的勇气和力量。

接下来,他遇到了一个又一个难以想象的难关,都想方设法地去拼、去闯、去奋争。用他的话说:"我每天以海水洗头、以雨水洗澡、以泪水洗面。我恐惧过、沮丧过、哭泣过,但没有放弃过!"

让我们回放一下当时的航程片断,可见一斑——

2012年11月27日,横风帆一个固定点的绳缆,在与轮轴发生摩擦后突然断裂,郭川在一片漆黑的环境下花费了一个小时,才将面积约100平方米的横风帆铺在水面上并重新收好。

2012年11月30日,"青岛"号行驶至热带风暴南侧,郭川小心驾驶,绕过风暴中心区,成功摆脱了灾难性天气的威胁。

2012年12月27日,帆船大前帆突然发生破损,坠落水中,他紧急将船停住,在漆黑的夜里花费很长时间才将帆从水中捞起,重新收好。随后,爬上六层楼高的桅杆,剪掉之前大前帆的残余部分。

2013年1月5日,郭川在海上迎来自己的48岁生日,按照约定,他打开电脑视频,看到了妻子和儿子可爱的面容。想家的情绪非常浓烈,他把儿子的照片打印出来,贴满船舱。肖莉和孩子每天都会和他通电话,讲讲家里的事情,电话里的笑语盈盈,压住了舱外的疾风大浪。

2013年1月18日,郭川来到了南美洲最南端的合恩角。这是整个航程中真正给他带来巨大危险的地方。它位于智利南部合恩岛岬角,以1616年绕过此角的荷兰航海家斯豪滕的出生地合恩命名。终年强风不断,波涛汹涌,历史上曾有500多艘船只在此沉没,两万余人葬身海底,有"海上坟场"之称。

郭川全神贯注地驾驶帆船,一会儿被巨浪推向波峰,一会儿被卷入波谷,在惊涛骇浪中前行,随时都有葬身大海的危险。经过两天两夜的顽强搏斗,终于闯过了这道鬼门关。他按照传统,掏出早就准备好的一瓶朗姆酒、一根雪茄,把摄像机放在前面,拍下这难忘一刻。一脸沧桑但异常兴奋的他举着一块纸板,上面写着:"走得到的地方是远方,回得去的地方是家乡。"

2013年1月19日,在家中的妻子接到了郭川卫星电话:"合恩角,过了!"顿时,肖莉的眼泪夺眶而出⋯⋯

整个航行并非全是苦难,也有许多充满快乐和自由自在的时光。风平浪静的时候,不少海豚会在船前跃出水面,为他领路。有一次,郭川还遇见了飞鱼群,两侧蓝色的鳍好似一对翅膀,有的还飞进了船舱。郭川把飞鱼做熟后品尝,难以下咽。他也试着钓过鱼,但每次都希望落空。如果下雨了,他就站在甲板上冲洗一下,痛快地洗个澡,享受一次淋浴。

在茫茫的大海上,海风的方向变化无常,单人航行要求船员时刻注意调整船帆,确保航行的方向准确。白天不能睡觉,因为风向风力变化很快。一次在顺风航行时,郭川认为风不会很大,就使用面积比较大的船帆。不料,刚挂好风帆,风速突然加快,船像脱缰的野马一样难以控制,桅杆差点折断,他马上把帆降下来,才避免了危险。

航行途中,郭川携带食品量不足,前半程很快就吃到所剩无几。后半程郭川处在半饥饿状态,却舍不得多吃,以备不时之需。食物对他的情绪影响很大。他的年夜饭是一包冷冻脱水食品、一袋腊肠、一瓶白酒和一盒罐头,这已经比平常吃得丰富多了。

2013年3月12日,"青岛"号航行在爪哇岛与苏门答腊岛之间的一条狭窄水道。郭川感觉回到了文明世界——有人间烟火了,但有的人可能会是"海盗"。那是凌晨左右,郭川突然发现船又被渔网缠住了。它安静地停在爪哇海上,一动不动。黑灯瞎火的,什么也看不见。他特别抓狂。突然间传来了马达声,远处有一点点微弱的光游来。

起初,郭川以为是普通的渔船,希望他们来帮忙摆脱渔网,便大声喊叫着。不料,他们径直撞过来。"不好!"郭川心想,"这一定是有意的。"不过这一撞,帆船开始松动,郭川赶紧升帆乘风开走,一边跑一边回头看,船上有两个人,见赶不上便放弃了。郭川猜测他们只是一些业余的小海盗,如果自己运气差,帆船被网缠着走不开,就可能成了他们的猎物了。

有惊无险,"青岛"号很快驶进了南中国海,穿行在台湾海峡,离终点越来越近了。这里的视线中,始终能看到有船在四周。白天看得清楚,郭川可以睡上20分钟。到了晚上,则根本不敢睡,生怕被什么船只撞上。有一次,连续两三天都没睡觉,感到疲劳极了,只是胜利在望的信念,在支撑着他。

2013年4月3日清晨,肖莉接到丈夫的电话,听到郭川激动地说:"我肯定能回家了!"她又掉下了眼泪……

两天后——4月5日清晨,郭川驾驶的帆船驶入青岛浮山湾的奥帆基地,驶入了去年秋天启航的地方。家乡父老早已等候在这里欢迎远航归来的游子,自己的城市英雄。"青岛"号先后两次自东向西、自西向东驶过终点线之后,在数十艘伴航的迎接船队齐鸣的汽笛声中驶入港池。

"来了!来了!"岸边人群中传来山呼海啸般的欢呼声,一个个兴奋地指指点点。郭川站在船头点燃了信号棒,与岸上的鞭炮烟花一齐腾飞。人们不断高呼着"郭川!英雄!""好样的,郭川!"

现场大屏幕上显示的航行时间为137天20小时02分28秒。最终纪录,还要等待国际帆联核实黑匣子的数据,精确地确认冲线时间。那时,郭川将创造40英尺级帆船单人不间断环球航行世界纪录,并历史性地开启了这个项目的"东方航线"。

此时,"青岛"号尚未靠岸,归心似箭的郭川早已等不及了。他面朝岸边跪拜叩头,而后纵身一跃,跳入冰凉的海水中,奋力游向妻儿身边。早已等候在岸上的肖莉搂着两个孩子泣不成声。郭川用尽力气爬上了岸,爬到亲人面前,埋头亲吻着故乡的土地。慢慢地,他抬起头,对妻子肖莉说:"我,活着回来了!"

郭川的母亲也走过来,一家人紧紧拥抱在一起。

前一个夜晚,得知郭川快到家了,74岁的老母亲激动得一夜没睡,今天她带来了儿子爱吃的苹果、山楂片、桂圆、花生米……

六 奇人郭川

灯火辉煌,明星闪烁。

2014年1月11日晚上,中央电视台演播大厅里一片喜庆气氛,本年度《CCTV体坛风云人物》颁奖盛典正在举行。这是由中央电视台主办,国家体育总局、国家新闻出版广电总局大力支持的一项年度体育人物评选活动,是中国体育的荣誉殿堂。

当依次评选出最佳男女运动员、教练员等奖项之后,两位嘉宾——体育界的元老、国际排球名誉主席魏纪中和家喻户晓的传奇人物、中国排球队主教练郎平走上前台,宣布并颁发"2013体坛风云人物年度特别贡献奖"。背后大屏幕上映出几位候选人,其中有郭川航海的画面,画外音解说:

"如果你在大海上生活137天,你可以成为水手;如果你在大海上驾船行驶137天,你可以成为船长;如果你一个人不间断在大海上航行137天,并且创造了世界纪录,你就是航海家!郭川,改变中国航海历史的英雄!"

短片播放结束,魏纪中在郎平的注视下打开了获奖名单,高声宣布:"获得2013体坛风云人物年度特别贡献奖的是——"

蓦地,整个大厅里自发地响起一片兴奋的喊声:"郭川!郭川!"

魏纪中看了看全场,提高嗓门蹦出两个字:"郭川!"

"噢!"全场一片掌声一片欢腾,看得出来这是众望所归。身着黑色西装的郭川从座位上跃起来,笑着向大家挥手致谢,然后大步走上台去领取奖杯和证书。他,当之无愧。

至此,郭川的荣誉榜上又增加了一项——体坛风云人物年度特别贡献奖。用修成正果、功成名就来形容他,似乎一点儿也不过分,或许应该停下奔跑的脚步、收拢高扬的风帆,歇一歇了。一些亲友劝道:"郭川,差不多就行了!"

不,不,郭川是一个不满足现状的人,是一个不断挑战自我的人,简言之,他是一个东方奇人!当他从大有前途的公司高管位置上毅然辞职,寻找自己的梦想人生时,很多人不理解;当他参加了克利伯帆船赛、沃尔沃环球赛、横跨大西洋等一系列赛事,获得了众多鲜花和荣誉,大家劝慰见好就收时,他却选择了更为艰难的单人环球航行。同样,这次在北京领奖之后,郭川马不停蹄地又策划下一步行动了。

他的理念是,体育贡献奖,并不是仅仅表现在自己赛出好成绩,还要尽可能为发展这个项目尽心竭力,尤其在国内尚未十分普及的帆船运动上面。由于郭川的奋斗和成功,国际帆船界已对中国刮目相看,同时也影响和带动起一大批帆船爱好者。郭川对此十分自豪:"这证明我不是一个人在战斗!"

别的城市不说了,仅在他的家乡青岛就涌现出了一批跟随者。其中,最典型的是有"女郭川"之称的宋坤。80后的宋坤是土生土长的"青岛大嫚",自小与大海结缘。大学毕业后,宋坤回到青岛受聘到航海俱乐部做翻译工作,接触到了帆船,也一发不可收地爱上了航海。

2013年9月,当时的宋坤将在伦敦驾驶"青岛"号,参加2013~2014克利伯全部8个赛段的比赛。除她以外还有8名中国船员,但他们每人只参加一个赛段。宋坤如果全程坚持下来,有望成为第一位帆船环球航行的中国女船员。

正在备战新征程的郭川,闻讯后十分高兴。他专程来到英国伦敦看望即将出发的宋坤,讲述当年自己参加这项赛事的经验教训,供她参考。郭川还拿出一个崭新的睡袋说:"小宋,这是法国朋友送给我的,保暖性能特别好。我送给你,去争取好成绩吧!""船长,太感谢了!这对我来说是很好的激励,一定要争取成功。""对!你只要坚持到底,就是胜利!"宋坤用力点点头:"我对完成比赛很有信心。"

本赛季是"青岛"号帆船连续第5次征战克利伯环球帆船赛,自2006年郭川成为首位参赛的中国人后,先后有30余名中国人通过这项国际知名赛事实现了远洋航海梦。宋坤随船队于2013年9月1日从英国伦敦起航,沿途停靠11个国家16个港口,于2014年7月12日再次回到伦敦。她就像当年的郭川一样,咬紧牙关顽强拼搏,成为中国女子环球航海第一人。

这期间,郭川一点也没闲着,又自费来到法国这个航海大国去加油充电。当时业内出现了一种新型的三体大帆船,船身是由碳纤维做成的,重量轻而速度快。全世界只有5艘。郭川看好了这种航海最前沿的工具,希望驾驶它去完成更高难度的航行,更好地树立中国人的形象!

正值国家实施"一带一路"战略,青岛市作为节点城市之一,需要扩大宣传力度。而市委书记李群、市长张新起与历届领导一样,都有着浓厚的"帆船之都"情结,在得知"海洋公益形象大使"郭川需要一艘新船时,他们及时开会研究决定,帮助郭川将船购买下来。

2015年3月15日——中国航海英雄郭川作为船东代表,在世界航海运动圣地法国拉特里尼泰,将心仪已久的"宝船"收归麾下。这条即将被命名为"中国·青岛"号的三体船,曾在法国航海家弗朗西斯·乔伊恩驾驶下,创造了57天13小时34分06秒的单人不间断环球航行的世界纪录,至今仍然是航海界的标杆。

郭川说:"我为能够代表中国青岛,接收这条有世界传奇意义的三体船而感到自豪。我从一艘只有我自己驾驶的'小青岛'号的船长,成为了一艘超级三体大'中国·青岛'号的新船长,我的航海目标也从一个人的小目标,变得更加具有世界意义,我希望为中国在世界航海史册书写新的辉煌。"

此船长29.7米，宽16.5米，桅杆高32米，重11吨；装有现代化的导航、通讯等设备；船帆顺风最大面积520平方米，迎风最大面积350平方米。周身漆着中国人喜爱的红色，高高的大前帆上，也是一片红红的底色，上边描画着世界地图，书写着硕大的"中国·青岛"字样，最顶端是一面醒目的五星红旗！

经过一年多的精心筹划准备，郭川又要踏上新的航程了……

2015年9月3日，伴随着北京举行纪念抗日战争暨世界反法西斯战争胜利七十周年大阅兵的乐曲，郭川带领他的团队驾乘"中国·青岛"号三体大帆船，从俄罗斯摩尔曼斯克出发，开始大胆而"疯狂"地挑战北冰洋的航行。

这年郭川已经50岁了，从未涉足过冰海航行，可他此次组织的船队经验丰富，技艺超群。获得过30多个国际纪录片大奖的英国导演斯图亚特·宾斯，将跟踪拍摄纪录片《郭川船长》。宾斯认为，航海没有雄厚的实力是不行的，19世纪是欧洲的航海时代，20世纪属于美国，但今天应该是改革开放后崛起的中国时代。

在开机仪式上，宾斯向郭川提问："对你，好像没有什么不可能？"郭川答道："不全是。我感觉自己很幸运，是时代赋予了我这样的机会。过去10年间，帆船运动在中国的发展，恰好是这个东方古国在新时代飞速进步的一个缩影！""那你目前最关心的问题是什么？""启航！风帆升起的那一刻，所有的事情都留在岸上。呵呵，只要船开出去，我的假期就开始了。"

别看他说得轻松，实际上时刻绷紧着心弦。北冰洋3240海里征途漫漫，若不是气候变暖出现短暂的冰融期，平时这里只有破冰船前行。郭川及其团队驶入寒冷的东西伯利亚海，水温是零摄氏度，船舱外一些部件结冰，船员们不停地拍打冻在绳索和帆上的冰。这被称为"生死远航"的冰缘线，考验着每个船员的勇气和毅力。

海面上不时有冰山漂过，随时可能撞坏帆船。好不容易躲开冰区，又遇到了极地狂风。船体在不停地颠簸摇晃，一会儿被推上浪峰，一会儿又跌入深谷。主帆被冻坏,滑轨突发故障,不能正常使用。郭川带领船队冒着刺骨的寒风连续奋战,更换了零件,修好了主帆滑轨,保障了正常航行。

一路拼搏风雨兼程,郭川和他的船员从巴伦支海开始,先后穿越了喀拉海、拉普捷夫海、东西伯利亚海、楚科奇海,最后来到了白令海峡。国际标准时间2015年9月15日16时48分24秒,船长郭川亲自掌舵,率领5名国际船员驾驶"中国·青岛"号,冲过了在白令海峡设置的终点线。

"我们成功了!"船员们击掌相庆,欢呼着,蹦跳着。

驾驶无动力帆船在不间断、无补给的情况下,历经12天3小时7分钟,完成了危机四伏的北冰洋东北航线,郭川又一次创造了世界航海新纪录,谱写了人类航海史上新的绚丽篇章!

马不停蹄,时不我待,在我们这个日新月异的时代里,有责任敢担当的人不会停下前进脚步的,更何况"帆船达人"郭川呢?他们驾船回到青岛母港后,经过短暂的维修保养,立即投入"21世纪海上丝绸之路"的航行。

这是由青岛市有关部门主办的大型航海活动,帆船将到访中国香港、新加坡、斯里兰卡、印度、意大利等8个国家和地区,秉承"和平合作、开放包容、互学互鉴、互利共赢"的丝绸之路精神,加强不同文明之间的交流,将青岛的城市形象、中国的国家形象,传递到海上丝绸之路沿途的港口城市。

值得一提的是,已经从克利伯赛事中成功归来、获得了中国女子帆船环球航海第一人称号的宋坤,与来自法国、德国、挪威等几名国际船员一起加入了郭川团队,成为传奇船长麾下的一名女水手。

2016年初冬,在郭川船长于太平洋失联一个月后,我来到青岛采访了这位年轻的女航海家。她心情沉重地说:"郭川船长是航海界的珠峰,也是我学习效法的楷模。那是我们第一次合作航行,给我极其深刻的印象。他办事严谨稳妥,胆大心细。他多次说,让我们一起努力把中国帆船推到国际上。这次他意外地失联,是中国乃至世界航海界不可弥补的重大损失……"

自然,这是后话了。

2015年10月21日,郭川船长率领他的团队从母港青岛缓缓驶出,沿着21世纪海上丝绸之路自东向西,开始了跨越亚欧非三大洲、造访9座海港城市的友谊之旅。船,还是那艘战胜过北冰洋的三体帆船,红色的船体、五星红旗和"中国·青岛"字样依旧,只不过大前帆印上了绿色的青岛啤酒瓶。作为本次帆船航行活动的主赞助商,"青岛啤酒"一路同行。

两个月过去了,这些挑战极限的勇士们克服风力强劲、船体颠簸、船帆断裂,甚至海盗威胁等种种困难,终于抵达了本次活动的终点站——摩纳哥。消息传来,山东省委常委、青岛市委书记李群,市委副书记、市长张新起在第一时间发来贺信,向"中国·青岛"号郭川船长、全体船员表示热烈祝贺和诚挚慰问:

> "历经60天激情扬帆、乘风破浪,你们完成了1万海里的21世纪海上丝绸之路帆船航行;历经12天不畏艰险、攻坚克难,你们创造了人类北极东北航道世界纪录,充分展现了航海人挑战极限、超越梦想的拼搏精神……"

随后,国际帆联、中国航海协会、北京奥运城市促进会等单位的贺信贺电雪片似的飞来。12月21日,在久负盛名的摩纳哥游艇俱乐部,世界"和平与体育"组织举行了盛大的欢迎仪式。乔伊·布佐主席为郭川船长和船员们戴上了象征成功的花环,代表摩纳哥亲王阿尔伯特二世给予了热烈的祝贺!他称赞郭川是"和平冠军":"你带领着国际船队成功挑战了北冰洋创纪录航行,并完成了海上丝绸之路的航行,将和平的信息传递给全世界。我们为你身上所展现的体育精神感到骄傲!"

是的,胸中跳动着一颗火热的中国心,加之拥有了这艘新型的三体大帆船,郭川船长如虎添翼,率领他的团队成功地完成了一个又一个挑战,赢得了全世界航海界对我们华夏古国的刮目相看。

2016年1月14日在伦敦船展上,帆船界权威杂志《帆船与航行》举行年度颁奖典礼,郭川船长荣获年度成就奖。颁奖词说:"作为来自帆船航海并不发达的国家——中国的水手,郭川让我们看到了中国帆船航海的潜力!"

世界帆船运动领域的气象权威克里斯蒂安·杜马尔说得更加生动:

"一件连我们这样疯狂的法国人想都没有想过的事,竟然被一个中国人干成了。郭川就好像第一个完成环球航行的人、第一个登上珠峰的人一样,不可思议而又让人敬仰!"

面对如此高的评价,郭川只说了一句朴实无华的话:"来到这里,我不能让我的祖国蒙羞!"

如果有人问,是什么支撑着郭川不惧风浪、抛家舍业、一往无前的?我想原因是很多的,爱好、兴趣、成就感或许都有,但最根本的还是上面这句朴实无华却振聋发聩的话……

七 "殉道者"郭川

"长风破浪会有时,直挂云帆济沧海。"

这是我国唐代大诗人李白的诗句,表达了尽管前路障碍重重,只要锲而不舍,持之以恒,终将乘长风破万里浪,横渡沧海,到达理想的彼岸。同时,这也是中国驻美国大使崔天凯给郭川发来的祝词,勉励他再接再厉、勇往直前。

北京时间——2016年10月19日5时24分11秒,永不满足的郭川船长,驾驶着心爱的三体大帆船"中国·青岛"号,从美国旧金山金门大桥出发,前往中国上海,正式开启了"金色太平洋挑战"之旅。正如本文开篇所描写的一样:郭川将单人单船不间断、无补给跨越太平洋,计划在20天内甚至更短的时间完成。按说,比他之前创造过的那些帆船世界纪录来说,这应该是一次难度不大的航行活动。

然而,世间万事就是那样的奇特难卜。

时光的车轮跨入了2016年,一连串的征程计划在等待着郭川和他的团队。

4月,他带领着自己的团队来到法国训练、磨合、准备。

6月,郭川回了一趟北京,看望妻儿,联系有关事宜,来去匆匆。走时,还是夜深人静之时,还是肖莉开车送他去机场。一路说不完的话,分别的时刻到了,夫妻俩却无言,只是郭川临下车时说了一句:"我们再见面,就到冬天了！"

而后，郭川背着双肩包，拉着拉杆箱，匆匆走进候机大厅2号门。肖莉望着他的背影，趴在方向盘上哭了……

8月，"中国·青岛"号大帆船来到巴西，停泊在里约城的港湾里，漂亮的船体和高大的船帆，鲜艳的五星红旗、硕大的"中国·青岛"字样十分醒目。郭川和他的团队一边休整，一边训练。

9月，整个团队前往美国旧金山，全面检修补给，进行了海上试航。计划10月中旬起航，可就在整装待发之际，发生了一件令人十分不快的事情，好似冥冥中预示着什么。

那是10月15日，郭川的表姐孙萍一家三口飞抵旧金山，看望即将出征的船长弟弟。这是他们多年的惯例——每当郭川启程与返航时，作为他的亲人，都会赶到他停靠的码头去迎送助阵。而郭川也特别依恋姐姐姐夫，愿与他们说说心里话。

当晚，就在他们聚会用餐后走出门时，突然发现郭川的汽车玻璃被小偷砸破，放在座位上的双肩包不翼而飞，里边有他的护照、现金、个人电脑等，更令人痛心的是，电脑保存的航海记录资料也随之丢失。大家都很惊讶和气愤，郭川更是愤怒得几乎发疯，一边朝着大街怒骂，一边用脚狠狠踢着车轮："这是哪个混蛋干的？快出来，还给我的包！"

这种失控状态，是孙萍多年没有见过的。她劝他冷静一下，可郭川丝毫不听，照样大吼大叫着，情急之下，孙萍挥手捶了他几下——这是她从小到大第一次打他，却疼在姐姐心上。但似乎只有这样才能让他平息下来。孙萍说："愤怒着急是无用的，现在我们一边报警，一边最大限度地帮助你弥补损失。"

"对、对，我们都帮你想办法，尽量不影响工作。"聚餐的朋友谢明、李永茜夫妇，以及外甥女叶菲都劝解道，并且立马慷慨解囊补买用具。

看看，这种砸车窗盗窃令人可恨的"毛贼"，在美国也照样有。而且由于案发时间是晚上9点半，报案后警察迟迟没有现身。孙萍、郭川连忙给中国总领馆打电话，领事闻讯高度重视，马上派人联系警察局，留下报案记录和悬赏通告,又在第一时间为郭川补办了护照。

第二天,朋友们就带着郭川购买了新电脑,最大可能地恢复了航海数据,并且代付了帆船停泊费。近乎抓狂的郭川稳定了,表示尽量调整好自己的情绪,不影响即将开始的航行。事后想起来,这就好像古代战前发生战马摔倒、旗杆断掉等事件似的,似有出师不祥之兆。当然迷信之事不可取,但此事确实打乱了郭川原本要在出发前放松调整的计划。

好在他是老水手了,不久便将种种"不快"丢在脑后,投入了紧张的备战之中。孙萍心中感到一阵欣慰:"兄弟,你状态不错,我很高兴!"

"姐,你放心,大风大浪都经历过,现在风向天气又很好,我会顺利的。"

以前他每次走,作为姐姐的孙萍都很揪心,这次感到了些许踏实。然而,现实却恰恰相反……

起航前几天,风平浪静,一切正常,郭川熟练地操控着"中国·青岛"号,行驶在东太平洋的海面上。船舱工作台前,摆放着妻子肖莉和两个儿子的照片,微笑着伴随着他。录音机里,是他精心录制的西班牙歌手安立奎的独唱《Hero》(中文《英雄》),其中音乐前奏特意夹杂着小儿子郭伦布的笑声。

每天傍晚,在苍茫的大海上,伴随着悠扬的歌声和儿子的笑声,结束了一天劳作的郭川手握船舵,凝神望向远方。夕阳把他饱经沧桑的面庞镀上一层金色,墨镜上反射着余晖的光泽,海风扬起蓬松凌乱的卷发,紧抿着的嘴唇流露出一种沧桑孤独又饱含柔情的表情,整个人像雕塑一样。

按照约定,郭川定时与岸上团队、与团队总经理刘玲玲联系通报情况。刘玲玲与郭川年龄相近,重庆人,曾担任过中央电视台记者,现定居英国。5年前,她和郭川相识在海南三亚一次帆船活动发布会上,相谈甚欢,就做起了郭川团队的总负责人,既是郭川的智囊,也是他的管家。

当地时间10月25日下午3点半左右,郭川驾船行驶到美国夏威夷海域附近,岸上团队从监控轨迹上,发现船的航行速度明显慢了下来,他们试图通过卫星电话与郭川联系。"丁零零、丁零零……"电话响了很久,但郭川没有接听。他们马上向总经理刘玲玲报告。整个团队陷入了焦急的呼救和等待中。

北京时间26日凌晨4点,刘玲玲把电话打给了身在北京的孙萍,说:"从昨天下午起发现船速不正常,就是打不通郭川电话,到现在已有10个小时联系不上了!"

"啊!"刚从睡梦中惊醒的孙萍大惊失色,睡意全无,立即拨通了中国驻洛杉矶总领事馆副总领事孙鲁山的电话,请他马上联系美国有关方面前去救援。这时,她不敢告诉肖莉。丈夫海上失联,妻子是最受不了的了。

在中国驻洛杉矶总领事馆、国际海事救援中心北京分部的全力协助下,靠近三体船航行海域的夏威夷火奴鲁鲁(檀香山)当地海事救援机构派出搜救飞机,前往事发地点。紧接着,美国海岸警卫队也派出了两艘军舰前往事发海域,并靠近了"中国·青岛"号三体船。舰上人员登船后检查了一遍,大三角帆断裂了,没有找到郭川的下落。这意味着单人航行中最坏的结果——人船分离了。

技术专家的事故报告分析:航行途中大三角帆意外掉落,应该是事故的诱因。郭川尽力想让船停下来,但大三角帆和边翼船体的船舵缠绕在一起。他当时穿着救生衣,系着安全绳,并带有信号浮标。他要设计一套用以把船帆拉上来的系统。在某个时刻,或者突遇大浪,或者有大鱼撞击,他失去了平衡,掉进了水中。

郭川落水后,帆船仍以大约每小时20公里的速度航行,身系安全绳的他可能面临两种情形,都很可怕。第一,他被拖着在水中滑行,继而溺水,没有时间发出求救信号;第二,他因落水受到水流冲击而失去知觉,救生衣和求救装置也被海浪冲坏断掉。生还希望十分渺茫了。

尽管如此,从我国驻美国大使馆、总领事馆,美国海上救援队到郭川团队、亲朋好友等,以及中国、法国、英国的航海专家们纷纷投入人力物力,甚而发起了救援捐款,人们慷慨解囊相助。中央电视台新闻联播、体育频道、各网站也不断地发布消息,关注最新进展,掀起了一场空前浩大的海空大搜救。

然而,人人心里都明白,失联这么些天,肯定是凶多吉少了。可是谁也不愿说出那个"黑色"的名词,总盼望着奇迹可能发生……

时光一天天过去,奇迹没有出现。

其间,岸上团队联系了有关专家、水手,已经把郭川船长的三体帆船拖到了夏威夷。总经理刘玲玲一直待在那里,组织一拨拨地搜救,看护维修船体,期冀意外的佳音,但收到的消息只有四个字:持续失联。

一个月后,刘玲玲与两名曾经和郭川共事过的法国水手来到海边,遥望远方,默默伫立,表达对郭川的思念。天边翻滚的浓云正在由白变黑,海浪吐着白沫不断冲向金色的沙滩。四周一片静默,只有无止无休的潮涨潮落声,拍打着人们的心扉。三个人相对无言,双手合十,让自己的眼光尽量望向海天交接的远方——

也许,在大海深处的某一片清澈水域,郭川正迎着东方的太阳追逐自己的梦想。满载一船朝晖,他在放声高歌。认识郭川的人都知道,由于种种原因,他的行为和追求还未得到应有的重视,一直活得有些压抑。

也许,在太平洋某个不知名的小岛上,郭川正在奋力地披荆斩棘开辟求生的通道。理解郭川的人也明白,他是一个不会轻易服输的人,就像海明威笔下的《老人与海》中的老渔夫一样,永远不会被打败……

人同此心,心同此理,这段时间以来,国人为郭川船长的命运深深担忧着、惋惜着。在当下资讯信息相当发达,微博、微信等自媒体、互动媒体百家争鸣的时代,网友微友们纷纷发声。这里,选载一二,供各位读者参阅——

一位叫"青春的痕迹"网友真诚表示:"我特别钦佩这种敢于挑战命运的人。但是大海离我太远了,我只能默默地祈祷!吉人自有天相吧!"

网友"巴西站星星"说:"媒体没有扩大他,他真的是民族英雄,只是他胜利的时候报道得少,所以一些中国人不知道他的功绩!他在全世界的帆船航海界被称为中国第一人,是他把中国帆船名声打出去的!"

几乎每个网站、每篇报道郭川的文章后面,都有成百上千条读者、网友们的留言,大部分都充满了对郭川的关切、祝福和尊敬。但,不容否认的是,也有一部分人有另外的看法,归纳起来主要有两点——

一是认为郭川此举是对家庭的不负责任,只顾自己追名逐利,而使妻儿老小无依无靠。二是对于英雄定义不认可:说好一点是一个壮士,说差一点只是体育爱好者,说得不好那就是冒险找死!不知道他的这种个人行为,给大家带来了什么?怎么就成了英雄呢?

老实说,这些话语给了解郭川、理解船长的人深深的刺痛,难以忍受心目中的英雄生死未卜、甚而魂归大海之际,还被不明真相的人如此中伤。笔者在采访郭川的同学、亲友、支持者等人士时,无不对此表达了心中的愤慨。

可是,平静下来认真思考一下,那些网络"喷子"大多不是故意捣乱的人,而只是缺乏了解帆船航海、缺乏正确的"英雄观"罢了。

郭川是不是一个只顾个人名利、不管家庭的人呢?

答案显而易见:不是!相反,他是一个深深爱着家庭妻儿的孝子、贤夫和可爱的父亲。正因为这种挚爱,才使他一次次离家远航,去追求人生的梦想和祖国、民族的尊严。而也正因如此,他获得了亲人有力的臂膀和温暖的怀抱。他的妻子肖莉,在回答有关问题时坚定地说:"他有个大目标,他做的一切我都支持,因为我爱他!"

这些年,郭川从事这样非奥运会项目、国内属于小众的帆船航海,争取赞助是比较困难的。曾经闹过这样哭笑不得的笑话:他们到一家企业谈商业广告,不料人家一听是帆船项目,立即打了"回票",说什么听起来像"翻船",不吉利!其实,它是预示着"一帆风顺"呢!加之帆船运动成本较高,这些年郭川团队基本上是负债运营。

而他本人呢,更是因早就辞职离开了体制,没有固定收入,十分节省,恨不得一分钱掰成两半花。早年,他从北京往返青岛联系事务,根本舍不得买卧铺票,都是坐一夜硬板儿,天亮下车,背着个双肩包赶到市里有关部门办事。一天下来,马上再乘夜车返回,为的是省下那一晚的住宾馆费用。

后来郭川稍有名气了,也得到一些比赛奖金、赞助经费,可不断尝试更高层次的技术和项目,需要聘请名师、招募队友、交纳学费管理费等等,这些大都是郭川自费办理。如此而已,他哪有什么利润而言?说句不好听的,幸亏肖莉有个小公司支撑着,不然连养家都困难。

也许有人会问了,那么他到底图的是什么呢?这就归结到了第二个问题,郭川这样做有什么价值和意义?在当今时代里,他算不算英雄?郭川曾经有一篇博文自述《执着的人是幸福的》,真实而客观地袒露了心迹。其中他这样说道:

"……独立的思想,自由的精神,始终是我追求的一个境界。

茫茫大海,漫无边际,在长达数月的航行中,我需要忍受着孤独、抑郁和恐惧的煎熬,我的冒险行为,在常人看来无异于"疯子"。而我和别人的不同就是多了一些执着。所谓执着,就是不怕吃苦,不怕前面是未知还要把它当作追求的目标。我认为我是一个幸福的人,因为执着,我成就了我的梦想。

好奇与冒险本来就是人类与生俱来的品性,是人类进步的优良基因,我不过是遵从了这种本性的召唤,回归真实的自我……"

这是郭川船长的心灵独语,也是向世人的真情告白,充满了文采和哲理。其中的每一个词、每一句话都是经过深深的思考,从人生的波峰浪谷的潮头上捧来的,值得我们尊重。

何谓英雄?有人讲:聪明秀出,谓之英;胆力过人,谓之雄。事实上,没有谁天生就是英雄,英雄出自平常人。他们之所以能成为英雄,是因为他们踩着时代最需要的步点,在最恰当的时候及时出现了。

远在1600多年前的东晋时代,一位名叫法显的中国和尚从长安出发,历经千难万险到达天竺,第一次成功地从"西天"取经归来。他比唐玄奘早200年,"法流中夏,自法显始也。"其中,他的同伴有的死在路上,有的中途退回,也有的滞留异国不归,而他不顾年大体弱,坚决带着经文回去。

令人感叹的是,他是从海路归国的,乘坐比之今天落后不知多少倍的帆船,途中几次遇到台风,既险些船损人亡,又差点被船主认为不吉利扔到海里去,历经九死一生,才在今之青岛的城阳登陆上岸,居住了一年,整理经文,写出了珍贵的《佛国记》,成为后世人们探索文明的经典。

上世纪20年代是黄金探险的时代,世界最高峰珠穆朗玛尚未有人踏足,也从来没人走进其40英里范围以内。英国于1921年首次筹组珠峰探险队,乔治·马洛里以优异的登山能力和丰富的经验,是公推第一人选。他接受远征邀请,接连两次攀登均告失败,还造成了人员伤亡。但他仍然锲而不舍。

对马洛里而言,家庭孩子是他生命中的最爱,完成珠峰首攀则是他内心最炽烈的渴望,他在二者之间痛苦挣扎。1924年他又加入了第三次远征队,在季风来临的时刻进行攀登。记者问他:"你为什么要登山?"他答道:"因为山在那里!"马洛里说完继续攀登,然而却在距离珠峰顶只有300米时,被一阵突然而至的暴风雪卷走了。

直到1999年5月1日,美国登山队的科拉德·安珂沿传统路线登攀,在距珠峰顶端不远的冰雪中,发现了一具大理石雕像一样的尸体遗骸。安珂从残留的衣服碎片,以及其他的遗物上证实,他就是失踪了整整75年的乔治·马洛里!他那句"因为山在那里!"成为勇于进取的登山名言。

难道上述这些人都是"疯子"和"狂人"吗?难道他们都是"吃饱了撑的吗?"不,不!如果世界上没有这些不甘现状、敢于冒险的人,那么人类很可能还处于茹毛饮血、刀耕火种的年代。不怕吃苦、自我放逐,为信仰而献身,为梦想而拼搏,这是古今中外的"殉道者"形象。"殉道者",原意是指为了传播神的福音而牺牲的基督徒,后来,延伸到那些为了信念、目标,执着追求直至付出生命的人身上,他们堪称为理想而献身的"殉道者"!

反观郭川船长,多年来为了把中国的帆船事业推向世界高度,在欧美一统天下的领域里,醒目地写上"中国"两个大字,痴心不改、风雨兼程,虽九死而犹未悔的壮烈行为,不就是一名虔诚的"殉道者"形象吗?这样的人,完全可以称之为我们这个民族、这个国家的"英雄"!

中国是一个海洋大国,但还不是一个海洋强国,自明朝郑和以降的600年间,海洋留给中国的,多是惨痛的屈辱记忆。如今,中华民族正在为伟大复兴的"中国梦"而奋斗,这离不开每个人心中涌动的豪情。在这样一个历史节点上,有了郭川,至少让我们,在麦哲伦、哥伦布、库克船长这些伟大的西方航海家面前,可以稍稍抬起头来了。

如果一定要追问郭川航海有什么意义？这意义或许就是——一种对于自身生命的拓展精神；一种不断谋求超越的进取精神；一种敢为人先、勇立潮头的创造精神！这，就是我们这个时代需要的"郭川精神"！

记得一位记者采访郭川时问道："你希望更多的人像你一样吗？"

他想了想回答："我的航海事迹或许无法拷贝，但我的追求精神可以复制。"

公元2016年12月15日20时，中国十佳劳伦斯冠军奖颁奖典礼在北京BTV大剧院荣耀揭幕。这个奖项是由素有"体坛奥斯卡"美誉的"劳伦斯世界体育奖"，与历史悠久的"中国体育十佳运动员评选"合作而诞生的中国体坛大奖，是中国优秀运动员和教练员的至高荣誉。

在颁发最佳体育精神奖时，主持人栗坤情真意切地演讲介绍，感动了全体来宾。这个奖项众望所归地授予了还在失联状态的郭川！随着大屏幕上郭川迎风斗浪的镜头和深情款款的音乐，栗坤讲述了郭川的环球航行事迹，并把肖莉请来替丈夫郭川领奖，发表感言。

肖莉抱着奖杯和花束，站在那里想了想，说道："我在后台的时候，哭得稀里哗啦，我不知该讲些什么。不过上来之后，看到这里还有一艘帆船的模型，是郭川驾驶的那种帆船模型，所以刚才我一直回头在看，我、我真的非常想念他！"

她哽咽着说不下去。此时此刻，全场来宾无不动容，郎平、王楠、刘国梁、张继科、傅圆慧等体育明星泪流满面。

停了停，肖莉继续说道："好多人都问过我，你为什么支持郭川航海。其实特别简单，就是因为我爱他。我爱郭川，自然就要支持他做他喜欢的事情。我在这里说了这么些，好像跟这个奖没多大关系。其实我想告诉大家，如果郭川今天能来这里领奖，他一定会感谢组委会，感谢帮助过他的人。兴许他还会跟大家说一下，他的下一个航行计划……"

音乐加大了音量，伴随着海潮般真诚的掌声响彻整个大厅。与此同时，北京卫视同步直播颁奖典礼，郭川获奖的片段，以及肖莉代夫领奖的真情告白立刻占据了各大网站头条。郭川的事迹和他的精神感动着每一个人,他的命运也牵动着每一个人的心!

当天晚上,由于预先没有留意北京电视台的预告,我正在收看中央一台的节目,突然接到一些朋友的微信、短信甚至电话:"赶快收看北京卫视,正在直播劳伦斯体育颁奖典礼,郭川获得特别贡献奖!"

"是吗?我马上转过台去。"

大家知道,最近我正在集中精力采访船长郭川的事迹,跑遍了他曾经奔波忙碌的地方,一旦发现有郭川的报道,朋友们便立刻向我通报。

正值中央电视台评选"感动中国"人物之际,郭川也列入了候选人之一,我每天除了采访写作之余,一个首要的任务就是打开手机,一遍又一遍地刷屏投票,当看到数字在不断上涨时,心里就特别高兴。过了几天,等到肖莉稍稍平静一下之后,我拨通了她的手机。一是问候她和孩子们,告知投票情况;二是向她通报青岛人正在发起捐款活动,准备在奥帆中心,竖立一尊郭川船长的塑像。大家非常踊跃,短短几天内,已经达到了 20 多万元。

肖莉是一位通情达理的女性,她说,感谢家乡人的厚爱与支持,郭川如果有知,一定会感到高兴的。他可以永远与大海、与青岛帆船基地在一起了。当得知我们还在积极筹备建立郭川纪念馆时,她以商量的口吻说:

"这是好事,但可不可以建一座会馆性质的。平常供人参观纪念,也可以容纳航海爱好者聚会。郭川过去跟我说过,他在国外就住过这样的会馆,很有人情味。"

"嗯,你这个想法不错,我一定帮助反映上去。那名字就不一定叫郭川纪念馆了,可以叫郭川航海之家!你看呢?"

"不错,还可以多考虑一下。我们的目的就是一个,让郭川形象和郭川精神更好地传递下去。"

近期来,我几乎天天与郭川待在一起——当然,我指的是电脑中他的照片和视频,一边感受他的性格特征,一边结合采访记录思考,就像与他对话似的。从中,我有了一个新的发现:郭川是一个严谨的"理工男"、豪放的航海家,但也是一个艺术气质相当浓厚的"文艺男"。他爱好音乐、摄影、文学。据说郭川还计划写自传,可惜未能完成。

记得我与他的老朋友朱悦涛交谈时,他曾说过这样一句话:"郭川早晚要魂归大海的,但现在太早了……"

夜深了,我关掉电脑写作的界面,打开了下载的郭川原声朗诵。或许不少人还不知道,郭川十分爱好诗歌,早就担任了"为你读诗"公益活动的嘉宾。这是一首配乐诗,是他钟爱的葡萄牙诗人安德拉德的《海,海和海》。自从他失联以来,我一遍又一遍地播放倾听。

伴随着一曲悠扬深沉的钢琴音乐,"为你读诗"开始了,虽说郭川的普通话并不太标准,声音也不太洪亮,但那种内在的艺术神韵、那种沧桑的人生况味,再一次拨动了我的心弦——

"你问我,但我不知道
我同样不知道什么是海

深夜里我反复阅读着一封来信
那夺眶而出的一滴泪珠也许便是海
你的牙齿,也许你的牙齿
那细微洁白的牙齿便是海
一小片海
温柔亲切
恰似远方的音乐……

听着听着,我眼前似乎出现了一幅模糊而清晰的画面:

若干年后的某一天,有一艘独木舟载着一位须发斑白、衣衫褴褛,却铁骨铮铮、眼睛明亮的人,好似与那位名叫鲁滨逊一样的人,从大洋上乘风踏浪驶来。郭川船长重新回到了我们中间……

作者简介

许晨,男,山东德州人,中国作家协会会员,山东省作家协会副主席、中国散文学会理事,中国报告文学学会理事,青岛市政协委员、青岛海洋文化研究会会长。1989年毕业于解放军艺术学院,2003年参加鲁院高研班学习。作品散见于《人民文学》《中国作家》《十月》等报刊,出版有《居者有其屋》《人生大舞台——样板戏启示录》《第四极——"蛟龙"号挑战深海》《琴声如诉》等十几部报告文学、散文集。曾获"冰心散文奖""文艺精品工程奖"等多种奖项,并入选山东新文学大系。

穿越子午线的日子

——国际化学武器核查中的中国专家

张仲全

化学武器对人们来说既危险又神秘,但对于罗华政来说则是他的工作和生活。中国专家在国际化学武器核查销毁中的神秘经历,于本文一一呈现,那些闻所未闻的故事将带你认识中国在维护世界和平中所做出的卓越努力和精彩表现。

罗华政,重庆理工大学教授。他从一个放牛娃成为国际禁止化学武器组织的核查官员,他作为该机构的专家核心成员,先后到过34个国家,核查化学武器104次,他与同事们数百次穿越地球上那一条条看不见的子午线的同时,也在飞越着他人生历程的子午线。

人生处处有考场

要想成为联合国机构的官员,是很不容易的事情,特别是禁止化学武器组织的核查官员。

当罗华政副教授前往荷兰海牙禁止化学武器组织担任核查员的时候,许多人都不太相信这是事实。在他们心目中,全球190多个国家和地区,将近70亿人口,华夏泱泱大国的10多亿人口,也是人才济济,这等美差无论如何都落不到这个名不见经传的普通人身上。

虽然,罗华政是重庆理工大学副教授,但他还没有上过一天该校的讲台,此前他还是重庆民丰化工厂的一个副总工程师。此时,他调往重庆理工大学的手续正在办理之中。

是的,这个跨度太大了。从山城重庆嘉陵江边的一个小化工厂居然能走出一个联合国官员,并且是到禁止化学武器组织从事核查工作,这里面一定充满了不少的神秘和惊喜。

当人们得知他只是四川大竹县一个农家子弟时,更是增添了百般的好奇和洞悉的欲望。

从他的人生轨迹可以看出,当年罗华政是一个读书十分用功的学生。他的父亲这辈人就有9个兄弟两个妹妹,由于其爷爷在一个旧军阀家中当过厨师,虽然父辈这代人丁兴旺,但在那个讲阶级讲路线的年代,在父辈的11个姊妹里,没有一个能走上仕途。

到了罗华政的童年时代,他家的经济仍十分贫困。他有3个姐姐两个妹妹一共6姊妹。父母磨破脚,挑断腰,要保证这么多张嘴的吃喝拉撒还是捉襟见肘。

穷则思变。罗华政是个聪明的孩子,从背上书包的第一天起,他就希望通过读书能够改变自己和家庭的命运。不管是在牛背上,还是在农活间隙,他总是书不离手。读初中时,他就从乡下考上了区里的中学;上高中时,他又从区里考到了县里最好的中学——四川大竹中学。

四川大竹中学创办于1918年,其前身振文书院建于明朝洪武年间,该校20世纪50年代就是川东地区重点中学,1978年就被确定为四川省10所重点中学之一。这里教书育人风清气正,勤奋好学的罗华政如鱼得水,表现出了对数学和化学的特别兴趣和钻研精神。据说,在1984年的高考中,那一年的数学是恢复高考制度以来最难的一次,全国平均考分为20多分。可在这一次的角逐中,罗华政的数学居然考了93分,化学斩获92分,他一个人夺得了四川省达州地区的数学和化学两项状元桂冠。罗华政的第一志愿本是科大数学系,希望能够听到华罗庚教授的讲课,由于他的物理当年只考了79分,没有上90分,因此与数学系失之交臂。虽然没能去成科大数学系,但是被中国科技大学化学系录取。据悉,在罗华政就读的时期,中国科大连续3年稳居新生录取分数线的冠军宝座。那年头,科学的春风吹拂着华夏大地,大部分省市的高考状元都进了中国科技大学。

中国科技大学,多么神圣的学术殿堂,多么让人向往的科学家之路。

然而命运有时候是捉弄人的,由于种种原因,1989年的夏天,罗华政经过5年本科学习毕业后,拥有高分子化学专业毕业证书和学位证书的他,被分到了重庆嘉陵江边的重庆民丰化工厂。

据罗华政回忆,虽然那两年许多大学生分配不理想,但他们那一届全年级才60名学生,本班共30名同学中的一半都到美国留学深造,后来都留在了国外,他是分配得最差的一个学生。

以前是名牌学府、学霸精英,而今只是工厂的普通一员。那种理想与现实的落差不但罗华政自己想不通,许多同学亲友都为他鸣不平,特别是那些望子成龙的长辈们,感觉这名牌大学是"白读了"。那年头,街道里连中专和普通大学门槛都没踏进过的待业青年都能安置到工厂去的。对罗华政而言,十多年寒窗换来的只是一个城市户口而已,让他觉得慰藉的是:这里是距老家最近的大城市,只有100多公里,可以较为容易地见到自己父母双亲和兄弟姐妹。

罗华政说,他是在毕业半年之后,迫于生计,极不情愿地到了化工厂工作。

罗华政到了他人生的第一个工作单位后,虽然领导严肃地对他说,要好好干哟,不然一年后就自己"开路走人"。在农村长大的罗华政是吃过苦的,尽管那年头厂里条件很差,并且还是在外租房过日子,有时工资还不能完全到位,但他干工作从不含糊,很快赢得工友的好感和领导的信任。一年后,他成了技术骨干,当上了技术员。

从此,罗华政所学知识终于有了用武之地。这时国企改革的步伐也紧锣密鼓地迈开。这个名牌大学的对口专业让他得到了领导青睐。以前企业的栋梁都是"文革"前的大学生,正遇新老交替的时代,没几年时间他就成了单位的技术总监。进入工作的第十个年头时,罗华政就进入了这家国有控股化工集团的领导层,任副总工程师。

正是由于他对工作的执着,对本职工作的热爱。不管企业在顺境中发展还是在逆境徘徊,他都顶住诱惑,拒绝高薪,10年时间始终为所在的企业服务。管理机构也信任他,把许多重要的任务交给他完成。

在这里特别要提到的是,罗华政任副总工程师后,所在企业在政府主管部门领导下从美国引进一个年产4万吨,总投资两个多亿的红矾钠项目(红矾钠又称重铬酸钠,主要用于医药工业、印染工业、电镀工业、玻璃工业等的化学物品)。这在当时算得上一个大项目了,从施工、调试到生产他都是技术总负责。

为了引进此项目,罗华政随上级机关和有关人员在美国马里兰州待了一年时间。也就是在这一年时间,使罗华政的人生更加充实,视野也更加开阔,特别是他对祖国和企业的忠诚度得到了主管部门领导的高度认可。也正是这一年的国外项目引进经历,使罗华政的人生轨迹发生着慢慢的变迁。

在这一年里,罗华政主要是负责翻译工作,以及一些技术谈判和操作学习。这期间,罗华政当年的许多同学都从美国的各个地方前来看望,与之相聚。

在那个年代,凡前往国外留学的人都通过各种形式解决了国外永久居留权问题。那年头,要想到国外读书,如果是在国内考试,必须要达到奖学金的成绩,否则没有经济支撑,外国大使馆也不会给你签证。当年的条件是不允许罗华政在国内去考试留学的,因为经济条件根本不可能,除非公派。在这种状况下,于是就有很多人以各种方式参加出国考试(托福及GRE),完成学业后再定居国外。当然像罗华政这样以公差方式前往国外(主要是美国)考试的人也不在少数,他们同样就是以这样的方式来完成学业,毕业后寻求机会在国外发展。据资料介绍,那些年,我们国家的公派留学生毕业回国比例也是不高的。

此时,罗华政当年的大多数同学已经成为对美国社会有贡献的人了,他们自然得到人们的尊敬、社会的认可。拥有奢华的轿车、洋房也是很正常不过的事情。如一个陈姓同学,已是美国制药学会的知名专家,他带领团队研制的抗艾药物已经在美国临床使用多年,成为世界上知名的合成制药专家。在罗华政心目中,美国的医疗条件也是很先进的,他的一个同学,因视网膜出血,若在国内当时肯定无法治疗,但因身处美国,经过治疗,没有丝毫后遗症。

老同学相聚,自然高兴,也纷纷为罗华政的前途着想。许多同学都劝罗华政以考取研究生的方式留下来,然后定居美国。就连当年在中国科技大学一块儿读书并要好的女同学(此时已定居美国)也主动为其奔波,帮他找来了复习资料。但罗华政始终认为是企业给了他发展平台,是中国社会进步和改革开放给了他事业的空间。在企业发展需要他的时候,不辞而别真有点对不住人,改革开放和企业发展更需要他在国内贡献力量。

其实,人生处处是考场,机会往往是给予那些有准备的人的。

幸福来得太突然

"禁止化学武器组织"于1997年5月23日成立,是一个专门监督履行《禁止化学武器公约》(以下简称《公约》)的国际组织。此前,在《公约》谈判期间,一直由联合国裁军委员会下设特委会负责组织各国进行谈判,1993年1月13日《公约》在巴黎签署后,便脱离联合国。1997年4月29日《公约》生效后,在荷兰海牙建立了公约组织总部(技术秘书处)。这一机构包括一个由所有成员国组成的会议、一个由41名成员国组成的执行委员会和一个技术秘书处,负责对《公约》进行经常性核实。

为确保《公约》的各项规定,包括对《公约》遵守情况进行核查的规定得到执行,并为各缔约国提供进行协商和合作的论坛,《公约》包括24个条款和3个附件。主要内容是签约国禁止使用、生产、购买、储存和转移各类化学武器;所有化学武器生产设施拆除或转作他用;提供关于各自化学武器库、武器装备及销毁计划的详细信息;保证不把有毒化学物质用于战争目的等。《公约》规定所有缔约国应在2012年4月29日之前销毁其拥有的化学武器(由于种种原因这个目标至今还没有实现)。

1993年1月13至15日,《公约》的签字仪式在巴黎联合国教科文组织总部举行,120多个国家的外长或代表出席了这次会议,包括中国在内的所有出席国家和地区签署了该《公约》。此后,《公约》转到联合国总部纽约继续开放签署。截至2015年底,全球已有192个国家成为《公约》缔约国,1

个国家成为签约国。

"禁止化学武器组织"与联合国是合作关系,特别是在处理叙利亚化学武器方面,双方签署了合作协议,视察员或核查员可以使用联合国车辆和标志。每年联合国裁军大会,禁止化学武器组织总干事要到联合国汇报有关化学武器裁军的情况,特别重大问题将由该组织提请联合国关注,由联合国决定是否采取制裁。

1997年4月,我国批准了《禁止化学武器公约》,成为该公约的原始缔约国。我国加入禁止化学武器公约后,设立了"国家履行《禁止化学武器公约》办公室"(即国家履约机构),负责全国的日常履约事务,还建立了省市级履约机构,形成覆盖全国、管理有效的履约体系,以强有力的组织架构来管理和预防化学武器的出现。省级机构的"化武办"一般设在经委或发改委的化工处。

联合国的这个机构成立后,首批就有8名中国专家在此工作。罗华政去时还有两名民用化工专家在荷兰的海牙继续工作。在这里工作有个任期制度,国内把新的人手推荐上去后,才能将以前的人员换回来。罗华政就碰到了这样的机遇,此时正需要国内专家去替换。

我们国家对于派员参加禁化武组织非常重视,十分希望国内专业水平高、外语能力强、素质高、爱国敬业的人员参加到化武核查第一线,以提升中国在国际舞台,特别是军控与裁军领域的话语权,体现中国作为联合国常任理事国和一个负责任大国的形象。

至于为何选上了罗华政,如今他本人都不知其中的具体原因。据他得到的信息是,主要缘于当年在美国引进生产线时的表现。也正是在这一年里,罗华政的良好表现深得一同前往的主管部门相关领导的赏识。特别是在别人劝他留在美国而不为所动的爱国举动,得到了主管部门市经委一位领导的高度认可。

当然,政治表现是一个方面,学识和才华也十分重要。罗华政在中国科技大学是学高分子化学专业的,加之他长期工作在化工企业,有着较为丰富的实践经验。罗华政说,其实与化工相关的企业,有些东西可以生产农药和化工用品,有的东西也可以生产化学武器,属于很相关的行业。

不是当地选上了,向上面推荐了就能去联合国机构工作的。这里面的程序可真是复杂。申请视察员/核查员职位,首先要通过国内主管部门的审核和考试,然后要通过公约组织的资格审核,资格审核后要参加笔试和面试,最后以成绩结果录取。考试的内容除了专业外,还涉及国际多元文化、人际关系,上下级关系等。

2004年,重庆市向国家禁止化学武器办公室推荐了两个人选,罗华政是其中之一。他们首先来到北京(国家禁止化学武器办公室)考试时,才知此次全国各地共有6人赴京参考,看来联合国官员这个位置还是很诱人的。

为联合国机构输送人才对每个国家来说,都是十分慎重的。考试肯定是严格的,考试内容主要是英语解答试题,除了笔试之外还有面试、口试。由于罗在国外当过一年时间翻译,加之化学本来是他的强项,考试对他来说比较轻松。在这批应试人员中,我国向联合国推荐了两名,罗华政是其中之一。

国家将罗华政和另一名人选推荐到禁止化学武器组织后,他们二人都在海牙经过一系列的考试,但他们都没有等到履职的通知。至于第一次落选原因,罗华政和重庆市有关部门专门咨询了外交部,外交部工作人员答,不是考生能力不行,而是名额太少。据了解,当时禁止化学武器组织预计招收15名核查工作人员,但实际只招收了8名。

到了第二年,也就是2005年,我国又一次向禁止化学武器组织推荐人选,也是推选了两人。只不过到联合国参加考试时已是2006年了,此次考试除了罗华政之外,还有一位来自某石油化工单位的女同志,年龄比罗小得多。

罗华政后来虽然与这位女同志同在一个机构工作,但没有一同去执行过同一项任务。这位女同志因种种原因,只工作了几个月就离开了,也就是通过考取博士研究生的方式,脱离了这个机构,并留在了美国。

罗华政之所以在禁止化学武器组织工作长达9年,有一个原因就是,后方没有合适的人来顶替。他说,其实国内也在年年推,但好多人到了荷兰海牙考试就是过不了关。

禁止化学武器组织的核查人员考试很难吗?为何这么多人考不上呢?

罗说,"那个考试真是有点'好耍'!"除了考智商外,还要考情商,最后还要考专业,这三个方面的考题都是在联合国标准题库里抽的。罗华政由于有2004年参考的经历,有一定经验,知道要考哪方面的题型。

首先是考智商。比如前面是三个图形,后面就是个空格,意思是三个图形组合起来是什么? 其实,每个图形也有加减乘除的结果。第一次考试时,罗华政也从来没有见识过这种类型的题,还好,考得还算可以,他自我评价智商还不低。

情商考题就有点好玩了,有时是看标准答题,有时看你的应变能力。比如一道题,给你5个答案,你选什么,从中可以看出考生的性格和处事方法。罗说,他基本选择中庸、不极端的答案。考情商主要从细节上看你有没有极端思想,也可以说是一种心理学测试。他认为若一个人太温柔了也不行。

在专业考试方面,罗华政有着得天独厚的优势,当时在联合国考试都是答得最好的。

专业考试之后还要面试。具体方式就是教官给了几样东西,要求在一个小时之内设计出一个东西来。这对罗来说是轻车熟路。因为在化工企业10多年,许多大型工程都干过。若遇到那些刚工作、刚毕业没有实践经验的考生,难度就大了。

当然,外语也是很重要的,要求特别高。来自原军队某单位的张国华在专业方面不用说了,绝对的专家。他虽然是外语科班文凭,但为了通过语言关,他不得不天天晚上下班后去上外语补习班,乃至把所有的节假日都用来学习外语和准备考试。2004年10月终于被录取为禁止化学武器组织化学武器/弹药视察员。

2007年1月8日,罗华政正式飞往荷兰海牙,来到禁止化学武器组织工作,当时他38岁,正是年轻力壮干事业的时候。

这个机会的来到,好像很突然,其实也顺理成章。

核查工作很乏味

罗华政以联合国化武组织核查专家身份到的第一站是阿尔及利亚。当他从海牙国际机场起飞,越过一条条无形的子午线时,内心的那种心情可谓复杂。既有开启人生新历程的激动和喜悦,也有刚刚担负大国责任的那种凝重与忐忑。因为他不仅仅是联合国的化学武器核查官员,更是代表中华人民共和国在国际事务中的作为和担当。

也正是从此次执行任务开始,罗华政明白了每次外出进行核查任务,成员都是随机分配的,从程序上来保证公平、公正。

当他与随行的阿根廷籍队长和另外一个巴西同事到达阿尔及利亚的胡阿里·布迈丁国际机场时,迎接他们的除了接受核查国的官方代表外,还有身着迷彩、手握钢枪、全副武装的警卫部队。那阵势跟电视新闻中的外宾来访差不多,只是少了阅兵仪式和军乐演奏而已。他们一下飞机,没有任何停留,就进了当地政府停摆在飞机旋梯前的礼宾车辆。后面紧跟着有数十人的保卫兵力。

从阿尔及利亚首都机场到核查地点有200多公里,5个多小时车程。到达核查地区后,他们住在一个距工作地点5公里,离海边也不是很远的一家宾馆里。

第一次外出执行任务的那种喜悦和好奇,使罗华政迫不及待地想与队长和随行的同事出去走走。加之这里也是法国最有名的足球运动员齐达内的家乡,一切都显得那么新奇。特别是那隐隐轰响的海浪与岩石的撞击声,好像有着强大的磁力一样,使得他心猿意马。

然而,队长指着里里外外的层层岗哨,告诉他,我只能陪你在院内走走。

"只能在院内走走,不能出去吗?"

领队的阿根廷队长双手一摊:"这要征得对方领队同意才可以。"

罗华政的心一下冰凉到了极点,感觉这个核查工作太乏味了。

随行的巴西同事,是半个华人,其父亲是从我国广西早年移民过去的,但不会说汉语,只能用英语交流:"你是新兵,慢慢会明白的。队长早就说过,我们这是在监狱里散步!"

在灰暗的灯光下,他们无聊地踱着步。阿根廷队长突然指着远处的一个个哨兵说:"罗先生,这一切其实都是为您安排的。这里最重要的成员是您,因为阿尔及利亚与你们国家关系特别好,如果你的安全出了问题,他们不好向你们国家交代!"

阿根廷队长不但懂业务,而且了解政治。他的一席话,使罗华政心头变得凝重起来,他明白了,一旦加入了这个组织,自己的一言一行不仅仅代表联合国化武核查机构,更代表了祖国的形象,个人的行动无时不展示着我们国家在国际事务中的身影和话语权。

深夜,他辗转难眠,索性披衣下床,来到阳台上,眼望浩瀚星空,任凭海风吹拂。罗心想,该国把这个工厂建在远离闹市的海边,也许真还是个"大家伙"!

次日,他们走进工厂一看,才知这是一个生产普通日常生活用品的肥皂厂,这与化学武器还差着十万八千里呢!

这个肥皂厂与化学武器的相关性极低,但联合国化武组织又不知道具体生产情况。原因是各国在申报时,为了商业秘密,只申报代码。代码只涉及类和大类,是看不出什么具体产品的。因为《公约》是西方国家制定的。据说,有的国家当时提出,包括生产产品等所有的内容都应纳入申报范围,但有的国家不同意。于是就出现了申报后,联合国化武组织并不知道是生产什么产品的情况。

通过这次核查,罗华政明白了,它虽然只是肥皂厂,但仍属于化学工业,只是危险品级别低而已。这里就涉及等级分配问题了。化学制品要分等级的。开始也不知道他是肥皂厂,化武组织之所以要去核查,就是要搞清楚它生产什么。因为,《公约》成员国首先是宣布有无化学武器,要接受核查;二是禁止化学武器组织对各成员国上报的化学工业生产内容要进行核查,看成员国与宣布的东西是否相符。目前虽已有190多个国家和地区加入了联合国禁止化学武器公约,但许多小国家根本就没有化学工业。经过这次核查,罗华政还清楚了每个到化武机构工作的新任核查专家,任务也是由易到难的。

核查结果出来后,罗华政心里并没有失落感。因为这就是工作,只是对所报内容进行核查。也就是核实它的内容是否与申报相符合,是否与《公约》相违背。

既然是核查,肯定也有问题出现,而且还经常出现。

比如场地、规模设计与申报不符的,但暂时又拿不到证据,于是就要复查。复查就得由联合国禁止化武组织重新派出一个队来进行,如果还是拿不到证据,可能就要加强手段,用飞行仪器等。

这种情况大多出现在西方国家,就是核查结果与申报情况不符。如某国一个地区,初步核查与申报情况不符,于是就采用加强手段,使用了分析仪器进行空中采样,经仪器分析,得出结论有一类化学毒剂物痕迹。然而对方说自己没有违反《公约》,只是没申报而已。因为《公约》上有一条:用于癌症研究、医学研究的可以不用申报。这里的确是一家制药厂。

任何事物都是发展的,联合国禁止化学武器公约是1997年制定的。当时没有涉及这方面内容,但现代医学研究已经发展进行到这一步了,有的疾病不用这个好像还不行。比如现在化学武器中有一种砷的物质,也就是我们所说的砒霜,这种物质如今就被许多国家合成用于抗癌药物的研制。这在一定程度上也给禁止化学武器组织带来了困惑。

罗华政教授在核查过程中,亲自发现这种情况的也不少。如2008年10月到某岛国进行核查,罗不但发现核查结果与申报不符,而且按计算结果所拥有的东西找不着了——也就是化学危险品不见了,或者部分物品丢失。这个国家曾在大半个世纪之前,发动过侵略战争,给许多国家的人民造成了严重伤害。面对其不能自圆其说的表现,罗华政一再坚持要对方拿出让人信服的理由来。罗教授说,虽然我们可以怀疑他,但我们组织从来不下无根据的结论。最后岛国方面给了一个模糊的解释:气候原因导致热胀冷缩,随着时间推移,年限越久相差值就会越大。当时不符的情况就是体积,也就是人们平常所说的"库损"。核查组认为,有这种可能性。虽然也有不排除制造化学武器和其他用途的可能,但他们不能下无根据的结论。因为此次核查的是二类毒剂,距一类毒剂只要稍作加工、合成就可成为化学武器。这个"库损"虽然不是很大,通过计算,也在热胀冷缩的范围。罗说,现在虽然不在联合国机构工作了,也不能仅凭自己的认为去下结论或给个什么样的说法。

罗教授担任化武核查员这些年来,工作中能带给他惊奇的事确实不多,周而复始的工作很少有新鲜感觉出现。

虽然我国对化学工业这块管理极为严格,但也是被禁止化学武器组织列入核查名单的。成员国每年都要对化学工业进行申报,新建了哪些,哪些不生产了。联合国也就是根据申报的情况,随机对某个地方进行抽查和核查。核查的目的就是要确保各成员国申报的内容是真实有效的。到目前,我国已顺利接待了联合国化武组织300多次视察核查。作为禁止化学武器组织的核查人员,罗华政还先后回到中国进行过几次核查工作。在这个机构里,有个规定,就是只要不是带队队长,核查人员是可以随队回到自己的国家参加核查工作的。联合国的这个规定也许是基于人性化管理的原因。回国期间,核查人员在征得带队领导许可情况下,可以借机与亲人团聚,看望朋友。

罗华政几次回国都是对国内的一二类化学毒剂进行核查。在他们眼里一类化学毒剂等同于化学武器,而且这类化学毒剂只能用作化学武器,没有工业用途。二类化学毒剂就有工业用途,但化学武器等级很高,再进行适当加工就会上升到一类化学毒剂。

当然,回到国内,我国政府对该机构的安保规格也是很高的,看得见的警卫规模一般都是大于一个排的,只不过有的国家是军队负责保卫,我们国家则是由警察负责。

"大家庭"里有故事

在联合国禁止化学武器公约组织,有来自数十个国家的核查员在这里工作，最多时有170多人（现在还有100人左右），不同肤色、不同种族的人们朝夕相处，难免磕磕碰碰，故事多多。

饮食是最能体现文化差异的因素之一。罗华政刚到这里工作时，由于孩子正在国内读高三，爱人因此没有及时"随任"。虽然经历几个月的适应和磨合，但还是习惯不了化武组织那个集体食堂的西餐口味。半年后，妻子和女儿来到了海牙，他就不再去集体食堂用餐了。其实，没有到化武组织用餐的不仅仅是中国人，来自东南亚国家的工作人员都不喜欢那个口味。这些年间，罗华政和许多来自东南亚国家的履职人员一样都是自带午餐。当然，长期在这里就餐的，自然是西方国籍的工作人员了。

在国际组织工作，文化差异确实是同事间需要面对的最大问题。文化差异表现在不同的价值取向，还影响到对具体工作的处置方法和处理态度。国际组织也专门开设多元文化差异讲座，介绍如何避免因文化差异导致工作、生活上的矛盾。

不同的文化差异，事实上还是影响着他们在工作和生活中对每件事情的理解和处理方式。来自南美洲某国的一个核查员，自当上队长后就开始"摆谱"，时常以领导自居，大事小事都不愿意亲自干，有时连出差用的行李包也要下属搬动，是个典型的"享乐型"人物。

在化武机构任职的张国华队长在这方面感受颇多，他是一个从视察员职位的P3级（最低一级）做起，最终成为队长的中国人。张队长当初到化武机构履职时，他在国内已挂了4年的上校军衔，但在化武组织这个机构里，一些阅历比他浅、经历比他少的其他国家的视察员的职位却比他高1到2级。张国华也认可这个规则，一大把年龄的他在这里只有从"新兵"干起。

曾经担任核查队长的张国华深有感触地说：在工作上，某些国家的人员在接受任务和执行任务过程中，只要你告诉他条件和要求就可以了，无须再三叮嘱或反复地开会研究，他到时自然会100%的完成，但也绝不会有超水平的发挥或有创造性的发挥；而有些国家的人员，即使你反复交代、不断提醒，还会出差错；有些人员专业水平高，但缺乏集体主义意识，我行我素,只照顾自己,不顾别人和集体。

生活上,不同国家、不同民族其文化差异非常大,在国际组织工作,必须要尊重别人的文化。张国华介绍,在荷兰同性恋是合法的,他刚到禁止化学武器组织上班时,在一次聚会上就遇到了同一机构的一位"先生"当着大家的面大谈其"丈夫"如何管理公司业务,张队长心里非常不舒服。但他后来发现自己居家的邻居也是一对同性恋(男的是德国人,"女"的是泰国人)时,这种心态慢慢开始改变,变得包容并且接受。因为他发现,同性恋邻居家的庭院花草收拾得是整个街区最好的,大家见面相互问候习以为常,并不觉得有何不适,大家相处非常友好。

还有,机构工作人员中有一位非洲人,尽管是穆斯林,他喜欢喝酒,不喜欢喝牛奶。一次,一位塞尔维亚的女士特意带来了自己烤制的奶油蛋糕犒劳一下这位非洲队长,结果适得其反。而中国朋友们请他喝啤酒,他反而非常高兴。

见面礼,哪里都存在。在中国通常是握手礼居多,但在西方,特别是在荷兰,如果你见到熟悉或要好的女同事、朋友,往往男方要主动去亲吻女士脸颊3次(一般西方国家是2次)。这在一般中国人眼里,特别是当着老婆的面,多少有些尴尬,但时间长了,老婆本身也接受别人的热情问候,对老公亲吻别的女士就不在意了。这说明了什么?说明你身处西方国家,一要尊重别人,二要适应环境,三要不能强加于人,这样才能和谐相处。

不同文化汇聚于此,形成新的氛围是肯定的,于是就有人喝酒、泡吧,成群结队,扯起了"圈子"。这可苦了那些拖家带口要照顾子女学业的专家;还有一些人因时间关系或个人生活习性和文化差异不喜欢进入类似的"圈子"。当然,没有进入"圈子"的人,晋升职位肯定是要受影响的。最让罗华政困惑的是,有时化武组织要提升某某人了,这类消息往往首先是从西方某国大使馆传出来的,且准确率极高。

作者也和大家具有同样的好奇心,那就是他们在核查工作期间是否有收送礼品的情况。联合国禁止化武组织规定,对于价值在50欧元以下的礼品是允许个人接收的,若超过了就要上交。当然,他们到某些国家进行核查,有时也会根据所在国习俗,由礼宾处为他们准备代表机构的小礼品(通常系机构专门制作的价值几美元到10多美元的小纪念品)。当然,喜欢送礼的国家主要是第三世界国家,而他们都知道,50欧元以下是个人收,于是都比照这个价格处理,还保证物有所值。当然从不送现金,他们也从没遇到过。俄罗斯这个国家也送礼,但都是像盘子等象征性的物品。

联合国禁止化学武器公约组织是个由来自数十个国家履职人员构成的大家庭,他们将世界各地文化汇聚在一起,同时核查员作为个体又要面对不同的文化,难免出现差异状况。这不仅是对个人应付能力的考量,也是对一个国家、地区文化影响力的检验。

原核查队队长张国华对多年在国际组织的工作经历有自己独特的认识,那就是学到了国际标准的管理模式,懂得了先进的专业设备使用,与防化反恐相关的侦防消救的方法、程序、经验;也感觉到世界上先进的文明素质与道德品质。最大的收获和感受是——懂得了和平的真谛与生命的价值。

化武争端是非多

近几十年来,由化学武器和大规模杀伤性武器引发的战争时有发生,这当然也给化武核查人员带来了危险。

1991年海湾战争结束后,联合国专门组织对伊拉克大规模杀伤性武器的核查,其中包括化学武器的核查。2003年3月20日,以英美军队为主的联合军队向伊拉克发动军事行动。实际上也是美国以伊拉克藏有大规模杀伤性武器并暗中支持恐怖分子为由,绕开联合国安理会,单方面对伊拉克进行的军事打击。这次战争历时7年,美方始终没有找到伊拉克拥有大规模杀伤性武器,反而找到萨达姆政权早已将其销毁的文件和人证,也造成双方死伤数万人的悲惨结局。

伊拉克战争的爆发,也将世界禁止化学武器组织推向了一个尴尬的境地。张国华作为我国派往联合国伊拉克武器核查的后备专家,虽然没有直接参与核查,但通过大量的资料和文件,了解到核查的基本情况,那就是在某些西方实验室的主导下,出现的不公正的结果,导致伊拉克战争的爆发。

正义和良知永远都存在,正是由于此次联合国禁止化学武器公约总干事在处理伊拉克问题与西方国家特别是美国发生了矛盾,于是美国等西方国家为了逼其下台,便停止提供会费,导致公约组织资金紧张,招聘核查员工作也因此停顿,自1997、1998年招收视察员后就再也没有招收新核查员。直到2003年新的总干事上任,才开始重新招聘新的核查员。

也正是这次在对伊拉克执行化学武器核查任务期间,来自我国防化工程学院的核查员郁建兴教授,在执行核查任务过程中,因交通事故不幸遇难,年仅38岁。这是我国牺牲的第一位联合国化学武器核查员。我国政府高度重视郁建兴教授遇难事件,第一次允许将牺牲在国外的烈士遗体运回国内,并举行了隆重的哀悼仪式。这件事虽然已经过去多年,但也成为中国籍驻联合国禁止化学武器机构人员心中永远的痛。

世界并不太平。自从化学武器诞生后,这个被放入潘多拉盒子的恶魔也不时出来捣捣乱。

2015年的一段时间,叙利亚政府与反对派互相指责对方使用了化学武器。到目前,这件事还一直牵动着许多人的心。

据有关资料显示:叙利亚化武袭击事件是2013年8月21日发生在叙利亚大马士革东部郊区Ghouta的化学武器攻击事件。遇害者基本是在晚间睡觉时死亡的,遇难者身上基本没有任何伤痕而死去,症状包括昏迷、鼻子和嘴喷涌白沫、瞳孔收缩、呼吸困难等。事件最早由叙利亚反对派披露,叙利亚人权观察者表示,至少有322人死亡,其中包括46名反对派士兵,其余都是包括许多儿童在内的平民。地方协调委员会表示有1300多人遇难,自由叙利亚军声称多达1700多人被害。事发地为反对派控制的地区,反对派指责叙当局使用含有沙林毒气的火箭弹发动了此次袭击,不过巴沙尔政府否认这个指控,称是反对派干的。事件引起国际社会的强烈关注和谴责。当时,美国声称根据情报已经确定巴沙尔政府是事件的罪魁祸首,还说拦截到了叙利亚高官的通讯记录,包括美国、英国、法国、以色列、瑞典、土耳其、加拿大,以及阿拉伯联盟和北大西洋公约组织都表态,要求叙利亚当局对此负责。其中美国政府认定包括426名儿童在内的1429名平民遇害,美方称还掌握搭载化学武器的火箭弹发射和降落的时间与地点。但同时支持巴沙尔政府的俄罗斯和伊朗则称,得到了反对派中的恐怖分子对无辜平民使用了化学武器的证据。

针对这一事件,罗华政所在禁止化学武器组织也专门派出了专家工作小组前往叙利亚调查。罗虽然没有去现场,但他看到了调查小组带回去的照片和录像。

罗华政介绍,一次大战中德国首先使用了氯气,开启了现代战争中化学武器使用的先河。识别是否使用了氯气这种化学武器很简单,因为氯气导致死亡的最大特征就是肺水肿。

在联合国化武机构人员心目中,氯气制作是比较简单的。但在叙利亚政府与反对派这场战争中,当时是否使用了氯气呢?罗教授说:"现还属机密阶段,机构是应联合国指派前往调查核查,仅负责向联合国的安理会报告相关情况,由联合国来公布调查结果。"

据作者了解的信息,联合国到现在一直没有公布这一情况,也许正如罗华政教授所说,他们只能认定是否使用化学武器,但并不能确认是哪一方使用的原因吧。

据有关消息说,当时反对派还指责政府军使用了沙林毒气这种化学武器。

罗华政教授指着电脑中的一幅幅图片和录像说,从这些资料看,像是沙林毒气中毒的迹象。罗进一步指出,沙林毒气是神经毒剂,神经毒剂的症状都基本一样,患者全身抽搐,痉挛,直到死亡。对于神经毒剂的中毒治疗反而有特效药,最简单的就是阿托品,这种药最容易获得,但效果不是很显著,称为解毒剂。效果好的解毒药物还是阿托品的升级版,如氯解磷定之类的药。以上都是小剂量中毒情况下采取的措施。若遇大剂量中毒则不容易治好,因为神经毒剂来得太快,它留给人们的抢救时间只有几分钟,过了这几分钟就算你是华佗再世也是回天乏术。神经性毒剂的共同特性就是死亡率高。

化学武器中还有一种糜烂性毒剂,比如芥子气就属于这种糜烂性毒剂。糜烂性毒剂的特点就是伤残率高。这种毒剂主要引起基因癌变,后遗症比较多。如两伊战争中使用的芥子气,这种毒剂沾染皮肤后就会糜烂,并逐步扩散,唯一的办法就是将糜烂区域切除才能治疗,如果人员一旦中毒,即使抢救成功,也极易造成终身残疾,也就是人们常说的"不死也得脱层皮"。倘若这种毒剂接触到了人体的头部及躯干,那就没有办法切除,伤员只有等待死亡。这两种毒剂若随空气进入呼吸系统后,不管吸入多与少,结局都是一样——等待死亡。

据有关资料显示,两伊战争中因化学武器死亡了几千人,伤残人数就大多了,有后遗症的就有10多万人。

根据统计结果,芥子气的死亡率虽然只占5%,但它更多的是给人们的一种心理恐惧。其实一个人死亡之后,包袱相对较小;假若伤残,则给予家庭、社会和政府的包袱是相当大的。在两伊战争中,伊拉克主要使用的是芥子气,也有神经毒剂。

神经毒剂涉及的两种关键元素是氟和磷。别看这个在我们国家是很普通的东西,但有的国家没有来源。比如在贫困一点的国家,磷容易找到,而氟则很难提取出来的。因为,氟的生产要在化学工业比较发达的地方才能进行。

核查行动是禁化武组织最重要的任务,有着严密和完整的核查程序,视察员是执行核查任务的最直接者。在核查过程中必须严格执行核查任务授权,只有在任务授权的基础上完成任务,不得逾越授权。视察员在执行任务时,只能向国际组织负责,不得向任何第三方负责,也不得接受第三方的授意,有着严格的纪律。

鉴于以上这些原因,读者就可充分感知化武核查的专业性及公正性是多么重要。近年来,中国政府也开始增加在联合国世界机构和多边组织的力量,尽可能多地输送人员,提升符合我们大国身份的话语地位。

从伊拉克战争之后,应该说,禁止化学武器组织是非常清廉的,从来没有什么组织机构和个人代表某个国家和地区,来对他们进行拉拢和捐赠。

每一位在机构工作的专家,都把科学家的正义和良知作为他们坚守的道德底线——绝对不把白的说成黑的。

行走在生死边缘

罗教授及其同事们这些年走南闯北,可谓踏遍大半个地球,他见识了无数被战争摧毁的城市,目睹了太多的暴力与血腥的残酷。当他走过一条条被战火洗劫过的城市街道时,那千疮百孔的废墟使他无比悲凉,那些无情的子弹好像穿越了他的胸膛。每当回想起这些,他就充分感受到和平的珍贵,感觉到我们国家、民族这几十年是幸运的。特别是近年我国在战乱国开战前的紧急撤侨,积极参加维和及在国际事务中日益彰显的大国作用,让他内心无比强大。每一次在进行核查工作中,总能挺着腰,刚直不阿,不卑不亢。因为,在他们身后站着强大的祖国,站着爱好和平的10多亿中国人民。

让罗华政教授印象最深刻的一次就是2015年11月14日,巴黎恐怖袭击刚过,他们一行3人在日本完成核查任务后,要路经巴黎回到机构所在地海牙。按照规定,被核查国是不负责化武机构人员在途安全的,也就是说,在没有到达被核查国,和离开被核查国后的安全是由核查人员自行负责的。此时的核查人员,仅是途经巴黎,与普通旅行者一样,同样要通过过境检查,没有任何特权。

巴黎是近年被恐怖袭击较多的城市,据有关资料显示:法国自2013年轰炸叙利亚后,叙利亚境内的恐怖分子就对法国怀恨在心,有的人就有计划地在巴黎展开报复行动,对民众进行血腥屠杀。2015年1月7日以来,巴黎又连续遭遇恐怖袭击,法国当局出动了近10万名军警来缉拿恐怖疑凶。仅2015年11月13日晚,巴黎就发生了系列恐怖袭击事件,至少造成132人死亡。

罗华政不是第一次去巴黎,可这次气氛明显不同以往。大街上,随处可见全副武装的安保人员和武装巡逻的军警,进出机场的安检程序也多了许多。特别是针对外国人的检查显得格外认真仔细。让他们最为紧张的是,出发返回时就从新闻里得知,法国总统声称要关闭边境。假若边境一旦关闭,空中、地面、水中都要关闭。这样一来,他们就得无限期地待在这个让人感到恐怖的城市。此时巧合的是手机不通,他的家人和同事们着实为他们捏着一把汗。还好,后来他们还是比较顺利地到达了目的地。

罗华政穿越了被恐怖袭击的巴黎,只是心理上显得略为紧张。而他们另一拨同事的经历可是让全世界的很多人都绷紧了神经。

这事发生在 2015 年 5 月 27 日,禁止化学武器组织的 9 名核查人员与叙利亚政府方面的 3 名陪同人员,前往距叙利亚首都 200 多公里的一个化工厂进行核查。让人感到麻烦的是这个核查地点处在反对派的控制区内。负责安全保卫的政府军将核查人员一行送到与反对派控制区的交界处,就不再进行护送了,说前方的情况复杂,不能保证安全。在这种情况下,只有联合国维和部队提供的 5 台车辆继续运送核查人员前进。

说不安全,真是不安全。当这 5 台标有联合国维和部队明显标志"UN"的防弹车,进入到反对派控制区域 10 多公里的时候,奔跑在最前面的车辆突然被埋藏在地里的炸弹炸翻了。好在除了驾驶员受轻伤外,其余人员毫发无损,全都爬出来了。当时,我国驻化武机构的核查人员 G(因其是第 3 次前往联合国禁止化学武器机构工作,人们都尊称他 G 队长)也在这次任务中。由于他长期培养出来的军事素养,预感到可能出现的问题,在执行现场任务中就没有跟随队伍,而是留在大马士革的指挥中心。这次带队的是一位来自东欧的队长,军人出身,长期的职业素养使他一下子反应了过来——遇到了恐怖袭击。没等硝烟散尽,队长立即组织从第一辆车内爬出来的所有人员(包括司机)转移到后面车辆里。刚刚转移完毕,队长回到第二辆车内关上车门的一瞬间,四周响起了密集的枪声。此时,队长的车排在了最前面,驾驶员也是个十分机警的维和部队士兵,见势不妙,一踩油门就加速冲了过去,当后面车辆试图仿效时,已被反对派的武装人员团团围住。

事后,据获释返回的同事们带回的照片和录像显示,他们遭遇了反动派其中的一个派别绑架。整个车门被打得像蜂窝状一样,包括车窗和挡风玻璃上都布满了白点儿。还好,联合国维和部队提供的车辆都是防弹的,都没被子弹射穿。罗说,他们平时也不坐这样的车,这是在战乱地区,联合国专门为核查人员提供的车辆。

回来的队员说,反对派武装人员将他们劫持到基地后,令每位核查人员跪在地上,用枪顶着他们的头,用英语分别吼叫:"哪个国家的人?"并与身上佩戴的护照等证件进行比对。

为什么会出现这种情况呢?当时,西方媒体纷纷炒作的情况是:就在他们起程到叙利亚核查的前几天,西方国家提出要在叙利亚设立禁飞区,而此项动议在联合国安理会上被中国和俄罗斯投了反对票。反对派就对中国和俄罗斯怀恨在心,伺机报复。

据公开的信息披露:叙利亚内战是指从2011年年初持续了数年的叙利亚政府与叙利亚反对派之间的冲突。叙利亚的反政府示威活动于2011年1月26日开始,并于3月15日升级,随后反政府示威活动演变成了武装冲突。

叙利亚的反政府示威活动产生后,叙利亚反对派要求总统巴沙尔·阿萨德下台,巴沙尔·阿萨德同意通过和谈解决叙利亚国内的矛盾,但遭到叙利亚反对派的拒绝。叙利亚反对派的武装随后与叙利亚政府军及亲政府的民兵组织之间爆发冲突。联合国报告称,叙利亚政府军及叙利亚反对派均犯下了包括谋杀、法外处决、酷刑等侵权行为在内的战争罪行。

反对叙利亚政府的代表性政治组织为2011年9月15日在土耳其伊斯坦布尔组建的叙利亚全国委员会,叙利亚反对派的主要武装为叙利亚自由军和叙利亚解放军。叙利亚反对派和反政府武装致力于推翻现政府。然而有国际人权组织指出,叙利亚反对派武装严重侵犯人权,包括绑架、虐待和非法处决安全部队人员及政府支持者。虽然叙利亚自由军得到部分国家的武器支持,但缺乏军事作战人才。阿拉伯联盟成员国和部分西方国家秘密派出军事顾问,直接指挥战争。与此同时,俄罗斯也为叙利亚政府军提供武器和军事支持,以对抗西方阵营。

美国之前的禁飞区提案在联大遭中俄否决,其后的出兵保护叙利亚境内化学武器安全的风声也惨遭俄罗斯阻击。这对叙利亚反对派的信心和力量发展以及军事行动的开展都是打击。后来巴沙尔开展的清剿行动,将反对派武装势力基本清理出大马士革,并向边境地区压缩。

有关专家分析,美国单方面在叙利亚边境地区建立禁飞区,虽然可以保护逃向土耳其和约旦的难民,但同时也可以为叙利亚反对派武装划出背靠土耳其、约旦的根据地,并成为叙利亚反对派武装的军事大本营。在操作上,也不会是真正意义上对叙利亚空军的禁飞区,巴沙尔政府军任何在靠近禁飞区的陆、空军事行动都将遭到美军的打击。

有了美国撑腰的禁飞区军事大本营,叙利亚反对派武装就永远不可能被消灭了。反对派武装至此可以做到进可攻退可守,并利用稳定的大本营提振反对派支持者的信心,招兵买马扩充实力。通过土耳其和约旦边境通道获得稳定和源源不断的军事援助,而不用担心叙利亚政府军空军对该通道的轰炸袭击战术阻断行动困扰。

美国前国务卿希拉里在访问土耳其时表示,为了支持叙利亚反对派和他们结束暴力、开启一个没有巴沙尔、向自由和民主的叙利亚过渡,美国将继续向反对派提供通信设备和其他非致命性武器的援助和直接的财政援助。从希拉里的表态看,美国已经彻底失去了和平解决叙利亚问题的耐心,换句话说美国已经没有耐心再与中俄进行扯皮战了。目的明确就是要军事推翻巴沙尔政权。

作为联合国安理会的常任理事国,中国一贯主张遵循《联合国宪章》的宗旨,以及不干涉别国内政的原则,而当时联大通过的涉叙决议包含了要求强行推动在叙利亚实现政权更迭的内容,这有悖于《联合国宪章》的精神,因此中国投了反对票。此举反映了中国外交政策的连续性,表明中国是《联合国宪章》的坚定支持者,中国为维护中东地区和平稳定与安全的外交努力,最终将获得阿拉伯国家的理解。

最让人感到不解的是,联合国化武组织要到反对派控制区域进行核查,其中有中国和俄罗斯专家前往的这个消息是如何走漏的,至今不得而知。因为,核查人员在出发前,化武机构只通知对方前往核查时间、核查人员的姓名和饮食禁忌,并不告知国籍。什么时候通知对方,化武组织还要根据被核查地区的危险等级分别提前1、2、3、5天通知。当时鉴于叙利亚的战乱程度,化武组织肯定是通知得比较晚的。当然,对方可以根据姓名判定核查人员的国籍。

事件发生后,许多西方媒体都炒作这是叙反对派为报复中俄而采取的恐怖行动。如果事情果真如此的话,他们根本不知道,这次核查队伍中开始是有中国和俄罗斯的核查专家前往,但因俄罗斯专家临时因特殊情况而没有参加,加之中国专家当时已留在了大马士革的指挥中心,其实反对派什么也没有捞到。

此事件发生时,罗华政正与同事在欧洲的另一个国家进行核查工作。当他在CNN上看到有关新闻后吓得不轻,十分担心同事们的安危。他多次拨打包括G队长在内的所有同事的手机,但一直处于失联状态。那种同为炎黄后裔的同胞亲情和战友情谊,此时显得如此浓烈和厚重。如果朝夕相处的同事一旦异国捐躯,他不知如何面对其在国内的家人。从不信奉上帝的罗华政,也无数次默默祈祷G队长和同事们能够逢凶化吉,平安归来。

在化武机构同事被劫持的10多小时内,许多同事都不知道G队长是否在人质当中,当然更不知道他留在了大马士革指挥所。

后来,这12名被劫持人员还是在美国的协调下被解救出来了。听说,在叙利亚有好几个反对派,营救机构并不知道是哪个反对派劫持了核查人员。为此拐了七八个弯,才把劫持者的领导人找到。还有一种说法是法国也参与了协调,在十多个小时后反对派就放人了,他们没有提出要钱要物要军火的任何诉求。

当这12名人质被释后,G队长立即与他们取得了联系,并成功安全返回。

据事后有关情况分析,假若俄罗斯的核查人员如期前往,中国的G队长没有留在大马士革,那绝对是一场充满血腥和罪恶的屠杀。

叙利亚确实是一个不安全的地方。早在2013年,联合国化武组织在对其进行化学武器核查中,化武专家在叙下榻地,遭到了迫击炮袭击,此次虽然核查专家没有伤亡,但造成其他住店人员1死11伤。

核查中的苦与乐

与G队长相比,罗华政等人虽然没有经历如此惊心动魄的生死场景,但在从事核查工作的日子里,历经艰苦的日子却不少。

很多人不大相信,难道联合国的官员还生活艰苦?其实,他们在工作中遇到的各种困难还真不少。

人们都知道有一段时间,乌克兰与俄罗斯的关系不是很好,发展到后来纠纷不断。其中之一就是2010年1月,俄罗斯指责乌克兰没有足额支付天然气费用,于是掌握着能源阀门的俄罗斯方面就把输气管道的气阀扭小了几圈。此时,正值深冬时节,这下不但苦了乌克兰的百姓,也让前往核查的罗华政饱尝了那种饥寒的无奈和痛苦。

此前,罗华政早在2007年曾到乌克兰去核查过一个化工厂。当时正值金秋时节,虽然树叶已经枯落,看不到色彩斑斓的美景,但天空湛蓝,找不到一丝云彩。工作之余,他和同事们在西落的夕阳下,广袤的森林里,奔腾的河流边,浩瀚的星空下,尽情地拥抱这难得的风景。

那个时候,乌克兰与俄罗斯关系还处在蜜月期,天然气费用很低,他们所到之处,房间的暖气时常让人发热。而这次前往却让他和同事吃到了苦头。这次的核查地点也是发生战乱的地方——顿涅茨克,正处缺乏暖气的地方。此时时值1月,这里的气温都在零下30多摄氏度,到处都是皑皑白雪,天空中时常刮来刺骨的寒风。室内通常只有3~5摄氏度的温度。一时间,取暖成了最大的民生问题,餐馆饭店同样如此。

那些日子,老百姓和宾馆员工都只能靠劈柴生火做饭。好在那地方地广人稀,森林茂密,寻找柴火不是十分困难。

住在宾馆里的罗华政及同事也只能硬扛着,他们多么希望能洗上一次热水澡,可每次扭开水阀,水管早已被冰块堵上了,总是不见一滴温水流出,洗脸也只能是凑合。虽然他们在此只工作了5天,但罗华政的双脚袜套口子上端处有近二指宽一圈被冻伤,好似印第安人在脚上套了黑色的铁环。幸运的是其家属曾女士以前在医院工作,出国时备有防冻药品,但也是擦拭了好长一段时间才开始好转。直到现在,他被冻伤的部位还时常发痒。

在人们心目中,联合国官员到哪里都是宾至如归,热情接待。事实上,他们真正的生活并不是人们想象的那么光鲜。

有一次,罗华政到俄罗斯执行核查任务,飞抵莫斯科后,还要坐10多个小时的火车,下了火车,原以为一定有车辆乘坐,可是遇到河面结冰,俄罗斯方面担心破冰,所以他们只有在零下30多摄氏度的冰雪中步行到达。

就拿大家普遍关注的伙食来说吧,禁止化学武器组织给外出核查人员每人每天的标准是100美元。这100美元是如何分配的呢?就是按20、20、30、30这样分成4份,其中有20美元是零花钱,另外则分别是早、中、晚餐的费用。

在有的国家,则是将20元零花费用发给他们后,接待方负责一日三餐的食宿。如在美国,接待方将核查人员安排在有锅碗瓢盆的公寓房间居住,然后将每天100美元钱全部支付给他们,由他们自己到市场或者超市去购置。这样,他们想吃什么就买什么,但是必须要亲自动手。而大多国家则是接待方安排吃饭,这样,出发前就会将核查人员的饮食习惯告诉被核查国家,特别是指明饮食禁忌,如是否喜欢素食,是否不吃猪肉,或者不吃牛肉等,若有的核查人员因体质过敏原因,还要特别注明不能食用某种食品。

机构虽然这么重视,生活费用也是由会员国出的,不知是次数多了的原因,还是怎么回事,有个别国家还是比较怠慢的。

有的事情说起来都让人不相信,还会让人大跌眼镜。罗华政他们好几次到某国(这个国家还是在国际上有较强影响力的国家)进行化武核查,对方除了发给他们每天20美元的零花钱外,一日三餐的80美元被克扣了大半。有时给他们提供的饭菜差得无法形容,罗说那质量简直和猪食差不多,全天最多价值10~20美元。在这样的情况下,他们有时将就一下,有时也就罢餐绝食,以示抗议。当然抗议一下,伙食状况就会好一些。

现代人的享受除了追求物质生活外,精神需求也是人之常情。世界如此之大,值得观赏的美丽风光肯定不少。但作为联合国官员的他们,也不是想去就能去的。

当然,若想去被核查国的某个地方旅行,所在国最多是提供交通车辆,门票食宿则是自掏腰包。而前提则是随行人员要与带队领导取得一致意见后,再由带队领导与所在国带队人员接洽,谈好后才可以成行。如今,他们提出这些要求的情况也越来越少了,原因是有一年核查队员出去滑雪,发生骨折,不能工作,给所在国、带队领导都带来很大的压力。自从滑雪事故出现之后,运动性的项目被完全禁止,而观光性的没有完全禁止。他们还规定了核查人员即使拥有驾照也不能租车驾游,即使在自己的国土上。因为出现过核查人员回到自己国家核查,租车驾驶探亲访友发生交通事故的事儿。

作为联合国的官员,只要在没有离开被核查国的国土前,所有的安全都是接待国负责,尽管是出去游览,还得有适当的安全保卫。尽管他们是联合国官员,走的是绿色通道,但他们同样要主动出钱购票。罗说,他们这样做,不但是为了工作的公正,更是对自身的保护。罗华政由衷地感慨:"一旦你加入这个组织就不是自由人了。"

在禁止化学武器组织工作的每位核查员,看似光鲜的工作,显赫的身份,但他们也是普通人,也有那本家家难念的"经"。

前面谈到的张国华,2013年11月,回国后不久,又被推荐为防化专家参与禁化武组织对叙利亚化学武器的核查任务,由于任务的特殊性和危险性,他始终没有和自己的父母讲明情况。尽管从国内出发前接受了中央电视台的采访,但他仍告诫家人不要告诉年迈的父母和岳母。就在其父亲由于癌症入院需要手术时,他也无法回国照顾,感到非常遗憾。甚至有一天早上,张队长突然接到了父亲从国内打来的电话,问他在干什么。张队长只好说在东北吉林出差,根本不敢提及在国外。张队长说,接受赴叙利亚执行任务是他一生中第一次面临生与死的考验,离家前甚至还拍了录像,祝福家人,真有那种把生死置之度外的、壮士一去不复返的感觉。

为防不测,2010年在去伊拉克核查前,联合国化武组织还专门安排张国华在约旦某军事基地参加联合国安全培训。在此期间,为了逼真地展示他们落入恐怖分子手中的情景,他曾被当作"人质"捆绑,头戴黑色头套,被按在地上,耳边枪声、骂声不断,尽管是训练,但当时的情景至今让人难以忘怀。这种训练还不止一次,2013年在赴叙利亚前,张国华在德国美军训练基地训练时,第二次被作为叙利亚IS"人质"培训,第一次被枪口顶在脑后,面对摄像机向家人"告别"。尽管是演习,但作为明天就要上"战场"的人,当时的心情可想而知。自受命此任务后,张国华始终告诫自己两点,一旦到了叙利亚前线,一是作好最坏的打算,有可能伤亡或被当作人质;二是"决"不能死。为此,他作好了充分的心理和物质准备,并在演习训练中投入超出常规的努力,用实战的标准要求自己。培训中,一位曾在伊拉克参过战争的瑞典同事(瑞典陆军少校),给了他一副快速止血绷带,张队长始终带在身边,尽管禁止化学武器组织每个小组都配备了紧急救护包,但他个人还是给自己准备了自救的止血带,一旦同事同时遭袭,可以迅速自救争取时间。后来尽管两次被紧急召回到海牙总部,由于政治、安全等因素,他最终没有踏上叙利亚的国土。但这些经历,无论是出发前接受中央台采访,安排家事,赴德培训,充当"人质",受领任务、出发前准备,等等,一系列事宜都是终生难忘的。

由于禁止化学武器组织工作的特殊性,罗教授及其同事的每次外出核查和监督销毁化学武器,都让后方"随任"们提心吊胆。

特别是近年来一些国家的恐怖活动越加猖獗,每当罗教授外出,当得知他完成任务要返回时,妻子曾女士和儿女总是不断地网上搜索所在国和地区的人文环境、地理气候,更加重视社会安定及有无恐怖活动。特别是罗华政经过巴黎遭袭那一次,女儿因完成了学业提前回国,她已得知老爸完成了核查任务要路过巴黎回到海牙的情况。成天饭不吃,茶不喝,夜深了还在盯着电脑,关注着巴黎事件的进展,使得外公外婆十分纳闷,但不管如何催问,外孙女只一个"烦"!使老两口丈二和尚摸不着头脑。

人们都说乘坐飞机的安全系数是最高的,那是针对不经常坐飞机者而言。可经常乘坐飞机的人,时间久了,也会有不爽的时候。有一次到印度核查,罗教授乘坐的飞机进入雷雨区。他亲眼看见机舱外一团火光闪过之后,整个飞机机舱没电了,机舱内一片漆黑,数百人的大飞机,没有一点儿声响,只有人们恐惧的呼吸声,以及那蓝色眼睛发出的无奈而又惊恐的目光。这个黑暗虽然只有几分钟,但这次飞行让他们在雷区上空盘旋了两个小时。在整个长途飞行的几个小时内,机上的每一个人都显得那么无助,有的双手合十,有的在写遗书之类的纸条……飞机安全着陆后,那种如释重负和获得新生的欢呼声、哭泣声突然爆发,好像要把机顶掀翻……

后方也得很"低调"

国家为了解决外派人员的后顾之忧,出台了"随任"政策。也就是家属可以一同出国,到配偶工作地生活,由国家外交部发给工资。当时,罗华政的爱人和女儿都一同去了荷兰的海牙。

至于孩子的学校问题,只有自己联系,化武机构最多给你提供个电话或者网址之类的帮助。在海牙,许多政府机构,各国的大使馆和国际性组织都汇聚于此。这里,给了每个人自由的空间,但也没有特权能够让你显摆。

联合国给随任的补贴是每个月几百欧元。这在海牙来说待遇不算很高,只能是个生活补助。其实,这里的随任,不仅有女性,也有男性。不但有政府职员,还有专家学者,放弃自己的事业陪伴自己的伴侣在此履行国家义务。他们是核查员的"大后方"。

刚开始,罗华政的爱人曾女士就对放弃工作,来到异国他乡成为一个买菜做饭的家庭主妇颇有微词。当她参加了一次中国驻荷兰大使馆主持的新年茶话会后,才知道仅在联合国的化武机构,像她这样从国内来"随任"的,不但有北大讲师、大刊编辑,还有我国军事科学研究方面的博士生导师,这里既有男性,也有女性。

通过接触,相互认识和了解,她得知在随任家属中,还有一位博士生导师,这位女士也是极不情愿放弃自己工作的,但为了能照顾爱人安心履职,也心甘情愿地做"随任",成为家庭主妇。加之这里法律规定,12岁以下的孩子必须要求有监护人。还有一个"随任",在国内与曾女士是同行,同为护士长,曾女士在重庆一家地方医院,而那位则是在北京一家名牌医院。

随着对相关情况的不断了解,曾女士心理自然得到了平衡,并且还主动参与到化武机构定期举行的化武组织核查大会的会务和相关工作中去。参加化武机构的临时性工作,时间虽是根据会务繁简程度,有时一周,有时长达一两个月,不管时间长短,她同其他中国"随任"一样都干得无比开心。干这些临时性事务工作,虽然报酬不高,但他们都把这当成对国际事务的支持,也是为世界和平而尽的一点力量。

作为"随任",爱人在化武组织的所有工作都是不能打听和过问的,包括到哪个国家去,行程安排,当然也就更不可能出于好奇而打听核查中的具体事儿。即使打听,组织上有纪律规定——不能说。

当好"随任"也不是容易的事。罗华政刚到联合国化武组织履职时,因女儿在国内正面临初中毕业,为了使女儿顺利完成初中学业,爱人曾女士同女儿是半年后才到海牙的。

为了当好"随任",曾女士专门到四川外国语学院学习了几个月的外语。到了海牙后,为了尽快适应那里的环境,她又自费到英语学校去学了两年的外语。曾自认为是个不笨的人,很快就能适应简单的对话和日常所需。有时,夫妻二人上街,若遇到需要交流和咨询之类的事,罗教授就主动谦让,让妻子出面,曾女士说这是教授在锻炼她。

"信息不交叉是纪律"。尽管我们国内有几个专家同时在化武机构履职,他们时常也带着家人在一块儿聚会,但决不谈及工作及核查情况,他们在一块儿时也就是谈天说地,家属们也就是说说孩子的事,要么就是做做手工打发日子。

罗华政虽然有几次到国内核查的机会,作者也认为作为"随任"家属一同回国应是正常不过的事情。但真实情况是家属根本都不知道日夜相伴的另一半的真实去向,只有核查任务完成后才给家人报个平安,告诉现在什么地方,大概什么时候回到海牙而已。在禁止化学武器组织里,公干时可以带家属的只有一人,那就是总干事尤祖姆居,但他出席的一般是代表机构参加的政治活动和外交事务。

"要想得到安全就得保持低调。"这是联合国化武组织对所有工作人员及其"随任"的忠告,也可以说是事先声明。联合国机构对工作人员及其家属的生命安全也是很重视的,但也不能给工作人员配备警卫和保安,"保持低调"也是出于安全和保密工作的需要。

为此,曾女士在异国他乡生活近十年,从来没有向无关人员透露过罗华政的工作机构和工作性质。在这里,有两个小故事可供分享——

罗华政的爱人曾女士是个热心人,每当邻居不在时,邮差来了,她总是将信件代为收好并转交。一来二往,与邻居互相问候和点头之交就成为常事。可有一天,对方突然问曾女士,"你家先生是做什么工作的?"这一问,竟让曾女士一时语塞。曾女士忙说"在大学教书",没想到对方竟穷追不舍,"是哪所大学呀?"曾一时不知如何是好,只好以自己英语水平不好为由回避了。好在那个地方的人们不像国内一些人那么具有洞悉别人私生活的欲望,打那以后,那位邻居再也没有问过此类问题。

无论你如何低调,有些事总是防不胜防的。有一次,罗华政教授所居小区的一位外籍人员,突然对曾女士说,"你家先生是在化武组织工作,对吧?"就是这一句话,可把曾女士吓了个六神无主。还好女儿也在场,英语较好,马上问对方:"你是谁? 从哪里得到的情报?"这位先生说,他观察罗教授经常是一个星期一个星期的不在家,并且从罗教授的车牌号段看出了端倪(上面有化武机构的专用号段)。对方一席话更是让曾女士和女儿感到了恐惧。接下来,那位男士说,他以前就在化武机构工作,后来到了联合国其他机构。对方虽是这么一说,罗华政还是立即将这一情况向联合国化武组织进行报告,并通过有关渠道进行了核实,答复确有其事,这才让他们悬着的心放了下来。否则,就得赶快搬家。

谈到家属"随任",张国华对罗华政教授的妻子曾女士赞美有加。他说,我们也是近邻,两家就像是一个大家庭,他们家有什么需求和帮助都找曾女士。曾女士原来在国内是很少下厨房的,到了荷兰练就了一手的川菜厨艺,每逢过年过节,她总是急着把中国籍的视察员和家属请到家里做客。

罗教授家有棵苹果树,每当果满枝头、成熟收获的时候,曾女士还要邀请大家到她家采摘果实。值得回忆的是,有年春节,大家聚集在她家,除了吃饭还观看春节文艺晚会的电视直播。由于荷兰没有中国频道,聪明的罗华政教授就将电脑连在电视机上,让大家欣赏春节晚会直播,过了一个愉快的中国年。

在这里的"随任"们,平时除了照顾小孩上学,负责家人伙食外,还要参加社区举办的荷兰语的学习,邀请中国同事到家里做客,有时还与视察员们一块儿参加中国大使馆举办的各类活动。这些年,他们除了参加大使馆举办的各种节日活动外,还参与了给汶川地震灾区的捐款活动。

在这里,不得不说说这些"随任"的孩子们。

罗华政教授的女儿起初也不愿意去国外,那时她成绩很好,已经考上了重庆市的重点中学——重庆一中。后来,孩子在禁止化学武器组织所在地海牙上了高中,再后来到英国读了大学。但女儿大学毕业后还是回到了中国重庆,她说她喜欢中国。

张国华的儿子,在国内刚刚考上高一,而且在班里的成绩名列前茅,听到要去国外读书,且要放弃国内的学习,非常不高兴,哭着问他妈妈,是不是可以不去?家长要求他在前往国外前的一个学期放弃数理化,专心攻英语,但他不愿意,认为没有经历中国高考的磨难非常遗憾。在母亲的敦促下,孩子每天坚持在校正常学习,下午5点下课后,饭不吃就赶到英语补习班,这样坚持了半年。

半年后来到荷兰,儿子所读中学是在荷兰开办的英国学校,距家来回12公里。由于张队长经常出差,爱人不会开车,无论刮风下雨,寒暑易节,孩子每天上学放学,都同其他同学一样骑着自行车往返,这样一骑就是三年。在海牙,学校不提供任何午餐,学生除了能在售货机里买到食品和饮料外,就得自带三明治。他的儿子不但骑了三年车,而且还自带了三年的午餐。

正是这样的坚持,孩子由开始的听不懂、写不出,经过努力,一步一步地提高自己各科的成绩，多次获得学科进步奖，最终考上了英国帝国理工大学。

实话实说，在联合国相关机构工作的许多中方人员的子女后来都定居在了国外。其中之一的重要原因是这些孩子前往异国他乡时年龄还小，就他们化武机构来说，那几个孩子刚去时都还不到10岁，对中文知识掌握还不牢靠，长大了已很难融入中国社会和文化。他们对中文可以说、可以听、懂意思，但就是写不来，不认识。据罗教授说，他们机构的几位印度同事的孩子也全部留在了国外，这里除了上述原因外，可能也与印度的自然生态环境较差有关。罗华政的女儿是初中毕业后才到国外的，对中国文化的认同感已经形成，在国外读书期间，没有几个华人朋友，只是在大学期间结识了几个会说中国话的华人后裔，但也都是东南亚的。

当然，有的专家因子女留在了国外，后来也就移民去了国外。可有的专家事隔多年仍然两地分居，说起这些，难免也让人感慨。

化武销毁不可逆

监督销毁化学武器是禁止化学武器组织的一项重要工作。工作虽然重要，可特别枯燥乏味。因为每次监督和销毁一批化学武器一般就是6个星期，长的达一个半月。在此期间，监督人员是三班倒昼夜不停地工作。每个队至少要5个人才能轮换过来，最多时每个组有6~7个人。几乎所有国家，化学武器的储藏地点都在无人区。具体地说，俄罗斯一般都藏在山洞里，美国人则把这玩意儿弄到荒无人烟的海岛上和沙漠中。化学武器的守卫人员在美国是由承包商的私人武装负责，俄罗斯则由军队把守。

核查人员的住宿地距销毁地点至少要有5公里以上的安全距离。他们每一次进入工厂，门卫都要对进出车辆进行检查，除了对车辆底盘进行扫视（用镜子看）外，时常还要打开汽车后备厢。尽管十分麻烦，罗华政和同事们都十分配合，从没有发生过冲突。

在拥有化学武器的不同国家，对核查人员也提出了不同的要求。如在俄罗斯销毁化学武器，俄特别要求所有电子产品不能进入现场。因为，有些技术数据以及子母弹的构造等这些属于他们的军事秘密。他们虽然不搜身,但一经发现定要严肃处理,他们是绝不允许核查人员录音、照相和录像的。

其实在很多人看来,美国在这方面要开放一些,在网上都能看到他们是如何销毁化学武器的。罗说,到化学武器拥有国进行监督销毁,他们的手机、电脑、相机都是放在房间里,所有的工作照片和录像都是对方提供的,他们自己照的都是风景照。

在销毁化学武器方面,美、俄这两个大国也很有意思。美国要求必须要有联合国化武机构中的美国籍人员参与进去,而俄罗斯则提出美国籍的核查人员不得参与他们的销毁工作。

那么化学武器又是如何销毁的呢？销毁化学毒剂在技术上有两种主要做法:一种是将毒剂直接焚烧,另一种是通过各种化学反应进行中和。为了发明其他方法,有关机构也一直在进行研究。每一缔约国可以自行决定采用哪一种销毁方法,但是必须达到严格的环境标准,销毁必须是彻底和不可逆转的,而且设施的设计应该能够允许进行充分的核查。

目前,化学武器主要是美国和俄罗斯生产的,他们占到了全世界的90%以上。

罗华政第一次监督销毁化学武器是2008年1月在俄罗斯某地区。此前,联合国化武组织已经前去核实了很多遍。因为,国际化武组织每年都要派人去各化学武器存放地点核查点数,他们还要在每枚化学武器的弹头贴上盖有"禁止化学武器组织"印章的封条,如果差了一枚就要求所在国说出个一二三四,并且让人信服。

事实上,如果某国真的少了一两枚,联合国化武组织还没有处罚权力,只能是在公约范围内要求对方说明原因而已,所有成员国加入这个组织后主要靠自律。当然,这些年来还没有出现差错的情况,要么就是核查人员自己数错了,要么是所在国家的管理人员数错了。数错的情况是时有发生的。若发现数目不对,就再数一遍。若还不对,化武组织就会另行派人前往进行核查。这种情况在美国和俄罗斯都发生过,大多情况是机构的核查人员数错了。原因是数量太多了。

目前全世界有7万多吨化学毒剂,如果将这些毒剂全部填装进炮弹,按每个弹头最多装载15公斤化学毒剂计算,这些化学武器的危害是无法想象的。如今,全世界已有数百万枚弹头已经装入了化学毒剂,其余大多还在罐体里储藏着。

化学武器的拥有量是战争当事国根据战争规模来控制的。如一个中等规模的战争一般需要10万枚或者几十万枚化学武器,假若化学武器制造过多,它的保管、运输、储藏都面临极大的风险。

化学武器可分为化学炮弹、导弹和化学航弹等。通常化学武器弹体部分中心是炸药,炮弹爆炸后,将弹体外壳粉碎,化学武器里的毒剂是液体,要想达到最大规模杀伤力,就必须将液体雾化或汽化。在专家眼里,弹体称为战斗部,实际体积是很小的,一枚15公斤的化学武器弹头,其最大杀伤力也就几十米到百米见方的面积。当然,化学武器爆炸时,若遇风吹,它的威力会随风扩散,其杀伤力就更大;若遇雨淋,就会分解,效力下降。

据联合国化武组织证实,自他们这个机构成立之后,就再也没有国家生产和制造化学武器了。他们核查销毁的化学武器都是该机构成立前制造的。自该机构成立以来,已监督销毁了全世界98%的化学武器,还有2%的在继续销毁中。

别看这剩余的2%,这部分可是难啃的硬骨头。这部分化学武器大多是美国生产的芥子气,此种化学武器生产时需要催化剂的。据罗教授介绍,催化剂中含有汞(水银)这类毒性物品构成,由于当年在生产化学武器时,有的生产者就将部分化学武器的催化剂与化学毒剂混合在一块儿,导致如今的销毁麻烦。如果没有汞的化学武器,销毁就比较容易,直接烧毁就是了。可是美国的环保法律严格,环保部门不允许汞这种有毒物质在燃烧后排入空气当中。如果要把弹头里的汞分离出来,就是个很麻烦的事儿。据有关人士介绍,当时生产时,也有人曾提出要将催化剂和化学毒剂进行分离,事物总是在矛盾中发展,一些人认为,这个东西本来就是投送给敌人的,搞那么复杂不划算。世上许多事物也有因果报应,如今,这些化学武器就成了美国人手中的烫丸。

每当销毁时,核查人员就坐在现场,首先查看每枚弹头上禁止化学武器组织的标签,紧接着就是登记,目送炮弹被送入销毁场所,然后他们就在监控室看着一枚枚弹头进入室内,监督其进入燃烧炉燃烧。

在专家们看来,一般化武的销毁很简单,只要把引信拆除了,弹头就不会发生爆炸;把推进器部分拆除后就剩下化武弹体了,化学武器在弹体制造时要将化学毒剂装入弹头,销毁时只需将弹头的一颗螺丝钉开启,用专门的设备将里面的液体抽出,化学毒剂便排除了,然后将弹体送入炉子里燃烧。这些工作在俄罗斯一般都由士兵操作,在美国则由兵工企业的工人操作,共同之处他们都是身着严密的防护服装。当然,作为核查人员的他们也自然要穿上防化服装。

销毁车间炉子里的温度高达1000多摄氏度,用不了多长时间,弹体就变成一团团的废铁。燃烧结束后,监督核查人员就清点废铁数量。这是个细致活,全程都有监控,他们在这方面还从没发生过意外和差错。

视察员专业不同,在视察过程中承担的任务也有所不同,如化学分析专家,侧重对化学毒剂是否彻底被销毁而进行各种实验室的分析活动,或查看被查国的分析数据是否可靠,是否满足公约的要求。而弹药专家除了其他核查任务外,重点对化学炮弹在销毁过程中是否达到了不可逆使用的公约标准。

核查员张国华就经历了一次在监督销毁中的"烦心事"。那是2009年1月,张国华带队在某国监督销毁化学航弹,该国为了省钱,将化学航弹内部的毒剂进行中和销毁后,在对弹头外壳的处置方式上,仅仅将引信连接部切割一小块,便视为彻底销毁了。这样做的风险是,留下的弹头仍有被重新装填化学毒剂或其他炸药的可能。张国华郑重提出,此种做法无法满足《公约》的要求,而且弹头有可能会被重复使用,因此,要求必须对弹头和弹体作彻底的销毁处理。可该国还是以弹头较大,无法切割为理由,拒不进行彻底销毁。鉴于此种化学航弹弹头较大,连X光机也不能透视弹头内部,根本无法证明是否彻底销毁的这一事实。张国华一方面要求所在国严格按照《公约》的规定,对弹体的销毁必须做到不可逆;另一方面将此情况通过公约组织内部渠道汇报给总部。此情况最后被提交到了公约组织执行理事会进行了专门讨论,执行理事会最后作出决定,要求该国必须将弹体进行彻底切割,以达到公约的规定。

在禁止化学武器组织工作的9年时间里,罗华政作为该机构的核心专家成员,先后到过34个国家,核查化学武器104次,数百次飞越地球上那一条条看不见的子午线,足迹遍布亚洲、北美、南美、欧洲和非洲,监督销毁了一万多枚航弹(或炮弹),他每年有三分之一的时间都在外面核查化学武器。

我们在前面提到的张国华,由于他是化武弹药专家,因此他去的国家都是拥有化学武器或老化学武器的国家。如美国、俄罗斯、利比亚、伊拉克、德国、英国、法国、日本等。监督销毁了不同国家所拥有的多种化学武器的销毁,从化学地雷、火箭弹、迫击炮弹、榴弹炮弹、航弹等数十万枚。

鉴于禁止化学武器组织为消除化学武器所作的长期努力和取得的成果,挪威诺贝尔奖委员会将2013年度的"诺贝尔和平奖"授予了该机构。作为该组织的工作人员,罗华政、张国华等5名中国专家自然也得到了诺贝尔和平奖奖章。这奖章不仅是对他们个人价值的认可,也是对我们国家在维护世界和平,展示大国形象,担当大国责任的一种肯定。

2017年4月29日是公约生效20周年,谨以此文向所有为消除化学武器,实现无化武世界而作出贡献的人们表示崇高的敬意!

作者简介

张仲全,笔名张启扬,男,生于1968年,重庆市人。发表报告文学、小说、诗歌、散文等作品150多万字,出版作品专辑两部。鲁迅文学院第24届中青年作家高级研讨班(报告文学作家班)学员。现为重庆市作家协会会员,中国金融作家协会会员,中国散文学会会员,中国报告文学学会会员,中国报告文学学会青年创作委员会常务委员。

直面北京大城市病

长　江

北京,中国的首都,全球瞩目的国际大都市。现如今,咱这个大都市你说让人爱不爱? 爱! 让人烦不烦? 烦! 早就烦透了——每天一大早,上班族,开车的吧路上堵,不想迟到就得披星戴月、早出晚归;不开吧,坐公交,寒冬酷暑,站的难受、等的心焦;坐地铁吧,倒是遮风避雨,准时准点,可是男女老少不分年龄、不分高矮、不分胖瘦,身挨身、脸对脸地就那么挤在车厢里,毫无尊严,那罪过儿,也不好受! 作为人口激增,海量出行的世界级大城市,北京近年来地铁最高"日客运量"曾经超过了1200万(人次),吓不吓人? 人流如潮,排山倒海啊! 更何况,烦人吓人的还有房价、教育、医疗、雾霾……

2017年"两会"期间,央视新闻频道发布了一条节目预告:3月11日晚即将播出探讨北京问题与出路的《新闻调查》——《直面北京大城市病》。嚯,这题目? 这档口? 业内同行捏起一把汗,我呢,心也一直在悬着——果不其然,21:30,《新闻调查》每周六晚上通常都是在这个时间会准时播出,但今天已经到点了,节目就是没播,屏幕上出现的是《新闻1+1》,董倩和白岩松一个在演播室,一个在人民大会堂,正在全情投入地做着视频连线。

完了! 我心说。

马上给这期节目的编导晓静发微信:"咋了,不播了?"晓静的回复倒是快:"姐,别紧张,播,只是两会期间,节目有特殊的编排,咱的,被推到了22:02"。

一期节目,播与不播,其实与我何干? 晓静是编导,"孩子"是她的。但是我,是这个片子的记者,负责采访,节目如果不播,整个摄制组白忙活了不说,蹉跎的心又得用一段时间来平复;更重要的,这期节目、这个话题,我是很想让家里人看的,让老北京、小北京、北京土著和北京"漂儿"们,都看看。不然生活在北京,自己城市的事都搞不清楚,一路吃喝着过日子,岂不成了糊涂蛋?

耐着性子等到22点,熟悉的《新闻调查》片头终于出现了,跟着我的一张大脸、皱着的眉头,也出现在北京CBD往东、西大望路的过街天桥上:

"1949年,北京市人口大约200万,68年后的今天,2170万!半个多世纪,北京人的生活一点一点在发生着变化,穷日子、富日子,慢慢地人们有了梦想,买了车,买了房。可就当人们的梦想逐个实现了的时候,却发现北京在很多方面已经不堪重负:道路变得越来越堵、地铁越来越挤、房价越来越高,再加上上学难、看病难,如今就连我们头顶的蓝天都变得越来越金贵。北京怎么了?仿佛病了?对,北京就是患上了一种'大城市病'。那么,这种病是怎么得的?走过了怎样一段从量变到质变的过程?现在又正在采取什么措施进行治理呢?"

"大城市病"

节目播出,我心落地。

说实在的,"大城市病"这个词语让北京人挂在嘴边上的时间并不长,尽管这对世界不是个新词语,也不是一种新病。但是北京,现如今的,咱这个城市你说让人爱不爱?爱!让人烦不烦?烦!早就烦透了——每天一大早,上班族,开车的不是,不开的也不是。开车的吧路上堵,不想迟到就得披星戴月、早出晚归;不开吧,坐公交、挤地铁,你试试,站在公交车站,寒冬酷暑,站得难受、等得心焦;坐地铁吧,地铁倒是遮风避雨,准时准点,可是男女老少不分年龄、不分高矮、不分胖瘦,身挨身、脸对脸地就那么挤在车厢里,毫无尊严,要么被挤成一张张"相片",要么被挤成一根根"麻花",那罪过,也不好受!

我住大兴,通常坐4号线。人们都说这条线在北京最挤,从正南到西北,差不多纵穿整个北京城,特别是早晚高峰,车一开门,挤得满满的,三明治啊! 这种情况下我是挤不上去的,年龄大,还带着右腿一个人工膝关节,想挤也没那个本事。就得等第二辆或第三辆。等排队排到近车门了,后面的人自会把我往车上推。

但是我们说4号线最挤,坐10号线的不干了:你们挤,试试10号线吧!坐那条线的人有理有据,说北京10号线不仅是环绕北京的地铁大动脉,还是北京客运量最大的一条地铁线路。不信吗?你们查查2015年全年客运量的数字有多大就知道了,超过了5亿(人次)。

5亿(人次)?什么概念?

北京地铁整体不够,全市大数据:作为人口激增、海量出行的世界级大城市,北京近年来地铁最高"日客运量"曾经超过了1200万(人次)。日1200万(人次),吓不吓人?人流如潮、排山倒海啊!

如今,50岁以上的老北京或许都清楚,回首上个世纪80年代(准确地说是1987年之前),北京只有从城东八王坟到城西苹果园、沿长安街东西贯穿的地铁1号线,我们叫"一杠儿";后来又有了沿二环路绕成环儿了的地铁2号线,我们叫"一圈儿"。这"一圈儿""一杠儿"从什么时候开始显得越来越紧张了? 好像是突然的。

那有人问:北京知道地铁不够,为什么不赶紧修?说这话的人有点太冲,修了,北京不是没修,不仅修,还没少修!

2017年2月14日,我走进北京六里桥南路甲9号首发大厦A座的北京交通发展研究院,见到了院长郭继孚,我跟他一起站在一幅巨大的北京地铁PPT投影图前进行采访,郭院长就告诉我说,这几年咱北京光修地铁的那工夫、那花的钱,可就海了!

远的不说,就说2003年,北京地铁开始修到第4条,2011年15条,2015年18条;运营里程从"一圈儿""一杠儿"时的日40公里提升到554公里;客运量从日53万(人次)提升到了911万(人次);地铁总长度更是从2004年的114公里达到了今天的574公里——这样的建设规模、速度、魄力,郭院长说:那是真真儿地是让全世界都瞠目啊!

是吗？哦。

但是，还不够——

平日里看北京地铁图，密密麻麻的，我经常会想起一段往事、一个故事，这就是我女儿小时候幼儿园的小朋友家长，后来我们大人也都成了朋友，其中一位家长留学英国，几年后回京见面送给了我一份礼物，这礼物不是别的，就是一张英国伦敦的地铁线路图，好家伙，那地铁图印得精美，油画似的；那线路，密如蛛网——我"哇"的一声，当时是羡慕嫉妒加上恨，五体投地啊！

这件事刚刚过去了多长时间？也就二十来年吧？转眼我们北京的地铁，老天爷睁眼也往中国这边看看吧，欧洲的辉煌如今我们也有了。只不过尽管如此，我问郭院长，574公里的地下公交够用吗？十几年来，尽管咱北京的建设速度快，但老百姓的出行还困难，不是吗？

郭院长摊开手，表示同意，同时也告诉我，北京路面上的堵我们可以再修公路、地下的堵我们可以再修地铁，可是城市再大，面积和空间总是有限的啊！你人口和机动车如果无限制地一个劲地往大里发展，谁有办法？路再修、再建？没地方，"也修不出来啊"！

2017年年初，有记者发表文章，说北京地铁虽然已经建到了18条（未来还要建到30条），但今天还是大约有40公里的"满载率"超过了120%的"黑色路段"让人叫苦连天。这位同行专门乘车在北京"昌平线"做了一次体验式采访，发现"昌平线"的地铁最高峰时"满载率"竟然超过了140%，这140%"意味着什么"？意味着每平方米要站7到8位乘客！那滋味儿，想想都要背过气去，不是吗？

我的天！撞板！（粤语，意为"糟糕"。）

"大城市病"，什么叫"大城市病"？

为了完成《直面北京大城市病》，我的第一场采访就被安排在北大——北京大学城市与环境学院。一个教授，他给了我这样一种文字定义："大城市病"指的就是在大城市里出现的城市运行病症，通常表现为人口膨胀、交通拥堵、资源短缺、环境恶化、住房紧张、城市贫困……

如此说来够不够细？当然不够细；够不够感性？当然也不够！

那好，别急，为了把北京"大城市病"的事说得清清楚楚，我们摄制组之后又连续采访了二十几位涉及北京城市规划、道路交通、人口、教育、医疗、环保、水资源等等各方面的权威人士，采访对话整理出来，我听晓静说，光看文字50万都打不住！那么这些权威都说了什么？谁能告诉我北京的人口怎么就会仿佛一夜之间突然膨胀到了2170万？机动车从2004年的229万辆，怎么就会一下猛增到了2015年的561万辆？北京到底有没有足够的道路和停车场？北京的水资源为什么说非常短缺？还有，北京的PM2.5，对，还有这个可怕的东西，究竟是怎么形成的？元凶是谁？人们成年累月地生活在灰暗、呛鼻又无处可逃的坏空气中，会不会短寿或者干脆有一天集体出现类似肺癌的井喷？

我急死了，做了8年文字记者、25年电视记者，我还没有哪一次采访如此急切地想要知道这么多的难题的答案——

PM2.5究竟有多严重？

好，说到PM2.5，我们就先聊这个！

2014年，退回到我结束外派香港驻站的十年记者生涯调回北京、重新回到我曾经供职过8年的《新闻调查》，那时我最想做的几个"高难度选题"其中就有《北京的雾霾》。这个节目后来没有成型，但是关于PM2.5，关于它的成因、危害和治理，我没有忘，如果我能作主，我真想利用我们这个老栏目（拥有45分钟长度，创建20年，在中国拥有新闻"航空母舰"的口碑），我就是想利用它的权威和影响力，把雾霾的事情一次性地给观众讲个透。但是这件事到底是因为"说不清"，还是"说得清也治不了"，总之我的冲动始终没有变成行动。直到2017年2月，我终于有机会走进了位于北京车公庄西路14号的北京市环境保护局，啊，环保局，我想走进你已经多时了，今天我终于来了！

在环保局，事先编导已经联系好，准备接受采访的是一位年轻的女处长。一见面，我很吃惊："啊，你，这么年轻？大气处处长？"

女处长说:"不年轻,副处,副处啊。"

副处长也行啊,只要是管大气的!我心说。

急忙问:你能通俗地告诉我,咱们老百姓整天里发愁的这个PM2.5究竟是怎么来的吗?今天又是一个什么状态?

女处长笑容可掬,非常欢迎媒体和他们一起来向老百姓作个系统的说明。但她一上来就告诉我,因为采取了很多措施,咱们北京市的PM2.5,平均浓度啊,2016年比2013年已经下降了19%。这是一个什么概念?就是说平均每年以6%到7%的速度正在往下降呢。

我说,不不,等等。显然我不满足女处长的"和自己比,成就不小"。我说,美女处长,你看上去很真诚、很善良,那我就挑明了说吧:现在不管成绩有多大,北京的PM2.5,你看老百姓天天盼蓝天,但一会儿报黄色(预警)啊,一会儿是橙色,一会儿又是红色的,老百姓很想知道究竟咱北京的空气污染,呈现出一种什么状态。这个问题回避不了,也是接下来咱们探讨原因和治理的一个基础的基础。

美女处长同意了,她告诉我:如果说咱北京的PM2.5的浓度,2016年年底是每立方米73微克,73微克实际上就是已经超过了国家标准的一倍多;而"优良天数"呢,我们2016年全年的占位比是54%,就是说还有一少半的时间是处于"不优良"。

"那重污染呢?"我又问。

"重污染天气是39天,这个指标基本上占去了全年的10%。"

"重污染是不是就是我们老百姓平常看到的黄色预警、橙色预警,还有红色预警?"

"这个我得解释一下,"美女处长说,"我说的重污染,实际上是指在五级和六级以上的天数,和天数有关。比如说'黄色预警'表明北京五级以上的污染天数已经累计到了两天了;'橙色预警'就是三天……"

哦,那就是说重污染天气达到五级以上,还必须持续两天,才可以报"黄色预警"?她说:对!

那么成因呢?我这才进入下一个问题。

说到"成因",美女处长耐心地给我打开电脑PPT,然后指着一张放大到投影屏幕上的饼图告诉我,您看,您先看这张图——

在这张图上,我可以很清楚地看到北京空气中的PM2.5的贡献率(她们学术语言叫"贡献率",其实就是"来源"或"影响")。其中机动车排放占去了31.1%,是大头;燃煤占了22.4%;工业生产,占比18.1%;扬尘,14.3%;另外还有一项就是"其他",占去了14.1%。

面对这张饼图,说老实话,我当时的第一感觉就是不信。为什么?不愿意相信,或不能相信!

为什么北京PM2.5成因中的大头是机动车尾气的排放?还占了31.1%?

这怎么可能?

大约是从2011年,北京机动车开始实行限购,跟着机动车也开始一周限行一天。这一点老百姓是很头疼很不高兴很想骂人的。你国家十几年来一路都是鼓励小轿车进家庭的,但老百姓有人想买就买了,有人刚有钱,想买却必须得参加摇号,这公平吗?再有,小轿车最便宜的也得大几万,名牌豪车就更加昂贵,可车主把车买了,一礼拜至少有一天得搁家里趴窝,有时赶上雾霾报警,还得限单双号,这又合理吗?

当然,我知道我不能陷在老百姓的抱怨里,我是他们当中的一员,但我也是记者,必须客观冷静,让美女处长给我说说北京这PM2.5,机动车排放被认为是主要原因,究竟是为什么?如果机动车是"大头",那刚刚过去的春节,北京城差不多都走空了,满大街的道路那叫一个畅通!尽管如此,雾霾该来不还是来了?因此机动车凭什么要承担这个PM2.5的最主要"贡献"?

整整一上午,美女处长很认真地一遍遍地给我讲了他们的研究不是随便就得出来的结论,是有根据的,是2013年北京市组织了权威机构的专家、学者共同分析研究,产生出来的关于PM2.5的"源解析"的报告,可是我仍一头雾水,饭都不知道啥滋味,出了环保局的职工食堂,美女处长和接待的其他行政领导礼貌地送我们离开,我脸上也笑着,但心里却说:"你等着吧,我非得把这个问题搞搞清楚,机动车,哦,我们北京的小轿车,已经够冤的了,决不能再让它背这个黑锅!"

在"人民"我还算……?

2017年春节将至,农历已是腊月二十七了,别人家里纷纷开始办年货,我却忽然想到终于可以去一趟"人民"一揽子地看上一场病。

"终于"?"一揽子"?

对,"终于"是因为此时外地人该回家过年的都已经回家了,我想马路上车少,医院内大约也不会人山人海。"一揽子"是指我身上各种各样的问题拉拉杂杂地已经攒了很长时间,一直没有工夫看,比如T3指标高、腰疼,还有左手肘长了一个黄豆粒儿大小的东西,像囊肿又像碎骨头渣子,现在就打算趁着节日前的"空当"去趟人民医院。

"人民"是我的"公费医疗"指定医院。北京人一提"人民"两个字谁都知道它指的是"北京大学人民医院",地点在西二环,路西,西直门和官园桥那一站的中间。2003年"非典",这里成为重灾区,曾被社会"众目睽睽"过。

1月24号上午9点30,我来到了人民医院的门诊大厅,挂号的长队尽管已经过去,但人还是多。挂了号,一个内分泌的76号,一个普外的243号,然后就上楼,挤电梯。电梯门一开,乌泱泱的,人还没下完,又一窝已经往上涌。我心说,这哪里像快过年了啊,医院如市场,看病如打仗,"人民"还是老样子。

不过"人民"看病快,这是真的。

过去我在这里抽过血,看着满大厅站满了人,但电子屏幕叫号快,一声接一声,病人迅速准备好胳膊,一拉溜窗口里都有护士,一针下去,稳准狠,很快抽完一个,再叫下一个,一切都让人感觉这是"流水线"。当时我曾想:哥们儿,这是在看病啊,"流水化作业",这玩意儿行吗?

正想着,不到半小时,我前面的75个病人已经看完了,刚到"普外"时电视屏幕正叫着40号,转眼就轮到我的76号了,真快,你看这效率,"中国特色"还是"人民特色"?

我赶紧来到被指定的诊室,对医生条件反射地满脸堆笑,为什么?还不是想让人家给咱好好看看,一脸讨好。

医生,一个中年男人,样子不凶不喜。问,你怎么了?

我说两件事,一个是左胳膊肘下面长了一个小东西,过去不疼没管它,现在开始疼;另一个……医生不听我说完,已经在开始摸我的"黄豆粒儿",三秒钟不到,真的我发誓三秒钟都不到,他就说:"哦,知道了。你想咋样?"

我说,我能咋样啊?您是医生,当然听您的!这是长了个什么东西啊?

医生说,我不知道,隔着皮肤我看不见。

我说:"那您根据经验判断一下……"

我的话还没说完,医生已经不耐烦了,说:"您到底想怎么办啊?是想开刀,还是不想做手术?"

我也开始冒火:"我是病人啊,我怎么知道该怎么办?而且这一大早,我从大兴赶来,地铁两小时,好不容易见到你,就想听听你的意见,可……"

医生见我急,比我还有理:"不是我不耐烦,大过年的,我跟你也没仇。"他解释,"我是说如果你想开刀,就请到其他的诊室去预约,我就不收你的挂号条了;不然我收了,你再看,还得重新挂号,所以我说你别在我这儿多说了!"

嘿!

我说:"那我还有第二件事呢,就是腰疼(我还是压住了火)。过去我有腰椎间盘突出,现在弯不下腰,自己穿袜子、剪指甲,都很费劲,您说这可能……"

我的第二件事还没说这么细,上面的这段"陈述"其实是我的腹稿,自己觉得已经是够"言简意赅"的了,但医生还是不听我说完。

终于我明白,这位医生看病,"看"仿佛不是目的,他对我的态度让我有理由感到他坐在诊室,目的就是尽快把每一个病人从他的眼前支走,敷衍着还很有道理:我们这是大医院,专业分工细,你说腰疼我管不了,要治就得去脊椎外科。

不好意思,就这样吧,我这外面还有病人,很多病人……

嘿,我这暴脾气……

我到底被他成功支走,到了其他诊室……

接下来的"遭遇"我都不想细说,其他诊室听说我想"预约手术",又让我去骨科,骨科让我去做 B 超;内分泌也一样,243 号地排队好不容易见到了医生,人家头都没抬,唰唰地就开出了化验单,让我去抽血。我说:"医生我这有过去的化验单啊。"她说:"那哪行?"然后就不理我,扭头喊下一位病人,我在她面前仿佛已经不存在了一样……

徘徊在人民医院,热热闹闹的走廊和大厅,我在想到底要不要手术?要手术做 B 超就得排队,排到哪天不知道;甲状腺抽血要不要重新做? 要做的话,结果也要等到第二天才能取。

明天? 再来? 天啊!

不然不看,不看了! 我对自己生起气来。

但转念一想:不看,这一上午不就等于"白费"了?"终于"下决心来看场病,还想"一揽子",可一件也没看出个结果啊!

我真想……想什么啊?

在"人民"我还算……?

可想什么也没用啊! 不是吗?

沉重的北京儿童医院

就当我在"人民"弄得灰头土脸、满肚子"情何以堪"的事情发生后不久,我接到栏目组的安排,开始为晓静的《直面北京大城市病》做调查记者。说老实话,当时真希望我们的节目能够具体解剖一下"人民医院",但根据安排,节目选择"看病难"的典型是北京儿童医院。

儿童医院也行,它也和老"人民"一样,每天接待的患者也都是超负荷运转,而且大部分患儿(至少一半以上吧)都不是北京当地的,是来自京郊、河北、内蒙古,甚至还有东北和大西北的。

到了儿童医院,那天,和二十年前相比(因为我有二十多年没来过了),我觉得儿童医院设施和管理,已经比我当年带着女儿来看病的时候更科学更有效了。新辟的地下一层(也许不新)还有小食街和儿童游乐园地。但人多,依然是人多。后来采访医生,有位中年女医生,是内科的大夫,上午10点,我问她已经接待了多少个患儿了?她说20个了。8点钟开门,两个小时20个,那平均每个孩子,和医生见面的时间也就五六分钟。

来点"原汁原味"的吧,我现在就截取这位大夫与一个四川籍、在北京打工的患儿家长的对话,这对话只是我们录音录像下来的一部分,患儿的病症是便秘,家长已经带着孩子做过了B超——

医生:B超没有太大的事。很多时候他便秘,可能还是跟他饮食习惯有关系。

患儿妈妈:他上火了。反正他大便就没正常过。

医生:平时饮食一定要规律,就是正常吃三餐饭,好吧。

患儿妈妈:行。

医生:不要说高兴了吃什么就吃什么啊。

患儿妈妈:淋巴结不用管它吧?

医生:暂时不用管,这种淋巴结有时会容易引起肚子疼,但一般对便秘的影响不是特别大。

医生:我先给你开点药,调解一下胃肠看看啊,好吧。

患儿妈妈:行。那他大便出血,是不是还要看一下肛肠科啊?

医生:是每次大便都出血吗?

患儿妈妈:大部分是,三天有两天是。

医生:那你还真得看看,因为得小心有没有痔疮什么的,如果说出血这么频繁的话,可能就是肛裂。体重多少?

患儿妈妈:没称,三十一二斤吧。

医生:16公斤是吧。没有过敏的药吧?

患儿妈妈:没有。要是肛裂好治吗?

医生:肛裂好治,肛裂一般来说,主要还是因为跟他便秘有关,如果说不便秘了,他慢慢自己就好了。

患儿妈妈:就熬粥,韭菜、白菜,不让他吃肉是吗?现在不让他吃肉?

医生:不是说不让他吃肉,肉可以吃,但是你不能说肉吃得比菜还多,那就有点反了,好吧。平时也要让他多吃点那个,也不是说光吃菜,也要多吃点谷类什么的,米饭啊,面条啊这些的,主食为主,其次是蔬菜,然后肉吃一点就可以了。平时让他多活动,这样才能促进大便不干。先吃点药调理看看,如果说,慢慢就通畅了呢,那自己保持好的饮食习惯就可以了;但是如果说还不能缓解的话,再来看,可能到时候需要再作系统的检查,好吗?

患儿妈妈:谢谢你医生。

医生:没事。

说老实话,站在一旁我完整地听下来了医生的这一段"看病过程",想想我在"人民"的遭遇,我真感动,眼窝子有点潮……

医生像是看出了我在对比,告诉我说:"嗨,您看我现在说话挺多的是吧?其实如果病人不多,我们医生是愿意多说几句的。"

是吗?女医生的话,让我意外地有了一点安慰,也许吧?也许那天"人民"的大夫如果不是赶上病人过多,也许也会跟我多说些话,至少不会那么烦?

我放下自己,继续出发。

我说:"那现在您一天能看多少患儿?"

"基本上可能看个八九十个的样子,现在是淡季,很多孩子都还在外地,还没回来,所以还算轻松。"

我问:"那要是外地家长都带孩子回来了,又赶上容易发病的旺季,你一天得看多少患儿?"医生说:"那可就得过百了。不然就得拖大家的后腿,而且一半的时间看不完,还不能正常下班。"

……

接受我采访的这位中年女医生,后来我知道家住北京的"北苑",每天上班先要坐公共汽车,再下地铁,坐5号线,再倒2号线,最最顺利的时候上班也要一个小时。

我又问她,要整天这样,赶上身体不舒服,岂不是早8点到了医院人就已经很累了?

她说:"是这样,有时就是这样。"

"那一天下来你计算过么,要说多少话?"

"没算过,反正累得回到家里没事就不说话。"

我又问:"有孩子么?小孩怎么照顾?"

医生:"有小孩,反正有我爱人或者我爸妈他们照顾。"

记者:"家里已经习惯这种情况了?"

医生:"对,所以我们家孩子,对于我上夜班或者出差啊,他都无所谓。"

因为诊室里采访时间不宜过长,而且我知道我越占用医生的时间,她被耽误的时间也就越多,中午没准吃饭的时间就越少,所以匆匆结束采访。但最后我还是问了一个设计中必须要问的问题,那就是"作为一个医生,理论上,你认为一天你最多可以接诊多少个病人?"

女医生说她还真没有想过这个问题,反正下午4点结束挂白天的号,之前挂的你看不完就下不了班,其他的就更顾不上去考虑。

我知道,这个问题,我是应该问院长的。

人口膨胀到哪样?

其实说到北京市的"大城市病",人口、交通、资源、环境、住房、贫困,哪个病症为主?哪一个会导致像人得了心脏病、高血压?无法分开,都互相影响着,且互相伤害着。这结果有点像电脑里的硬盘,往里装东西的时候谁都不担心,以为硬盘的空间因为看不见差不多就等于有无限之大,但谁知有一天,终于迈过临界,硬盘被撑爆了,如此说来并非危言耸听。2015年,我回《调查》做的第一个片子《重庆大轰炸》,也是节目采访量很大,一期节目播出了不解气,我就想写一篇同名的纪实文章,即使不发表,也要记录下70年前那场惨无人道的空中杀戮,让受伤未死的当事人留下口述历史,以免后代忘却了日本军队曾经对重庆、对中国老百姓犯下过怎样的滔天大罪!但文章写到3万字,忽然有一天,屏幕上的文字就在我眼前"忽悠悠地"、没有火焰地燃烧了,几秒钟、一行行、一段段、一片片都变成了乱码,那乱码化了却不消失,就占着空间,于温良的承受中宣誓着反抗,或者说在无声的狞笑中浮沉着报复的智慧……

不知道为什么,探讨北京"大城市病",我经常会想起这件匪夷所思之事,也经常会联想着自问:"怎么会呢?"北京的人口今天广受诟病,什么"猛增"啊、"膨胀"啊,但这么多的人都是从哪儿来的?"猛增"和"膨胀"的中间难道没有个过程?

"动批",如今不仅是北京人,全中国甚至世界很多国家的服装商、贸易商都知道它。这个市场(北京动物园批发市场)之大,到4年前的2013年,已经拥有了大市12家,独立楼宇9栋,建筑面积35万平方米,摊位1.3万个,从业人员近4万。

如果你只看这些孤立的数字,可能并不会觉得这有什么问题,1.3万个摊位、近4万的从业者,这对北京动辄两千万的常住和外来人口的巨大数字不还是小数?殊不知,这样的1.3万个摊位、近4万个从业者,为他们服务的帮工、仓储、运输、中介、快餐、理发等等又有多少?他们所带入或滞留在北京的亲朋、老乡有多少?一个摊主在"动批"站住了脚,通常就会把妻子或丈夫、老人和孩子,一家老小都带在身边,然后再通知同村、同镇的老乡们都过来。这样4万从业者,如果一家平均按5口人来计算,那4万立刻就变成了20万。

记得30年前,就是这个"动批",或者说"前身"吧,不过就是京城西直门外、动物园旁、莫斯科西餐厅马路对面的一条小马路。开始,有些小商贩先在路边摆开了衣服、小商品卖,很多年轻人从"老莫"吃完饭出来,我也算一个,有时就会到小马路来看看。

30多年前的中国,改革开放刚刚吹起微风,之前人们买衣服都是到正规的西单商场、东单商场,或王府井百货公司等国营的大商场里去买,样式陈旧、色彩沉闷。动物园有一条街能够买到"外贸转内销"的,有来自广东、香港的,还有福建石狮的特色衣服,这对刚刚思想解放、开始追求个性穿着的年轻人来说,是很有吸引力的。只不过那时候人们再怎么想也想不到,就是昔日的这一条小马路,慢慢地变成了门脸儿,盖起了大楼,再到后来几经建设竟然成了辐射华北、大半个中国的服装批发的"市场群"。

2017年2月,《直面北京大城市病》摄制组来到"动批"采访的时候,沿街的天皓成、金开利德等几栋大厦都已经关闭,但还有世纪乐天等三四个市场还在营业。

我别好胸麦走进了"世纪乐天",准备随机采访几位摊主,摄像、录音师都跟在我的身后。最开始我在一位年轻妈妈的摊位前停住了,我问她有几个人跟着她在北京卖衣服?年轻的妈妈说:"我才来一年啊,老公、孩子都跟着。"再问一位60来岁的老大姐,她说"动批"一开始她们一家就在这里干,你说几个人跟着我住在北京啊?大姐笑笑:"一家子呗。"看那样子对北京已经很熟悉很熟悉,"第二故乡"了的感觉。

……

一个"动批",三十年带动了几十万外地人进入北京,这个数字我想应该是保守的,何况,北京的服装批发市场还不止"动批"这一家。南城从南二环的永定门到南三环以南的大红门,一拉溜开设的"大红门服装市场""京温市场""天雅女装""百荣世贸"等等七八家批发市场,想想得容纳下多少人?

你进得北京,为什么我进不得?

于是这里几十万、那里几十万,凑上成百上千万并非难事。

直到2017年,北京常住人口达到了2170万,这中间就包括"原有"的北京人和"外来的"北京人。没有过程是不可能的,只不过有"过程"不到膨胀的那一刻谁也没有在意。

忽然有一天,北京人口从"增长"到"猛增",发现时已积重难返。

2000多万人,除了要工作、要挣钱、要吃饭,他们还要住房、上街、求学、看病,这就给北京带来了巨大的压力。北京告急了,各种承载能力都在闪红灯,但是怎么办呢?庞大的人口是你来凑、我来凑,大家一起凑出来的,谁之过?说不清楚啊,就是说得清,还能讨伐谁、加罪于谁吗?

悲催"西二环"

北京二环路,32.7公里的一条环路,始建于20世纪60年代,终建于90年代,是中国大陆第一条没有红绿灯的城市快速路,一直被看作北京交通发展史上的一个里程碑。

但就是这条二环路,说来也是神奇,在它的西段,准确地说北起西直门、南到天宁寺,就是这段地铁大约三站地的路段,"堵车"是永恒的主题。

曾经很多次,晚上九十点钟了,我开车心想,这么晚了西二环应该不会堵了吧,就大着胆子把车开了上去,嚯,眼前,好家伙,一溜车灯,逆行道上的是黄灯,顺行道上的是红灯,车子还是开不过二三十迈。

悲催的是,路上堵就堵,大家都熬着也就罢了,但治堵的部门——北京市公安交通管理局,尤其交管局的那个指挥中心,却偏偏就在这条路上,在西二环官园桥十字路口西南角的马路旁边。

嘿!悲催吧!

2017年2月的一个周五,《直面北京大城市病》摄制组专门挑了一个黄昏、快下班的时候登门拍摄,为的就是要拍北京交管局指挥中心的大厅,大屏幕上上下班的高峰车辆,看看这时的北京道路,各条马路究竟会堵成什么样子。

我们一行5人,是结束了上一场采访集体转战而来的。

接我们的人还没到,我们就站在马路边等。

嘿,边等我边想,"嘿"的一声笑出了声,大伙都看我,都奇怪,嘿,你笑什么啊?

我说,你们没发现么,咱北京最堵的这条二环路,西二环,还恰恰就是交管局的所在地,这讽刺吧?是不是?

大家一听,也都警觉起来,哦哦地附和着我说,可不是嘛,还真是!但笑笑就过去了,只有我自己知道刚才我之笑,我那真正笑的"嘲"点是什么,是脑袋里突然蹦出来了一个词儿——悲催。

"悲催"是什么?上网你可以看到解释说,这是近些年来网络上出现的一个"新词儿",意思是失败、伤心、不称意,还有的说是"悲惨到催人泪下"的简写。哈哈,我好笑,其实这个词儿老北京早就在用,是形容人伤心+悲惨,但更多的意思是惨到无语、惨到倒霉透顶,从嘴里说出来时还一定要伴着一种诙谐和深深的自嘲。

……

"悲催"!

等了一会儿之后,交管局一位中年警官,出来接我们了。先帮我们提设备,通过电动栅栏门,踏上几步台阶,然后就把我们带入了北京市交管局的办公大楼。

这个大楼,我们横穿过十几步的大厅,迎面一扇对开门,我们进去,好家伙,这里已经是指挥中心的监视大厅了——

这么近,想不到这么近啊。

我脑袋里又蹦出一个字。这个"近"字,其实是我想说堂堂的一个大北京交管中心,指挥部啊,是统帅、是灵魂的所在地,但离着二环大马路竟然就几十米。这要是战场,指挥中心如此之近地紧挨着战壕,可真够前沿的了。

不过我这话没说出口,眼前一堵巨大的屏幕墙已经夺走了我的注意力,那"墙"由很多块电视屏幕组成的,应该有半个篮球场大小,但是模糊,灰蒙蒙不透亮,一问,这屏幕北京市交管局使用的显示器不是LED,还是过去的"大背头",这玩意儿20年前流行,如今,连老百姓家里怕不是也早淘汰了吧!

……

当然,条件简陋并不代表这套科技监控系统没有作用。就像我刚才想到的战场,一个大城市的交通指挥中心,某种程度上来说就如同作战的指挥所!

事实上我们采访那天,在交管局指挥中心,带班的一位年轻的副主任向劲松就是这样告诉我的。他说他们工作人员每天在这里值班,眼睛紧盯着屏幕,精神要高度紧张。

我问:你们主要做什么?他说:就是通过这个科技系统展示全市的交通路况,这是一个"流动图",图上面有三种颜色,绿色代表机动车行驶速度可以达到每小时50公里,是畅通的路段;黄色是20到50公里,行驶缓慢;红色就是20公里以下了,就是严重拥堵。我们每天就看这个,分析这个。

"那每天用眼睛盯着看这三种颜色又有什么用,分析什么呢?"我又问,知道自己很外行,但外行才是老百姓,我也是老百姓。

向处长说:"随时巡视路面,争取做到有警情早发现、早处治,让影响早消除;另外启动高峰勤务机制,科技巡逻加定点指挥,这就可以最大化地把警力投入到路面最适应警情的地方;对路面事故,依靠这套系统,故障车会实施快清、快处;同时在应对恶劣天气、突发事件时,我们也可以针对不同区域、不同重点、不同时段采取更多方法,这些都能帮助交管部门缓解交通压力。"

哦。

当时,向处长的解释应该说我只能听懂80%,但说到北京的道路拥堵,我脑海有一个数字,这就是截至2014年年底,北京机动车保有量已经达到了559万辆,不计周六日,就是周一到周五,听说早晚上下班的高峰,路网的平均时速只有28公里。难道"限行"也不好使?

这是我的问题,来之前就想到了要问的。

向处长不犹豫。

他说,为了缓解交通拥堵,北京市不知道想出了多少办法。限号是不得已,这也不仅仅是因为交通,还有环保。

我说,这我知道。

他就说,采取"限号出行"的管理措施,这个措施刚出台的时候,应该说对我们整体路况影响的效果是比较明显的,但是随着机动车保有量的整体上升,这种结构性的矛盾并没有得到根本性的解决,系统性的矛盾还是比较突出。

我说,还需要动大手术?

他说,是。

扎进心里的PPT

还记得是在采访北京市交通发展研究院院长郭继孚的时候,他指着一套《北京市交通变化以及大城市交通论坛》的PPT,边看边向我解释着,说过去、说现在、说发展、说无奈。其中两幅坐标图,我一看,就牢牢地抓住了我,深深扎进了我的心里。

这两幅图像会说话的证人,不,就是会说话的证人。

两幅什么图呢?

一幅是北京市人口快速增长的记录;另一幅是机动车保有量迅猛增长的记录。

先说人口增长:2009年北京市常住人口只有1860万,2010年增加到了多少?1961.9万,整整多出100万!

再来看机动车:2009年北京机动车保有量401.9万辆,到2010年呢?,480.9万辆,一年之间猛增了80万辆!

"这100万新增人口对交通有什么影响?"记得我当时问。

郭院长说,理论上人口每增加一人,城市就需要配套2.5人次的出行设施,这是刚性的,增加一个就要增加这么多的出行量,一定要解决,提供交通条件。

"那一年80万机动车又意味着什么?"我又问。

"这我们一般人其实没有体会,不知道这个80万辆车是什么概念,我给你一个非常通俗的解释吧:80万辆机动车,首尾相连,一辆车加保险杠算5米长,有的还不止5米。就算5米吧!5米长(的车身)乘以80万辆是多少?400公里啊!你想想,这400公里,首尾相连的车队,一年之内开进北京,然后这些车,大部分又都没地方停,大部分又都在中心区,我们北京的城市中心区道路,还不都变成了停车场!

……

人口100万!

机动车80万!

这两个数字,是一年的增量。

两幅坐标图把曲线都猛然拉高了一截,然后第二年,也就是2011年,又双双回落,各来了一个"跳水式"的大下跌,为什么?情况危机,北京市开始刹车,或者换句话说不刹车不行了——

事实上,从 1998 年至 2013 年,北京市机动车保有量就已经增长了 303%。

2009 年的 401.9 万辆是从 2004 年的 229.6 万辆发展而来。同样,2009 年北京市常住人口的 1860 万也是从 2004 年的 1492.7 万增长而来。

5 年的时间,人口和机动车的增长因为一直还是"阶梯式"的,没有让人警觉,但 5 年后的 2010 年,"膨胀"+"瘫痪",面对登峰造极了的 100 万+80 万,这样的增长速度、这样的图形箭头,谁还能坐得住?北京病了,而且已经"病"得不轻,这么说并非故意吓人!

"所以我们必须痛下决心。"郭院长说。

我明白他的"痛下决心"是指什么,其实正像北京市交管局指挥中心的向处长也曾告诉过我的一样,2009 年,北京就已经采取了机动车尾号限行的措施,交通情况一度有所缓解,但后来为什么这个"明显的效果"并没有持续多久?"就是因为机动车的增长太快了",出现结构问题了,很多措施没用了!

回头再来看郭院长的 PPT,2009 到 2010 年,北京人口和机动车双双直线上升,到了第二年又都出现明显的下降,这为什么?郭院长说:"2011 年我们两个限购,同时进行了房屋限购、车辆限购,这两个'限购'压下来,你看 2011 年的增长是不是就减了?"

是减了,2010 年"大增长",2011 年"大跳水"。但"跳水"之前已经增加了的"量"呢,问题并没有得到解决或根本的解决啊?

2016 年北京地铁的最高"日客运量"超过 1200 万人次,公交电汽车呢?停车场呢?

有数字显示,也就是在 2016 年,北京市公共电汽车的"日均客运量"已经达到了 1063 万人次;小汽车"每车年行驶里程"达到了 15000 公里;居住区的夜间"停车位缺口"约 130 万个。因为开车堵,很多人出行能坐地铁的都坐地铁了,可已经买了的车放哪儿?停车难的现象也跟着变得越来越突出。

2011 年 4 月份,北京市停车价格开始调整,这和机动车限号一样,一开始还很有效,后来就效果不大了。为什么?郭院长说:"大家都适应了呗。"

"不在乎钱了吗?不是的,实际很在乎。我们作了一个调查发现,实际上真正收费的停车场,按小时收费的,这样的车位就没人停,车主就在旁边乱停,实在旁边没地方了,自己也过意不去了,才会停到收费的停车场里去。"

为了掌握第一手材料,郭院长告诉我,他曾经到北京西二环的金融街去"微服"过,问停车的收费员:"你们收得上来停车费吗?"收费员说,根本收不上规定的价格,为什么?太贵了,常年住在这个地方的人,还有整天在这个楼上办公的人,他们如果都按规定价格收费,早跑了,都不可能,所以最后的结果就是"议价",按月打折扣,一个月顶多了交几百块钱。

停车难、收费贵;但想用"收费贵"的办法来解决"停车难"的问题,又仿佛缘木求鱼,明显不是最好的办法。

那怎么办呢?

曾经,因为我在香港生活过10年,我知道香港街头如果有空地能够让人们把车停下,那这样的停车场大多收费的办法都不是靠人来收现金,而是用咪表,司机用"八达通",一种非常市民化了的电子付款磁卡"啪"一拍,停车就开始被计时。这样的停车费是多少就能收上来多少,没有可能"议价",也没有人敢不交,不交,其后果将严重地影响你个人的金融资信,如果那样,在香港社会就寸步难行了。

纵观世界发展史,"交通"尽管都是大城市发展的制约因素,而行路难、停车难这在全世界、全世界的大城市,都是常见病。有些办法香港做得了,北京一时还做不了。面对迅猛增长的机动车,堵车和停车的问题主要出现在中心区,这和日本很相像。所不同的,北京的核心区,也就是现在的东城区和西城区,小汽车的"保有率"已达到每千人310辆,东京是每千人170辆,北京高出东京将近2倍,这治理起来,难度就更要让人嘬牙花子了。

记得1996年在法国拍"巴黎汽车展",我曾经站在香榭丽舍大道,马路边,背后就是凯旋门。我站在那里干什么?掐着表在数每一分钟通过的车辆,因为有人说,谁要是能够协调好以凯旋门为中心、巴黎平面放射出来的

12条大道,谁的交通管理水平就是世界最高的。那时候我还相信:一个城市的交通堵与不堵,靠管理是能做得到的,但20年后面对北京一个100万、一个80万,一年的时间人口和机动车就猛增到这样的程度,我知道什么样的管理也没用,什么样的管理在如此无节制的"疯涨"面前,都是杀鸡用牛刀的反例,不是吗?

什么是"刚需"?

话说来说去,北京的"大城市病""人口过多"是一个基础的病灶?

那北京人,构成北京人口的来源结构又是怎样的呢?

我有同事,特别是新同事,在和我混了一段日子以后,熟悉了,都会问:哎,长江老师或长江大姐,"您是不是老北京?"每到这时我总会反问他们,也问自己:什么是"老北京"?

生在北京皇城根,长在四九城,三四代以上的叫不叫"老北京"?那当然,但这样的"土著",现如今还有多少?

别人不说,就说我自己吧——

我的奶奶活着的时候据她说小时候还跟着大人去东城的禄米仓去领皇粮,作为满族之后,到我这儿至少是第四代了,我或许可以算是一个"老北京"了吧?但再往后,我的女儿,我的下一代,长大了以后和同学喜结连理,她的这个对象,就是后来我的女婿,是从外地考到北京的,大学毕业后又留在北京工作,然后和我女儿结婚,融入了我们的家庭。你说我的女婿是不是北京人?如果以家为单位,我的这个家现在是"老北京",还是"新北京"?

计较这个和如今北京市的人口爆炸有何补益?50步与100步的关系罢了。

事实上北京人多,怪不了别人,大家有份、人人有份。那种自己搭上了车,知道这辆车还有人想上,但因为车上已经很挤,挤得很不舒服了,就开始埋怨还没上车的人:你怎么那么讨厌,没看到这车上已经人太多了吗?干吗还拼了命一样地还往上挤?这用老北京的话说就叫"不局气"!

北京2170万人口,要住多少房子?这种需求算不算"刚需"?

当然算了,第一"刚需"!

"安得广厦千万间,大庇天下寒士俱欢颜",唐代诗人杜甫,从那时起就担心天下寒士没有房子住,但今天,我有时真想问问有关部门:咱北京这20年,盖了那么多房子,这些房子都是用来给人住的吗?还是很多都在给富人做投资?

事实上在我周围,像我一样年龄的人,不管是北京的"土著",还是"新移民",家里有两套、甚至三套房子的人并不在少数。

国家领导人提出,"房子是用来住的"这句话已被老百姓朗朗上口,但"炒房"市场是否萎缩?很多年前,中国房地产名人任志强先生也曾喊过:中国的"房子不是用来炒的",但"任大炮"说这个话有什么用?北京的房价还不是一个劲儿、一口气儿地往上涨?

这一阵微信不是在盛传一个北京人,30年前要出国了,以几十万的价格卖掉了自己位于鼓楼一带的一个什么四合院,今年回来一看,已经涨到了几千万!

我女儿女婿的一个同学,家在西北,父母卖掉了老家两处住房,来北京打算和已经成为了"北京人"的儿子一起长住,两代人的钱合在一起是300万,准备买一套三居室。开始我女儿说就买我们院里的吧,西三环交通还算方便,100平米,500万,正有一套二手房。但这个同学稍有犹豫。第二周这套房就涨到了550万。又过了三天,再涨到580万。这样这套房,在不到两周的时间里,价格坐地就飙升了80万。同学说,想了想还是算了吧,节省些钱来买更远的地方。于是有人给他推荐了南四环到南五环之间的一处新楼盘,可是一询价,我的妈呀,7万一平米,100平方米,就要700万,而且是2018年才能交房。唉,我女儿女婿的这个同学啊,牙花子都快嗑破了:"这北京还让人活吗?"一步赶不上、步步赶不上!房价如火箭,买房人当中,如果买房真是为了自己住的,大多数都是平民老百姓,但房价这么个涨法,平民百姓、工薪阶层,谁手里会有这么多的钱啊?

住房是"刚需"、出行是"刚需"、工作是"刚需"、吃饭是"刚需",说老实话,"刚需"这个词儿用到北京,有时我真觉得首先是折磨人,不满足吧,是需要;满足吧,有时难得没有楼住的人都要跳楼!

那北京的房子为什么价格这么高,而且多少年都居高不下呢?

据北京市住房和城乡建设委员会的统计数据显示:2017年2月,北京存量房网上的签约套数是14630,3月16日仅一天就签约了1306套,环比15日增加了12%。一方面是有人想买房,手里没钱买不起;另一面为什么对有些人,而且这样的人还不在少数,买房就像买白菜?

我真想不通!

房子越买越贵,越贵还越买。有钱人加上胆大的赚得是盆满钵满,没有钱或钱不多的老百姓该买不起的还是买不起。因此有人说,北京的房地产说不定哪一天就会被供给侧改革给叫停了。但这种说法永远都不见动静,很多"天下寒士"还是"蜗居"或者住在出租房里。

几年前人们就曾担心,说北京的房地产泡沫太严重了,但泡沫来泡沫去,没见谁是最后的一个接棒的人,于是房价疯一阵,官方就出台一条限购政策,尽管任何限购的目的都是为了稳定楼市,但过一阵,这些政策就会被消化,房价该涨的还是涨,只是该落了的时候却不见落。

2017年一开春,有媒体形容:京城房价已吹响了冲锋喜马拉雅的号角。

3月16日,中国证券报刊发了一篇文章,题目是《北京学区房上演春之狂躁12万元每平米是起步价》。说近日来走访了西城区德胜学区并了解到:该学区内一套"学区房"已由年前的每平方米12万元,上涨到了每平方米15万元。

这个"西城区德胜学区"我熟啊,文革以后,我们全家跟随父母从湖北"五七"干校回来,户口就落在了这一地区;后来我和哥哥都前后脚有了家庭、有了孩子;30年后,孩子的孩子又呱呱坠地,一儿一女,也都加入了同一个户口簿。可就是我这个在"新北京"人看来值得"没事偷着乐"的"老北京"家庭,也不是可以高枕无忧,为什么?2015年北京采取就近入学的政策以来,不仅"学区房"价格飞速上涨,两年之间已翻了两倍;而且为了防止"出租户口",一个户口簿6年之内,只能允许一个适龄儿童就近入学,你明白我在说什么吗?就是说我们家的第四代,一儿一女,两个孩子只有一个长大后可以符合在"德胜学区"上小学的条件;另一个想上好学校,也得去买"学区房",而且要提前 6 年,也就是孩子尚在 1 岁的时候就得买,不然买房的房龄不够 6 年,也不能享受那个学区的优质教育资源。

……

终于可以明白为什么北京的房子,包括二手房的房价也是一路飙升、降不下来了吧?

据北京市教委的统计,2010 年以来,北京市适龄儿童人数每年平均递增 2 万人,年均增长 20%。同时随着全面二胎政策的实施,有统计表明:未来几年北京中小学在校生的规模还将大幅增加,这还不算没有北京户口,但常年已经在北京打拼,事实上已经成为了"北京人"的外来人士。

德胜学区的"学区房"由年前的每平方米 12 万元,上涨到现在的每平方米 15 万元,这算什么?看跟谁比了!如果跟西城区的金融街学区相比,那里集中了北京四中、北京八中、北师大附属实验中学等几所大名牌的好中学,在小升初的电脑派位中,有这里户口的绝大部分学生都能被自然纳入,因此,那里的房价才是"房王"呢,每平方米,据说现在已经达到了 20 万,而且越往后,还会越高!

这是"刚需"吗?

北京疯了?

一个学区房,简简陋陋的,有的干脆就是又老、又小、又破烂,被人称为"老破小",但就是这样一套五六十平方米的房子,动辄就要 500 万到 800 万。

上帝要让人灭亡,必先使其疯狂。

是时候用上这句话了吧?

这样的房子先给孩子上学用,而后再卖出,说不定还能大赚特赚,太多太多的人看中的是投资价值。所以买"学区房"的人家,不一定有适龄儿童。所以连任志强都说:"北京的房子要降价,恐怕在我的有生之年是看不到喽。"

他说这话的时候是好几年前了,但听着,像不像就是在昨天?

北京真的缺水？

我住北京城南，大兴区。

说一段"城南旧事"，当然这里的"城南"跟1983年吴贻弓导演执导的《城南旧事》同是"城南"，却不是一个概念。那部电影，主人公英子用一个小女孩的目光，讲述了她在北京生活时曾经发生过的三个故事，但英子记忆里的"城南"应该是皇城之南，是曾经的崇文和宣武（2010年已经撤并归入了东城和西城），不是我今天住的五环之南。由此可见，岁月并未走远，沧海已成桑田。

我住在南城，老北京都知道"南城"是"下风下水"之地。因为北京常刮西北风，"上风上水"自然在北部。加上水质不好，所以过去我只知道我们南城的房子比北城的贱，却不知北京的水，不管好坏，能够用了就不错了。我们这个城市是一个标准的缺水性城市，大家不知道，一年四季老百姓家中很少会出现限水或断水的情况，那是政府和有关部门提前作了很多努力。但即使是这样，我们的地下水也曾一度出现过超采，我们脚下的"漏斗"无声地发出过警示，"缺水"这个"大城市病"里的一个病症，北京是有的，而且"病"得不轻。

2017年2月15日上午，《直面北京大城市病》摄制组来到了北京水务局水文总站，采访了总工程师黄振芳先生。

我先问他：黄总，咱北京真的算一个缺水的城市吗？

有什么依据？

老百姓怎么没太感觉到？

黄总很坚定地说：对，北京就是一个严重缺水的城市。为什么这样说呢？

世界上对缺水有一个标准，这就是当一个地区或一个城市，一年中，人均拥有的水量在1000立方米时，已经被定义为"缺水"；500立方米时是"严重缺水"；低于300立方米，就是"极度缺水"。而北京现在我们一个人也就170立方米，远远低于"极度缺水"的底线，你说北京是不是"严重缺水"？

"改革开放初期,北京人口大约在1500万左右,这个城市的每年平均降雨量只有500多毫升,形成的水资源也就是37亿立方米左右。37亿被1500万人分,人均是300多立方。可是现在你看,截止到2015年底,北京的常住人口,已经达到2170.5万(其中包括常住的外来人口822.6万),我们的水资源还是那么多,但37亿要被2170万人口来均分,人均当然就更低了。"

"可是我们的城市用水常年只靠天然降雨吗?"我问。

这当然也不是。实际上水资源包括两块,自然水资源,所有的水都是来自降雨,降雨以后,一部分存到地表,就是地表水,河流水库;另一部分渗透到地下,就是地下水。另外2014年年底,国家已经完成了"南水北调"进京的工程,到现在为止已经调了19.8亿立方的水,这才大大缓解了北京水资源短缺的形势。

"南北水调"?说老实话,这个国家的水资源保障战略我是听说过的,但2014年已经调水进京。这个事我真的不清楚。平日里我们打开水龙头就喝,打开淋浴花洒就洗澡,从来也不为缺水而担心,但谁知道北京,首先是一个缺水的城市,人口膨胀对供水本来就带来了巨大的压力,同时人均需求也在增长,过去30年,老百姓不一定人人都要每天洗澡,但现在,用水的地方和时间都远远超过了从前。

"那我们用地下水了吗?"我接着问黄总(之所以这样问,是来之前我看到有报道说北京得了"大城市病",其中不该用地下水的,但我们用了,而且一度用得很厉害,所以地下出现了"漏斗")。

黄总没有回避,甚至丝毫也没有躲闪。

下面是我们的一段对话,原样奉上:

黄总说:我们用了地下水了,而且也超采了,所以造成现在我们的地下水的"埋深",在2015年年底的时候,达到了25.75米。

我问:这个埋深原来呢?

黄总:原来基本上就是15米,最早的埋深是15米。实际上北京这个地方你知道,西部叫海淀,到处是泉水,过去一铁锹下去就能挖出地下水,但是实际上后来由于过量开采,地下水位一直在持续下降。只不过去年,2016年,我们遇到了一个偏锋的年,降雨量达到了660毫米,超过了多年以来的平均585毫米(自然帮助恢复,所以我们的矛盾不显得那么突出);再有另一方面就是"南水北调",我们得到的"来水",有一部富余的就补充给地下水了,向地下补了1.5亿立方,这样的话2016年跟2015年相比,我们的地下水水位是有所回升的,但也只回升了0.52米。

记者:但是不管怎么说,毕竟原来是四五米就能见水,现在要20米以下。

黄总:对。

采访在继续。

……

最后一个重要的问题:"现在已有的三方面的水,地表水、地下水和南水北调的水,目前就这样一个供水的能力,能够养活多少北京人?是2000万,还是2200万、2500万?"

黄总又耐心地告诉我:

"不是说我们北京的水只能养活多少人,水的问题是这样——作为我们水务局来说,国家提出什么战略,我们就来保证水的供应到什么位置,不管是调水、海水淡化、地下水,还是包括再生水混用,我们现在的方法很多,技术也很多,只要战略定了,我们肯定是会无条件地来满足城市需要的。但城市不能无限地摊大饼啊,人口如果不加控制,今天是2000万,将来是3000万、4000万,那北京还需要其他的配套,还有环境的允许不允许,这个规模是不能无限地扩大的。"

我知道黄总的意思,满足北京的供水不成问题,但问题是解决这个"问题"会生出另一个问题,那就是"成本"的问题。

结束对黄总的采访,我真像是上了一堂晚来了很多年的基础课,甚至此时才知道咱北京现在的水费只有几块钱人民币,但这个成本包含着什么?目前我们北京市总共拥有2500多公里的河道,包括水库,也包括湖泊。国家对每一个水体都进行过功能的定位,划分了每一个功能所对应的一定的保护水质类别,比如二类、三类、四类、五类。二类和三类主要是生活用水,来自北部的官厅水库和密云水库,还有雁栖湖、十三陵、北海公园和玉渊潭;四类水主要有工业功能和景观功能,可以划船、撩水不伤皮肤;五类水就主要是满足农业灌溉了。保护好这些水源都需要花钱、需要投入、需要科技,也需要无数人默默地为消费者进行服务,不是说随便得来,全然不费功夫。

过去我总是觉得我们南城的水不好,自家吃水要买矿泉水、桶装水,甚至也在家里安了一台"过滤器",但跟黄总交谈了以后,我知道了我们南城的老百姓从2014年12月27日起已经开始喝上"南水北调"的长江水了,这水,水质属于二类,非常好,不仅洗衣做饭毫无问题,就是直接饮用,也完全可以。

"南水北调"?多亏了"南水北调"!

说起这个中国人的宏伟工程,最早动议还是来自1952年10月30日毛泽东主席的一句话,毛主席当时说:"南方水多,北方水少,如有可能,借点水来也是可以的。"这之后,在党中央、国务院的领导下,广大科技工作者持续进行了50年的野外勘查和测量,在分析比较了50多种方案的基础上,形成了南水北调的东线、中线和西线的调水基本方案。北京人享受的是"南水北调"的中线工程,水源来自丹江口水库,输水总干渠自陶岔渠首闸起,沿伏牛山和太行山山前平原,京广铁路西侧,跨江、淮、黄、海四大流域,然后自流输水到北京和天津,干渠全长1246公里,进京前为明渠,进京后为暗渠,之后进入郭公庄水厂净化,再供应给北京市民。

容易吗?

1246公里。50年勘探、施工。

这个宏伟的设想动用了国家多少财力,饱含了至少两代人的智慧和汗水,今天方才解决了北京的"缺水之急",但这一切又有几个老百姓知道得清清楚楚呢?

郭公庄水厂,就在我家西面,开车我经常路过,路程不到10分钟,但我,过去就是不知道。

谁真的"懂"北京？

北京前门、正阳门，出道简答题：哪个是前门，哪个是正阳门？虽然这道题对历史悠久、内涵浩渺的六朝古都来说实在是小儿科，但当初我被问到的时候，也没有立刻答出来。后来想了想，答对了，但知其然却不知其所以然。

简单说，北京的前门就是正阳门，正阳门就是前门。

一门两名（其实更早还叫过丽正门呢），为什么？

最早，正阳门兴建于公元1419年，明永乐十七年。那个时候这个门就耸立在天安门广场的南端，是明、清两代王朝皇城的南门，城防建筑。只是这个门专属皇帝出入，龙椅坐北朝南，正南门也就是最前面的门，所以正阳门就被俗称为"前门"了。

看，住在北京，不一定都熟悉北京，身为北京人，真懂北京的有多少？

就在前门东南角那座翻新如旧的灰白老火车站（京奉铁路正阳门东车站）、如今的北京铁道博物馆的东侧，紧挨着有一处现代化的建筑，这建筑四四方方，大气但没什么特点，脑瓜顶上写着这样几个字——北京市规划展览馆。光看这个名头，一般游客不一定有兴趣，北京人也不一定非要进去看看，因为这样的展览给人的第一印象，内容应该是"规划成就"吧？但走进去，真的一听介绍，我的心至少"哎呀"了一声，真后悔没早点来。这里展出的内容不仅包括了北京城市规划的历史与成就，同时也展出了北京的地理、历史、变迁、现状，有图文、有数据、有雕塑、有模型，还有动画、电影、互动、数字投影沙盘、模拟飞行虚拟仿真，以及踩在脚下被透明玻璃罩住了的全市微缩景观，很好看！

采访开始，第一个给我介绍情况的就是规划展览馆副馆长胡大欣。这位馆长，30多岁，玉树临风的一个帅小伙，爱北京、爱北京的历史，讲起老北京的一段段往事、一截截脉络，神采飞扬、如数家珍。听说国家领导人，包括总书记来这里参观，作介绍的也是他。

我们先来到了展览大厅的一层，一座铜雕，很特别。

这铜雕形似一个大碗,第一眼看上去,又像龙椅,椅背是京城北面高高的太行山,山脚下一块小平原,舒舒缓缓,平展避风,算是椅面,恰好适合建一座城市,这个城市就是北京。我知道馆长这是要给我先讲北京的由来了。

果然,大欣这样开头:俗话说道理说得好,不如故事讲得好,是吧?当年朱元璋的儿子朱棣为什么要选北京为都城?而且是从南京把老家迁都至此?因为北京实在是一块风水宝地!

怎么讲?我兴趣盎然。

从最早说起,北京有着3000多年的建城史和850多年的建都史。3000多年前,先是周武王灭了商,封帝尧的后代于蓟,所以北京最早叫"蓟城";到了辽,辽代之都在今天的内蒙古,北京是其在南部的一个陪都,便称"南京"或"燕京";而到金,金朝海陵王完颜亮正式建都于此,称为中都,这是国家首都的开始;接下来的历史现代人就清楚了,元、明、清,不同的朝代对北京有着不同的称谓,北平啊、北京啊。

那么1421年,明成祖朱棣为什么要选北京为都,他究竟看中了这块地方的什么风水?我把话题拉回来。

"哦,对,总结起来,用我们现在的历史和地理的角度来讲,"大欣接着告诉我,朱棣当年定都北京主要看中的是这几样东西——"一山、二水、三路、一平原。"

"一平原"好理解,就是指的北京这块占地6000多平方公里的平地。"一山"指的是太行山,太行山是昆仑山的支脉,昆仑又被古代人认定为龙脉的,所以要定都,先要找龙脉。接下来的"二水"分别是指被喻为北京母亲河的永定河和潮白河。永定河经常泛滥、飞沙走石、冲积,造就了北京城,潮白河则水量充足且四季温和,养育着北京,默默奉献。那最后的"三路",指的是以京城为中心,分别向正北、东北、正东放射出去的三条道路,这三条路今天仍然被我们沿用,一条是出南口,可达内蒙古高原;一条出古北口,可达东北;第三条直接往东,可到辽宁。

胡大欣馆长那天给我说完了铜雕,又把我带到二楼一面镶嵌在墙上的巨大青铜浮雕面前:这浮雕名为"北京旧城",高10米,宽9.6米,重10吨,是根据当时的人工勘测图制作而成,真实再现了北京城1949年的城貌特征。

您看,大欣指着浮雕中金黄色的部分,说这就是故宫。故宫北面是景山。明成祖朱棣营建北京宫城时,将筒子河和南海挖出的土方都堆在了元朝后宫延春阁旧址的上面,当时称为"镇山",意为压住前朝;后来又叫"万岁山",取千秋万代之意;最后到了清顺治时期,才改"万岁山"为"景山"。

我边听边哦,越听越新鲜(过去太孤陋寡闻了)。大欣继续说:"那您知道当时咱北京的面积有多大吗?"我说"62.5平方公里",这个数字在浮雕下面有标注。

对。当时的北京城,共有房屋11.8万间,树木6万余株。而且整个京城很像中国汉字凹凸的一个"凸"字。这有什么讲究呢? 我问。大欣说:有啊,这个"凸"字是由一个正方形加上一个长方形组成的。我们看到的正方形是"内城",过去由皇亲贵族、满洲八旗子弟们居住,内城街道非常规整,是元大都时期遗留下来的样式,大多都呈"九经九纬"状。长方形的是"外城",为普通百姓和汉人所居住,这城里的道路就没有经过规划了,大多是伸向正阳门的一条条小胡同。

古老的北京城,在世界城市建筑史上都可圈可点,马可·波罗时代就被点过赞。其中两条线,两条"轴线",大欣说非常重要。一条是南北走向的"中轴线",一条是东西走向的"长安街"。

两条线十字交叉地将北京稳稳架住。其中,"中轴线"旧时南起点是永定门,往北延伸经过前门、天安门、故宫、景山,到达鼓楼钟楼,长约7.8公里;东西走向的"长安街",开始是从东单至西单,长度4公里。后来延长到建国门至复兴门。而现在,不仅"旧中轴线"已经向北延伸到了奥林匹克公园、向南延伸到了南四环,全长达到25公里;"老十里长街"也扩展成"百里长街",东起通州,西到石景山,全长46公里。当然不管是昔日的十里还是今天的百里,都是泛称,只不过根据规划,向西还要延伸到门头沟区,日后的发展或许还会更长……

对胡大欣的采访,从北京历史到地理特征,我听得津津有味,一旁也听、但始终都没有打断我们的编导晓静,我不知道她觉没觉得中间我们的话题可能扯得都"有点远"了。我事后忽然想,这些故事,从大欣嘴里说出来,和北京今天我们正在探讨的"大城市病"有什么关联?毕竟那天我对他的采访,目的不是为了了解北京,不是为了补课。

但真的没有关联吗?其实关联大了。

首先,从地理位置出发,北京背靠太行,整个城市仿佛被大山揽在了心窝。城市的南面,特别是西南,也是沿太行山麓一脉发展起来的诸多城市,比如河北省的保定、石家庄、邢台、邯郸等等,这些城市的工业化生产肯定会带来空气污染,如果赶上东南风,那混合了PM2.5的空气就会源源不断地飘向北京,遇到大山被阻没处飘了,就滞留下来,所以北京的PM2.5和周边的城市有关,治理起来也没法单打独斗。

其二,从今天的数据来看,北京全市满打满算土地就只有16411平方公里,其中平原面积6339平方公里,占38.6%;山区面积10072平方公里,占61.4%,这种面积条件不能支持北京无限制地大发展;特别是城区面积,只有87.1平方公里,人口、车辆在这里高度集中,如果不严加管控,局面无法收拾!

其三,当然还有更多,这就是我们中华民族的老祖宗当初建造北京,顺应天时地利、山情水脉,是很费过心、很讲究的,现代人利用科技手段只能进一步完善这座城市与大自然的和谐关系,不能破坏,更不能只顾经济发展而须臾失去理性。

……

从北京规划展览馆出来,那一天,我兴奋得不得了。很庆幸编导安排了我能在这里采访,不然,我此生或许枉做一世"北京人",不知道关于老北京还有那么多的谜底,还需要"恶补"那么多的常识。比如:北京皇城为什么叫"紫禁城"啊?"大栅栏"过去真有一排高大的栅栏!中国戏剧里经常说的"推出午门斩首",其实午门根本不是杀人之地!还有"华表",今天依然在天安门广场的金水桥旁竖着,但这根石柱有什么用途?原来是老百姓若想批评皇帝,就可以将自己的意见贴到上面去,叫"谤木"。

还有呢,长安街在过去是有两座门的,一个叫"长安左门",一个叫"长安右门",这两个门1958年之前还都在,但1959年,为了庆祝中华人民共和国建国十周年给拆了,拆得有没有道理、可不可惜?后人至今还在不断地评说着呢——

早知现在何必当初?

终于,我要问一问"为什么"了。

北京"大城市病",其表现:人多、车多,城市太挤、太胖,这才造成行路难、上学难、看病难、买房难、水短缺以及环境污染等等问题。但是这些问题不可能是一天暴露出来的,冰冻三尺非一日之寒。那说到底这"大城市病"究竟是怎么得的?

几乎,遇到所有的被采访对象,我都要发问。

俗话说:早知现在何必当初?咱北京在"大病初起"的时候有没有被城市管理者发现?有没有引起社会的警觉?如果发现了、警觉了,那为什么还会让它一路"病"到今天?

就在北京规划展览馆我采访胡大欣馆长的同一天,我还采访了一个人,北京市规划设计院副总规划师石晓东教授。准备的时候,晓静就跟我说,这个人可非常重要,北京市这么多年来的规划设计几乎都有他的参与,他是对北京的发展很有发言权的一个权威。

好,我心说,好啊,这回可遇上合适的人了。

我说的"合适"是什么?就是既然你是权威,你参与了几次规划的设计,那你就要给我解释解释北京这几十年来为什么会出现城市"摊大饼",人口"蜂拥而至",如果这是"大城市病"的"病根儿",为什么发现了问题不及时止步?

采访的后半程中,我笑着向石教授发出了这样一个问题:

"咱北京的人多,是怎么形成的?而且我不知道您有没有听说过,今天北京患上了大城市病,都是因为过去咱们没有控制好,没有控制好,是缘于没有规划好,你听过这种说法吗?"

我的问题有点尖锐,但必须这样问!

石教授:"有这种说法。"

我又问:"那么您觉得……"

石教授沉稳、儒雅,并没有看出我提问中暗含着的"质问",或者人家看出来了,并不与我计较。他说:

"如果从不同的角度去看,控制和增长,它一定是客观事物发展的一个相互博弈的一个过程,或者是相互影响的一个过程。比如咱们新中国建立的时候,北京大概是200多万人口,这200多万人口里边,80%以上不是从事工作的,就是说当时的北京是一个消费的城市。为了解决这些问题,当时《人民日报》有一个社论,叫变消费城市为生产城市,就是说建议要在北京多建一些工厂……"

按石教授的解释,北京的人口膨胀是功能拉动。什么意思?功能?

对,先看看北京对全国人民的吸引吧。

首先,1949年新中国成立,北京作为首都,其在国人心中的地位至高无上就具有最大的感召力。但是你向往北京,在北京没有安身立命的条件也来不了,好了,北京开始有工厂、钢铁厂、焦化厂、水泥厂、火电厂,等等等等。今天很多60岁左右的北京人都会记得自己小时候画的儿童画,我们笔下蓝天白云、烟囱林立是经常会同时出现的,反映了那个时代孩子对美好北京的概念。那时人们怎么也不会想到几十年后"蓝天白云"与"烟囱林立"变得截然对立?

回放一下《新闻调查》——《直面北京大城市病》,编导安排了这样一段总结性的解说:

建国以来,北京市曾经作过七次城市总体规划的调整,每一次调整都是一次自我调节的过程。从功能定位上来看:

1953年,《改建与扩建北京城市规划草案要点》曾明确提出"首都应该成为我国的政治、经济和文化中心,特别要把它建设成为我国强大的工业基地和科学技术中心";

（注意：政治、经济、文化，此时有3个功能定位！）

1982年，《总体规划》去掉了"工业基地和科学技术中心"；

1992年，《总规》提出大力发展以"高新技术产业和第三产业"为主的"首都经济"；

2003年，"科学发展观"（十六届三中全会提出）；

2004年，《总规》提出各类资源综合利用，保护生态环境，引导资源节约集约利用，核心功能为国家首都、政治中心、文化中心、宜居城市；（注意：此时已去掉了"经济"！）

实实在在地讲，世界所有大城市的发展，跟"大城市病"一定是共生的。北京这几十年的快速发展，直接拉动人口聚集的原因就是"功能"过多，"中心"过多。

还要看一看人口发展的节点统计吗？好！

1978年：北京市常住人口871.5万人；

1988年：1061万人；

1998年：1245.6万人；

2008年：1658万人；

而不到十年以后的2016年年底，北京常住人口的数字已经变成了2172.9万人！

虹吸效应，势不可当！

这么多人聚集在北京，各项事业，包括政治、经济、文化、工商、物流、地产、服务、教育、医疗、交通、旅游等等，都以前所未有的规模发展着；但这么多人生活在北京要吃、要住、要行、要接受教育、要就医看病，北京的城市能力，承载得了吗？承载不了就会出现问题！还是借用晓静在片子里最后说的一句话来点穴：复杂的城市功能成了北京繁荣的动力，但同时也催生了北京"大城市病"。

"我们从今天反思过去，北京的人口为什么不早一点控制？有没有在哪一个阶段明显失控了？"

我把这句话递给了石教授，石教授并没有尴尬，而是认认真真地接住了我踢过来的球。

"这个就(要)回答到历史,就比较难说,有一个阶段可以说,就是在文化大革命的时期,那个时期实际上(北京)规划、建设、管理是一个空白,我们可能都了解那个阶段,实际上是出现了这个失控和失序……所以在1973年,我们那个阶段对城市的建设和发展进行评估的时候,就发现了问题——

发现了问题?问题此时已经大了去了!

公道地讲,对石教授的采访,对他给我的回答,我觉得是客观的、诚实的。一个城市和一个人一样,当我们胃口正盛之时,我们大鱼大肉、满汉全席,吃着、吃着就成了胖子,感觉到不好受了,健康其实已经受到威胁,此时减肥和健身才显得格外重要。

如果不割裂历史,石教授说:我记得刚解放的时候,当时北京如果能盖三层楼,就觉得是一个很大的进步和创举了。那现在,我们能盖超高层、能修地铁、能修高架桥,这是一个质的飞跃。还有资料显示,北京刚解放时是垃圾围城,当时天安门广场据说为了清洁,清理出来的鸟粪就有几十吨。当时也存在一个超限的问题。再比如我们熟悉的龙须沟,治理之前是脏乱差,那也是人口密度非常高,治理以后才呈现出新的面貌。

当然,面对改革开放之后中国的快速发展,北京也是排头兵,但这个城市发展水平到了一定阶段,又会出现新问题。"所以城市的发展,一定是在解决大城市病的过程中,不停地治病,治病的过程中又反过来去促进城市更好地发展。"

我问:"在您看来这一切很正常吗?"

石教授:"是正常的。有一种说法,规划是基于远见的科学,但是远见毕竟是对未来情景的一个设定,不一定完全科学,所以我是讲,需要不停地去反思评估,进行调整。"

采访持续了两个多小时,我的屁股都坐疼了,但大脑异常兴奋。对于心里一直想"质问"石教授的、一直想从他那里得到的关于"早知现在何必当初"的问题结果,最后我得到了什么?想想和猜测的也没太大出入:一半是无奈;另一半呢,或许是可以理解?

PM2.5 究竟从何而来?

不管怎样,对于北京"大城市病"的调查,我都不能不搞清楚几个放不下的问题,这些问题和老百姓的生活息息相关,和我息息相关,其中就包括北京的城市建设,道路和住房,能不能由着人口数字的越来越大而不断地扩张?北京的教育和医疗资源一半都不只是在为北京市民提供服务,长此下去这是不是个法子?还有,当然我还想着那个问题,北京的雾霾,这个PM2.5,究竟从何而来?原因是什么?到底有没有办法治理呢?

第一次来到北京环保局,采访大气处那个美女处长时,其实人家为了帮助我们理解 PM2.5 的成因,还专门带着摄制组参观并让我们拍摄了他们的"遥感监测技术实验室",以及位于环保局大楼楼顶的空气监测采样装置。那个装置,在北京有 8 处,分别从不同的地方进行采样,然后利用卫星遥感技术,对样品,对北京的大气污染情况,比如颗粒物、沙尘、秸秆焚烧,还有二氧化氮、二氧化硫之类的污染气体进行分析,为的是识别精细污染源,提供污染源清单,最终为环境监管提供目标和靶子。

北京的雾霾在老百姓看来几乎直接等同于 PM2.5 了,而为什么说机动车是对北京 PM2.5 贡献率最高的一个因素?我的问题还没有答案。

我们从北京环保局出来,之后又去了很多地方,比如国家环保局,北大、清华,找专家和学者,甚至探访了中国环境监测总站的预报预警中心。最后我弄明白了吗?明白了,差不多弄明白了吧——

2017 年 2 月 22 日,北京少见地飘落了一场还不算小的春雪。我们来到清华大学环境学院,和事先约好了的院长贺克斌又作了一次深谈。

其实,影响我们空气的物质有很多,贺院长一上来就告诉我,比如一氧化碳、碳氢化合物、硫氧化物、铅、汞、臭氧、挥发性有机物、有毒物质、颗粒物质等等,"只不过现在我们用来衡量空气污染的最突出的物质是细颗粒,也就是 PM2.5。"

关于 PM2.5,科学的定义究竟是什么?要从头学习,那就在此干脆梳理一下——

简单地说,PM2.5,是指环境空气中空气动力学当量直径小于、等于2.5微米的颗粒物。它能较长时间地悬浮于空气中,含量浓度越高,就代表空气污染越严重。PM2.5与较粗的大气颗粒物相比,粒径小、面积大、活性强,易附带有毒、有害物质(例如重金属、微生物等),在大气中的停留时间长、输送距离远,因而对人体健康和大气环境质量的影响就更大。

2013年2月,中国全国科学技术名词审定委员会将PM2.5的中文名称命名为细颗粒物。其化学成分主要包括:有机碳(OC)、元素碳(EC)、硝酸盐、硫酸盐、铵盐、钠盐等。

好了,概念明确了,我就让贺院长给我解释成因了——

贺院长说:"首先,PM2.5的污染现象,不是一果一因,是一果多因。而且不同的城市,是有不同的这个比例关系。"

是这样?北京PM2.5的成因与其他地方的还有不同?

对!

是吗?我可从来没有这个常识。

"那为什么北京的PM2.5成因,其中31%是来自机动车的影响呢?"

我问。这个问题是我的核心。

贺院长回答得很简单,大意是:PM2.5既然是悬浮在空气中的细颗粒,来源就包括既有烟尘也有粉尘,这些烟尘和粉尘有两个来源,一个是天然的,比如风沙尘土、火山爆发、森林火灾等造成的颗粒物;另一个是人为的,这就包括我们的工业生产、建筑工程、垃圾焚烧以及车辆尾气等等。

"那北京为什么尾气占最大的比例?"

"因为我们较早地对生活燃煤、工厂排放都已经进行了控制了,所以机动车的比例才相对提高。到了2014年北京市最先公布污染物的源解析时,机动车是占了31%,这种情况,当时在全国最高。"

哦,原来是这样。

"对,如果是河北,很多城市就在北京的周边,它们工业化的程度高,PM2.5的主要来源可就排不上机动车,就是工业排放或燃烧散煤。"

哦,这么说北京还算进步的了?

好,那问题、新的问题,又来了。

"机动车有烧柴油的大卡车,也有烧汽油的小轿车,都会带来PM2.5,是吗?北京人对北京小轿车限号尽管很多年来已经习以为常,但并不是没有怨言。可小轿车不像大卡车啊,大卡车跑在路上是随着滚滚黑烟直接往空气中排放PM2.5,但小汽车的排放,排出来的是气体,也有污染吗?为什么北京限号也要限到小汽车?"

贺院长,这题,怎么破?

我的问题,说实在的,攒了好长时间,有点搂不住,也有点绵里藏针。好在贺院长并不急,一副内行面对外行不得不科普的样子,又耐心地给我解释:

其实我们说从污染物的排放特征来讲,柴油车的排放PM2.5是直接的,相对多,我们叫质量浓度;但小汽车跟大卡车比,也不是不排放,只是少,颗粒更细,而气体中也有氮氧化物、碳氢、VOC,也形成硝酸盐、形成有机物,这些东西排到空气当中后也会和其他有毒有害的物质发生合成,所以同是排气管子,谁也不能简单地说小汽车的排放就对空气没有污染。

两种方式?直接排放、复合生成?

对。

我又上了一课。

但,还有一个现象怎么解释?我又问:

"如果说小汽车对北京的空气污染有影响,那刚刚过去了的2016年春节,北京的马路上可是空空荡荡的了啊,仿佛一座空城,但蓝天也没有明确地回来,这又怎么解释机动车是影响北京空气污染的主要指标呢?"

唉,贺院长笑笑,心里一定在想"这人傻,还真较真儿"。

不过,较较真儿好,不耻下问,是为我自己,也是为所有的老百姓啊。

"机动车没在城里跑,也没出现在北京周边的高速公路上吗?"贺院长这样说,就这一句话,后面的我也许就不用说了。

空气是流动的啊。北京的很多车春节时是不在北京了,都回老家或跑出去旅游去了,可它们不是都出现在高速公路上了嘛。当气象条件好,也就是我们老百姓俗话说的冷空气强、气压高,又有风,北京的蓝天就会露一露脸儿;当气象条件不好,车都包围在北京的周边,蓝天还是看不见。

对不起,对不起。我心里在给贺院长道着歉,但贺院长并不生气,相反笑了笑接着说,这就是为什么我们说雾霾的成因时有这样一句话,叫作核心内因是排放,重要外因是气象!

核心内因是排放,重要外因是气象?

对,雾霾就是有排放的内在问题,也有天气的影响,是双重的因素。

"那'APEC蓝',您的意思是那时正赶上老天爷在帮忙了"?我又随口问了这样一个问题。

贺院长表示:"说到像我们阅兵、APEC、奥运会、G20,这些都是属于我们叫作空气质量的定时保障,就是你知道这几天要有这么一个重大活动,我可能提前一年就在那里分析,提前几个月就要准备措施。我们既要加强对天气条件的预测,同时也要加强对怎样有效地控制排放量的组织和技术工作,这样,两个契合得越好,我们就能用最小的成本达到最合理的效果。"

"哦,人为干预看来还是很有用?"

对,所以我们要有所作为。比如仍然回到这两句话:"核心内因是排放,重要外因是气象。"再举个例子,这就是每年的冬季,取暖的季节来到,一方面,北方地区采暖供暖是民生的刚需;另一方面,一烧煤,污染物的排放就会明显上升,这个时候我们就要看气象条件的消纳能力和搬运能力了,如果不好,可能就要错峰生产,在供暖季节减少工业生产,甚至干脆牺牲掉一部分的生产量。

人努力、天帮忙!

采访结束后,我一连数日都在消化贺院长曾经跟我说过的一句口号——"人努力、天帮忙"!

其实北京的雾霾为什么说和机动车的排放有很大的关系?放大到整个国家的发展,就像贺院长总结的:改革开放以来,我们国家出现了三个非常快速的增长,这就是"快速城市化""快速工业化"和"快速机动化"。20

年前,中国的汽车工业在世界上还是林中弱小的树木,1995年我在做大型系列专题片《汽车·中国》的时候,走进德国大众、日本丰田、意大利菲亚特,还不要说美国,对这些汽车王国的大鳄企业那时是何等唏嘘艳羡啊!当时中国的梦想,还只是追求汽车国产化,小轿车进家庭,出口都还不敢多想,但是不到20年后的今天,中国的汽车生产和年销量就已经突破2000万,这个数字让世界所有国家跟在后面不得不望其项背,这样的发展不要说非得付出环境的代价,但是一不留神就会让我们的环境受到污染。

相比世界的其他城市,比如伦敦和洛杉矶,这是在历史上曾经备受"烟尘"和"毒雾"伤害的两个城市。先说伦敦,据史料记载,1952年12月5日,从这一天开始,伦敦的天空就连续多日出现了"寂静无风"和"准备下雨"的气象条件。那时正值冬季,市民多使用燃煤采暖,此外市区内还分布有许多以煤为主要能源的火力发电站。由于逆温层的作用,煤炭燃烧产生的二氧化碳、一氧化碳、二氧化硫、粉尘等气体与污染物就被厚厚的云层盖住,这样本来就有"雾都"之称的伦敦就引发了连续数日的大雾天气。12月5日到8日,4天时间,伦敦死亡人数达到4000人;9日之后,天气变化,毒雾还逐渐消散了呢,但此后两个月之内,近8000人更死于呼吸系统的疾病。

再看洛杉矶,洛杉矶比伦敦的"烟雾事件"还早。1943年7月26日,这一天的早上,当人们从睡梦中醒来,眼前的景象简直让他们以为受到了日本化学武器的攻击,为什么?空气中弥漫起浅蓝色的浓雾,走在路上的人们更能闻到刺鼻的气味,很多人不得不把汽车停在路旁擦掉不断流出来的眼泪。政府很快出来辟谣,说这不是日本人的毒气,而是大气中生成了某种不明毒物质。

六七十年前,人们那时候还没有雾霾、没有PM2.5的概念。事实上伦敦当时造成空气污染的"烟尘"其化学成分主要是SO_2 + 黑烟,这和北京的不一样,北京的主要污染物是PM2.5 + NO_x,只不过习惯上人们一谈起北京的雾霾,总是会和伦敦联想到一处。

1943年"毒雾"突袭了洛杉矶以后,洛杉矶的情况就变得越来越糟,空中弥漫刺鼻气味的天数也越来越频繁,居民开始出现恐慌。政府当时认定化工厂排出来的丁二烯是污染源,后来又宣布全市30万焚烧炉是罪魁祸首,但是关闭了化工厂并发布禁令严禁市民在自己的"后院使用焚烧炉焚烧垃圾"了之后,"毒雾"并没有减少,政府无奈地"失语"了。直到数年以后,洛杉矶环保部门表示:经过严格的监测与化验,现在可以宣布:本市85%的"毒雾"是来自汽车的尾气,来自汽车尾气中没有燃烧完全的汽油。

"机动车导致空气污染"?此说刚一发布,洛杉矶的汽车制造商立刻起来反对,随后的治理也遇到了汽车公司、石油公司,乃至政府和立法者不作为的重重阻力。

从类型上来讲,北京的雾霾和洛杉矶当年的"毒雾"更为相像。

还记得贺克斌院长曾经说过的吗?"PM2.5不是一果一因,而是一果多因"。正是这个"一果多因"给北京带来治理雾霾的种种困难。

经过长期的奋战,伦敦和洛杉矶最后都降住了"烟尘"和"毒雾"对城市、对老百姓的伤害,他们是怎么做到的呢?

网上继续有资料可查:

伦敦"烟雾事件"发生后,英国人开始反思空气污染造成的苦果,并催生了世界上第一部空气污染防治法案——《清洁空气法》。1968年以后,英国又出台了一系列的空气污染防控的法案,这些法案针对各种废气排放进行了严格的约束,并制定了明确的处罚措施。这样一路下来,到1975年,伦敦的雾日已经由过去的每年几十天减少到了15天,1980年则更进一步降到了只有5天。

洛杉矶呢?

1970年4月22日这一天,2000万民众在全美各地举行了声势浩大的游行,呼吁国家保护环境。这一"草根行动"最终直达国会山,立法机构也开始意识到环境保护的迫切性,这样于1970年出台了《清洁空气法案》。

通过长达十余年的努力,洛杉矶的空气开始慢慢转好。据环保部门的统计,洛杉矶一级污染警报(非常不健康)的天数从1977年的121天下降到了1989的54天,而到了1999年这个数字已经降至为了0。蓝天白云重新出现在洛杉矶的上空,每年的4月22日也被固定下来,成为了世界地球日。

可以说英美的"蓝天保卫战"都大力地依靠了法律,令行禁止。而英国的空气污染来自燃煤,因此能源替代更是其结构治理上最有力的一环。

也刚巧,就在伦敦人为取暖就得烧煤,烧煤就要伤害空气,继而伤害环境也伤害自己而苦恼的时候,一个好消息传来,国家幸运地发现了一个北海油田。这下救了急,也救了伦敦的命。

那么咱们北京呢?

北京的问题比起伦敦、洛杉矶应该说受到的伤害都不如人家当年厉害,但是治理起来却非常困难。为什么?

区域大、体量大、资源少、时代亦不同。

首先,时代不同是指今天的大众生活要求北京必须适应"轮子上的城市",机动车的保有量只会升而不会降,这就给尾气排放的控制带来了不断的挑战。

眼下的北京,正常情况下,我们还只是机动车周一到周五的"限号出行",个别空气污染到了需要"报警"的时候,北京才会宣布机动车实行单双号,那老百姓的抱怨肯定会一直存在。

其次,控制工业生产以及生活燃煤,空气是流动的,包围北京的城市如果情况严重,北京的天空也就势必会受到影响,因此北京的天不能只靠北京人自己来治,也存在一个"协同作战"的必须。

最后就是资源了。当年伦敦要治污,碰巧发现了一个新的油田,支持政府能源替代有了物质的保障基础。可北京这么大、中国这么大,我们是地大物稀,而不是我们小时候接受的教育是地大物博,目前煤炭对我们国家还是最主要的基础能源,一下子把烧煤的锅炉都换成燃油的、燃气的?不大可能,也不大现实。

人要生存、经济要发展,这和环保是一对矛盾,两者博弈,又要和谐,特别平衡点是动态的,这就好比有人必须要用脚踩流动着的河水上的一块冰,那冰块那么好踩吗?难啊,至少是不容易,对吧?

不能"脚踩西瓜皮"!

2014年2月26日,这一天对北京有着3000多年建城史、850多年建都史的这座古城,从过日子的角度,或许是太平常、太短促,白驹过隙,一闪身、一瞬间;但对北京城市的变迁、结构的变化,特别是如何治理"大城市病",却非同凡响、意义非凡。

这一天,国家最高统帅,党政一把手习近平总书记来到了北京,经过全面、细致的调研、分析,给北京留下了一篇讲话。这篇《讲话》都说了些什么,原版我没有看过,但其精神和纲领在我随后的采访过程中却不止一次、反反复复地学习、领会过。

习总书记中心号令,(当然是我自己的理解啊):北京不能再这样继续下去了,北京要变,变成啥样?往哪里变?

北京之变当然是要启动大思路、大战略,通过疏解北京的非首都功能,调整经济结构和空间结构,走出一条内涵集约发展的新路、探索出一种人口经济密集地区优化开发的新模式,从而促进区域协调发展,形成新的增长极。这样的目标才是北京的目标,这样的愿景才是北京的愿景,那实现这样的目标和愿景的路径是什么呢?就是"京津冀协同发展"。

说老实话,在此之前,做节目之前,我听到过"京津冀协同发展"(最早叫"京津冀一体化"),但不知道国家推出这个"宏观大战略"究竟意欲何为?

北京病了,而且"病"得不轻。"京津冀协同发展"是一剂灵丹妙药,尽管这服药要治疗的不仅仅是北京的"大城市病",最终目的是为了在新时代、新的国际竞争格局下打造出属于中国人自己的经济发展的"新支撑带",并且把"京津冀区域"建设成为"以首都为核心的一个世界级城市群",一个"区域整体协同发展的改革引领区"、一个"全国创新驱动经济增长的新引擎",以及一个"生态修复环境改善的示范区"。

北京这是要大干了?

要给自己动大手术?

对!

2014年6月,国务院京津冀协同发展领导小组成立,负责统筹、指导、推进京津冀的协同发展。很快,以疏解北京非首都功能、解决北京"大城市病"为基本出发点、三地"一盘棋"、增强整体性而编制形成的《京津冀协同发展规划纲要》正式出炉!

回头再看看编导晓静在《直面北京大城市病》电视片中给出了除人口增长、机动车增长、水资源短缺、空气污染等等,我在前文已经说过的一些"大数据"以外,北京还有哪些方面要给自己动手术的,要"减肥"的呢——

改革开放后,北京作为首都吸引了大量外地流动人口,也集聚了全国最多的优质资源,它们都堆积在北京的城市中心,并对人口形成了巨大的虹吸效应。

在北京,类似"动批"的批发市场星罗棋布,涵盖了服装、食品、电子等方方面面,2009年社会物流总额就已经达到了3.8万亿元,北京已然成为特大型的商贸之城。

类似北京儿童医院的大医院非常普遍。2016年全年门急诊量2.4亿(人次),其中超过6000万的患者均为来自北京以外的全国各地;住院人次300万,其中大约120万也属于外地患者。

1977年北京市高校只有26所,在校生只有1.4万人,到了2016年,高校已经发展到91所,在校生86万人。北京市全市1630所中小学有接近一半集中在城市中心,在校人数超过总数的一半。

随着人口的增长,北京市向外发散性扩张,90年代初,三环建成通车,2001年,四环连城一体,2003年,五环路全线建成并通车,2009年,六环路全线贯通。一圈一圈又一圈,被俗称为"摊大饼"。

北京三分之一面积为平原,在平原地区,建筑占45%,生态占55%,这距离合理的1:2的比例还有很大的差距。2016年中国社会科学院发布了《中国宜居城市研究报告》,在40个城市的综合排名中,北京倒数第一。

还有,每年汽油、柴油北京的用量600多万吨,人均超过全国平均数的3倍。2015年一年的能源消耗总量相当于标准煤6852万吨,在不采取任何环保处理措施的情况下,这些化石能源消耗的背后,意味着经济的高度活跃,同时也意味着巨大的排放量。

通勤,是指人们从生活住所到工作场所交通所需要的时间,北京的通勤时间平均为52分钟,这其中反映出大多数人属于"职住分离"。

而随着城市化进程的不断加剧,北京迅速成长为排名世界前20位的超大型城市,只是环境却无法继续承载这样的增长。

……

看看吧,"减肥"任务繁重!

"瘦身健体"谈何容易!

2017年2月23日上午,北京市发改委常务副主任王海臣先生接受了我们《新闻调查》的专访,当他坐到我面前,我很害怕他会告诉我我已经在很多资料上看到了的一些话,但是没有,海臣主任说:因为我做这项工作,日常有更多的机会学习总书记的这个讲话,所以我(可以)说得多一点。

好啊,我点点头,准备听他好好介绍。

"总书记的这个讲话首先是用平实的话语在娓娓道来,饱含着对北京的浓浓深情。"是啊,我心说,总书记也是人,而且是我们北京人,对北京当然有着特殊的感情。"但是当总书记谈到北京的问题,特别是生态环境、交通、人口、住房、生态,尤其是大气污染,说(这个事)不但影响了人民群众的生活健康,也直接影响到了祖国的形象。那如何治理这些'大城市病'呢?总书记提到,实际上我们发展的最主要问题就是功能过多,过犹不及,也就是说,城市的建设不能像踩着西瓜皮,滑到哪儿是哪儿。"

啊?"踩着西瓜皮,滑到哪儿是哪儿"?

我听了笑了,说:"这个说法很形象。"

海臣主任说:"是啊,这是总书记的原话。"

"原话"?那就更有意思了。

"总书记的原话,不能像踩着西瓜皮,滑到哪儿是哪儿。同时总书记又从功能定位,人口过多,讲到了情感漂泊的北漂,说对这些问题如果采取视而不见的态度,是对所有人都不负责任,所以北京首先要明确功能定位,而后疏解北京的非首都功能。"

疏解北京的"非首都功能"？这些功能指的是什么？

海臣主任说：

我们说"非首都功能"，实际上有四大类。第一是一般性制造业；第二是区域性的批发市场、物流中心；第三，包括城市核心区过于拥堵的一些教育和医疗资源；第四是部分的行政事业性服务机构。他说这些应该说都是与首都的核心功能不相符的，应该在更大的空间来谋划、来布局它的发展。所以"2.26讲话"，后来我们北京市做了这么几项工作，就是按照总书记讲到的，要像大禹治水，疏堵结合。

"这又是他的原话吗？"我问。

"对，是原话，大禹治水，疏堵结合，光堵不行，光疏也不行，应该疏堵结合。

"后来（根据总书记的指示），我们制定了全国首个以治理大城市病为目标的（北京）禁限目录，禁限目录发布两年多来，不予办理的工商登记已经达到1.64万件。"

"这个如果要是不采取措施呢，那还得有多少功能被纳入进来？"

"那还会有多少人会涌进来？"

"想想后怕。"

是啊，真后怕！

北京市政府真的要搬走？

事实上，治理北京"大城市病"，有人说既要靠西医，又要靠中医。

疏解北京"非首都功能"算"外科手术"，这一点没有争议，但那些被疏解了的四方面对象具体点说是什么？

第一，一般性产业——这当中大致包括高能耗、非科技创新型的，和一些科技创新成果转化型的企业，也包括高端制造业中缺乏比较优势的生产加工环节，这些企业都有可能从北京被转移到天津和河北。

第二，区域性的专业市场等部分服务行业——这是包括物流基地、批发市场、第三产业的呼叫中心、服务外包和健康养老等机构,这些机构聚集了大量的人口,并不是都服务于北京,也需要向北京周边地区转移。

第三,部分教育和医疗机构——这是指在京的一些高校的本科部分需要搬迁,只留下研究生部、创新基地和智库。今后北京高校不允许再在城六区之内进行扩建。同时医疗资源也要通过各种形式,比如办分院、合作办院等等,将部分优质医疗资源转移出去。

第四,部分行政事业性单位——这里讲的主要就是北京市了——北京市政府、市委、人大、政协四套班子,还有市属的委办局和一些为中央机关提供服务的辅助性机构,如服务中心、信息中心、行业协会、各种研究院所、报社、出版社,原则上肯定都要搬走。

这四大部分(其实还有第五部分——金融后台服务——北京的一些金融创新资源也会向天津转移;金融服务后台活动等则会向河北转移),如果真的会逐步被疏解到北京中心的城区以外,那么有数字表明:北京到了2020年,城六区的人口会在2014年的基础上减少15%,这15%,如果按现在北京城六区人口大约是1276.3万人来计算,就高达200万。

——北京市政府真的会被搬走吗?

转移到通州?

通州是个什么地方?

这样的疏解动作之大,前所未有,意义之大,今天只能看清一部分,其余的可能要到十年、几十年,甚至更长的时间以后才能看得清!

2017年2月5日,北京市市长蔡奇在中央媒体"京津冀协同发展调研行"专题座谈会上,对疏解北京"非首都功能"提出7个"就是":(就是)供给侧结构性改革,(就是)调结构、转方式,(就是)"腾笼换鸟",(就是)提升城市发展质量,(就是)改善人居环境,(就是)缓解人口资源环境的突出矛盾,(就是)更好地履行作为国家首都的职责——

我数了数,真是7个"就是",这7个"就是"包含了北京市政府转移到通州的利在当下、功在千秋!

通州,地处北京长安街延长线的东端,是京杭大运河的北起点、首都的东大门。区域面积906平方公里,常住人口109万人。紧邻北京中央商务区(CBD),西距国贸中心13公里,北距首都机场16公里,东距塘沽港100公里,在历史上素有"一京二卫三通州"之称,是环渤海经济圈中的核心枢纽地区。

还是在北京市规划展览馆采访石晓东副总规划师的时候,我们实际上就探讨过这个问题。石教授当时这样说:"北京市转移到通州,我们初步算过这实际上会带动大概40万的常住人口实现转移。"

北京市政府搬往通州以后,原来北京市的一个"行政中心"便分身出来了一个"行政副中心",这样"一主一副"两个行政区,从空间结构上是一个"大调整",从功能上也可以说是把北京的功能在中心区和副中心区进行了重新的匹配。

这样做,莫不是也想起个带头作用?

我心想,从来也没把这个问题作为正式采访向谁提出来过。

可不是嘛,你想想人家北京市政府都从东西城、城六区搬走了,谁还能,哪个机构还能心存侥幸或找各种借口不搬?

可平心而论,谁愿意搬走呢?

好好的,我在北京市区上班或居住,现在要跑到通州或河北,至少是北京四环以外乃至更边远的六环。老北京想不通,新北京好不容易"北漂"了十几二十年,好不容易在北京站住了脚,融入了国家大首都,现在你让我出去,谁干呢?我也想不通。

想不通就不搬,那行吗?

答案当然是"不行"。

北京市要不是到了人口、交通、环境、资源都统统报警了的时刻,也不会意识到我们的城市得想办法治病——面对时代的大局、历史的大局,每个个体都得服从!

知道德云社的年轻相声演员岳云鹏老爱唱的那首《五环之歌》吧?歌的旋律是《牡丹之歌》,他改了词儿,把词儿改成了这样:

啊——五环

你比四环多一环

啊——五环

你比六环少一环

终于有一天

你会修到七环

修到七环怎么办

你比五环多两环

哈哈,我是最先听我的女儿有一阵整天不停地这样瞎唱,听着烦,而且觉得无聊且可笑,但静下心来一想,又忍不住承认这首歌简直是把北京人绵绵的无奈给吼出来了!

还有啊,知道我在采访《直面北京大城市病》,有朋友就问我:听说过,或者说你想过北京有边界吗?北京城有边界吗?

边界?也就是七环以外?修完了七环是不是还要再修八环?北京城的城市规模究竟哪里是底线?

我承认我还没有想过这个问题,但是我告诉她,我知道北京有红线,生态红线!

"生态红线"?什么是"生态红线"呢?

现学现卖:"生态红线"就是我们的城市里整个偏绿色的部分,比如说山水林田,以及我们北京市民生存的一个基本的绿色空间,风景名胜、自然保护区、森林、河流、湿地、公园、花草树木、水源保护地等等等等。

还是在采访石晓东的时候,他很坚定地对我说:"从严格意义上讲,一个城市不能都是建筑,实际上它是要自然和人工相匹配、相和谐的。那么如果绿化空间少了,我们生存的人均环境质量就会大打折扣,所以这些生态空间是要坚守的。"

石教授用了一个"坚守",我还了他一个:"就是这些是不能动的?"

"对,要坚守的。同时我们城市还有一些重要的生态隔离,或者说是生态体系,它从城市外部、从山区到城市,紧密相连,这样我们的生态系统才是连续的。那种让城市的建设把整个地区都铺满,就是所谓的摊大饼,实际上就是触碰了我们生态的红线。"

……

北京天坛医院谁都知道吧,属于首都医科大学附属医院。始建于1956年,坐落在天坛公园西南侧,是一所以神经外科为先导,神经科学为特色,集医、教、研、防为一体的三级甲等综合性医院,同时也是世界三大神经外科研究中心之一。但就是这个广受患者好评的医院,在《京津冀协同发展规划纲要》中属于必须整体搬迁的一所医疗机构。为什么?它压线了。压的是什么线?历史名胜。

1956年它千不该万不该建在了天坛的园区里,现在天坛已经成为世界文化遗产的保护范围,所以有我没你。但是有你,不,反过来,根本不存在有你没我。

通过选址,天坛医院现在已经搬迁到了北京西南四环以外,医院腾空了的原址要恢复原有天坛遗址的原貌,形成绿化空间、公共活动空间,给市民增加一个活动的区域,也给历史遗产保护创造出更好的条件!

说老实话,如果北京没患上"大城市病",人们根本没有"生态红线"的意识,至少不这么强烈!现在我知道了,有意识了,但你要让我说出北京有什么工厂、市场、学校、医院等等的建筑踩了不能碰触的"生态红线"了,我还是说不出。

北京人没有太高的要求,身边有绿地,哪怕只有小小的一点点,我们就觉得可以了,不知道建筑与生态的比重应该占到1:2。

我们头脑里没有一张图,一张关于生态的"底线图"。

"将来,如果我们的孩子出门再不用坐汽车去上学,我们出了门就能见到成片的绿地,吃完饭想跳一跳广场舞了,身边有地方,水是清洁的、天是蓝色的,"石教授跟我讲,"这个其实是非常普通的一个愿景。"但是过去,对他这个搞规划的人来说,自己也明白"是非常、非常难以达到的"。

病人不动医生动

终于要见到倪鑫。

倪鑫？何许人也？

北京儿童医院的院长。听说他在解决"就医难"这件事上，独辟蹊径，贡献了很多新思路、新办法，让儿童医院既忙得饱满，又不至于因为患儿和家属太多而陷入长期的无序与混乱。

他是怎么做到的呢？

采访约在上午8点，哎呀真早，6:30就得出门。但没办法啊，院长9点有手术。

我上来第一个问题："您还记得吗？就是儿童医院最困难的时候，那是一个什么状态？"

我以为这个问题我一提，他就得说出一通抱怨，但倪院长没有，脸上风平浪静的。

他说："其实我们北京儿童医院，这个门诊楼，这个楼在建设的时候，设计的最多承载量是五千人，现在我们整整翻了一倍，现在我们每天的门诊量，大概是在一万人左右……但你是公立医院啊，有病人来，再困难你都不能说不接啊，那怎么办？就得挖潜。

"我有一句话，叫作人的潜能可以说是无限的，关键看你给他什么样的条件。对吧？比如说今天约你过来采访，您想睡到8点钟再来，但我说8点钟你必须得来，因为我有手术，你就克服了困难，就到了，这就是潜能，是被挖掘出来的……"

2012年，倪鑫受命来到儿童医院当院长，他挖潜的第一招就是开设了"晚间门诊"。在他看来，儿童医院日接待门诊是一万人，但这是被框在早上8点到晚上5点的这一段时间之内的，如果有些患儿症状不急，下了课，大人下了班，晚上再带孩子来，也行。这样不就缓解出一部分空间，也给马路减轻了不少的交通压力？

再说B超，倪院长说："我们的B超，（过去）一约就约三个月，这三个月，意味着什么？病人多跑路、多花钱，患儿的病情还有可能被耽误。"

倪院长上任后就要求："辅助检查，科室尽量要在当天全部解决！"

他说："我们有一个理念叫什么？就是叫尽量地释放出时间空间，留给病人,让每一个病人在医院,以最短的路径和最少的时间,结束他的就诊过程!"

棒!

倪鑫和风细雨,但听着医院院长这样的介绍,我心里不能不生出一种敬佩,当然我知道这种"和风细雨"的背后,是倪院长和所有儿童医院的医护人员付出了极大的努力,那是沉甸甸的。

应该说儿童医院的先行先试,用眼下很时髦的一句话来形容,就是被自己的困难给倒逼出来的,他们的动作是在2014年6月《京津冀协同发展规划纲要》正式出炉之前,但实践又刚好证明了"京津冀协同发展"是一个平台,好好利用,可以让医院(放大来说还有教育、市场等等)焕发出新的生机。

从2012年开始,北京儿童医院开始了"三年三步走"的深度改革计划。这《计划》的第一步就是"我们要先解决了我这个地方的需求,让老百姓尽量能够满足地去看病";"第二步是我们分析,说北京儿童医院,门诊量,我们讲了60%是来自全国各地的,只有40%是北京的(如果我们仅仅服务于北京,我这个楼一天5000的门诊量就足够了)。"那怎么能让外地的孩子尽量少来北京,有病先在自己家门口的医院初诊,看不了的再到北京,而且是由我们外地的医院帮忙给他们转诊?倪院长又提出了一个口号,叫"医生移动,病人不动"。

"医生移动,病人不动?"

这太好啦!

千百年来我们说"上医院""看医生",从来都是病人找医院,把自己送到医生的面前。现在这个"传统"可以颠倒个过儿了?

"那怎么做到的呢?"我问。

两个措施,第一,从2013年开始,北京儿童医院组建了"北京儿童医院集团",在全国联合了20家省级医院,"各家医院都把较强的专家全拿出来,大家凑在一堆,成立了85人组成的'专家集团',分成10个组,每个组每个月都要到每家医院去,到那儿去,讲课、查房、手术,包括出门诊,当地的医生就都跟着,慢慢学。"这叫"专家移动,病人不动"。比如说有个病人就在我们这儿看病,想手术,我就对他讲:你回河北住院吧,我们的专家下礼拜就去。病人就回去了,专家下个礼拜还真的就给他在当地做了手术。这多好的事情啊!这样专家移动,病人分流,今年我们外地的患儿到北京来看病的数据就变成了50%了,下降了10%。

第二个措施,20家医院联手后,都鼓励家长带着患儿先到本省的儿童医院去就医,你先看,然后由当地的医生决定你的孩子是否需要到北京来,如果真需要,本省的医院就会帮助转诊,定下具体的时间了,你再带着孩子来,省得提前好几天就得开车或坐火车、排队、挂号、找地方吃、住。这样又大大减少了看病的盲目性,集约了医疗资源。

到了深改的第三步,这一步北京儿童医院迈出的步子可就更惊人了——

怎么惊人?

从2015年6月18号那一天开始,北京儿童医院把所有的挂号窗口全部关闭,我们不对外挂号了,想来看病,全部都要提前预约。

"啊,不挂号了?没有窗口挂号了?"

这一招更"反传统"了吧,能行吗?

"我们预约有七种方式,比如说APP、网站、微信、电话,反正7种方式,您约到号了,就从外地启程;没约到呢,先别来,来了你也看不上。啊,对吧。我们就是通过这种方式,缓解了一部分没必要的压力,实际上也能够有效地给病人一个选择。"

我还是担心:"那这样会不会给患儿的家属带来一些困难呢,比如有的人可能七种方式他都不会操作?"

"电话总会打吧,打北京的114(查号台),也是可以预约的?"

另外,倪院长提醒我:我们的很多行为习惯其实是可以改变的,你跑到医院没有号可挂,下次就不跑了,或者说先打了电话再过来。"这就好比过去我们去机场,我也需要去排队,现在手机都可以办登机了,对吧。当我习惯了以后,我觉得这个比排队要简单多了,自然就改变了我的习惯。"

精彩!

采访一小时,时间比平时跑得要快。倪鑫穿上白大褂(采访前就是穿着来的)匆匆往手术室去了。我们摄制组停留在原地,摄像师、录音师都在收拾机器设备,半天谁都没说话,我猜想此时此刻,每个人心里都在为倪院长和北京儿童医院在叫绝呢吧——"干得好"!"很实在"!

据说2015年,北京儿童医院参与"京津冀协同发展"还干了两件事,一个是托管了北京郊区县顺义的妇幼保健医院;另一个是托管了河北保定的儿童医院。其中对于保定儿童医院的托管,倪院长说他们是派了院长、专家、不同专业的主任,这样就是为当地提升水平和声誉,其实大部分病人现在看病就是想看看专家、信任专家,那京津冀三地联手,将来"专家"到处都有,谁还非得劳神费力地往北京跑?

道理就这么简单,做不做得到,不管,先做起来——

三地一盘棋

有数字显示,2014年2月26日习总书记到北京视察并发表了《讲话》,从那时开始到现在,北京市疏解"非首都功能"、治理"大城市病"、谋求"京津冀协同发展"已经成果斐然。这些成果,如果不把它们联系到一起,便不会觉得这里面有统一的意志。比如:北京人到天津、河北买房不再算到外地买房了,单位公积金可以帮忙支付了;再比如:交通卡在北京能用的,在天津、河北也都能用了;手机WiFi、电话漫游,京津冀同等对待、不分彼此了……

这一切都是"巧合"吗?当然不是。

还有更大的动作——

近三年,北京已累计退出一般性制造业企业1341家,调整疏解商品交易市场350家。

教育、医疗、交通、生态、人才等要素在北京、天津、河北正在默默地融通。

2016年,北京企业在津冀两地的投资认缴额分别增长了26%和

100%；同时河北从京津引进的项目和资金也已经分别占到全省总额的42%和51%。

一切仿佛都是在"默默地进行"，但想想这些数字——1341家企业、350家商品交易市场，很了不起啊，什么时候完成的？有这么多吗？

如果不说假话，我刚刚看到这两个数字的时候，也是有这样的疑问。只不过慢慢一回味，对啊，我们家附近的一个什么什么批发市场不是就被通知在哪天哪天必须撤销关门？哪家哪家一般性制造业或基地不是就听说从京城迁到了沧州或涿州，反正是河北的什么什么地方去了吗？

真是一切都在悄悄地进行，包括北京马上会迎来翻天覆地的变化！

曾经在微信上，我看到有这样一条朋友转来的小诗，说：

就在：

崇文、宣武已经退出北京历史舞台的6年后，

北京东、西城人也将喜结良缘归为一家

——"中央人儿"了！

这名字听着霸气，心里却几多惆怅……

伤感吗？会不会有一点？

在北京无论你住哪儿？无论是老北京还是新北京，下面这些地方你都曾经熟悉或者去过吗？

北京东城的簋街、雅宝路？

西城的官园、万通和天意小商品批发市场？

朝阳区的潘家园、十里河建材市场？

海淀区的锦绣大地和中关村海龙电子批发市场？

此外还有木樨园百荣世贸、永外文化用品市场、南锣鼓巷主街、东华门小吃等等，已经不记得它们的区属，但是这些地方都已和我们的生活息息相关。一旦没了、变了，会不会魂牵梦绕？我告诉你这些市场几乎全部都在疏解、搬迁，或者改造升级的背景当中。

……

2017年，北京市东城区还将计划疏解商品交易市场商户1283户，加快

百荣世贸商城向购物中心转型,协助天坛医院完成整体搬迁,使篁街被打造成为国际知名的"餐饮特色街","五一"已向市民全新亮相!

西城区呢? 西城区2017年不仅要完成"动批"的全部市场疏解,还要启动安徽会馆、浏阳会馆(谭嗣同故居)等12处文物单位的征收腾退,力争在春节前实现天意市场的闭市,并在年底前基本完成官园、万通等小商品市场的疏解,推进什刹海地区的旧城示范、住房与环境改善,申报前海、后海的环湖步行街,以及护国寺的步行街的立项!

……

还要我往细里说吗? 如果要说,我都得先调整一下心态,告诉自己有得有失、有失才有得。比如北京历经三年的"外科手术",我们的城市已经换来或将要换来:

2015年以来,北京市城六区人口开始下降;

2016年,通州行政副中心规划人口不得超过200万,目前已有效疏解中心城约40万左右的人口,在京哈高速以北的全面城市化地区和台湖地区进行了有效安置;

天坛医院新院区迁建、同仁医院亦庄院区二期扩建、友谊医院顺义院区等的征地拆迁正在积极推进;

北京化工大学昌平南口校区、北京城市学院、北京建筑大学和北京工商大学新校区的建设也在加快。

此外还有:

京津冀区域13个城市的PM2.5平均浓度现在是71微克/立方米,与2013年相比已经下降了33%;四项主要污染物:二氧化硫浓度降幅最大,达到了55.6%,平均浓度为31微克/立方米,达到了国家标准。此外还有,京津冀区域的平均优良天数比例为56.8%,平均重污染天数则从2013年的76天减少到了33天。据不完全统计,三年以来,为了蓝天白云,京津冀三地累计共压减的燃煤消费多达4030万吨。

……

可喜的拐点与成绩,很多都来自壮士断腕、刮骨疗伤。北京人为此付出了很多,外来人口也在为北京逐步恢复首都承载力和进一步提升北京在世界的影响,继而提高国际地位而作着默默的牺牲与贡献。

也许有人要问,北京疏解非首都功能,腾出来的城市中心区空间将来干什么?

回答是:腾退空间将保证四大方面的服务,其中就包括优先用于保证中央的政务功能;补齐核心区域的基础设施;重点用于改善生态,留白见绿,多建绿地;以及用于完善公共服务,比如新建或扩建一些停车场。

第二,疏解出去的功能由谁来承接?怎么承接?会不会北京城区四周的郊区以及天津、河北要为北京兜底,如果这样是否公平?

回答是:当然不会,不允许这样!

2015年2月10日,习近平总书记在中央财经领导小组第九次会议上再次指出:疏解北京非首都功能、推进京津冀协同发展,是一个巨大的系统工程。目标要明确、思路要开拓、方法要科学,要放眼长远、从长计议,稳扎稳打、步步为营、锲而不舍、久久为功。

京津冀协同发展,3年来,有关部门已经编制完成了京津冀交通、生态、产业、科技、土地、农业、水利、能源、城乡、教育、医疗卫生、商贸物流等12个专项规划,三省市共谋发展要实现的是规划"一张图"、建设"一盘棋"、发展"一体化"。

疏解北京"非首都功能",谋求"京津冀协同发展",国家推出这样的战略布局,当然要考虑区域间的衔接、市场要素的重组、各地经济发展的优势互补。京津冀地区,我们都知道人均GDP比全国的平均水平虽然高,但内部差异非常悬殊,京城300公里的地方就存在经济贫困带,而河北的人均GDP如果和北京比,只是北京的40%、天津的38%。这些情况中央都知道,谁都不会只顾北京的"瘦身健体",就把包袱甩给其他城市,那样背着抱着一样沉,补了东墙拆西墙,也太弱智。

好了,回答我的不是我采访到的一个人、两个人。

几乎是所有人,每一个被采访到的对象都这样说!

那么从各条线上反馈的"京津冀协同发展"的实践情况来看,"合作共赢"都是一个基础的基础。比如从2013年开始,经国务院同意,由北京市牵头成立的京津冀及周边地区大气污染协作机制,包括了北京、天津、河北、山西、内蒙古、山东、河南7个省政府,以及发改委、财政部、国家环保部在内的8个部委共同参与,从政策制定、产业结构调整、能源结构调整等各个方面出台了很多政策,这对改善京津冀地区甚至更大范围的空气质量就起到"联合治污"的作用——说这话的是国家环保部大气处处长张昊龙。

正是这个张处长很学术地告诉我:"区域性的传输对北京大气污染物浓度的提高和降低都是有绝对影响的。因此我们要一方面想办法把本地的污染源降下来;另一方面就是要通过协助机制,把整个区域,大家整体在自己的城市都要实现减排,共同减排。"

发展带来机遇,区域协调机遇更多。

我们"京津冀发展战略"在交通上的提法是"轨道上的京津冀"——说这话的是北京市交通委主任周正宇。

什么叫"轨道上的京津冀"？开始我并不懂。

周主任说:"未来京津冀的客运,主要由轨道交通来承担。大家不能再靠在公路上、马路上开汽车来行动,那效率太低了,也不环保。我们就要发展轨道,四张网叠加在一起,高铁、城际铁路、市郊铁路、地铁。这四种轨道交通工具大体上是按照它们的速度来划分的——高铁时速300公里、城际铁路200~250公里、市郊铁路定位在160公里,而我们的地铁是80~100公里。有了这四种速度不同的工具,我们要打造京津冀一小时交通圈,就不成问题了。"

天上管空气京津冀要合作,地上地下发展轨道也要一起来努力,因此"京津冀协同发展"不是一个口号、一种姿态,而是一种科学的布局与建设。

北京建筑大学,一所原来夹在北京西城区动物园批发市场范围内,很拥挤、很狭小的一处建筑,学校开展多学科教学没条件,扩大招生没条件,学生住宿不够,要到校外隔几条街的地方去租,更捉襟见肘的是,学生上体育课没有操场,只能拉着队伍到马路上去跑步……

在疏解北京"非首都功能"的外科手术中,这所学校被安排在大兴整体重建,你说它是被动地被搬走了呢,还是借着转移的良机使学校实现了教学与科研上的更大开拓空间?

北京教委副主任、新闻发言人李奕给我举了这个例子,为的就是说明教育功能的疏解与自身功能的提升,相辅相成。

建筑大学原来在城里的校区占地面积才有多大? 12.3万平方米;而大兴的新校区,占地50.1万平方米,是原有学校的4倍。

"现在,我们北京市教委已经正式颁布了'十三五'时期京津冀教育协同发展的专项工作计划。从高等教育、职业教育、基础教育,有十个方面的总体部署。因此我们的疏解与津冀两地的协同发展,第一个特点就是内涵的发展,这就不是一个简单的、被动的空间的疏解和数量的增减,而是在这样的增减过程中,实现一种增长方式的转变,也就是让合作的各方,都各得其所,而不是简单的一个线性帮扶的发展"——

不能"相忘于江湖"!

习总书记曾说:疏解北京"非首都功能"是北京城市规划建设的"牛鼻子"。

而庞大繁复的具体工作,没有哪一个项目不难。尤其"动批",9栋大楼、12个市场,对于这块难啃的骨头,开弓却没有回头箭。

记得还是在走访"动批"尚在营业的世纪乐天批发市场时,我采访了三户人家,前两户都是外地的,最后一户是北京的。那北京的男主人跟我说,他和爱人原来都曾端过公家的饭碗,后来"动批"火了,他们就双双辞职来卖衣服。十几年的经营、十几年的买卖,后半生也都打算指望着这个营生过日子了,但"动批"没了,他们两口子就得失业。外地摊主可以跟着新兴市场迁到河北,但他们的家在北京,如何能够轻易地说搬走就搬走?

孙硕,北京北展地区建设指挥部(其实就是"动批"疏解办吧,我理解)总指挥,也是北京市西城区的副区长。说起"动批"和"动批"的搬迁,他五味杂陈,满肚子感慨。

采访约定的那天,是个周日,我们首先来到天皓成,这个天皓成过去也是"动批"9栋大楼当中的一个,位置就在动物园的东侧。当年生意红火、车水马龙、人潮如织,如今已经关停,大厦人去楼空。

完了,都搬走了。

我们在空空的天皓成一楼,慢慢聊着。身旁是一拉溜支起来的十来块展板,上面记载着"动批"由生到死,哦,说生还可以,说"死"不大准确,是换一个方法去异地重生的全过程。

我问孙区长,"动批疏解最难的是什么?"

孙区长说:"就是后来发展出来的这9栋大楼,有央属产权、市属产权、民营产权,要一个一个去谈,还有这个市场群摊主90%都是外地人,市场要腾空,我们顶着的压力,一方面是'啊,难道你们北京人以后就不欢迎我们外地人么';另一方面,北京人也有意见说'我们买便宜衣服以后不方便了!难道又让我们都回到大商场去买贵的'?

"唉,现在我们已经疏解升级了24.3万平方米,商户走掉了5000个摊位,人口大约有1.5万。但说老实话,如果不是赶上国家京津冀协同发展的大战略,有政策支持能够确保我们的工作一步步往前推进,否则……"

孙区长话没有往下说,我也不追问,因为我知道商户开始都不愿意走,黄金地段嘛,你断人家的财路,谁会……我下面的话也没说。

不过我最关心的,确实是这1.3万个摊位,4万个商户,他们的摊位没有了,赖以生存的经营平台没有了,以后的命运……

孙区长告诉我:其实后来的"动批",90%的货物都是从南方批来又再批发到东北、西北和华北的,这个地方已经是一个货物聚集地,而这种业态本身就没必要出现在首都核心区,实际上从世界各国的批发市场来看,最好的市场也都在离核心城市100~200公里这样的一个距离。

想想看,在北京搞批发和在北京周边、甚至河北的一些城市加入批发市场群,哪个状态更合理? 在北京中心区,你吃贵、住贵、摊位费贵,换到远一点的地方,生活成本下来了,承租成本也下来了,难道不是一种新的选择?

北京人想买便宜的衣服或小商品,没关系啊,开车出去一个多小时,换个地方去逛不就得了,一个多小时,在城里堵车差不多也要这么长的时间。

换换思路,眼前一片豁亮!

何况"动批"搬走了,"它已经越来越突出的负面效果:人流、车流,周边房屋的混租、散居,然后黑物流,乱七八糟的这种,还有治安的管理成本都下来了,这些问题也就一下子全部解决了。所以疏解是坚定不移的,不管困难有多大!"孙区长说。

"但是不管怎么说,道理上为国家也好,个人将来有更好的前途也罢,大道理总是好讲,但对这些被疏解商户,你们有没有一个安置方面的政策?总不能只让人家离开,然后就撒手不管……"

我终于问出了我心底最想问的这句话。

孙区长说:"不能不管,我们有帮助,就是帮助他们在周边这么多的市场中寻找更为可靠的合作伙伴,就为了这一点,跟河北、天津几乎所有能够承接北京市场的企业和当地政府,我们都谈遍了。"

"结果呢,你是说你们能帮忙搭建平台?"我问。

"对,我们搭平台,就是把外地几个好的市场、政府推荐认证的市场都请过来,我们搞了一个疏解北京非首都功能的对接平台,介绍给商户,然后再把疏解出去的人口,他们小孩上学、老人看病等等问题,都逐一进行了落实。"

当地敞开双手,各种减免政策、优惠政策;北京商户落户到天津、河北,叫来了原有的客户群,新的批发市场应运而生,对当地经济也是一个强大的拉动!

疏解与提升,原来只聚集于北京的产业功能,打破格局,重新在京津冀的大空间、大视野里进行调整,双赢是目的,这个目的从出发的时候就必须时刻牢记。

轨道京津冀,三地一盘棋,同享一片蓝天——如果有一天,好学校、好医院、好就业,不都集中在大城市的中心,而是就出现在你住家的周围,你还非要往中心区跑吗?如果公共交通不断改善,能够满足人们的出行需求,你还非要每天开着自己的私家车吗?今天,"智能化"的生活已经渗透到我们思维的方方面面,但一个简单的思考或许反倒被我们忽视,那就是我们固有的行为习惯其实是可以改变的,而有些做法一旦变了,你所拥有的可就不仅是一种全新的体验,说不定还是一种更合理的生活。

这段话是本该出现在《直面北京大城市病》的片子末尾的,但这段"串场"最后没有时间让编导晓静能够放得上去,只不过这段话是我采访这期节目后自己悟出来的一个道理。

我们说治理北京的"大城市病",其实借鉴一下世界很多国家的大城市,在他们快速发展的时期,几乎都和北京一样遇到了同样的问题——50年前,东京的交通,用当时当地人的话语来讲,上班简直就是"通勤地狱",为了解决三明治一样进进出出的地铁,当时日本甚至催生了一种新的职业,这就是"推手",这些人整天,特别是上下班高峰的时候,就是站在站台上,等车一来,帮助要上车又挤不进去的乘客,用手把他们使劲地往车厢里面推!

我不只想要一张蓝图

哦,如果说,给我们一点希望的话,十年以后,北京的"大城市病"能不能缓解?到那时北京大概会是个什么样子?

这个问题我也是几乎问遍了接受我采访的每一个人、每一个学者或官员。

大家的答案都是:"不用十年吧,实际上我们到'十三五'的期末,也就是2020年……"

2020年?那时北京什么样?满打满算时间也就只有4年了?

对,4年!

根据《京津冀发展规划纲要》明确的"人口天花板",北京市到2020年常住人口一定要控制在2300万人;

人口过多、交通拥堵、环境污染、房价高企、职住不均衡、功能过度聚集、管理不精细,城市运行效率不高等等,这些"大城市病"的问题,都会得到扭转;

北京主城区,到时候至少空气会更好、绿地会更多、各项服务会更到位;

副行政区,坚持世界眼光、国际标准、中国特色、高点定位,通州会出现蓝绿交织、清新明亮、水城共融、多组团集约,成为北京一正一副两个行政中心的好搭档;

还有京津冀,瘦身健体,腾笼换鸟,辗转腾挪,只要产业结构、能源结构、经济结构安排得都合理,三地一盘棋肯定会走活——

2016年8月,石景山与唐山市曹妃甸区人民政府签订了《关于疏解非首都功能促进两地协同发展试验区建设的框架协议》。根据协议,双方将以推进产业升级协作、加强公共服务资源共建共享为重点,引导石景山区非首都功能产业向曹妃甸协同发展示范区转移;

天津滨海新区进一步加快打造承接"非首都功能"疏解和北京优质资源转移的高水平载体平台,加快建设好天津滨海-中关村科技园、未来科技城京津合作示范区。中铁、中铝、中船、神华、北车等目前已在滨海新区设立分部;大唐、华能、华电、国电等4家电力集团也在新区完成了融资租赁总部的增资工作。

未来——

河北秦皇岛将搭建非首都核心功能承接平台、公共服务功能承接平台等六大核心承接平台;

国家民航总局与河北省签署了关于加快推进京津冀民航协同发展的会谈纪要,签署了《首都机场集团公司托管河北机场管理集团有限公司协议书》,石家庄机场将承接"非首都功能"的航空运输业务;

中关村核心创新要素加快在天津(宝坻)集聚,石家庄(正定)集成电路产业基地规划已启动编制,保定—中关村创新中心签约企业增加,中关村节能环保企业加速向承德节能环保产业基地落户。

此外还有医疗和教育——

医疗:在张家口和曹妃甸地区,北京天坛医院(张家口)脑科中心、北京积水潭医院张家口合作医院、北京友谊医院曹妃甸合作医院、北京安贞医院曹妃甸合作医院等项目相继挂牌;20余家大型医院正在安排在天津、河北疏解。

教育:北京二中、人大附中、首师大附中、理工附中等4所优质学校已经进驻通州办学;沙河、良乡高教园区配套不断完善,北京景山学校、北京八中、北京五中、八一学校、史家胡同小学等,已经在河北唐山、廊坊、保定等地建设了分校;北京"数字学校"云课堂向天津和河北开放;北京电影学院、化工大学等中央高校新校区也开始向外建设;城市学院向顺义疏解,在自身谋求更大发展的同时,也实现了京郊东北方向没有高校的零的突破。

两个月采访,一路下来,我看到媒体记录京津冀协同发展硕果累累的报道太多了。比如3月19日,中国新闻网发表了记者刘家宇的文章,说当天京津冀(天津)温州国际商贸城百货馆在天津西青区开业,这家占地26万平米的商贸城,目前已吸引到了超过千余户北京原来的批发商在此经营。其中有一位姓季的先生,此前一直在北京经营服装生意。"当初选择进入北京,就是看中了首都快速发展和广阔的市场前景,自己也确实赶上了黄金十年的发展期。"但随着北京疏解"非首都功能",他所在的公司生产、销售都遇到了原材料和场地限制的瓶颈,因此经过多次考察后,季先生决定"转战"天津。

这是正面的、负面的、探讨问题的,也有,比如我在网络上看到的这一篇议论:

菜市场是否属于"非首都功能"?

一些街道、社区清理菜市场和街边小店,客观上搬走了一些做小买卖的外来人口,有助于控制北京的人口总量。但是,同时搬走的,也是生活的便利。城市发展不能只要白领、不要蓝领;只要脑力劳动、不要体力劳动。生活少了便利、多了负担,最终也可能导致人才的流失。

……

1958年,北京首都机场刚刚建成的时候,我们一年的旅客吞吐量才有多少?9.5万(人次);2015年T1、T2、T3,我们已经有了3个航站楼,当年的旅客吞吐量又达到了多少?8993万(人次)!这个变化当初的人们谁想得到?

2017年4月1日,新华社和央视新闻都播出了这样一条重大消息:

日前,中共中央、国务院印发通知,决定设立河北雄安新区。这是以习近平同志为核心的党中央作出的一项重大的历史性战略选择,是继深圳经济特区和上海浦东新区之后又一具有全国意义的新区,是千年大计、国家大事——

这谁又能想得到呢?

深圳特区?上海浦东?雄安新区?

如此大手笔,举国震惊,全民振奋!

疏解北京"非首都功能",这一计更先声夺人!

只要有规划、有行动,中国人能把自己的日子过好。

"近几年,媒体不再说南方的酸雨了,为什么?2015年,中国已经把酸雨这个病基本上治好。酸雨能治,雾霾为什么不能?"

记得清华大学环境学院院长贺克斌在接受我的采访时总是不温不火、面带笑容,"酸雨"的例子是他告诉我的,下面的这段话,也是出自他口:

当然事情越往后干会越困难,这就好比摘苹果,第一轮的苹果我们一伸手就能摘到,难关好过;但接下来再摘,你就得搬个凳子,然后再搬个梯子,才能上去。最后,更大的困难来了,就只剩下苹果树尖上的果子要摘了,那怎么办?没办法了吗?有,办法总是人想出来的,总比困难多。比如能不能放个猴子,让猴子上去帮我们摘?或者其他的办法?

哈哈,面包会有的,猴子也会有的。

贺院长说得真好,信心最重要!

想想他的"猴子",我笑了,后来说给谁听,大家,也都笑了。

作者简介

长江,女,本名常江,蒙古族。1985年起任报社文字记者6年、中央电视台记者25年。1991年加入中国作协。文学博士。获奖及较有影响的报告文学作品有:《天歌》《走出古老的寓言》《疯了龙年》《晚来香港一百年》等。

第三种权力

——中国第一个村务监督委员会成立纪实

李 英

面对"前腐后继"的村官腐败,浙江省武义县后陈村创生了全国第一个村务监督委员会,意味着中国农村基层民主从"秋菊打官司"式的上访告状,进入了农村管理行使"第三种权力"——分权制衡、民主监督的阶段。

为什么农村群众与基层干部对腐败行为那样深恶痛绝,他们的心灵深处有过怎样的幽怨、奋争、博弈,做过怎样的艰苦寻找和不懈探索,中国第一个村务监督委员会的有益实践与探索,是否折射出农村民主政治的希望之光?

引 言

2004年6月18日,浙江省武义县后陈村建立全国第一个村务监督委员会,意味着中国农村基层民主从"秋菊打官司"式的上访告状,进入了农村管理行使"第三种权力"——分权制衡、民主监督的阶段。

后陈经验引起了市、省、中央领导的高度重视。时任浙江省委书记习近平,于2005年6月16日亲自到后陈村调研并在村里主持召开座谈会,对后陈经验给予充分肯定。随后"后陈模式"在全省,乃至全国推广,被写进《中华人民共和国村民委员会组织法》。

这是一次农村民主自治的生动实践,然而其内幕却鲜为人知。作为一名新闻从业者,我历时三年深入采访,记录这一事件错综复杂的全过程,记录农村群众与基层干部对腐败行为的深恶痛绝,他们的幽怨、奋争和对民主的艰苦探寻。

一、后陈从"红旗村"变"问题村"

2003年岁尾,"前腐后继"的村官腐败像一群闻到血腥味的鬣狗,赶不跑,轰不绝,这深深困扰着两个人:一位是武义县委副书记、纪委书记骆瑞生,另一位是白洋街道工业办公室副主任胡文法。

胡文法临危受命,他被派往后陈村任党支部书记。

位于武义县城东北的后陈,是白洋街道管辖的行政村。

平展展的土地,五彩缤纷铺满四围,大水面的前湖、西塘和可塘,波光粼粼把后陈村装点得颇有水乡模样。村西有条很宽、很大的武义江,自南往北波涛滚滚地流到金华,在金华与义乌江合并为婺江,然后婺江流进兰江,然后兰江流进富春江、钱塘江。

这是一个漫长的冬天,漫长得特别。天天阴沉着脸。

时近年关,按例说村民们应该置办年货了。可是今年村里静悄悄的,鸡不啼,狗不叫,没有一点动静。

村民们三三两两聚在一起,不说半句与年节有关的话,交头接耳地在谈论同一个话题。

村里要分土地款了!

村民们最最关心的是,村里收进土地征用款子到底有多少,这些钱怎么分,按户分还是按人头分,什么时候能够分,分现金还是分银行存折,分到手的钱能否自作主张派用场,等等等等。

特别特别地现实。只有把钱放进自身口袋,才是最最要紧的事,天大的事。

一直以来,村民们最不放心的是村干部大权独揽,暗箱操作。村民们想盯住村集体收进的巨额土地征用费,可是,想盯又盯不上。

为什么?

因为村民没有盯钱的权力,没有盯村干部的资格。

坦白地说,如果没有工业化、城市化大潮铺天盖地扑到小小的武义县,就不会有城乡接合部的开发区建设,就不会有后陈村人做梦也想不到的土地被征用。当然也就不会有巨额土地征用费,不会有村干部的贪污腐化,不会有后陈村人上访不断而成为全县闻名的上访村、问题村。

很简单,就这么回事。

都说金钱是妖魔,是鬼怪,它会教好干部变坏。

上世纪90年代中期,如火如荼的建设高潮中,金丽温高速公路建设项目涉及后陈村,出现村干部重大决策不公开、村务管理不透明、财务支出不规范等问题,出现了村民对村干部的信任危机,而且与日俱增。

2000年前后,因工业园区开发及城乡一体化建设需要,后陈村有1200余亩土地被征用,土地征用款收入高达1900余万元。如何管好用好村集体的巨额资金,成为村民的关注焦点。村干部专权擅权与村民关心关注引发激烈的矛盾,加上部分村干部以权谋私,使得干部信任度彻底崩溃,村庄秩序严重失控,矛盾百出,村民们怨声载道。

就这样,后陈从一个"红旗村"变成了"问题村"。

2001年12月,武义县农村审计站工作人员进驻后陈村,对后陈村自1996年至2001年11月的村级财务进行了全面审计。村民们以为盼来了"包青天",一时间喜笑颜开,群情振奋,纷纷向审计人员提供线索。审计期间共收到群众来信28封,其中反映村财务方面的有16件。

审计报告出来后,却令村民们大失所望,大家对这份官方审计报告很不满意,对诸如"认识不足""公开不规范"之类不痛不痒的表述不买账。

要知道,进入新世纪的村民,多有文化、有头脑,而且多有法制意识。特别对关系到切身利益的事情,想用官样文章吓唬,想用甜言蜜语糊弄,是应该进博物馆的老套套了。

这是隔靴搔痒、糊弄百姓!尤其是对审计报告"未发现村主要干部有贪污、挪用问题"的结论,村民们更是议论纷纷、情绪激愤。

一个月吃掉一万多元,这是陈岳荣、张舍南、陈联康等村民无论如何不能接受的。

陈岳荣是村民代表,他和村民心里有杆秤。村里的钱是大家的、集体的,村干部哪能像自己口袋里的一样,今天想拿去喝就喝,明天想拿来吃就吃,甚至连他们自己家里新房子买把门锁都拿到村财务报销,真是太目中无人了。

还有,村里沙场承包收进多少钱,都用哪儿去了;餐费及烟酒等招待开支那么多,都招待谁了;土地征用款准备如何分配、如何使用,等等。村民们一点也不清楚,全蒙在鼓里。1900万土地征用收入的钱,是村民挨家挨户分发,还是集体保管,村民和村干部意见分歧很大,南辕北辙。对村干部的不满和对村里现状的担忧,导致后陈村民上访不断。

陈岳荣他们主张写信上访,结果村民纷纷响应,毫不迟疑地在上访信上签了名,摁了手印。四五百名村民歪歪扭扭的签字和鲜红的手印,像火炉里飞出的火星,密密麻麻地布满了几大页白纸,灼得人眼睛生疼。

投诉信像断了线的风筝,有去无回。于是村民们开始一拨拨上访,少则几十人,多则数百人,街道、县里、纪委、信访局、检察院、法院,该递交的材料都递交了,该去的地方都去了。

就这样,后陈村成了全县有名的上访村。凡是武义县政府门前有几百上访群众聚集时,机关干部们就知道,肯定是后陈村村民上访来了。

县委、县政府对后陈村村民的上访十分重视,每次都由县委、县政府主要领导接待。武义县委副书记、纪委书记骆瑞生就多次接待过后陈村上访群众。骆书记因此与后陈村村民张舍南、陈岳荣、陈联康等上访带头人,很熟悉了。

但是,后陈村的问题该怎么解决呢?

那些年,后陈村这样的"问题村"在中国的农村并不少见。尤其在农村和城市接合地区,经济开发的大潮风起云涌,群体利益多元分化,经济利益纷争多发,农村治理面临困境。有专家指出,农村社会治理正面临着社会矛盾调处风险期、集体信访纠纷激发期、公共服务均等化需求急增期和基层治理能力现代化准备期的"四期叠加"挑战,高速发展的集体经济带来的频繁利益纷争,成为首要的不稳定因素,甚至严重影响了中国经济社会的平稳转型和执政"基石"的稳固。

新世纪之初,后陈村在武义已经成为闻名全县的"问题村"。新任的支部书记不到一年因为挪用公款被开除党籍,从此他心灰意冷,把村里的房子租给别人,自己则在邻村开了一个轮胎店。平时即使回村也不串门,收了房租就回他那个小店,小店成了他的家。他刚当选村支书时也曾经受到村民的拥戴,可是没有制约的权力导致他挪用公款,从而失去了村民信任,于是村民们天天上访,把他拉下了马。整个后陈乱成了一锅粥,曾经的支部书记成为后陈村的"陌路人"。

还有本县柳城畲族镇的乌漱村,早在1999年曾经查办过一起村干部贪腐案。时任乌漱村党支部书记兼出纳的吴某,贪污村里投资水库电站的分红后,做假账贴在村务公开栏里,当晚就被村民揭下来告到了检察院。检察院查证属实,依法逮捕、起诉吴某。最后法院认定他侵吞集体资产7.5万余元,以贪污罪判处有期徒刑10年。

新华社浙江分社摄影记者王小川得知检察院准备将被贪污的公款还给村里时,专程赶赴武义采访,采集了检察官向村民返回公款的新闻组图,以《武义:村务公开,村官下台》为题发表在1999年3月25日的《人民日报》华东版上,在武义这个小县引起了不小的震动。

村务不公开,决策不民主,蒙得了一时,蒙不了一世,给村务管理敲响了警钟。群众的眼睛是雪亮的,而且终有一天会觉醒之时,那就是权力倾覆之日。

后陈村只是上世纪末中国农村治理乱局的一个缩影。武义县纪委书记骆瑞生、后陈村新任党支部书记胡文法敏感地意识到,如何破解村务财务管理混乱凸显的村庄治理危机,是中国农村民主政治遭遇的一个重要课题。

二、胡文法出任"问题村"支部书记

2004年元旦刚过,1月4日,胡文法在街道党委副书记、纪委书记徐向阳陪同下,到了后陈村。

胡文法,后陈村人,个子较高,满头黑发,红铜色的脸上略带微笑,穿着半新半旧的夹克外套,随和当中透着几分刚毅,一看就让人感到是饱经风霜、踏实干事的乡镇干部。

后陈村办公楼二楼会议室里,村两委成员、党员和村民代表坐得满满的,有的交头接耳,有的大声说话,但每个人都笑容满脸。有不少村民是赶来看热闹的,会议室里坐不下,就站在过道,里三层外三层,把会议室挤得水泄不通。

徐向阳代表街道党委宣读了任命文件。

当后陈这个村支部书记,等于将屁股坐到火坑上去。这一点胡文法心里早就明白:"我是后陈村人,自己和家人的户籍关系一直都在村里没有迁出来,坦白地说,心中或多或少与村庄还有难割舍的情缘。"

几天前,村民张舍南特意跑到街道找他说:"文法,咱后陈现在已经成为全县后进村,名气可大了。大在哪儿?一个字,乱哪!"

没等胡文法提出问题,张舍南紧接着说出此行目的:"我看只有你回村里去,后陈可能还有挽回局面的希望。"

胡文法说:"我离开后陈已经多年,对村里情况不大了解。"

张舍南说:"不管怎么说,你从小在后陈村长大,人头熟,闭着眼睛也能说个道道出来。"

胡文法说:"我在工办上班,管着一摊子事,还要做联村包片工作。"

张舍南感到一下子无法说服胡文法,心中不免有些失望。他呆呆地不知如何收场。但在临走时扔下一句话:"为了村民利益,我们要继续上访,直到把问题解决!"

张舍南前脚刚走,后脚又来了几位后陈村民。有说是到街道办事的,有说去县城买东西的,有说只是顺便拐过来看看他这个老邻居的。

村民们走了一拨又来了一拨。胡文法心里知道,他们跑到街道办,其实话里话外都表达着同一个意思:希望他回村当掌门人。

后来听人家说,张舍南早早把书面请求报告送到街道办去了。

改良版的"三顾茅庐"。

胡文法,不得不认真了。

胡文法祖籍在永康——武义县隔壁。因为日本鬼子驻扎在他们村庄不远的地方,三天两头进村抢掠烧杀,闹得鸡犬不宁,而村民们对荷枪实弹的日本鬼子心惊胆战,只能东躲西逃。眼看着地里庄稼成熟了,胡文法的祖父无奈只得带着一家老少离开祖祖辈辈生活的家乡,一路颠沛流离,好不容易找到武义后陈村落脚。

后陈村坐落在武义江东岸,宽阔的武义江原是水上大通道,后陈村有三三两两的店铺,这在当时算是繁华之处。

武义江两岸有不少村庄,但是没有桥梁,没有渡船,人们过往得绕一个大圈子,极不方便。胡文法的父亲找来木头做了一只长长的木船,开始干起摆渡的营生,后来大家就叫他胡长船了。那时候他父亲为人摆渡,多是尽义务做好事,并没有收入,偶尔碰上来往于集市的生意人,会施舍一点。可对胡文法父亲来说,渡船方便了两岸的村民,因此认识的人多了,还赢得了口碑。这对于他们外迁人来说,是不容易的事情。而更重要的,渡船成了他们一家人的栖身之处,老小三代夜晚挤挤挨挨地睡在一个船舱里,住的问题就这样解决了。

解放了,胡文法家融入后陈村,在村里建了低矮的泥瓦房,有了真正意义上的家,成为地地道道的后陈村人。

解放后,胡文法父亲胡长船被推选为后陈村高级农业合作社社长——相当于现在的主任,成了后陈村人的主心骨。他和村民们一起斗地主,分田地,组建互助组、合作社,每天为村里的事忙得不着家。当时后陈还没有支部,父亲胡长船很早就在上邵村支部加入了中国共产党,1956年被上级派回后陈村当了第一任村支部书记。他的母亲李兰芬1958年入党,当了村妇女主任、副大队长,一干就是几十年。

那时村里也没正儿八经的办公室,开会就在自己家里开,村干部们就围着八仙桌坐,坐不下就搬个凳子在边上坐,或者干脆坐在门槛上。

那时候村干部没有什么误工补贴,全是尽义务,忙完了村里的事,再做家里的事。村民们大到婚丧嫁娶,小到鸡鸭丢失,都要找村干部。胡文法父母亲作为村干部,为乡邻们解决困难热情周到,办事不带任何私心杂念。

他们早早立下规矩,不收受村民任何礼物。

胡文法受到父母亲言传身教,骨子里从小就灌输了老老实实做人、认认真真做事的精气神儿。任村干部几十年的父母亲,就是胡文法的最好榜样。

而今一切都变了,连气候都莫名其妙地变得夏天特别热、冬天特别冷了。

难道不是吗?村干部已经和村民们闹得水火不相容了,上访、告状、围堵、谩骂……已成为后陈村的"家常便饭"。

到底有什么不可调和的矛盾呢?问题到底出在哪里呢?村民们为什么要三顾茅庐请他回去呢?他小小一个街道工办副主任,势单力薄,下去能为村里做点什么呢?

如同掉入万丈深渊,胡文法深思、苦思、彻夜不眠。

想不到仅仅过了两天,街道主任代表组织找胡文法谈话。

主任说:"后陈已经成为全县闻名的问题村,同时上游两个村子也不稳定,群众上访不断,我已经没办法了,只得派你去后陈村当书记了。"

上邵村出现了大片的违章建房,地基像私有一样,菜园、自留地随便转换,房屋不按规划放样随便搭建,违章建筑像雨后的韭菜齐刷刷地冒出来;下邵村也是因为土地征用款问题,村民三天两头上访。胡文法听说过,上游的上邵村和下邵村本来就比较难搞。然而比较起来,最乱的还是后陈村。

胡文法心里知道主任的话无法拒绝,但还是不由自主地说:"我已经住白洋渡十多年了,村里情况也不大了解,村里的事也从来没有管过,当书记没经验。"

主任说:"你就别推了。街道对后陈村的情况,看在眼里,急在心里。大家一致推荐你去当村支部书记,这不是空穴来风。你在街道工作多年,有丰富的工作经验。但更重要的是看中你人品好,不贪不占,做人做事光明正大,组织上放心。"

胡文法被说得感动了,眼睛都湿润起来。

自己毕竟是组织上的人,怎么能不服从,怎么能对组织上的信任视而不见,怎么能将村民们的满腔热情拒之门外……

"你这次回去不仅仅是救急、灭火,更重要的是抓稳定、抓发展。"主任毫不含糊地说,"给你三个任务——一是把村里的乱摊子收拾好,尽快稳定下来;二是把制度完善起来,找到根治的办法;三是代表组织考察村里下一届班子人员,把村两委建设好。至于你的个人待遇,街道也作了充分考虑,完成任务回来给你享受中层领导待遇。"

胡文法说得也很明确:"工作我会尽力去做,至于待遇不待遇,我从没考虑过。"

平地一声雷,胡文法回村任党支部书记的消息传遍了后陈村。村民们奔走相告,把这当作后陈一件大事情。

徐向阳宣读完白洋街道的决定,没等胡文法开口,会议室里就像炸开了锅,急不可待的村民们争先恐后站起来,你一言我一语地抢着说话。

"村里账目多年不公开,我们要求清查清查!"

"听说土地征用款都被村干部拿去投了保险,几千元回扣被私底下分掉了。"

"说得好听的保险,村里16岁到60岁投同一险种——等人死了可获得1200元赔偿。大笑话呀,笑掉牙呀!16岁的人等到闭上眼睛断了气才有1200元赔偿,这不等于拿钱打水漂,白白地送给保险公司吗?"

"村里沙场包出去,早就挖过界了,也没人管。"

"几百万、上千万土地征用款,该怎么分?"

"村里的招待费高达几十万,都招待谁了,吃的什么山珍海味?"

还有说得更直接更厉害的,"村干部花天酒地,不管老百姓死活。"

胡文法一边抽烟,一边静静地听着,心里想,干部群众之间怎么会积怨如此之深,怎么会矛盾如此深重……

这个会开得像山歌里唱的那样:天上布满星,月牙儿亮晶晶,生产队里开大会,诉苦把冤申。

村民们一个个苦大仇深的样子,或控诉、或咒骂,这个没骂完,另一个挤进来骂。看来骂人也是个力气活儿,有的骂饿了,跑到外边买张麦饼吃吃回来接着骂,没完没了。

这真是会有多长,骂有多久。

据说以前村里经常开会,一开就开到凌晨一两点钟,骂的和挨骂的都挺不住了,也就散会了。现在,胡文法第一次参加会议,没想到就是这样的马拉松。

骂人是语言技巧的演绎,是感情与态度的表白,也是一种阐述见地的方式。胡文法一边在本子上记录,一边轻轻地点头。

徐向阳坐不住了,大声地说:"请大家安静一下,胡文法第一次参加会议,大家总得听听他的讲话吧!"

掌声噼噼啪啪地响了起来。

等大家平静下来,胡文法语气缓慢地开口说:"我虽然这些年很少回村来,可是在心里永远装着我的乡亲邻里。我这次回来工作,需要大家支持。我们村究竟出了什么问题,刚才村民提了一些,我已经记录了,但要好好梳理、好好核实。来日方长,我回村当党支部书记不是一天两天的事情,哪些问题需要先解决,大家提出来,我们一起想办法解决。我们先易后难把问题一个个解决掉,好不好?"

听着胡文法实实在在、一句不多半句不少的话,望着胡文法黝黑的额头深深的几条抬头纹,村民们生出了一些亲切感、信任感。

三、"问题村"到底存在哪些问题

后陈村有胡文法光屁股的童年伙伴,有曾经朝夕相处的街坊邻里,还有堂兄堂弟七姑八姨表姐表妹一大串,真可谓爹娘亲娘舅亲,打断骨头连着筋。虽然在外工作多年,但各种信息通过不同渠道都会传到他的耳朵,尤其是村里乱象丛生的传闻,让他的耳朵都磨出茧子来了。

说真话,胡文法对后陈村情况,还是有些了解的。

随着如火如荼的开发区建设,后陈村大片大片的土地被征用,一幢幢高楼、一排排厂房,在原本属于后陈村的土地上像雨后春笋噌噌地冒出来。

但是外人不知道,在大开发、大建设的大潮之下,后陈村涌动着一股暗流。

这股暗流是被村掌权者高高在上、目无王法的气焰逼出来的,涌动着村民们日益不满的愤怒情绪。

有个村民姓陈名忠荣,不由自主地被卷进这股暗流。

他是个血性汉子,跟村民们一样坐不住了。他当时还是村支部委员,可是像他这样的班子成员,对村账目也一头雾水。

普通村民怎么样可想而知。

村民们只听说村里有上千万土地征用费进来,但谁也说不清具体数目,谁也不知道怎么安排。作为普通村民不知情可以理解,但是村班子成员两眼一摸黑,实在天方夜谭。

当时村支部书记一手遮天,大小事情一把抓,天大的事情一个人说了算,活脱脱一个土皇帝。

在陈忠荣家里,经常聚着情绪激动的村民,陈岳荣、张舍南和陈联康是常客。

陈岳荣从上世纪90年代末开始,曾先后四次带领村民集体上访,是闻名全县的上访"头目"。

张舍南是上世纪70年代末期的高中毕业生,在村里算得上是文化人。早些年外出养珍珠蚌,是村里数一数二的富裕户。

陈联康年富力强,血气方刚,当过后陈生产大队副大队长,有天不怕地不怕的胆量。

他们在村民中,都有很高的威信。

陈联康开口了,"我们几次去村里查账都无功而返,还受一肚子气"。

张舍南说:"堵得住黄鳝洞,塞不了狐狸窝,要制止村干部胡来很难啊。忠荣是村干部,堂堂村支委和我们一样不知情,真是大笑话。"

陈忠荣憋着一肚子火说:"书记是极为听不见人家意见的人,是一个很专权很自以为是的人,而且得一望十,得十望百,贪得无厌。为了村民最关心的事情,我和他吵过无数次了。他肯定也在心里记恨我了。"

张舍南站起来大声说:"忠荣,你要站出来为村民说话!村民们一定会支持你的。"

陈联康拍了一下桌子,"得饭望饱,闹事望了。"然后用征求意见的口气说:"看来我们要两条腿走路,一是调查村里账目往来,一是继续上访!"

正当大家讨论怎样上访的事情,有人跑来说,"外面有人打架了。"

大家跑出来一看,原来是村书记和一个村民在吵架,还动了手脚。

这个敢与书记吵架动手脚的村民身份很特殊,是县保险公司会计的岳父。看到围观的村民越来越多,村民们的表情大都漠然,但显然都是同情他支持他的。

老人家对村民们说:"大家都来评评理,他仗着是书记,就欺负咱小老百姓。还有大家都不知道的事,村书记和主任用村里的土地征用费投了保险,而且数额不小,96万呢,回扣就是村书记和主任拿的。"

村书记振振有词地说:"保险是为每个村民保的,16岁以上的村民都保了。"

这一说围观的群众闹哄哄说什么都有了。

"这么多钱投保,我们为什么一点都不知道?"

"给16岁的人买保险是什么意思?"

"村干部的心都在想些什么鬼花样!"

"让村书记说说,村里的钱都去哪儿了?"

这次打架对村书记来说是孔雀开屏——屁眼自露,把96万元土地征用款拿去买保险的事给抖了出来。要不村民们蒙在鼓里还不知道有买保险这回事呢!

没过几天,陈忠荣他们又得到一条线索,前两年建高速公路碰到后陈村的一条小溪,需要改道砌护坡,县里给后陈补了7万元钱。

陈忠荣们找到村会计盘问,村会计说:"没有啊,从来没有看到这笔钱进来。"

这在后陈村又不亚于投了一颗重磅炸弹。霎时间,成为街头巷尾人们谈论的中心议题。村民们再也不相信村干部了。但大多数人敢怒不敢言,因为上面不重视,村民拿干部没办法。

陈忠荣坐不住了,急匆匆找到张舍南、陈联康几个人说,后陈再也不能这样下去了,必须向上级部门反映情况。

于是他们几个先是到县农业局查询,农业局的干部说 7 万元补助款早拨下去了,都快一年了。他们回来又问村会计,村会计说确实没有收到过。

钱到哪儿去了?

他们通过朋友去街道再一次查证,钱确实早已下拨。

于是他们连续几次到县里、街道上访。村书记终于感到再也隐瞒不了,慌手慌脚把 7 万元钱交到了村财务。

陈忠荣们穷追不舍,最终敲定村里的收据和街道下拨日期整整相差 11 个月。

村民们愤怒了,11 个月才把补助款交到村里,这不是挪用公款吗?如果不去查的话,这个钱会交出来吗?大家知道,挪用公款几千块钱都要负刑事责任的,村书记把 7 万元挪用了将近一年时间,居然逍遥法外,安然无恙。

还有溪滩畈问题。

那是 2001 年,园区开发建设以后,沙石料供不应求,价格一路飙升。谁拥有开采承包权,谁就像有了一台印钞机,钱就像渠水一样哗啦啦地流进来。

后陈村相邻的郑进村,前些年乡政府在那里办过农场。后来农场地不够,按照上级意见,就把后陈村的土地划给他们了。后陈村人当时是不同意的。

后来,郑进村在这块土地上办沙场,矛盾果然凸现出来。土地是我们后陈村的,郑进村凭什么挖沙、卖沙、赚钱,坐享其成?

于是后陈村村民三五成群地去运沙路上拦车。但怎么拦得住呀,人家是轰隆隆的钢铁拖拉机、翻斗车,村民们赤手空拳。于是两地村民一天到晚打口水仗。

承包人拍着胸脯说:"我们采沙都是合法的,一有合同,二有土管部门许可证。"言外之意,暗示着他们在县里有后台。

没有不透风的墙,后陈人终于了解到其中一些内幕——原来街道的书记,插手沙场承包。

当年街道书记用的车是一辆解放牌吉普车。给他开车的驾驶员和邻村的一个书记把那片沙场承包下来,显而易见这承包本身就有猫腻,能说你书记没份吗?事情明摆着,有街道书记插在中间,吵架这种习以为常的事情当然不会及时解决。

村民们看在眼里,气在心里。

有一次,运沙车开出来陷到坑里,承包老板一个电话打到街道,吉普车带着钢索开过来把运沙车拉出来。那时候,吉普车是街道最好也是唯一的公务用车,沙场老板竟然可以呼之即来。

后陈人看吉普车在前面拼足马力拉,后面的运沙车吭哧吭哧从陷坑里往上爬,活脱脱似一出老牛拉破车的滑稽剧。

自从郑进村办沙场后,后陈村的路被轧得坑坑洼洼、一塌糊涂,晴天扬尘漫天,雨天水漫金山,没法走。

后陈人说,沙场在我们后陈的地面,运沙的路也是后陈的,有一段还是以前后陈村向下邵村买来的,可是沙场的经济效益后陈村一分也享受不到,后陈人越想越气。再说吉普车这"王八",那时候乡政府穷,买吉普车的钱是各村出的份子,后陈村也出过钱。可是今天公家的车在给私人干活,还耀武扬威拿乡政府吓唬人,后陈人越看越生气,越说越愤怒。

当吉普车开到村委办公楼门前时,很多村民有意无意地站到路中间,不让过。吉普车放慢了速度,但并没有停下来的意思,反而加大油门……想轧过来,还是吓唬吓唬?

村民们怒不可遏——"乡政府车想撞人啦!"

于是围观的人越来越多,村里的男女老少都向村办公大楼这里聚拢,于是几百人把吉普车围了个水泄不通,争辩、谩骂混杂在一起,像火山喷发。

村民们要捍卫自己的利益,但并不知道违法的后果。有年轻人上去敲打吉普车,想找地方解解气。

"把吉普车翻了!"有人大声喊叫。

年轻人一齐喊了起来:"翻! 一、二、三!"

仅仅三五秒钟的时间,吉普车被翻了个底朝天,真像王八,四只轮子呼噜噜地朝天扒拉。

"街道不解决问题,这车就别想开走!"

大家吭哧吭哧又把车翻回来,然后推到办公楼院子里,锁了起来。

刺耳的警笛呼叫声越来越近,派出所干警赶来了。他们是来解救吉普车和驾驶员的。村民们不约而同地上前把干警围起来,你推我拽,气氛紧张。

面对愤怒的人群,干警们不知所措,乱了阵脚,立马夺路而逃;他们带着吉普车驾驶员从围堵的人群中硬挤出去,有如丧家之犬,村民们在后面怒吼着、追赶着。

村民们愤怒的情绪终于有了一次发泄的机会。村民们说:"咱们村想当年把八个汪伪军都抓起来,还怕这些不作为、乱作为的干部?"

活抓八个汪伪军的故事,让后陈村人记忆犹新并引以自豪。

那是1942年6月26日,有一小队汪伪军八个人,从上邵、下邵抢掠后,进入后陈村。一进村,他们就闯入农家翻箱倒柜抢东西,抓鸡的、牵牛的、拉猪的。村民们都逃到附近山上去了。当时,村里年轻力壮的程大熊有两支枪,又有几位同村青年陪伴左右,发现汪伪军在上邵抢东西后,就悄悄地躲藏在村中。他们发现汪伪军放下枪支这家那家抢东西,就把伪军的枪支收了起来,并开了三枪,向山上的村民发出缴枪成功的信号。村民一边呼喊,一边拥进村来,堵住各条路口,八个汪伪军除一个逃到江边妄图潜水脱逃而被淹死外,其余七个全被抓获。愤怒的村民用锄头、柴刀将七个汪伪军砍死。这就是他们自诩的"后陈大捷"。到了7月15日,日本侵略军进村追查八名汪伪军失踪之事。一进村就堵住路口,把全村男女老少都赶到空地列队追问,将刀枪架在村民脖子上威吓。村民从容不迫地回答:不知道! 日本侵略军就开始疯狂报复,把湖头村60余间房子烧毁,杀害了村民陈樟廷,枪伤村民陈德新(第三天死去)、陈联达,一直折腾到傍晚才退出村去。

如今村民们说起活抓汪伪军的故事仍然眉飞色舞,一股子自豪的样子:别小看咱后陈村人哦!

看着锁进院子的车子,村民们傻笑着说:胜利了,胜利了!

然而翻车、扣车事件震动了县委、县政府。

对于这种中国式的突发事件自然有中国式的解决办法。

派出所先是抓人,把带头的几个人都抓起来,该警戒的警戒,该拘留的拘留,把闹事的先压下来。

夜已经很深了,陈联康和几个上访带头人也作为嫌疑人,被带到派出所做笔录。

小小的派出所里灯火通明。被带到派出所审讯做笔录的人太多,除了涉嫌的当事人,还有很多亲属、朋友也跟着来到派出所。他们有的坐在走廊的长条凳上,有的蜷成一团蹲在院子的树底下,有的哈欠连连,有的抽烟解闷,有的低头不语。

民警喊:"陈联康进来!"

陈联康仿佛从梦魇里被惊醒,打个激灵从地上站起来,准备进屋。这时,守在旁边的儿子、媳妇立马围上来,扯住陈联康的袖子说:"你可不能承认。"

陈联康笑了笑说:"共产党最讲实事求是,我没啥好怕的。"

陈联康走进办公室,灯光亮得很刺眼,刚才在院子里黑乎乎的,一下子亮堂了,很不适应。

审讯的干警先给陈联康拍了照片——好像面对一个什么要犯,正儿八经地开始审讯。

干警:"希望你好好交代问题。"

陈联康决然地说:"我没问题好交代。"

干警:"别跟我装糊涂,交代什么你心里很清楚。"

陈联康坐在凳子上,一副岿然不动的样子。

干警:"这次翻车事件有预谋、有组织,你是不是策划者?"

陈联康:"全是村民自发的。"

干警:"没人组织,为什么那么齐心?"

陈联康说:"村里财务乱得不能再乱了,村民们早就心怀不满了,拦运沙车也不是一天两天的事。"他说得没有半点含糊。

干警:"翻车时,你在现场吗?"

陈联康:"我在现场。"

干警:"那怎么解释和你没关系?"

陈联康嘿嘿一笑:"我就站在村委办公楼那棵大树下面。我是看热闹的。"

干警:"你必须把事情讲清楚!"

"我已经讲得很清楚了!"陈联康的语气极肯定。

独虎好擒,众怒难犯。就这样陈联康们被莫名其妙地关了一夜,最后因为证据不足,第二天就被放了出来。

过了没几天,陈联康在武义三中工作的女婿赶到家里,对老岳父说:"你别再去凑热闹了,村里乱得一团糟,咱惹不起啊!"

陈联康说:"看到村干部又霸道又贪污,我的气能不打一处来?"

女婿说:"你带头上访,替人垫刀背、冒风险,我们做晚辈的整天提心吊胆,怕你遭人报复。"紧接着又说:"我们学校食堂正缺人,我已向校长推荐让你去管食堂。你当过副大队长,又有文化,年纪也不大,校长对你很满意。"

陈联康闷声不响愣在那里。

女婿说:"校长已经同意,这机会得来不容易,你就别犹豫了。"

陈联康忖前思后,最后还是同意女婿的安排。难得女婿有这份孝心,再说村里的乱局也真让人寒心,恐怕不是三天两天能治好。三十六计走为上,走掉了眼不见为净。陈联康无奈地离开了他的故乡后陈村。

县纪委介入对村书记进行调查核实,街道党委很快就把村书记免了。村里的党员干部集中到县党校办培训班,统一思想,提高认识,维护稳定,促进发展。

我多次到后陈村采访,村民给我描述当时的乱局,"上级对后陈村采取了很多措施,可是这一切,似乎对后陈村都不奏效"。

村支部因此改选了,新的党支部书记干了一年多时间,又出问题,很快被开除党籍了。

后陈村面貌依旧,但是矛盾重重、问题多多。村民们仍然匆匆忙忙地奔走在上访路上。

四、新支书做的第一件大事

住在白洋街道十多年的新任支部书记胡文法,搬回后陈村住了。

一大早匆匆走出家门,他先沿着前湖绕村子步行,转来,折去。

后陈村地处空旷的武义江畔,早起的天气特别清爽、凉快。村民们三三两两的已在田头地角劳动。他们看到胡文法,一个个都打起招呼,有的还停下手中活计,近前来唠几句。胡文法就村里的事请大家支招,村民们觉得胡文法真心实意回村来,是想好好为村里办事的,所以都乐意向他反映情况。

张舍南远远地看见了,大声喊道:"文法,咋这么早?"

"早起已成习惯。"胡文法反问:"舍南,咱们村的事你应该最清楚。村民们眼下最关心的是什么事,你得多给我说说,参谋参谋。"

"文法啊,一家人不说两家话,村民们最关心的是村里土地征用款怎么个分法?"

"说得好,我也认准是这事!"

胡文法回村后多次召开座谈会听取意见,挨家挨户走访征求意愿,大家反映最集中的就是土地款的问题。他把村里近三年的账本复印下来,一页页仔仔细细地翻看,甚至叫老婆也帮着翻看。

不看不知道,一看吓一跳!这里面疑点、猫腻不少,真让人如陷云雾深处啊!

例如,村干部去派出所做一个暂住证,成本只需 20 元,可请客吃饭倒要花几百元。再例如做一个工程,请客送礼动辄是上万元。此外账里还有什么钓鱼费啊、香烟钱啊。其中有一些,还涉及街道和县里的。真是深不可测,问题多如牛毛。

张舍南说:"现在村民们特别看紧两件事——一件是村里到底有多少钱,都用到哪儿去了,账目一定要公开;第二件呢,听说村里还有几百万元钱,那么大家要求分钱到户,怎么分?"

胡文法说:"你看准的问题,正是村民们最关心的问题。账目正在清理,春节前要公布。至于土地征用款怎么分,村'两委'要讨论,还要向村代表征求意见。总之,这两件事春节前都要有个明确的结果。"

张舍南说:"好!你回来了,大家心里平和了许多。"

胡文法说:"村里的事要办好,还要靠大家一起努力。"

张舍南说:"你胡文法啥时用得着,我们一定会出力。不瞒你说,我和陈忠荣几个都是村里上访的带头人。我们去县里上访已经熟门熟路了。上访次数多了,我们连信访局的干部都混得很熟了。这次你回来了,我们几个才没有去上访。村民们早盼着你回来解决问题呢!"

胡文法说:"很快就到年关了,怎么着也得让村民过一个安稳年。问题要先易后难,一个一个解决。"

张舍南连说:"对,对,对。"

胡文法走到村口又碰到了陈玉球。她是村支委、村妇女主任,健壮的腰肢上别着一大串钥匙,有办公楼的、会堂的、祠堂的等等,其他村领导不管的事都归她管。她就像一个大管家。

陈玉球说:"文法,你没来时,我们心里都急死了。"

胡文法说:"我既没有三头六臂,也没有灵丹妙药。以前老人们说,八两换半斤,人心换人心,我首先要用真心诚意换得村民的信任。因为要把村里的事办好,不能不靠大家齐心协力。"

胡文法夜以继日工作一阵子之后,基本上摸清了村里矛盾百出的根源——村里财务不公开,民主监督和民主决策缺失;权力过分集中,书记和村主任两人说了算,项目想给谁干就谁干,想收多少好处就收多少好处;村干部以权谋私,侵占村民利益,胆子太大。村里问题多,群众意见大,可想而知。

胡文法理出头绪,准备快刀斩乱麻,给村民一个满意的答复。

很快就要过春节了,池塘边已经有点桃红柳绿的意思,胡文法着手召集村两委和村民代表开会。

在这次会议上,胡文法提出要建立一个财务监督小组,这是他到后陈几十天日思夜想的第一个大事情。

他认为船到江心补漏迟。早早防范,才能把不合理的支出管住,才能让村民放心,才能叫村民不上访、少上访。他估计村民肯定没问题,但是主任会同意支持么?他心里七上八下有点吃不准。

他打了个比喻:就像门口这池塘,一边需要用制度把堤岸巩固起来不让漏水;一边希望全村人努力把池塘的水蓄起来,蓄满了才能应日后之用。

村民们听得云里雾里弄不明白。

胡文法说:"我们农村是集体所有制,也就是说整个村子的土地、房屋乃至一草一木,每个村民都有份。可是,我认为村庄相当于社会上的股份制企业,每个村民就相当于股东。也因此,我们不妨参照股份制企业管理模式,在村内设立一个相当于监事会的机构,来加强管理。"

与会人愈听愈糊涂了。村民们压根儿不知道股份制企业里的"监事会"是怎么一回事。

"简单地说就是监督企业经营与财务的机构,能够看住管住花钱、用钱、批准用钱的人。"

"哦……"与会者好像听懂了。

为了此方案,胡文法翻阅了许多法律、法规和文件,他设计了后陈村"监事会",草拟了财务管理制度。他将财务管理制度初稿和成立后陈村村民财务监事会的想法提交大会讨论。

胡文法清了清嗓子说:"今天会议的第一个议题是建立后陈村财务监督小组。"他说了为什么建立这个监督小组的原因,说了这个监督小组由几个人组成,说了这个监督小组怎么样开展监督工作,等等。

没等他把话全部说完,就得到大多与会者的响应和拥护。

按胡文法的设计,监督小组成员从党员和村民代表中选举产生,条件是要有一定的文化,要懂财务;能坚持原则,有正义感;不是村两委成员的直系亲属。不过,正副组长要由村两委委员担任。

就这样,后陈村村民财务监督小组就建了起来。

让这位最最基层党支部书记胡文法想不到的是,他发明创造的这个财务监督小组,居然是中国农村第一个村务监督委员会的胚胎。

五、新支书做的第二件大事

为了讨论土地征用款怎么用,胡文法特地召开第二个民主恳谈会。

他回村时,账上还有600多万块钱,街道还有60多万征用款没打进来,此外还有一些钱应收未收,总共加起来有800万。这些钱大都是村里的土地征用款。全村有1200亩土地被征用了,后陈村一大半土地被征用了。当时土地征用费标准很低,一些山坡地才6元一个平方,高一些的也只有18、20、25元一个平方,后来才提到40元一个平方。40元一平方土地征用费,不够买一包硬壳中华牌香烟,农民有口难言。昨天土地还是村里的,什么时候上面要了,推土机、挖掘机开进来,眨眨眼睛很快就变成厂房、变成大马路、变成高楼大厦了。

村民们心里本来就憋着一股气,世世代代守了几百年千余年的土地说没了就没了;可怜得不能再可怜的土地款收进来,账目混乱,村务不公开,土地卖了多少钱,拿回来多少钱,人家欠村里多少账,等等等等,村民都不清楚,怎么能没有怨气,怎么能不怒火中烧?

胡文法回来前,村民心里早盘算着怎么分钱。当时村主任说每个人分4000元,书记说每人分6000元,个个想着自己卖人情。但到底如何分配,一直争执不下。后陈村书记因为村民上访举报被查处,这个事就被搁下来了。

胡文法新官理旧事,这土地征用费分配问题是一个烫手山芋。村里领导已经承诺过要分土地征用款,但面临的情况很复杂,村干部的误工费很多都没结算,外面又有欠账,做的工程有些还没付工程款,每天都有人上门讨账。

此外,村里还有20多户因为"农转非"等问题无法确定,该如何享受尚未确定。有的人在户口不在,有的户口在人不在,有的新嫁进村里来,各种情况都有,可以用"十分复杂"几个字来形容。而各方面的人因为利益关系,分多分少或分不到钱,都会来闹事。有的早早放出狠话,要是不解决好,过年就上你胡文法家里去吃住。

俗话说,一丘番薯一丘芋,冬天不用开谷橱。改革开放以前,生产队的时候每天评工分,稻谷、玉米、毛芋都按人头计算,能图个温饱。村民们说,我们虽然不会赚大钱,但总归还有点田地守着,种点毛芋什么的日子还能过。现在土地卖掉了就没有田种了,去打工企业又不要,村民都觉得心里没底。有一次开"两委"会时,就有一个老人走到胡文法身后,拍拍他的肩膀,说:"你们不分钱,就把我那点田还给我,我自己种点毛芋还能活下去。"

有人哈哈大笑说:"亏你想得美,你那点田早就变成高楼了。"

而作为村党支部书记的胡文法考虑着大家没想到的问题——把土地征用款全分了,以后村集体经济怎么发展,以后村民没地种毛芋拿什么填饱肚子……

后陈没有桂林那样俊美秀丽的山川,没有瑶琳仙境那样奇幻神秘的溶洞,没有杭州西湖那样的碧波万顷,没有东阳卢宅那样雕梁画栋的古建筑,没有磐安高海拔村庄可以避暑的气候优势,没有松阳杨家堂村幽深曲折光怪陆离的小巷,没有李白杜甫西施杨玉环那样的名人美女。因此,后陈村不可能像人家一样凭借自然人文资源搞村庄旅游,让村民有事干、有钱赚,无忧无虑地过好日子。

这是明摆着的实情。怎么办?

但是他多年在街道工办工作,对经商办企业稔熟于心。他认为只有壮大村集体经济,后陈才能持续发展,才能有实力为群众办事,才能让村民世世代代放心过日子。

胡文法苦苦琢磨了好长时间,一个设想慢慢在他脑海里成型了。

可是,胡文法用什么办法才能够说服大家呢? 村民们会支持吗?

不知道。

听说这次专题会是讨论土地款分配,来开会的人就特别多。除了"两委"成员、党员干部、村民代表,很多村民都来了,又把会议室挤得满满的。

胡文法在会上说:"大家都知道,我们的土地都是祖宗留下来的。今天我们把征地补偿费分掉了、分光了,过几年今天分的钱花完了,我们怎么生活? 过十年八年我们子孙怎么办,他们要不要生活,他们将来吃什么、喝什么……"

想着分钱的村民,被胡文法连珠炮似的提问,问得一时语塞。

他接着说:"我们能不能想办法让村里的钱生出钱来呢? 就像老母鸡生蛋,不断地生下去呢?"

"怎么个生法?"

"建标准厂房出租,村里收租金,让村民每年都有分红。"

"建标准厂房? 你们村干部是不是又想找捞钱机会了?"眼看就要到手的钱让胡文法给拦下,有人光火了,指着胡文法的鼻子大骂:"没想到来了新支书,村民还是得不到利益!"

"天下乌鸦一般黑,看来胡文法也是一只会吃人的老虎。"

等骂够了、骂累了,胡文法不温不火、不急不慢地接着说:"村民的利益肯定要考虑。但是,这利益有长远利益与眼前利益的区别。眼前利益是把钱分下去,家家户户口袋鼓鼓的,欢天喜地。但过不了多久,有的家里装修把钱花光了,有的被人集资集去拿不回来了,有的参加赌博输掉了,有的做生意血本无归了……请问各位村民,请问我的父老乡亲,大家以后的日子怎么过? 怎么过? 怎么过?"

整个会场被胡文法一连串问号,问得鸦雀无声。

过了好长时间,有人缓过气来,轻声附和:"这倒也是……"

那么怎么办? 长远利益怎么个长远考虑?

胡文法坚持原有观点,板上钉钉地说:"建标准厂房出租!"

这是胡文法到后陈之后考虑的另一个特大问题——把钱一分不留全

部分掉,村民肯定最高兴、最放心。但是,以后村里还能拿什么分呢?以后村里怎么保证村民衣食无忧呢?以后三年五年十年八年,及至更长更长的几十年几百年,村里子子孙孙怎么过日子呢?当然可以出去打工,但是城市里有这么多就业岗位吗?本来村里有土地,村民种点庄稼、蔬菜什么的,不管怎么样都能自力更生填饱肚子,但是没了土地,日后谁来帮助农民解决吃饭问题呢?拿什么来填饱肚子呢?

这是一个关系到家家户户切身利益、子孙后代吃饭问题的大事情。

胡文法认为这个问题,才是后陈村长治久安保稳定的关键所在,才是他,作为后陈村党支部书记要做的头等大事。

"我们不能捧着金饭碗要饭吃啊!"

胡文法分析给大家听:"后陈村建标准厂房有几个优势——一是后陈离县开发区近,这是地理优势;二是后陈村有一批村民早年曾经开厂办企业,懂行,这叫行业优势;三是我们可以为企业做配套服务工作,比如供应快餐,比如开洗衣店、小餐馆,比如办幼儿园等等,这是近水楼台先得月的优势。"

紧接着他又补充一句:"建标准厂房出租,每年就有租金收入。好像挖了一条渠,可以引进水来,源源不断地可以享受。村里有了收入的租金,就可以分给村民。因为租金年年收,所以村民年年可以分到红利,可以衣食无忧。"

然而村民们担心,有人来租吗?

胡文法说:家有梧桐树,不怕招不来金凤凰。

说到这里,立刻有人站起来表示赞同了。

"这个主意太好了!后陈离开发区近,很多企业都在找厂房,村里建标准厂房出租,很好!"

于是整个会场你一言我一语的,又热闹起来。

有的说:"做事确实要有后!瞻前顾后。不能光看眼前,不顾长远。"

有的说:"土地征用款少分一点,留下来建标准厂房,好主意!"

有的问:"那么分土地款是不是要定几条原则……"

灯不拨不亮,话不说不明。

经过激烈的讨论,最后终于形成了一致意见:

一、春节前先按人均3000元分配土地征用款,没有异议的人员张榜公布,有异议的村里再讨论讨论,拿个原则意见来应对处理。

二、村里立即请人作规划,要好好建一批标准厂房。

就这样,村民们虽然眼前拿到的钱少了些,但都表示愿意接受建标准厂房。道理讲得清,顽石也动心。

大家期盼胡文法给村里带来富裕、带来幸福的信心,更足了。

六、村民们为项目公开招投标叫好

一天,胡文法和村里的几位干部正在商量如何建标准厂房,有人冲进会议室说:"不好了不好了,沙场那边打起来了!"

郑进村沙场事件没有平息,后陈村沙场又打起来了。

胡文法叫上几位村干部立即赶到现场。

后陈村沙场有55亩,在武义江边的沙滩上。原先沙场合同规定,承包人先开挖20亩,然后回填后再开挖另外20亩、15亩。可实际上呢,承包人挖了20亩以后没有回填,却是夜以继日地把55亩全挖了。而且变本加厉,承包人在55亩以外沙滩上也开挖了。斗胆包天!

整个沙滩坑洼洼、满目疮痍,低的地方积了水,随着开挖的延伸,水面变得越来越大。

张舍南带着一些人在沙场丈量,另一拨人则在运沙的路上堵车,双方争执不下,剑拔弩张。村民们心里憋着一股气,他们都是自发来丈量的,误了工又没有谁给他们误工费。为了这事,村民们已经多次上访,县里也召集当时的村书记、主任和承包老板到街道开过协调会,但最终不了了之,没有彻底解决问题。

据说承包人心里也窝火。因为他们曾经和村里有一个口头协议,再让他们增加10亩地方挖沙,3万元一亩承包款,村里同意他们挖的。道路难行钱作马,城池不克酒为兵。为沙场的长久之计,承包人把村书记和管理沙场的几个人邀请到江西景德镇去潇洒了一回,吃香的喝辣的享受了一阵,私底下给当时的村书记、村主任都"意思"了。但一运沙,仍有大批村民出来阻挠,所以承包人觉得,你书记、主任太不仗义了,没有把村民摆平。

村书记、村主任收了好处费,但是并没有经村两委、村民代表大会同意,只是口头允诺他们开采,自然在村民面前无法交代,无奈只能让村民出来阻挠。何况村书记、村主任再怎么傻,也不会公开承认自己同意承包人毫无约束开挖的。

上访,协调,没有成功。再上访,再协调,仍然没有解决。

这样几个回合来来去去,双方都没有耐心等待了。

最后,承包人一状告到县纪委。县纪委一查,问题出来了,承包人给当时的村书记、主任送了3万元钱。

村书记立即被开除党籍。村主任不是党员,退了好处费,配合调查态度尚好,也就没作什么处理。

其实沙场纠纷拖延日久,个中关系是很复杂的。深入进去,大家才知道现在的承包人是从最早的承包人那里转过来的。这一点局外人不知道,书记、主任是早知道的。所以村民们曾经嘀咕村里可能有"内鬼",怀疑承包人背后有村干部在撑腰。这承包人是一个经过场面的"大佬"人物,黑道白道都混得好。有人因此说,他包去是没人敢说话的。

承包人说:"我们越界开采,是有补充协议的,还交过10万元钱。"

然而胡文法和村干部们据理力争:"这个合同和你没关系,不是和你直接签的。但人家转包给你,如果你要做下去的话,就要严格按照合同办事——把已开挖的先填回去,填完了才能再开挖。现在已经挖掉55亩了,你如果不填,我们就要收回沙场。要么就登报声明,要你原来的承包人来处理,不然的话押金就没收了。"斩钉截铁,说得很明确。

承包人觉得很委屈,说:"我们交了押金,又增加了承包款,我们开采受阻损失谁赔?"

胡文法说:"合同这么签的,必须按合同办事。"

承包人要无赖了:"谁说不行的话,就到谁家吃饭。"

"我才不怕呢。中国人民解放军能把国民党800多万军队打败,难道我们后陈村不能把八九百人的事管好吗?我们新班子就是要把沙场的事彻底解决好。"尽管胡文法比喻得有点跑题,但表达的态度是很坚决的。

承包人看硬的不行,即刻就来软的。他脸上堆出笑容,言语缓和地说:"胡书记,请你高抬贵手吧!这钱呢,本来就是大家赚的,我们也不会独吞。大家僵着也不是个办法,你看这时候不早了,我请你们在场的村干部、村民代表一起到饭店吃个饭,慢慢吃,慢慢谈,怎么样?"

胡文法坚定不移:"吃饭也没用。既然我来当村书记,要么把村里的事情做好,要么就是我倒霉当不下去。"

就这样大家不欢而散。

晚上,胡文法召开村民代表开会,让大家来讨论沙场处置问题。

有村民代表说:"现在的承包人不是原来的承包人,没有法律效力。我们可以登报声明,要原来的承包人来处理。"

有的说:"如果不处理,押金可以没收的。"

还有村民代表说:"这沙场的坑不填回去也罢了。隔壁有个村的沙场挖了,用黄泥填回去变成了烂污田,结果那块地只能栽梨树。"

村民们一致建议:"我们把沙场收回来,干脆把它挖成塘,养鱼。"

村"两委"们觉得这个建议好,沙场事也可以得到彻底解决。

第二天,胡文法带着村干部跑到县土管局,请求帮助解决。县土管局领导也为后陈村的事头疼了多年,现在村里拿出了具体意见,就很快出面把沙场承包合同解除了。

村里把沙场收回以后,立即着手挖塘。很快,昔日坑坑洼洼的沙场,变成了碧波荡漾的池塘,一丈量,竟然有180多亩水面。后来承包出去,按照700元一亩计算,每年可以收入租金12万元;如果按照1000元一亩计算,每年可收入租金18万元。这样的效益,看得到,抓得牢,很好!

接下来胡文法又召开村民代表大会,通过了建设4万多平方米标准厂房的决策。

而沙场挖成养鱼的池塘,有一部分沙要拉出来,刚好可以用于建设标准厂房,一举两得,把村民们乐得合不拢嘴。

然而沙场挖出来的统沙要用筛子筛过,机械操作。而且还有计付加工费、运费等等事宜,怎么算? 得有人管的呀。

胡文法想到了张舍南,让他代表村里监工。

张舍南参与了整个沙场事件处理,情况熟悉,群众基础又好。而最可贵的是他毫无私心,一切都出于公心,也从不讲报酬。他说他的出发点只有一个,那就是要维护村集体利益,村里所有的资产都是每个村民的共同财富,不能损失,不能被人侵吞。

过了几天,村办公楼门前的公开栏里贴出了招标告示,村民们一早就端着饭碗看热闹。这公开栏已建了多年,虽说很早就推广"两公开一监督",但并没落到实处,就像聋子的耳朵只是摆设而已。这回,胡文法是玩真的了,村民们信了。

沙场挖沙招标其实工程量也不大,但胡文法就是想通过招标,把以前办事不公开的风气给扭转过来。这也是他主政后陈村以后的第一次投标,因此特别引起村民关注。

看,真有村民站出来反对了。

"这么小的工程招投标,麻不麻烦?"接着还恶狠狠地说:"谁投去也做不成,只要我在后陈。"

说话的村民是当时村主任哥哥的舅子。这后陈村以前是富裕村,女孩都不愿嫁出去,男孩子很多就地取材,整个村亲戚套亲戚,仔细排排都是沾亲带故,一竿子打不到,两竿子准搭上。而以前,像这种小工程都是村书记、主任说了算。这次胡文法一回来,把以前的老规矩都打破了,断了人家财路,自然要把一肚子的气撒出来。

胡文法心里明白了。

招投标报名如期开始,以前揽不到工程的小青年们,跃跃欲试。

村主任哥哥的小舅子挨家挨户上门串标。说:"你不要去投了,给你500元好处费。你中了也做不成的,村'两委'里都是我亲戚!"

有的报名人犹豫不决了,有的还真收了好处费。

于是村里就有传言，说这次招标也只是形式，投不投都一样。

晚上12点，胡文法还接到电话，是报名人打来的电话。报名人问："胡书记，明天这标还投不投？"

胡文法一言九鼎地说："完全按招标公告做！"

第二天，村办公楼二楼会议室里举行招标会，除了报名者外，还有许多看热闹的村民。

招标会很快就要开始了，可村主任还没到场。村主任是法人代表，要签字的。村主任就在楼下转悠，迟迟不肯上去。他轻轻地跟旁人说："不上去，否则哥哥嫂嫂要骂我的。"

村主任亲戚们正在骂："这村主任白当了，说话一点不管用。"

还有骂得更凶的："吃里扒外，太啦！"

那边会场上，村主任哥哥的舅子也在骂骂咧咧，气氛有些紧张。

胡文法雷打不动，投标会照常进行。

主持人说明投标的工程量、完工期限、工程标的、付款方式、保证金等事项。接着开始投标，然后当场开标，宣布结果。

招投标公开了程序、内容，原先运到村里的沙子要20多元一车，这次招标降到了3元多一车，而且承包事项里还规定，按照沙子运出去的实际方量来计算机械费、运输费，很公平，很合理。胡文法当场还宣布整个工程由张舍南等人全程参与监督。

招投标成功了！

看到公开民主带来的优点，看到以前的暗箱操作再也不管用了，而且还为村里节省了开支，村民们这回真的信服了。

最后，胡文法对大家说，"以前干部插手参与工程发包，拿好处，村民们当然有意见。以后村里的所有工程，包括鱼塘，都实行公开招投标，我们村'两委'，说到做到，绝不营私舞弊。"

接着胡文法又说："我和村'两委'商量过，按照村里的老规矩，村民建房用沙子，只要交4元一车的筛沙费，运沙费由自己付。村民们合理的需求和利益，我们照样要满足。"

胡文法的讲话赢得了阵阵掌声。

村里有一口叫前湖的池塘,承包的夫妻俩借故三任承包都未交承包款,其实每年承包款只有几千块钱。因此村民们意见很大。

没几天,村委办公楼门前贴出重新招标发包的告示。

承包人就放出话来说:"你们不要来招投标,投去你也养不成的。村里不解决我家实际问题,这承包款我们也不会交的。"

像这种鱼塘承包,以前只要承包人分条烟,人家就不来投了。况且这承包人在村里七大姨八大姑的全是亲戚,人多势众,他的一个亲戚还在一个镇里当领导,在农村也算是有后台的,村里人一直拿他没办法。

胡文法软硬不吃,他说:"承包到期,肯定要重新投标。至于你的实际情况我也不是很了解,等我弄明白之后会给你一个答复。至于我的答复你满意不满意,那是另外一回事了。投是肯定要投的。"

投标的时间到了,承包人终于来到村办公楼。

承包人说:"你要把解决方案给我看,不然我不同意投标。"

胡文法说:"看你是原先承包人,这次投标延迟 15 分钟,你去准备钱,不然的话就要投掉。人家不投我来投,你池塘里的水,村里也可以放掉的。"

胡文法用的是激将法。承包人心急火燎地跑出去筹钱了。

就这样拖了三年的池塘通过投标落实了,承包款也比上一期高出一半。

这样的招投标,在胡文法短短几年的任期中有 80 多次。开始的时候,每次都会有这样那样的插曲、风波,但后来就越招越顺溜了。

七、县纪委书记蹲点后陈村四十天

这一年的春节,后陈村总算过了个平安年。村民们有了尊严,有了话语权,心就顺了,空气中也便少了以往冲鼻的火药味。

过大年了,走亲的、串门的,男男女女满脸喜悦。

年初八是上班的第一天,骆瑞生专程来到后陈村看望胡文法。作为武义县委副书记、县纪委书记,骆瑞生十分关注胡文法回来当支部书记以后,后陈村发生了什么变化。

骆瑞生,个子高高的,不胖不瘦,白白的脸常带着三分微笑,西装领带穿得笔挺,上上下下给人干净利落、年富力强的感觉。

他与后陈村群众见面,会细心认真地听取村民讲话。他早知道后陈是个全县有名的上访村。村民们上访的成果还不小呢,2002年因为高速公路施工过程账目不清,工程承包不公开,当时的村支书在换届选举中就落选了;2003年由于接任的村支书私自挪用村集体资金,没多久就被免职了。

骆瑞生此行最关心的是几任村支书"前腐后继"丢了乌纱帽,后陈村的党员干部已经不被群众信任,新上任的胡文法干得怎么样。

基础不牢,地动山摇。骆瑞生深深地认识到,中国的农业、农村、农民问题是大问题,农村稳定,中国的大局才能稳定。当今农村经济社会正在发生巨大变化,群众的民主法治意识逐步增强,用老一套行政手段进行管理的方式迟早要被淘汰。按照现代管理学的理论,办事就要讲究公开、公正、透明。政府官员和村干部的权力都来自人民,人民赋予的权力要用来为人民服务,这就是民权本位理念。他觉得,人民的公仆,说白了,就是人民出钱让公仆为他们服务,就像家里的保姆一样,如果保姆只拿钱不做事,甚至干些小偷小摸勾当,主人肯定不答应。

后来我去武义采访,骆瑞生告诉我说,他总结了一个"金鱼缸效应"理论。就是政府的权力应该像玻璃鱼缸一样透明,权力运作必须置于群众监督之下进行;像养着金鱼的鱼缸,要让人看得清清楚楚、明明白白,而且不跑出视线之外,人家才会相信你光明正大,没搞暗箱操作。这就叫"金鱼缸效应",是民主法治的必然要求。

骆瑞生得知胡文法为后陈村搞了一个新鲜玩意儿,叫什么村民财务监督小组。据说村民们反映还不错,过年都过得踏实了。

采访时,何荣伟说:"县纪委一位领导来调研,我们一起聊天,他也觉得奇怪。这个村过去闹得很厉害,怎么会突然间转变了呢?好像12级台风吹过,突然间风平浪静了。"

骆瑞生就冲这一点来的。

但是,后陈的监督小组是怎么样产生的,找不找得到法律依据,这监督小组算什么性质什么级别的组织,监督小组监督村财务有没有相关制度,监督小组除了财务还会监督什么,监督小组监督的结果如何鉴别正确性,监督小组可以监督到哪些干部头上……一系列问题,哗啦啦地像武义江的潮水冲破堤岸,涌进他的脑海。

经过反复思考,骆瑞生决计把后陈作为一个村务公开民主管理工作的试点,像一只"麻雀"好好解剖解剖,不知从中能否总结出一套管理制度来,能否从根本上解决基层出现的问题。就这样,他决定到后陈村蹲点,一蹲就蹲了四十天。

骆瑞生很早就认识胡文法,知道胡文法在开发区和白洋街道很有点影响力。而且无巧不成书,他们俩居然同年同肖——属鸡,而且都是爬过地垄沟的农家子弟。因此,两人一见面就很谈得拢。

骆瑞生他们这一代所受教育就像《闪闪的红星》中冬子妈妈说的那样:"妈妈是党的人,不能让群众吃亏!"这就是党的工作目标应该与群众利益密切地连在一起。骆瑞生八九岁时,"四清"工作组从村里撤离,全村父老乡亲拿着小旗送一位驻村干部。这个干部下村后住进最穷的农户家,与农民同吃、同住、同劳动,晚上还组织大家学习,所以他颇得村民们的信任与尊重。他调走了,村民们依依不舍地送了一程又一程,一直送到十几里外的火车站,分别那一刻,几乎全村送行人都哭了。

一个干部要是群众不满意,不为群众办实事、做好事,临走时群众怎么会拿着小旗送行呢?怎么会依依不舍流泪呢?

骆瑞生暗地里下了决心:日后如果当干部,一定要当这样的干部!

骆瑞生1957年1月出生在义乌一个普通农户家中。这个家庭还是革命烈士家庭。他的伯伯,1943年16岁就参加新四军,1948年在一场战役中光荣牺牲了,年纪只有21岁。这在骆瑞生幼小心灵中产生了极大的震撼,同时也让他以此为骄傲,以此为激励。

骆瑞生从当农民开始他的人生履历,上山砍过柴,下田种过庄稼,深知农民的疾苦。他从生产队记工员、大队会计到乡镇普通干部，从乡镇党委书记到县领导岗位，在基层跌打滚爬干了几十年。

2002年底骆瑞生调任武义县委副书记、纪委书记、政法委书记。

骆瑞生认为，在不同岗位同样能做事情，只要有一颗全心全意为人民服务的心。在心灵深处，他仍然铭记着冬子妈妈说的"自己是党的人"。在脑海里，他时时记着儿时老家村里送别那位驻村干部的场景。

但是骆瑞生痛心地发现，心目中党的好干部却像出土文物似的越来越少了，有的干部成了贪官，让老百姓深恶痛绝，尤其是被群众称之为"土皇帝"的少数村一把手，吃喝嫖赌，无恶不作，恣意妄为。

随着城市化推进与工业园区建设，大批耕地被征用，征地补偿款像滚滚潮水，成百上千万地涌进村级账面，村子有了钱，村官腐败就更难以遏制了，利益受到侵犯的村民纷纷上访是必然的。2000~2003年间，武义县共查处村违法违纪案件153件，其中在任村干部就有123人，占80%以上。新选上来的村干部不断有因经济问题翻身落马的。与此同时，针对村干部的村民信访案件居高不下，每年以40%的速度递增。2003年，武义县纪委受理状告村干部的信访案件达305件，在这些信访案件中重复上访的有124件，对和谐社会秩序造成了严重影响。武义县委、县政府的大门经常被上访村民堵住。县委4位副书记全下基层救火还不够，还将退居二线的老干部组织起来，一个村一个村地下去做工作。

一年间村民上访高达300多起，副书记和老干部哪里忙得过来？县纪委根据群众举报查了40个村官，结果查一个倒一个。白洋街道查处5个村官，1个被判刑，4个被开除党籍，其中一位是后陈村支书。

这样下去怎么能行？骆瑞生要求纪检干部走群众路线，摸清导致村官"前腐后继"的根源和症结在哪儿。所以他要亲自带队下村挨家挨户去走访，想从制度和机制上破解这一难题。

看到县领导登门拜访，胡文法喜出望外，于是一坐下就把来后陈工作的酸甜苦辣，一五一十全部倒了出来。

胡文法说："我回村短短一个多月，感受最深的就是，村干部不能有私心,村务一定要公开。"

骆瑞生不时点头。最后说:"文法,看准就要大胆地干。等你摸索出一些做法和经验,县里派工作组来帮你完善。现在的农村很需要探索民主管理的做法,后陈在这方面要出经验哦!"

胡文法又感动又激动,让家人炒了几个菜,一定要给骆瑞生这个县领导敬几杯酒。

八、村屋墙上出现一条炭写标语

明眼人都看到了,胡文法为后陈做了几件大事,村民无不拍手称好。但是,也难免要得罪一些人,尤其是喜欢贪占的人,因为断了财路,少了机会,他们在心里记恨胡文法。

村里有一个70万元的自来水工程已经完工,胡文法发现里面有猫腻,按常理村里投资改造自来水工程,应该承包人请客,怎么村里反过来为这个工程支付1多万元招待费呢?这个钱不应该花。

当时村主任的哥哥是负责管理这个工程的,没有通过工程决算,就把这个款定下来。胡文法一查,这里面相差七八万元,本来应该通过第三方县自来水公司出预算、组织验收,可这些程序都没走就结算了。

胡文法在村"两委"会上提出来,最后决定请县自来水公司来重新出预算、重新审核、重新验收。原来想从中捞好处的人,打落门牙和血吞,就此作罢,哑巴吃黄连说不出的懊恼。

胡文法做人做事的原则是:老老实实做人,认认真真做事。他认定一个理:当官不为民作主,不如回家卖红薯;既然组织上让我当这个村官,就是要坚持原则,公开民主,让老百姓放心,过上好日子。但是,有好心眼儿并不等于有好结果。

在胡文法回村前曾经有过这么一件事。有个乡书记家里搞装潢,到后陈要了50多车沙子,向村书记批几车,再向村主任批几车,然而实际上根本用不了那么多,他是拿去卖掉赚钱了。

胡文法的朋友说:"你回去当村书记又没什么好处,碰到这种事咋办?"

他回答:"我回去当支部书记,就要把这些歪门邪道禁掉。"

妻子看着胡文法整天为村里事起早摸黑,还受一肚子冤枉气,没头没脑地问他:"儿子用挖土机挣钱过日子,但是你连参加村里投标的资格也不给他。你也实在太狠心、太极端了!"

胡文法不作解释。

妻子接着说:"你学刘罗锅,刘罗锅有什么好下场?"

胡文法默不作声。

妻子不知道胡文法心底深处定下一个规矩:村里任何人事安排和项目招标,家人都要绝对回避,要避嫌。否则,他讲话讲不响,做事做不硬,村民会认为他假公济私,对他做事不放心,对他工作不支持。

有一次,在村办公楼,胡文法和村主任陈忠武因为基建问题意见不统一吵了起来,两个人脾气都暴躁,榔头对铁锤叮叮当当吵得脸红脖子粗,差点动了手。

工作好干,伙计难共啊!

胡文法最后放了狠话:"我就是不当村书记,也要坚持这样做!"

张舍南、何荣伟、陈玉球们连拖带拽把两个人拉开。街道的领导知道后也连夜赶来调解。

胡文法家门前按规划搞绿化,就有村民说:"胡文法也不全是公心,家门口像飞机场一样。"

于是党员中有人说,"我们后陈村有三十几个党员,难道就没人有资格当书记,凭什么非要街道派来?胡文法不来,我们照样活下去。"

胡文法心如刀绞,有苦难言。这书记不是我要当的。当书记,不一心为公,不按制度办事,能行吗?做几件实事,怎么这么难呢?

标准厂房开始建设,村里议论纷纷。很多人担心厂房租不出去,那村里的几百万元钱不就打水漂了吗?

百步无轻担。胡文法的压力很大,挨了很多人的骂,真是风匣板修锅盖——受了冷气受热气。还有一些村民揪住那些陈芝麻烂谷子的事情不放,胡文法一件一件和大家解释,一件一件去落实解决。

他的烟瘾比以前更大了,开会时一支接一支地连着抽。人也瘦了,脸色更黑了。

没错！大大小小问题他全考虑过的、考虑好的。其中招商,标准厂房出租是重中之重。他凭着十多年工办副主任的经验与人际关系,多次亲自带人奔走永康等地招商,求爷爷告奶奶地去求人,标准厂房很快租出去了。

难题正在一个个解决,胡文法的心情也便自有几分轻松。

但,天有不测风云。

早上,胡文法正在召开村民代表会议。有人跑来说,"村屋一片墙上写了一条标语。"

大家跟他跑到现场,墙上歪歪扭扭写着:"胡文法滚出后陈！"

木炭写的。

应该是昨天晚上写的吧。

村民马上把标语涂掉了,心里愤愤然的,真是唯恐天下不乱！

有人怀疑,可能是某某某写的。

有人对胡文法说:"我们虽然对你有意见,但绝对不做这样缺德的事。"

有人建议:"应该查一下,刹一刹歪风邪气！"

有几个村民特别愤怒,说:"胡书记,不用你出面,我们想办法把捣乱分子揪出来。"

胡文法默不作声,两道浓眉慢慢蹙起,他抬起头来,缓缓地顾自走了出去——

难道,我作为支部书记,面对后陈最焦点的经济问题,提出成立村民财务监督小组来应对是错误的吗？难道,我作为支部书记用村民选出来的监督小组防止村财务再出问题、再出漏洞,保护干部,是错误的吗？难道,我作为支部书记跑这跑那争取用地指标,建设四万多平方米标准厂房出租,将来以租金解决村民生活后顾之忧是错误的吗？难道,我作为支部书记跟何荣伟们求爷爷告奶奶,把企业请进村里是错误的吗？难道,我作为支部书记把后陈重要工作推到民主恳谈会、村民大会征求意见,统一思想,形成共识是错误的吗？难道,我作为支部书记回后陈几年时间搞了项目公开公平招标、让村民放心是错误的吗？难道,我作为支部书记千方百计为村民着想——不说废寝忘食、呕心沥血吧,弄得百病缠身是错误的吗……

胡文法百思不得其解,百感交集。

家人劝他,这个书记别当了,这起早贪黑、操心受累的图个啥？眼看就年近半百了,你既不是公务员,又不是政府领导,不能提职提薪,干得再好又能怎么样呢？

然而,胡文法能撒手不干吗？

作为共产党员、作为支部书记,他能临阵而逃吗？

这不符合他的做事风格。他是来者不惧,惧者不来；做事要么不做,要做就要做好。何况回村之前,乡亲们给街道写了一封信,强烈要求他回来当这个书记的。而且怕他不回来,还一趟趟跑到他家劝说,街道党组织对他也寄予厚望啊,哪能撒手不干呢？

再说,老百姓为什么要我回来当村支部书记,不就是怕以后生活没保障么,我的所作所为,都在寻找保障的可能性啊。我、我、我……这是自己的家乡啊,纵然有人怀疑,有人骂,有人写标语赶我,说来说去都是自己的乡亲邻里,自己要是把村子搞好了,他们也就不怀疑,不再骂了,不再赶我走了。可是,搞好谈何容易？你不干事儿,村民说你不为村里谋福利；你干事,村民说你打着为村民做事的幌子谋私利,搞得你不干不是、干也不是。

怎么办呢？

现在,村里的工作已经理出头绪,事情正在往好的方向发展。胡文法想,要干事总会得罪人。俗话说得好,佛争一炉香,人争一口气。自己是组织上派来当村支部书记,就要做好工作为党争口气。况且根深不怕风摇动,自己身正不怕影子歪,一点闲言碎语又算得了什么呢？公道自在人心,老百姓心里有杆秤。

不往下想了,不往深处想了。性格刚烈的胡文法强忍耻辱,晃了晃头,若无其事似的走了回来。

写标语的墙边围了很多村民。胡文法笑笑说,"标语涂掉了,这个事也就过去了。散了吧,查也没有意思。"

刚好街道的片长也在,他是街道人大主任,分管工业,原是胡文法一起在工办的老搭档。他拍拍胡文法肩膀说:"有人反对,反而证明你做得对。别管那么多,我们做我们该做的事。"

胡文法与他紧紧握手。

九、中国第一个村务监督委员会诞生

弄不清为什么,紫丁香色的阴影总是挥之不去。

此前骆瑞生曾派县监察局副局长陈秋华、县纪委宣教室主任钟国江先期到后陈调研。

作为纪检干部,陈秋华们心里都隐隐作痛。

好多年来,经济发展很快,可信访量一下子上来了,被查的对象特别多。上面千条线,下面一根针。有些村干部刚上任时很不错,为村里发展立过汗马功劳,什么征地啊、解决纠纷啊,大事小事鸡毛蒜皮什么工作都是村干部去做的。

然而村里有了钱,村干部开始一个个地倒下了,太可惜啊!

骆瑞生还从新闻里看到这样一个消息:安徽有个村,村干部与村民矛盾十分尖锐,村民不断上访,任何工作无法开展,县里对该村进行财务审计,并决定由村民选举成立理财监督小组。理财监督小组成立后对工作十分负责,积极配合有关部门进行村级财务清理,结果触到了村委会主任的利益。村主任威胁理财监督小组停止审计未果后,将理财监督小组组长等三人杀死。这件事当时惊动了中央领导。

骆瑞生认为,这是由于缺乏制度规范,靠人治手段进行管理,导致矛盾双方因公事引发私人恩怨的典型案例。如果没有一个和谐的社会环境,这样的村要加快奔小康进程,怎么可能?

他说他在义乌工作的时候,有个村搞选举,50%的村民都在这个时间段外出不在村。为什么这么巧?后来寻找原因,有村民悄悄透露:"大灾难要来了。"什么大灾难?原来该村村委会主任是黑恶势力,三个兄弟其中两个是哑巴,平时村里谁不顺着他,碰上就打。所以到选举了,村民如果选他,于心不甘;如果不选他,就有可能遭遇黑恶势力打击。三十六计走为上——于是只得选择逃到外地躲一躲。

骆瑞生苦苦思索之后,要求工作组必须深入到农户家去,广泛征求意见。他认为这个制度有没有必要建立,怎么建立,应该先听听老百姓怎么说。哪些问题该管,怎么管,老百姓最清楚。

走群众路线,请老百姓提出看法,就这样定。

这次到基层蹲点,由县委办副主任刘斌靖任组长,县监察局副局长陈秋华任副组长,成员中有县纪委宣教室主任钟国江、县民政局老干部徐新起、白洋街道纪委书记徐向阳等,共十多个人。

工作组把现场办公地点设在村两委办公室。为了整理材料方便,大家把电脑也搬去了。一字排开,很像政府机关一样齐齐整整的。因为后陈离县城比较近,工作组成员与村民只求同吃,不求同住,早出晚归,回城住。因此,几乎每个晚上都安排开会、走访,因此,回到家常常已是深夜。

他们把新起草的村务管理、村务监督两个制度印刷装订成小册子,发到每个农户,然后挨家挨户走访,听取村民意见。

老百姓颇受感动,这样认真细致办事的工作组,头一回见到。

工作组进村民家,一杯清茶,盘膝而坐,亲朋好友似的,掏心窝的话就可以说。

用了整整一个月时间,一边走访农户,一边搜寻实情,一边整理调研资料,一边帮助村里解决问题。

骆瑞生在后陈召开工作组会议,总结前一段工作,让大家出谋划策,既当臭皮匠,又做诸葛亮。最后聚焦于:是不是可以建立村务监管委员会。

骆瑞生说:"管"的职能村支部和村委会都有,而"监督"既有监管又有监督,应该是独立的功能,独立的一个组织。

骆瑞生作了归纳——

我们是不是可以提出"一个机构、两项制度"的构想呢?机构即村两委之外的"第三委"——村务监督委员会;制度是《村务管理制度》和《村务监督制度》。这样,制度有人监督,就可以落到实处。

他认为,两项制度要形成村级管理的闭合系统。村务监督委员会这个组织,要定位为村级的"第三种权力"。

骆瑞生在后陈搞村民监督委员会试点的消息不翼而飞,传遍全县,有赞成的,有反对的,还有不怀好意讽刺讥笑的。

有人说,他把人家的路给堵掉了。

他主政县纪委,查了一批村干部的案子,对党员干部开展了一系列警示教育活动,做了不少让人不愉快的事,甚至是记仇一辈子的事。

有的村干部买十几万、几十万的购物卡,老百姓举报,纪委就查。骆瑞生把当事人找来问:"你们这么多购物卡都用到哪里了,要有个明白的交代。"

"都送给你们县领导了。"

"都送哪些县领导了?"

"这个我不能讲。你要我把钱退出来可以,叫我出卖别人,那是不行的。"守口如瓶,好像很仗义。

要他讲又不肯讲,这事咋整?而这样的案子,又多如牛毛。

骆瑞生觉得需要制度来规范,否则将不可收拾。

央视记者采访他:"这样弄,你们日后征地很难的,这是不是政府自己给自己穿小鞋、找麻烦?"

骆瑞生说:"这个麻烦是值得的,没有这个麻烦,干部就没有约束。大批干部出事情,症结就在这里。"

有些乡镇干部到村里工作,村干部安排到酒店吃喝,全是公家埋单,阔绰得很。好香烟拿一条甚至几条,少则一人分两包。有制度的话,这些现象应该可以堵掉的。

风口浪尖,竟有大胆者直接给骆瑞生送礼物、送购物卡。

"什么意思?"

"小意思小意思,不成敬意。"

"我是管纪律的,你这是对我人格的侮辱。我能收吗?"

"人家都收的。"

"人家是人家,我是我。"

磨到最后,送礼人不好意思,落荒而走。

心里真是打钻一样地疼啊!

骆瑞生说,我们干部队伍再这样下去怎么得了?上梁不正下梁歪,上面干部胆大敢收,才有下面大胆来送。这该怎么禁,怎么管?还有村主任,老百姓选出来的,不是共产党员,他们贪污受贿数量不大的,行政又不能处分,党纪纪不上他,刑事又不能追究,怎么办?如此这般如果放任自流,伸的手会更长,数量也会更大,怎么办?

作为县纪委书记,他长叹一声:难道真要积重难返吗?

骆瑞生在政府工作时,曾专门研究过政府监督这一问题。在党校进修时,他的毕业论文写的就是怎么监督政府权力。现在后陈村的这个试点正是他思考多年的课题。他认准了,要把这个试点做下去、做扎实,作为一只麻雀好好解剖,总结出一套管理办法。

他绝不奢望临走时村民们含泪送行,但多少也期盼着村民说一句,他为此事做了工作。

骆瑞生想,中国社会应该依靠民主法治来维系。有一个好的制度,坚持下去,不因人事变化而变化,谁调走谁不在,都要坚持下去。后陈村老百姓的这种民主意识能够生根、开花、结果,变成一种制度,谁来都无法改变,像我们从封建王朝到共和国,要倒退,但退不回去。一个国家的富强,一定要靠民主和法治。这是中国共产党认准的工作方针,是中国的希望所在。

骆瑞生从研究中发现,中国改革的大政方针一般多从基层开始萌发。像经济改革,小岗村土地承包催生了中国经济改革大潮。那么后陈村监委会试点,能不能像星星之火燃遍全国,能不能推进中国基层民主政治建设……

想着想着,骆瑞生看到一盏明灯在前头亮着,更加坚定了搞好后陈村试点工作的信心。

2004年6月18日,是应该写进共和国史册的日子。

上午,后陈村蓝天白云,后陈村的村民喜气洋洋。刚刚建好还未出租的标准厂房,既宽敞又明亮,此刻这里成为临时会议室。后陈人十分关注的村民代表大会马上要在这里举行。参加会议的除了县委副书记、纪委书记骆瑞生,县完善村务公开民主管理试点工作指导组成员和白洋街道党政有关领导,当然,主要是后陈村全体党员,各级党代表、人大代表、政协委员,村老干部代表,村治保、调解、妇女、共青团、民兵、村民小组、老年协会等等各方面代表。

这是后陈村规格最高、人数最多的一次会议。

会议讨论并表决通过了《后陈村村务管理制度》《后陈村村务监督制度》。并选出了后陈村第一届村务监督委员会,张舍南当选主任。

会议结束,大家在村委会办公楼前举行"后陈村村务监督委员会"挂牌仪式。由骆瑞生和街道领导为后陈村监委会授牌。

村民们把早早准备好的鞭炮烟花燃放起来,往日里的吵吵闹闹,顿时被吉祥喜庆所替代。

新上任的村务监督委员会走马上任,热情高涨,把村财务那些陈芝麻烂谷子账重新清理一遍,所有发票要监委会审查后公布上墙,村民拍手叫好,晚上睡觉,一觉睡到天亮,心里踏实了。根据张舍南的要求,每次采购材料,村里要派出一个四人小组监督。这四人小组,由村民代表、党员代表、"两委"成员、监委会成员各一名组成。监委会派经营过材料生意的委员陈小波参与监督指导。而且,从买材料到工程预算验收,再到平时施工质量及进度情况,监委会都全程参与监督。

建材市场店主们因此都摸到规律了,凡是有七八个人甚至十多人前呼后拥来买材料的,肯定是后陈村来采购了。

后来市场上的人都有些讨厌张舍南了。不愉快地说:"你们后陈怎么搞的?买一点点东西要这么多人跟在屁股后头,一个个全是跟屁虫。"

也真有村干部不高兴了,说:"你张舍南一上来,横挑鼻子竖挑眼地挑剔我们村干部,本来我们工作不是做得好好的嘛!"

张舍南说:"对村干部不是不信任。既然村民选我当这个主任,我就有权力完善这个管理制度、管理方法。其实监委会是为干部保驾护航。我总不能闭着眼睛让村干部的问题接二连三地出来吧!"

张舍南做事认真,一言既出,驷马难追。村干部拿他没办法。后陈村有了监委会的监督,凡是村里的大事,都要召开听证会。

真不知道这是巧合,还是必然?

2004年6月22日——就在后陈村村务监督委员会成立后的第四天,中办、国办联合下发了《关于健全和完善村务公开和民主管理制度的意见》,即17号文件,其中写着,要求设立村务监督小组。

因此后来媒体评价后陈村的创新,可以视为诠释17号文件的一个现实之作,与中央精神不谋而合。

骆瑞生把秘书叶杰成叫到办公室,欣喜地说:"中办、国办下发了17号文件,提出强化村务管理的监督制约机制,设立村务公开监督小组。"

他把文件上的相关章节大声念给小叶听,念罢握着拳头说:

"我们是正确的。中办、国办都下文了。看来只要老百姓认可,我们的事情就没有做错。"

其实,后陈村支委、村委、监委这"三驾马车"的正式诞生,是件很不容易的事情。

在这里我得写一写当年的武义县委书记金中梁,他是坚定不移的支持者。现任金华市人民政府常务副市长的金中梁,在武义工作期间,从副书记干起,然后升为县长,接下来是县委书记。通过整整十年时间,他为武义抓"下山脱贫"工作,成功地将400多个小山村——占全县人口七分之一的5万多山民,从高山搬到平原,成效极为显著,先后得到两任国务院总理的认可,在全国、甚至在联合国被作为典型推广。还有一件事是他为武义抓温泉旅游,1997年从零起步,现在旅游已作为县里的主要产业,为老百姓开拓了一条生财之道。

金中梁是工商管理硕士,有水平,政治上也成熟、敏锐。2004年春节前后,他得知后陈村事情之后,马上表态支持骆瑞生,从县纪委、县委办、县府办、司法、民政、农业等部门抽调干部组成试点指导小组进驻后陈村,以后陈村为样板探索一条新路子。

金中梁对骆瑞生说:"推行村务公开民主管理工作,事关全局,惠及百姓,意义重大。我们一定要从维护群众根本利益出发,把后陈这个试点抓好,并且还要在全县推开。"

金中梁因此也亲自去后陈村调研,有时候一个星期去两次。

2004年8月4日,武义县委常委会再次听取后陈建立村务监督委员会制度,推进基层民主政治建设的试点情况汇报。通过了《中共武义县委、武义县人民政府关于健全和完善村务公开民主管理制度的意见》。

8月6日,紧锣密鼓地召开了全县村务公开民主管理动员大会,布置了全县分类分步推行村务公开民主管理工作。

在县委书记金中梁的主导下,后陈模式很快在全县推广。这一年下半年,第一批76个村全面推行村务监督委员会制度,第二年全县558个村(社区)实现了全覆盖。接着,武义又在全县2234个村民小组推选产生组务监督员,在17个社区建立居务监督委员会,实现了民主监督管理,从村务向居务、组务的全面覆盖。

后陈村村务监督委员会成立后短短几年时间,为全村增收节支480多万元,先后对4000余张、金额共计2400万余元的财务发票进行了审核和公开,审核纠正不规范票据42笔,拒付不合理开支3.8万元,实现不合规支出"零入账";先后对60余项、累计金额达2000余万元的村级工程建设项目进行了全程监督,在提高工程质量的同时实现了工程建设"零投诉";村级组织顺利完成3次换届,40余名党员干部始终保持"零违纪"。

与村里的变化相对应的是,浙江省2009年实现村务监督委员会"全覆盖"后,当年纪检监察机关受理反映党员干部的信访举报数量同比下降6.71%,2010年又下降了15.5%。

一石激起千层浪。

"三驾马车"的后陈模式引起了媒体和专家的关注,纷纷前来昔日的问题村、上访村,一探究竟。

新华社记者谢云挺,第一时间多次深入后陈村开展调查研究,掌握了大量一手材料。2005年1月10日,他在新华社内部材料第89期发了《武义县设立于村"两委"并列的权力监督机构》一文,首次提出了"第三种权力"机构概念。中共浙江省委书记习近平阅后作了重要批示。

2005年6月17日,是一个值得纪念的日子,也是后陈村人永远难以忘怀的日子。

这一天蓝天白云、晴空万里。时任中共浙江省委书记、省人大常委会主任的习近平,在省委秘书长李强、省委办公厅副主任舒国增、省委组织部副部长吴顺江、省民政厅副厅长李立定、中共金华市委书记徐止平、金华市市长葛慧君陪同下,来到武义县的后陈村视察调研。

习近平对村民们表示,对武义县在这项工作上的试点探索精神和后陈村在这方面摸索的贡献表示肯定,表示感谢。强调要把这种精神用在各项改革中去,推动改革,还是要靠改革来解决问题。最后,他向后陈村的群众表示问候。

习近平给后陈村吃了定心丸,给武义县委吃了定心丸。

掌声爆响,久久不息。

座谈会后,习近平走到后陈村三委的三块牌子前,对村民们说:"来来来,我们照个相。"合完影,习近平又走到公示栏前认真地看起来……

2010年,全国人大常委会修改了《中华人民共和国村民委员会组织法》,明确规定"村应当建立村务监督委员会或者其他形式的村务监督机构"。

于是,村务监督由一村之计,上升到治国之策。

于是,后陈经验像蒲公英一样从武义播撒到全省、全国。

尾　声

后陈村在全国首创村务监督委员会,这个不起眼的小村庄,一下子成为全国媒体的焦点。

张舍南成为新闻人物了,他是中国第一个村务监督委员会主任。

担任这个职务会得罪很多人。一些农民骨子里还是小农意识,嫉妒心特别重。有人说,他风头出得太多了,比村书记还大,在媒体上出现太多了,引起了村民嫉妒;有人说张舍南告诉记者,当监委会主任耽误他的生意,村民说,你要觉得吃亏就别当了;还有人说,张舍南性格太耿直,做事太认真,怕是当不长。

此话真灵验。

果然,2005年下半年后陈村与全县其他行政村一样进行换届选举时,张舍南落选了。他连村民代表也没选上,所以就失去了当选村务监督委员会成员的资格。

这里面有个张舍南自己意想不到的问题。

胡文法回村任支部书记时,张舍南建议村民代表按照道路区块重新划分管辖范围。选举时根据新划区块内的村民户数确定代表名额。但是始料未及的是,这一划,打破了原来生产队为单位选代表的格局,把以前同一个生产队的兄弟姐妹、亲戚朋友、左邻右舍给划出去了,因此,投他张舍南票的人就少了。现在,张舍南就因为这个原因连村民代表也没选上。假如还按以前生产队划片或者由全村村民来选,十个张舍南也不可能落选,胡文法断定。

监委会成员当时规定在村民代表里面产生,代表选不上,因此就没资格参选。当初重划选区建议是他提的,现在只能哑巴吃黄连了。

面对这个结果,胡文法爱莫能助。

张舍南自尊心很强,觉得自己是拔了毛的凤凰不如鸡。当过村监委主任的他顿时发现矮了一截,落选后把自己关在家里,一个月大门不出,二门不迈,连早点都是妻子买了送回来的。

从带头上访到当选村务监督委员会主任,又从当选到落选,一幕幕往事浮现在他的脑海。但是思前想后让他感到欣慰的是,自己和后陈村村民们与腐败抗争,催生了全国第一个村务监督委员会,自己还上了中央电视台和各大报刊,成为了轰轰烈烈的新闻人物。

然而让他自责的是自己毕竟还有许多缺点,比如做事太心急、太较真、讲话冲、不给人留情面,等等。要不,村民怎么会抛弃自己,怎么会不喜欢我张舍南呢?

但事实证明村民还是信任他的。在下一届的村级换届中,他又一次光荣当选村务监督委员会委员,一干又是三年。当然这是后话。

正当他闷闷不乐在家闭关之时,想不到骆瑞生书记带着秘书叶杰成,还拎了两瓶酒,登门看望张舍南。这给了他莫大的荣耀。

骆瑞生说:"县委对你充分肯定。你当监委会主任尽职尽责,为后陈村作出了贡献。选上选不上你都是后陈村人,要继续关心支持村里的发展。再说,谁当谁不当,不是主要问题,关键是这个机制要坚持下去。"

说得太好了!张舍南说。

关键是这个监督机制要坚持下去。

张舍南连连点头表示赞同,并接着说:"骆书记大驾光临,怎么也得吃了饭再走吧。"

于是骆瑞生、叶杰成跟着张舍南,在旁边小面馆要了三碗鸡蛋面,开开心心地当一顿中饭。

就这样张舍南和骆瑞生变成好朋友。张舍南有什么事,常跑到城里向骆瑞生请教。

2007年11月,白洋街道党工委决定调胡文法,到本街道管辖的牛筋背村任党支部书记。

牛筋背村那时也因财务混乱,群众上访不断,整个村一团糟,街道无奈之下,只好调胡文法去稳定局势,收拾乱局。

但是后陈村的干部群众,都舍不得胡文法走。

主任陈忠武说:"文法,大人不计小人过。我和你搭档三年,吵也吵过,骂也骂过,但你宰相肚里好撑船,处处宽宏大量,还培养我入党。我呢,从你身上学到了不少东西。以前村务不公开,我私欲也重,群众对我意见很大。你来了带着我们干,骂的人少了,心情都舒畅了。"

有干部说:"你在后陈村书记当得好好的,为啥说走就走?"

有干部说:"你留下来再当三年书记,把这个村庄好好整一下。"

胡文法说:"其实我也舍不得走,后陈村是我的家乡,我是在后陈长大的。但这是组织决定,作为共产党员,只得服从。"

接着胡文法又说了几句心里话:"真要做好村里的事情,也要付出很大精力的。还有呢,我也有压力,毕竟把一些人得罪了。人无完人,金无足赤,我也有很多毛病,脾气暴躁、主观武断。再说,后陈村也需培养年轻干部,作为老同志,我得放手,让位啊!"

胡文法恳切的言辞,说得大家心里酸酸的。

街道领导到后陈村召开"三委"成员和全体党员会议,宣布了街道的决定:胡文法调牛筋背村任支部书记。

胡文法像消防队队员,心急火燎地走了。解决这些老大难问题,对他来说已是家常便饭。他在白洋街道因此出了名。

谷黄一夜,人老一年。胡文法在牛筋背村当了两年村支部书记,2009年9月,被查出患了肺癌。他的肺一部分已被割掉。

我几次去后陈采访,妇女主任陈玉球都说,他住在金华广福医院做化疗,这个医院是肿瘤专科医院。

有人说胡文法这病,是被工作累出来的。

有人说胡文法这病,是被活活气出来的。

2016年9月7日,我再次去后陈采访,在胡文法家见到他与妻子。胡文法穿着一件小彩格T恤,红光满脸,一点也看不出患上了不治之症,虽然满头黑发变成了和尚头,光光的头皮上长着白发茬儿。

他笑着对我们说:"以前我一直和腐败作斗争,现在轮到我和自己身上的癌症恶魔作斗争了。"

显然,眼前的胡文法已经不是十多年前精神抖擞的胡文法了,逝去的岁月在他的额头刻了一道道深深的沟壑。

他说,明天还去广福医院化疗。

他对我们很热情,一边和我们说话,一边叫我们喝茶吃水果。病魔缠身的他对一切都已看淡了。

望着身患重症而又淡定自如的胡文法,我在心里掠过一丝不安,只能默然地为他祝福,真诚地希望他早日战胜病魔,让上帝还他一个健康的躯体。

回首往事,胡文法感慨万千,言语中透着几分自豪,他说:"没想到当年后陈村建立村务监督委员会,会受到习近平总书记的高度关注,很快被推向全国。"接着,他又不无担忧地说:"怎样让制度得到很好落实,怎样让百姓监督,仍然任重道远。近年来村官腐败现象触目惊心,涉案金额动辄千万以上,'小官大贪'现象已经成为农村建设中的突出问题,对基层权力的监管还得加大啊!"

建立村务监督委员会的重大意义自然不言而喻,而且已被实践所证明。改革开放的过程也是中国农村治理发生重大变化的过程。村务监督委员会使农村出现了"三驾马车"齐驱的局面,厘定了党组织、自治组织和监督组织三者的权力边界,从"管治"到"法治",实现基层善治,对中国农村民主自治产生重大影响。

"郡县治,天下安。"世纪之交的乡村中国处于"千年未有之大变局"当中,村级自治在县域治理中占据举足轻重之位置。

后陈村村务监督委员会的建立,是县域治理中捍卫基层政权的一个伟大创举。捍卫基层就是捍卫执政,捍卫政权建设,这是一个全球性、规律性之执政定律,也是铁律。基层善治就是基层善政,是国家善治之基础、执政之基石。我们从后陈村看到,基层民主治理的变革是一个艰难而漫长的过程,但我们从中看到更多的是,中国农村民主政治的希望之光和法治圣殿。

不管怎么说,胡文法是"第三种权力"——中国第一个村务监督委员会的原创者、催生者、见证者、实践者。

历史将会记住后陈村、记住胡文法、记住那些基层干部群众为农村民主治理的艰苦探索和不懈追求!

作者简介

李英,笔名水山谷,男,浙江金华人,中国作家协会会员,中国报告文学学会会员,浙江省作家协会全委会委员,金华市作家协会副主席,金华市政协委员,浙江理工大学文化传播学院教授。在《中国作家》《北京文学》《散文选刊》《江南》《中国报告文学》《电影文学》等发表作品多部。著有长篇报告文学《孟祥斌,一个人感动一座城》《感动之城》《让百姓做主》(与人合作)、《忠诚是天》(与人合作)、《花蕾绽放的季节》(与人合作),长篇小说《波涛在后》,散文集《梦萦白溪湾》《水山谷韵》等。作品曾获中国报告文学奖、《北京文学》奖、徐迟报告文学优秀奖、浙江省"五个一工程奖"。

一个中国公民的航母梦

——中国第一艘航母"辽宁舰"的前世今生

李忠效

举世闻名的中国第一艘航母"辽宁舰",跟一个证券公司老总扯上关系,这不是传说,而是事实,是一个"伟大的错误"。这位老总为什么不专心做买卖,反冒着个人风险不顾一切去折腾买"辽宁舰"的前身"瓦良格",他怎样变成了航母发烧友?"瓦良格"是怎么买、又是怎样从遥远的乌克兰拖回到中国的?假如没有这位老总当初"胆大包天"的冒险,中国今天是否会拥有让国人引以为傲的航母?

引子 航母的"中国速度"

2017年4月27日上午,我国第二艘航空母舰下水仪式在中国船舶重工集团公司大连造船厂举行。据媒体报道,这艘航母代号为001A,由我国自行研制,2013年11月开工。目前,航空母舰主船体完成建造,动力、电力等主要系统设备安装到位。出坞下水是航空母舰建设的重大节点之一,标志着我国自主设计建造航空母舰取得重大阶段性成果。

众所周知,中国的第一艘航母是"辽宁舰","辽宁舰"的前身是2002年3月来到中国的乌克兰报废航母"瓦良格"。要写"瓦良格"号航母来中国的故事,有一个人是绝对绕不过去的,他就是华夏证券公司原董事长兼总经理邵淳。

一个证券公司的老板,怎么会和购买航母的事情扯上关系呢?一般人很难理解,就连一位当初的领导人都说,一个证券公司,买什么航空母舰?

当年,在国家高层并不热心搞航母的情况下,邵淳作为国企老板"擅自"参与"瓦良格"项目,无疑是一个"错误"的选择,但在今天看来,他实在是犯了一个"伟大的错误"。如果没有他这个"伟大的错误",很难说中国的航母事业会在什么时候才能正式起步。没有"瓦良格",就不会有"辽宁舰",也不会有刚刚下水的001A型舰。001A型舰从开工到下水,仅用了3年8个月,未来还需要一两年时间进行舾装。这意味着,中国第一艘国产航母从开建到交付使用,也就是5年多时间。这个速度在世界上恐怕只有中国能做到。印度的"维克兰特"号航母2006年11月开工,至今已经过去了11年,还没有出厂,预计要到2023年才能交付使用。

中国国产航母的"中国速度",无疑是工业部门的"超常发挥"而创造的,然而中国有句名言:树有根,水有源。中国航母的"根"和"源"是"瓦良格"。中国还有句俗语:照葫芦画瓢。如果没有"瓦良格"这个"葫芦","辽宁舰"和001A型航母这两扇"瓢"就不会这么快"画"出来。这一切,很大程度上源于邵淳的那个"伟大的错误"。

邵淳,1944年12月25日出生于北京,1962年考入中央财政金融学院(现中央财经大学)金融系,1966年毕业,1968年下乡到河北省衡水地区故城县农村劳动,1970年调入故城县文化馆任美术创作员,1980年到河北省农业银行工作,1984年任中国工商银行总行计划部副主任,1990年任华能集团财务公司经理,1993年至1999年,先后担任华夏证券公司总经理、董事长兼总经理。邵淳在华夏证券公司董事长的任上,作出了购买"瓦良格"号航母的"惊天举动",并导致个人被查处,公司被"接班人"搞垮……

一、邵淳的"航母情结"

邵淳作为华夏证券公司老总,是怎么和"瓦良格"项目扯上关系的呢?

1998年7月的一天,邵淳的部下、华夏证券公司资产管理部总经理兼海南隆泰源实业投资有限公司董事长吴宇对他说:"有个香港老板想见你。"邵淳当时正在对公司进行整顿,工作很忙,本来不想见,吴宇补充道,"说是有个很好的项目。"

在商言商,好项目总是有吸引力的。邵淳应约来到钓鱼台大酒店,见到了香港创律公司董事局主席徐增平。

徐增平身材高大,仪表堂堂,西装革履,彬彬有礼。寒暄过后,徐增平切入主题。他说他到乌克兰买下了一艘报废的航母"瓦良格"号。

邵淳听到"瓦良格"三个字,不由得心头一动。就因为这"心头一动",邵淳为国家办成了一件大事,也因此葬送了自己的政治前途。要想说清楚邵淳为什么会为"瓦良格"而心动,就要简单介绍一下他的经历和性格。经历决定性格,性格决定命运。

邵淳从小酷爱画画,尤其喜欢雕塑。他就读的北京第四十七中学,原为中法大学附中,该校的校训是:独立思考,敢行我是。虽然这个校训在邵淳来校时已经取消,却在邵淳的记忆中打下了深刻的烙印,几乎影响了他的一生。该校的艺术教育很出名,几乎每年至少为中央美术学院雕塑系输送一名学生。1962年,邵淳参加高考之前,通过一名校友向中央美术学院报送的雕塑作品得到美术学院教授的肯定,似乎进入中央美术学院已经没有问题了。可是命运与他开了一个天大的玩笑:由于"三年自然灾害"给国家带来重大经济困难,国家暂时停止了艺术院校的招生。此时距离高考只有两个多月的时间了,邵淳临时选择报考中央财政金融学院,并被其录取。

中央财政金融学院的校风和学风都很严格,在老师的眼里,邵淳这个学生偏重于艺术气质,有点"专业思想不稳定"。邵淳上大一时,曾在《人民日报》上发表了一篇散文《喜鹊娃子》,尽管此文"很讲政治",但在老师看来,这属于"不务正业"。

时隔多年以后,回忆这段往事,邵淳笑称:"其实当时我在大学期间的计划还是有的,就是仍然要从事艺术事业,真没打算投身金融。"

当时全国只有一家银行,所有的贷款和计划都是事先确定好的,没有资本市场,没有金融中介,银行的存在似乎就是为了给国有企业提供资金支持。由于社会上没有需求,金融专业在当时十分冷清,这也是邵淳"没打算投身金融"的原因。

1968年8月,邵淳和6名同学一起,被分配到河北省衡水地区故城县农村参加劳动。1969年春节,他没有回家过年,向村里申请了10块钱,买了一些画墙报用的纸和笔,和几个同学一起举办了一期"农业学大寨展览",过了一个"革命化的春节"。邵淳发挥他的美术和文学特长,将这个展览搞得图文并茂、有声有色,在故城县引起轰动,于是他"脱颖而出",成为当地颇为知名的"知青"。

1970年,河北省要举办全省美术作品展览,故城县文化馆将邵淳调去当美术创作员,他不负众望,才气勃发,他创作了人生第一幅木刻作品《战士与房东大娘》。他是一个完美主义者,他想干的事情,就尽量把它干好。为了达到最好的艺术效果,这幅木刻作品他一共拓印了100多张,从中选出他认为最满意的一张送去参展。该作不仅参加了全省美展,还被省里选中报送全国美展。他在文化馆一待就是10年。这10年间,他的主要精力都用在美术创作上,他的木刻作品在河北美术界具有很大的影响。

1980年,国家成立农业银行,河北省也要成立省农业银行,邵淳作为"文革"前的中央财政金融学院的毕业生,被作为金融专业人才调到省农业银行工作。一开始当办公室秘书,负责写各种材料,为行长写讲话稿,同时把放弃了10余年的金融专业知识重新拾了起来。3年后,中央提倡干部年轻化,邵淳被派往张家口市农业银行挂职当副行长。在他的努力下,该行的业务不到一年时间就转入正轨。

此后,他又在中国工商银行总行计划部和华能集团财务公司担任领导职务。1993年任华夏证券公司总经理。1996年晋升为华夏证券公司董事长。在华夏证券公司,他创造了一个又一个辉煌的业绩,带出了一支能干的队伍。他本人也被业内人士认为是中国证券业的领军人物之一。

如果不是他涉足了"瓦良格"项目,也许他的人生道路会是另一种走向。由于机缘巧合,把他的命运和"瓦良格"的命运纠缠在了一起,于是,他改变了"瓦良格"的命运,"瓦良格"也改变了他的命运。

邵淳是个充满艺术气质的人。他不但喜欢美术,还喜欢舰模,尤其喜欢看军事题材文学作品,像美国作家赫尔曼·沃克的《战争风云》和汤姆·克兰西的《追踪红十月》等军事题材小说他都看过。

正是他的这种爱好和他的艺术家气质,决定了他比其他金融企业家更熟悉、了解世界各国的核潜艇和航母,并在军事装备领域有所作为。

1993年,邵淳在《舰船杂志》上看到一篇题为《"瓦良格"号航母花落谁家》的文章,不由得想入非非:如果"瓦良格"能"花落中国"该多好啊!

1944年出生的邵淳,到1993年已经49岁了,而且是华夏证券公司的总经理,在风起云涌的金融市场上弄潮的他,在日理万机的情况下,居然还有精力阅读《舰船杂志》,关心"瓦良格"花落谁家。也许这就是冥冥之中该着他与"瓦良格"有缘吧!

在邵淳为"瓦良格"花落谁家而"想入非非"的两年之后,他又经历了一次"心痛之旅"。

1995年春天,邵淳趁出差的机会登上威海刘公岛,参观了甲午战争博物馆。此时,正值中日甲午战争100周年,他是怀着一种探秘的心情来到刘公岛的。在他的印象中,中国自明代以来,海军一直处于积贫积弱的状态,长期有海无防,因此才会有甲午海战的惨败和北洋水师的全军覆灭。但是他在参观博物馆的过程中,发现自己对中国海军近代史并不了解。当时的中国海军是亚洲第一,世界第六(也有说第七),那艘在甲午海战中沉没的"镇远舰",排水量为7220吨,航速为15.4节,续航力为4500海里/10节,战斗人员编制为329～363人。这样大的战舰,当时全世界都不多见。100年前中国海军的装备实力让他感到震撼。然而中国海军最终还是战败了,当然原因是多方面的。清朝政府被迫与日本政府签订了丧权辱国的《马关条约》,使中华民族陷入苦难的深渊。

此次刘公岛之行,让邵淳增长了历史知识,也让他感到心痛不已。一个国家,没有像样的装备不行;有了装备,没有训练有素的将士也不行;有了训练有素的将士,没有坚强的国家领导人和坚强的人民群众作后盾更加不行。今日中国已经不是100年前的中国了,历史的悲剧绝不能重演。可是,自己不是将士,不是国家领导人,能为国家做点什么呢?这种要"为国家做点什么"的愿望一直萦绕在他的心头。

让邵淳没有想到的是,在那次"心痛之旅"三年之后,他又遇到了一件更让他心痛的事情。

1998年5月13日至16日,印度尼西亚爆发了针对华人的"五月骚乱",近1200名华人遇难,上百名华人妇女遭强暴。当时邵淳和他的部下、华夏证券公司全资子公司海南隆泰源实业投资公司董事长吴宇,以及北京T科技发展有限公司董事长W等人在北京一家饭店吃饭,他们从中央电视台播报的新闻中看到了"印尼排华事件"的消息,他们为华侨在印尼的遭遇感到痛心,甚至义愤填膺。邵淳说,美国遇到突发事件,总统就会问:"我们的航母在哪里?"中国要是有一个航母战斗群在印尼那里就好了,一是可以对印尼的暴徒产生威慑,二是可以用航母把华侨接走。

可是,中国的航母在哪里呢?

也许是命运的安排,"印尼排华事件"两个月之后,一桩与"瓦良格"航母相关的生意,真的找上门来了。

听徐增平说他买了"瓦良格",邵淳一下就想起了1993年《舰船杂志》刊登的那篇《"瓦良格"号航母花落谁家》的文章,以及看"印尼排华事件"电视新闻时的感受,他对这个项目产生了兴趣。他曾希望"瓦良格"能"花落中国",没想到它"花落香港"了!一年前香港已经回归祖国,"花落香港"也等于是"花落中国"啊!邵淳心里有一点小小的激动。

徐增平介绍说,这个项目是"国家行为,民间操作",他用2000万美元,就把"瓦良格"买下来了。

2000万美元买航母?简直是天方夜谭啊!邵淳不大相信,因为他对航母的造价情况了解一些。

邵淳平静地说:"你这个价钱买航母,我有疑问。美国的'尼米兹'级航母几年前的造价是33亿美元,这是对外公开的。33亿美元和你这2000万美元相比,差距太大了!当然,你这个'瓦良格'没有它大,你是6万吨,人家是9万吨;你这没造完,人家那造完了。但你算他三分之一的钱行不行?五分之一的钱行不行?十分之一的钱行不行?你毕竟造了三分之二了,你怎么会是2000万美元?说不过去啊!"

徐增平说:"我们有投标的文件,我们已经搞掂了。我们香港那边经济形势不好,资金有点缺口,也不多,就2000万人民币,看你能不能帮帮?"

邵淳心想,钱倒不多,就说:"你把投标文件拿来,我先看看文件吧!"

徐增平说文件在香港,需要回香港去拿。

很快徐增平派人送来了投标文件,并强调,这个项目对外是保密的。邵淳认真研究了有关资料和徐增平同乌方签订的中标协议。

这些文件出自不同的部门,有的打印在公文纸上的。邵淳注意到一个细节:其中有两份俄文文件上边的文件头,不是俄文,是乌克兰文。邵淳当年学过8年俄文,时隔多年,虽然已经看不懂俄文文件的全部内容,但他能分辨出俄文与乌克兰文的细小区别。比如中文的"一",俄文为"один",乌克兰文为"odyn",有点像英文字母,只是变了形。他知道,在苏联解体之后,乌克兰将乌克兰文恢复为官方语言的时间并不长,如果是文件造假,不一定能做到这么细致的程度。在香港做英文版的假协议很方便,做俄文版有一定的难度,做乌克兰文版就更难了,也不会有人注意到这个细节。文件上写的成交价还真是2000万美元!邵淳对此事的真实性不再表示怀疑,这才兴奋起来:"这事儿太好了!对中国来说,这不是天上掉馅饼吗?应该支持!"

邵淳是一个具有爱国情怀的人。这种情怀是一种感情,也是一种力量。这种力量蕴藏得久了,就会在某个时候"爆发"。"瓦良格"项目,给了邵淳一个展示爱国情怀、表现爱国力量的机会。

徐增平告诉邵淳,所有手续都办好了,只要钱一汇到乌克兰黑海造船厂,航母很快启航,两个月之后就回来了。

邵淳爽快答应借给徐增平2000万元人民币,并且不要利息,不需做资产抵押。

邵淳为什么对一个以前从未打过交道的香港老板这样慷慨呢?实际上他的慷慨是针对"瓦良格"项目,针对自己的"航母情结",不是针对徐增平的。既然国家需要,当然应该支持。2000万元人民币对于华夏证券这样的大公司来说,不算大钱。

可是,怎么支持这个项目呢?邵淳动了一番脑筋。按照徐增平提出的

"保密性"原则,华夏证券公司是国企,最好不要露面。邵淳决定让他的部下吴宇来具体操作。吴宇是公司资产管理部的副经理,同时兼任海南隆泰源投资有限公司董事长,由隆泰源公司把钱借给北京T科技有限公司,再由T公司与徐增平的公司打交道。T公司是民营公司,公司规模也不大,一般不会引起外界的注意。

二、贺鹏飞"独出心裁"

世界上很多事情的因果关系是很难解释的,比如说"瓦良格",好像冥冥之中就是为中国建造的。

"瓦良格"是苏联时期在乌克兰黑海造船厂建造的一艘航空母舰。据有关资料显示:"瓦良格"号航母是苏联海军第三代航母"库兹涅佐夫"级的第二条舰。1985年12月开始在船台上建造,1988年11月25日下水。到1991年11月,"瓦良格"的建造率已达68%,舰上机炉舱已安装完毕,后因苏联解体,"瓦良格"被迫停工,并被作为苏联"分家"的资产分给乌克兰。乌克兰无意发展航母,也没有能力继续建造,曾想作为半成品以4亿美元的价格卖掉。1992年至1995年,中国有关部门多次派人前往乌克兰黑海造船厂考察。1995年5月,时任海军司令员张连忠签署了引进"瓦良格"号航母的请示报告,呈报中共中央、国务院、中央军委。由于种种原因,这个引进计划没有被批准。

1996年初,中船工业总公司得到消息,乌克兰要把"瓦良格"当废铁卖了,时任中船工业总公司总经理王荣生想把它买回来,但是经请示,上级认为不符合中央精神,王荣生只好作罢。

不久,中船工业总公司副总经理黄平涛和该公司军工部主任胡基政参加海军一艘新型潜艇的交接仪式。海军副司令员贺鹏飞在仪式结束后,把黄平涛和胡基政叫到会议室,对他们说:"听说乌克兰要把'瓦良格'当废铁处理,你们能不能把它买回来?"

黄平涛不知道上级不同意购买"瓦良格"的情况,就痛快地说:"好啊!"

胡基政马上解释道:"前几天,王荣生总经理向上面请示过,上面的意思,船总是国企,你们买等于是国家买啊!"

贺鹏飞听了有些失望,接着又说:"能不能找一个香港的大老板,让他们先买下来?他们有的是钱。一旦国家需要的时候,就弄过来。"

黄平涛和胡基政都没有接这个话。后来发生的一系列与"瓦良格"有关的事情,都与贺鹏飞的这个思路有关。贺鹏飞是贺龙元帅之子,曾任总参装备部部长。1987年3月31日,时任海军司令员刘华清在海军机关办公大楼第一会议室向总部领导汇报海军装备规划问题。不知什么原因,总部领导都没来,只有总参装备部部长贺鹏飞代表总参领导,率装备部、作战部等相关部门人员来听汇报。刘华清说,"海军战略"涉及海军建设的顶层设计,海军发展有两大问题,一是航母,二是核潜艇。刘华清强调说:"这两项装备,不仅是为了战,平时也是为了看,看就是威慑!"点出了航母有战略威慑的作用。刘华清的这次汇报,在军方上层领导机关引起了关注。贺鹏飞后来出任海军副司令员,分管装备,他也是个"航母派",想必是受了刘华清的影响。他曾多次前往乌克兰,登上"瓦良格"考察。他对该舰要比其他海军首长更了解,或者说更有感情。在高层不热心搞航母的情况下,大约也只有他这种出身和经历的人才会如此大胆地"独出心裁",想出"曲线购买航母"的主意。但他委托的"有关人士"没有找到有钱的大老板,只找到一个没钱的小老板。这个"没钱的小老板"就是香港创律公司董事局主席徐增平。

1997年8月11日,徐增平成立澳门创律旅游娱乐有限公司。1998年3月,徐增平以澳门创律公司的名义与乌克兰黑海造船厂签订协议,出资2000万美元买下"瓦良格"号航母。徐增平为购买"瓦良格"立下首功。他在交了200万美元的定金之后,便开始四处奔波,筹措买船资金。从3月到7月,徐增平找了很多银行、证券公司,都没有借到钱。协议规定的最后期限是10月底,剩下的时间不多了,如果不能按期付款,就意味着徐增平违约,滞纳金和靠港费,将是一笔不菲的开销。若逾期仍不能履行协议,即为毁约,那200万美元的定金就"打水漂"了。徐增平做梦也没想到,在他走投无路的时候,居然遇上了邵淳这么一个慷慨大方的"金融大亨"。不但借钱,还不要利息,不需押金。到哪里去找这样的好事啊!真是山穷水尽疑无路,柳暗花明又一村!

三、徐增平"得寸进尺"

1998年8月下旬,徐增平收到由海南隆泰源公司经北京T公司转去的2000万人民币。9月初,他又来北京找邵淳,说要再借6000万元人民币。邵淳心里有些不快,这不是"钓鱼"么?

邵淳与徐增平初次见面是在钓鱼台大酒店。钓鱼台因800年前金章宗多次在此钓鱼而得名。800年后邵淳则在这里被徐增平施展了商场上的"钓鱼"。难道这是一种宿命?

商场上的"钓鱼"是商人最忌讳、最反感、最不齿的行为,事关诚信、道德和人品。邵淳想:如果你真需要8000万,可以一次说清楚啊!何必要搞这一套!邵淳开始对徐增平有戒心了。

邵淳此时的心情很矛盾:"鱼钩"吞下去了,如果不按徐增平的要求办,很可能前面的2000万就没了。又想:万一他真的就缺这6000万呢?也许再支持他一下,事情就办成了。不过邵淳现在比较慎重了,就对徐增平说:"6000万,不是个小数目,你用什么作抵押?"

徐增平回答:我没有什么可以作抵押。我为"瓦良格"项目在澳门成立了一个公司——澳门创律旅游娱乐有限公司,你们可以占有这个公司的股份。

邵淳觉得,这倒是一个解决问题的办法。再借6000万人民币给他,共计8000万人民币,不到1000万美元。澳门创律公司的资产就是那个2000万美元的"瓦良格"了,便说:"如果这样的话,8000万人民币,占公司一半的股份了。"

徐增平说:我占51%,你占49%,怎么样?

邵淳觉得可以。尽管他对徐增平的这种"钓鱼"式的借款行为很反感,但是他认为"瓦良格"确实是个好项目,对他具有巨大的吸引力。他答应再出6000万元人民币支持这个项目。继续由T公司出面与徐增平合作,他和吴宇都不出面。这时,邵淳已经由借钱支持"瓦良格"项目,到不得已参与其中了。正如股市上流行很广的那句笑话——炒股炒成股东。

过了几天,徐增平又提出:华夏证券公司出资8000万人民币占有澳门创律公司即"瓦良格"号航母49%的股份,太多。要不这样,整个项目合作,华夏证券公司占49%,香港创律公司占51%。

很显然,徐增平利用邵淳对这个项目"情有独钟"的弱点,开始"得寸进尺"了。

整个项目是多少钱呢?买船的钱是有数的,2000万美元,还有拖带费、停泊费、过海峡费、物资供应费,以及徐增平前期在乌克兰疏通关系所花的费用等等。

徐增平说:我忙了半天,也得赚点钱吧?

最后把所有开销和徐增平的利润加起来,一共是6000万美元。

邵淳觉得,徐增平在乌克兰疏通关系,可能会花一些钱,但不会像他说的那么多,到底是多少,谁也说不清楚。如果参照美国"尼米兹"级航母33亿美元的造价,6000万美元买一个半拉子航母,还是划算的。

后来双方经过协商,最后确定,徐增平负责把船拖回来,买船的钱和拖带航母归航的钱都由华夏证券公司方面出。6000万美元的49%是2940万美元,按1:8汇率计算,折合人民币2.35亿元(若按1:8.5汇率计算,应为2.5亿元人民币)。这点钱对于华夏证券公司来说,真不算什么,邵淳也就没和徐增平计较。他的目的很简单,就是把事情办成,把"瓦良格"从乌克兰黑海造船厂拖回来。不过对于徐增平来说,用200万美元定金搞来的2000万美元的项目,船还没离开黑海造船厂码头,就开始赚钱了。如果徐增平规规矩矩赚他的钱,邵淳也认了。可之后发生了一些事情,使得这个本来很好的项目节外生枝,让"瓦良格"偏离了预定航向。这艘本已命运多舛的航母又增添了几重磨难。

四、邵淳的"步步惊心"

自从有了"瓦良格"号航母这个项目,邵淳的生活就完全变了样。当时他每天的工作特别忙,但他即便再忙,也没有减少对"瓦良格"项目的关心。在他看来,公司的事情和国家的事情相比,那都是小事。他变成了"航母发烧友",几乎每天的工作之余,都在研究航母问题。可是不知为什么,他老觉得这件事哪里有点不对劲儿,心里不踏实,于是他开始在暗中了解徐增平所说的情况是否属实。

邵淳通过一个同学约见了部队一位高级领导。邵淳向这位领导询问关于国家购买乌克兰报废航母"瓦良格"的事情,领导说:没有听说过。并说,如果有人以此为由找你借钱,要慎重。这让邵淳心里更不踏实了。

1999年国庆节期间,徐增平为庆祝香港创律公司成立10周年,在香港举行系列活动,邵淳、吴宇、W等人应邀赴港。邵淳也想借此机会考察一下徐增平的公司,再问问"瓦良格"的事情。

徐增平的公司设在香港世贸中心大厦内,一共租了两层楼面,一层有500平方米,两层总共有1000多平方米。下面一层全部用来摆放徐增平收藏的瓷器,上面一层用来办公。展厅里最大的瓷瓶有两米多高,最小的瓷瓶可放在掌上把玩,整体规模相当于一个瓷器商店。徐增平的办公室非常大,大约200平方米。屋内有多个工艺架,分别摆放着各种紫砂壶和高级烟斗,据说那些产自世界各地的高级烟斗都是用特殊材料制造的,价格不菲。徐增平还为公司纪念活动制作了一批纯金的、重达约一斤的纪念品,送给几十位贵宾。徐增平送给邵淳一份,邵淳没要。邵淳说,以他的身份,也不能要。

邵淳觉得,徐增平的公司过于奢华,出手过于大方,如果没有可观的收益,根本无法支撑公司的日常开支。

邵淳开诚布公地对徐增平说:既然购买航母是"国家行为,民间操作",我要看红头文件。

徐增平说,可以。需要请示。转天又说,经请示,文件属于国家机密,不能出示。

邵淳有些不高兴:你不给我看文件,那我凭什么给你钱啊?邵淳后来得知,实际上根本没有这个文件,徐增平不过是在演戏。

徐增平说：领导面谈行不行？

邵淳说：行。

徐增平说：好，那我联系贺鹏飞将军见你。

邵淳此时已经打定注意，如果没有红头文件或没有领导出面证实此事，他一分钱也不会再出了，已借出的钱也要收回。倘若徐增平所说为假，要坚决追究他的责任。

1998年10月21日，海军副司令员贺鹏飞在北京东城一家饭店与邵淳见面。

贺鹏飞没有提"国家行为，民间操作"这个话题，也没提什么红头文件，但是贺鹏飞的态度很明确，他很希望能把这艘船买回来。

贺鹏飞对邵淳说："把'瓦良格'买回来，是利国利民的大事，是中国海军的梦想，希望你们继续与徐增平合作。"

邵淳问贺鹏飞："既然是国家想要这艘船，为什么2000万美元还要民间操作？"

贺鹏飞说："航母立项很复杂。复杂到你们想象不到的程度。"

贺鹏飞告诉邵淳：海军想搞航母，真正的作用不在东海，在南海。你以为南海那是海？南海下面都是油田啊！南海的油质比进口的油质好，每年的产量达3000万吨，约占我国进口石油的一半。现在眼睁睁地看着被外国公司把石油开采走了，我们海军官兵看了心里难受啊！

贺鹏飞还对邵淳说了航母在南海存在的军事战略意义。

贺鹏飞最后说："这次是中华民族唯一的机会。因为以前不会有人卖给我们，以后也不会有。这是最后的机会，如果错过，我连自己都不会原谅。"

后来邵淳在接受采访时告诉笔者，贺鹏飞当时很激动，甚至眼睛里闪着泪花。"我被贺鹏飞感动了，决定继续支持徐增平购买航母。"邵淳说。

我问邵淳："你是否知道当时中央对航母问题的态度？"

邵淳坦言："不知道。如果知道，我也不会那么冲动了。"

那次与贺鹏飞见面，邵淳决定了"瓦良格"号航母的命运，也决定了自己的命运。真可谓"成也萧何,败也萧何"。

邵淳向贺鹏飞表态:"贺副司令,你放心,我会尽快把款项凑齐,绝不会影响'瓦良格'启航。"

贺鹏飞也被邵淳所感动,郑重地站起来给邵淳敬了一个军礼:"航母回来后,我为大家庆功!"

贺鹏飞还送给邵淳一套海军迷彩服。

见过贺鹏飞之后,邵淳心里踏实多了,尽管此前徐增平对他说了一些假话,但他善良地理解为:徐增平想把这件事做成,是不得已而为之。因此也就不再深究他此前的行为。

我曾采访过邵淳的部下,他们对邵淳的评价是:邵总太善良,不像个商人。

我理解,他们这样评价邵淳,并不是说商人就不善良,而是说邵淳与那些过于逐利的商人有所不同。我认为,邵淳尽管身在商界,而他骨子里并不是个纯粹的商人,他还是一个艺术家。买航母是他的一个"行为艺术"。不然就很难理解,他很精明的一个人,怎么会固执地走上这样一条充满荆棘的险途呢?如果说他一开始是上了徐增平的"当",懵懵懂懂陷入其中,那么,在见了贺鹏飞之后,明知这不是"国家行为"(在国家立不了项,充其量是海军行为),为什么还要义无反顾地去冒险呢?只有一种解释:他是一个性情中人。这种性情属于艺术家气质,而非商人气质。这也是他的部下说他不是商人的原因之一。

一个证券公司,买什么航空母舰!他肯定个人有好处,10%这是国际惯例啊!就连高层领导都误解了他——这是后话。

邵淳让吴宇继续筹措资金1.5亿元人民币,加上前期两次支付给徐增平的8000万元人民币,一共2.3亿元人民币(折合美金约2800万元)。根据双方协议,另有2000万人民币,将在航母拖到中国口岸后支付给徐增平。为了避免节外生枝,邵淳特别交代吴宇:隆泰源公司属于国企,只出钱,不出面,继续由北京T公司负责将经费转给徐增平香港创律公司在深圳的办事处。

邵淳这样做的主要目的,就是要以民营公司的面目出现,以免露出隆泰源公司及华夏证券公司的"蛛丝马迹",给别人以口实。邵淳深知,这样做充满了风险,曾经有人劝阻过他,可他仍然"一意孤行"。

华夏证券公司资产管理部总经理刘素红是邵淳手下的一名精明强干的女将,平时邵淳是不瞒她什么事儿的。1998年10月下旬的一天,她到邵淳办公室汇报工作。走进邵淳办公室的时候,她看见邵淳把一个文件夹合上了,显然是不想让她看到里面的文件。她想:看来邵总是有什么重要的事情。大公司做事讲规矩,领导不想让部下知道的事情,她坚决不问。她汇报完工作,正准备转身离开,邵淳把她叫住了,对她说:"有个事,我想跟你说说。你可千万千万不能告诉别人。"

刘素红暗想:什么事情这么慎重?

邵淳说:"我买了一艘船,乌克兰报废的航母'瓦良格',让吴宇办的。"

刘素红很吃惊,不由得问:"这个事情办到什么程度了?"

邵淳说:"前期的钱已经付了8000万,但是后期的钱,包括拖船,都是问题。"

刘素红说:"你这么干是有风险的。"

邵淳点点头说:"我知道。可是这个事是千载难逢的机会。"

刘素红问:"你为什么要干这个事?"

邵淳就把海军副司令员贺鹏飞讲过的那些话说给刘素红听,也讲到上半年"印尼排华事件"对他的触动,说起当时看电视新闻播报"印尼排华事件"时的情景,他说:"如果有这么一艘大船的话,咱们至于这么受气么?"

刘素红惊叹道:"邵总啊!你是热血青年啊!只有热血青年才有这种冲动。这事该你去想么?咱们做好自己的事儿就行了!"

邵淳摸摸自己的脸说:"是不年轻了哈!不过这个事还是要做。目前的想法是,先以澳门赌船的名义搞,很快就会拖回来。只要船拖到香港,咱们就可以把这个钱还上。"

事已如此,刘素红只好说:"香港方面需要我做什么的话,尽管说。"

邵淳说:"我跟你说这个事情,因为这个项目是由吴宇操作,融资也是吴宇去融,我觉得让你完全不知道不大好,吴宇是你的副手,希望你给他提供一些方便。"

刘素红说:"我知道了。"

邵淳再次嘱咐:"这件事儿对任何人不要说。"

刘素红说:"你放心吧!邵总。"

徐增平与乌方约定的最后付款时间是1998年10月31日。徐增平说,购船款项一到黑海造船厂,"瓦良格"11月初就可以启航。在此期间,也确实有一条荷兰ITC公司的拖船,从荷兰出发,驶往乌克兰黑海造船厂。在钓鱼台大酒店T公司的办公室里,有一张世界地图,每天有人根据荷兰拖船航行的轨迹,在地图上标注一个红点。那些日子,邵淳不论多忙,一下班就会赶到钓鱼台大酒店,去观看拖船的位置。明明知道拖船要航行十多天才能到达黑海造船厂,他还是忍不住天天去看,和大家一起分享航母即将归航的喜悦。

可是,拖船到达黑海造船厂以后,就停在那里不动了。怎么回事?过了一周,邵淳忍不住了,让人催问徐增平,徐增平反馈的信息是:乌克兰方面还要钱。邵淳不解,按照国际惯例,签了协议就要执行,哪有坐地涨价的道理?问徐增平还要什么钱,徐增平支支吾吾。后来徐增平报来一大堆账单,其中很多是白条。这个咨询费,那个顾问费,动辄就是十几万、几十万美元。邵淳火了,一概不予认可。邵淳要看徐增平给乌克兰汇款的底单,徐增平迟迟不报。推迟了一个多月,才报来一大包乱七八糟的票据。

W负责审查这些票据,他最先发现了问题——徐增平付给黑海造船厂的购船款只有1000万美元,另外1800万美元去向不明。邵淳问徐增平钱哪儿去了,他只好承认挪作他用了。邵淳大怒。

后来香港报纸刊登了徐增平因为欠债被债权人告上法庭和他购买豪宅"港版凡尔赛宫"的消息,邵淳这才知道徐增平将购买航母的钱拿去还债和买豪宅了。

在此之前,邵淳认为徐增平在为国家买航母,他不敢胡来,因此没有对他进行财务监督。没想到他胆大包天,竟敢挪用买航母的钱!

邵淳知道被徐增平挪用的巨款已无法追回,以后也不能再相信他、依靠他了,必须另起炉灶——选一家可靠的公司来取代徐增平。邵淳为选择"可靠的公司"设定了三条标准:一是能对"瓦良格"项目进行操作的;二是公司领导人是正派的;三是有军方背景的。

当初华夏证券公司与徐增平的分工是,华夏证券公司负责提供资金支持,徐增平负责把"瓦良格"拖回来。现在若把徐增平踢开了,邵淳就不得不考虑怎么把"瓦良格"拖回来的问题。如果事先不把关系理顺,将来"瓦良格"回来了,入关都困难。澳门港口水深只有6米,"瓦良格"吃水超过10米,根本进不去。要进入大陆港口,必须要把入关手续办好。华夏证券公司是不方便出面办理这些事的。因此邵淳觉得,找一家有军方背景的公司来操作,将来可以让他们与海军等单位沟通,更顺理成章。

邵淳找到他在中央财政金融学院时的同学、总后财务部部长孙志强,请他帮忙。孙志强就推荐了一家符合邵淳要求的公司——北京东方汇中投资控股有限公司。该公司董事长高增厦是退役将军,曾任解放军总后勤部生产管理部副部长,1988年被授予少将军衔。退役后出任东方汇中公司董事长。东方汇中公司挂靠在国防交通协会下面,属于民营性质。邵淳对退役将军有一种天然的信任感,军人出身的高增厦对航母有一种天然的亲近感,两人一拍即合。另外,东方汇中也需要华夏证券公司帮助他们解决一些投资项目的资金问题。双方本着互相信任和互惠互利的原则,很快签订合作协议。

双方签订协议之后的第三天,高增厦约邵淳见面,说有重要的事情商量。邵淳听对方的语气很急,就马上驱车去了东方汇中公司高增厦的办公室。

见面以后,邵淳发现高增厦神情严肃,不知发生了什么事。高增厦开门见山地告诉邵淳:我了解了一下,航母这个事,高层不同意。

邵淳说:不会吧?咱们都能看出是个好事,他们能不认为是好事?

高增厦说:谁知道他们怎么想的啊!是不是怕美国、日本等国家有反应?

邵淳说:老高啊！这个事儿咱们刚刚签协议,你介入得还不深,要不然你就退出去,别惹麻烦,因为你是军人。我再想办法。

高增厦沉思了一会儿说:不用。咱都走到这一步了,退是退不了了,不能退！咱还是想办法把它弄回来。弄回来了即使国家不用,咱摆在那儿也好,至少这个战略资源在中国手里头,免得叫别人拿走了！实在不行,咱们拆船,也能把本儿拆回来吧？

邵淳说:这倒是。

高增厦说:老邵,你放心,这个事我签了协议,我就会做到底！

邵淳说:如果是这种情况,下一步就得步步小心,不能出任何的纰漏。

邵淳和高增厦商量,成立一个"瓦良格"项目联合领导小组,邵淳和高增厦为并列组长,东方汇中公司副董事长王广平以及该公司总经理戴岳和吴宇为领导小组成员。有什么事情,大家一块儿商量。小组成员的具体分工是:王广平负责协助邵淳和高增厦工作;戴岳负责与乌克兰黑海造船厂谈判;吴宇负责融资。

邵淳对高增厦说:关于这个船的情况,以前都是听徐增平说的,到底什么样啊,我们谁都没去看过。下一步,要尽快把股权的情况落实下来,然后派人去乌克兰看看,请懂船的专家去看。

邵淳表示,愿意将华夏证券公司全资子公司隆泰源公司持有的澳门创律公司股份全部赠予东方汇中公司。邵淳的目的是把"瓦良格"拖回来,华夏证券公司也不需要在这个项目上赚钱。与此同时,邵淳决定收购香港达程有限公司为华夏证券公司全资子公司,由该公司总经理张勇在香港办理"瓦良格"项目的有关业务。

邵淳派吴宇、W等人找徐增平谈判,让他用所持澳门创律公司的股份抵债。这是邵淳当时唯一可以采用的补救措施。但徐增平迟迟不肯出让股份。1999年4月初,黑海造船厂给澳门创律公司发来传真,要求在4月30日付清购船尾款800万美元、滞纳金和滞港费500万美元,共计1300万美元,否则视为澳门创律公司放弃购买权。徐增平无力支付这笔款项,只能依靠华夏证券公司。邵淳指示吴宇、W等人利用这个机会,迫使徐增平出让股权。当时邵淳希望能得到60%的股份,而W则提出要徐增平出让80%的股份。双方经过反复交涉,徐增平在走投无路的情况下,最后只得同意W的方案,在49%的基础上,再出让31%股权。

1999年4月29日,W受吴宇的委托,代表华夏证券公司与徐增平在澳门大律师楼办理了转股手续。至此,华夏证券公司共持有澳门创律公司80%股权,随后向乌方付清了购船余款、滞纳金和滞港费。

不久,华夏证券公司依据澳门法律,剥夺了徐增平在澳门创律公司的领导权。接着,邵淳和高增厦委派北京东方汇中总经理戴岳和香港达程公司张勇代表澳门创律公司多次前往乌克兰,处理"瓦良格"有关事宜。1998年10月24日,澳门创律公司与黑海造船厂签订了"瓦良格"号航母正式买卖合同,造船厂向澳门创律公司移交了船主证、造船证等10余份法律文件,终于完成了"瓦良格"的过户手续。东方汇中公司正式接手"瓦良格"项目之后,只用了6个多月的时间就把过户手续办完了,邵淳对此非常满意。在此期间,徐增平没有再做过一件对"瓦良格"项目有益的事情,并不像媒体所说,他是一个"真正拥有'瓦良格'的老板"。他不过是拥有澳门创律公司20%股份的小股东而已。真正的老板是华夏证券公司董事长邵淳。

在购买"瓦良格"的过程中,徐增平都干了些什么呢?吴宇为其作了精辟的总结:起头有他、私心太重、漫天要价。

"起头有他",不需多说,徐增平自己已经说了很多。

"私心太重",是说徐增平在项目运作过程中,私自挪用买航母的专款,一会儿买房,一会儿还债,未能及时向船厂付款,很多配套工作没有落实,延误了"瓦良格"归航的日期,也给邵淳等人带来了麻烦。

"漫天要价",是指在"瓦良格"号航母被拖到大连两年以后,在2004年国家准备将其收购的时候,徐增平居然向国家开价32亿人民币,阻碍航母正常移交国家。

徐增平到底给邵淳带来了什么麻烦呢?因"瓦良格"迟迟不能归航,所用资金迟迟不能归还,1999年11月,华夏证券公司内部有人举报邵淳"违规操作购买航母"。上级领导认为:一个证券公司,买什么航空母舰?他肯定个人有好处,10%这是国际惯例啊!并在举报材料上严肃批示:胆大妄为,严肃查处,以正国法,以儆效尤。

五、邵淳被停职调查

11月30日,邵淳得到消息,上级领导批示之后,一个由六部委牵头的"联合调查组"将进驻华夏证券公司,要对他进行"双规"。他想,"瓦良格"项目从没和夫人说过,马上就要被"双规"了,得让她知道怎么回事。

邵淳的夫人叫纪根云,是他的大学同学,大学毕业后一直在金融系统工作。在邵淳来华夏证券公司任职之前,她是华夏证券公司的总经理,后来调到别的单位去了。

邵淳晚上回到家里,对夫人纪根云说:"有个事儿,得对你说。"

纪根云问:"什么事儿?"

邵淳平静地说:"过几天要来个调查组,我可能被'双规'。"

纪根云有些吃惊:"啊?你怎么了?"

邵淳说:"我买了个航空母舰。"

纪根云更为吃惊:"什么?怎么回事?"

邵淳把过程简单说了一下,纪根云急了:"这么大的事情,你都敢干!这又是政治,又是经济,又是军事,又是外交,该你干么?"

邵淳说:"是不该我干,但是这事碰到我头上了,我不干,它可能就没有了!你说我干不干?"

纪根云说:"那你为什么事先不跟我说?出了事才跟我说!"

邵淳说:"事先跟你说,这个事还干得成么?你肯定反对啊!"

纪根云问:"这里头你个人有没有问题?"

邵淳说:"你想啊!"

纪根云想了想,说:"也是,你不可能为了钱,这点我倒相信。这么着吧,反正要'双规'了,明天我赶紧给你买药去!"

邵淳身体不好,有多种疾病,糖尿病、高血压、失眠症等等。第二天,纪根云跑到药店买了很多药。为了减少体积,她把包装盒都拆掉了。还给丈夫准备了毛巾、牙刷、换洗的衣服,装了满满一包。

纪根云对邵淳说:"我相信你没什么事,'双规'你,也得把你放出来。放出来咱就离婚!我跟你结婚这么多年,你这么对待我。这么大的事,你在家里不说,我还有什么位置!"

邵淳知道夫人是说气话,也没往心里去,提着满满当当的大包上班去了。

12月3日,"联合调查组"浩浩荡荡开进华夏证券公司。宣布:即日起,邵淳停职接受组织调查。

邵淳说:"你们来,我能理解。据说上边很重视,你们就严格检查吧!我一定积极配合。但是我有两个要求,不知能不能说?"

一个调查组负责人说:你说吧!

邵淳说:"第一,华夏证券公司是个好公司,你们调查的时候,一定注意工作方法,别弄得动静挺大,让外界以为公司怎么着了,别把公司查垮了;第二,'瓦良格'项目后期的操作,希望你们调查组接手,因为这个船很重要,我认为是很重要的战略资源。你们来了,我们所有人被调查,我肯定不能继续操作了,现在这个船还在乌克兰,我们原来和乌克兰谈了一个方案,现在不能兑现了,需要你们接过去,把它拖回来。"

调查组负责人说:这个我们不管。

邵淳说:"那你回去把我的意见报告给领导,这个船不能扔在那儿,这要出了问题,谁负责任哪?今天以前,这个船如果有问题,我负责。今天开始我不能管了,你们又不管,那出了问题怎么办?"

调查组负责人说:"那不是我们的事情。"

那天谈完话,调查组也没说要"双规"的事。邵淳很奇怪,就问:"那我就回家了?"

调查组负责人说:"回吧!"

邵淳回到办公室,又把装满药品和换洗衣服的提包拎回家了。纪根云见丈夫没有被"双规",很奇怪:"哎哟!回来了!"

邵淳笑道:"人家没说'双规'。"

邵淳后来得知,是调查组有人对"双规"邵淳提出异议,认为邵淳一向口碑很好,以前也没发现他有经济问题,如果草率"双规",将来查不到问题就不好收场了。于是领导指示:先停职,查到问题,马上"双规"。

邵淳当时并不知道上层对航母的态度,尽管工业和科研部门还在对航母项目进行预研,而在中央和军队,已经上升到"政治问题"的高度。据邵淳回忆,当时调查组副组长找他谈话时说:"你一直是个业务干部,怎么参与政治问题了呢?"

邵淳感到莫名其妙:"我怎么参与政治了?航母和政治什么关系?是对国家不好还是怎么?"

邵淳说他没想到一不留神,一只脚踏到"政治漩涡"里去了。

调查组副组长问邵淳:"是不是海军副司令贺鹏飞叫你出的钱?"

邵淳说:"我们就吃过一顿饭,是我请他,因为我听说他上过'瓦良格'号,我就问他'瓦良格'上面的技术状况怎么样,这个船能不能用,还能不能接着续建。我就问这个。"

邵淳既然知道航母问题是"政治问题",他就不想把贺鹏飞扯进来了。为保护贺鹏飞,他对调查组没有说实话。

原来的"国家行为",现在变成了"个人行为",这样一个天大的事情,忽然要由邵淳自己来扛,他一点心理准备也没有。但事已至此,他只有硬着头皮来扛了。

"联合调查组"花了半年时间,把华夏证券查了一个底朝天,结果查到最后,发现"瓦良格"这个项目的账目很清楚,除了被徐增平挪用的经费和项目运作经费外,其他所有的钱都汇到乌克兰去了,邵淳并没有按"国际惯例"拿"好处费",一分钱没有拿。

很多人不理解邵淳的所作所为到底是为了什么。调查组副组长带人找邵淳谈话,副组长好奇地问邵淳:"你为什么要办这个事儿?"

邵淳说:"因为这是军队的事儿,有这么个机会,让我帮帮忙,我也可以帮,就帮了。而且航空母舰这个东西,用贺鹏飞的话说,这次是中华民族唯一的机会。因为以前不会有人卖给我们,以后也不会有。他说,如果错过这个机会,我连自己都不会原谅。我是被贺鹏飞感动了。"

人们不理解邵淳,也不奇怪,因为他们没有邵淳那样的人生经历和爱国情怀,当然就不会理解他的行为了。在"一切向钱看"的社会风气下,人们已经形成了一种思维惯性:你不为了捞钱,你买这个东西干什么?你有病啊!

燕雀安知鸿鹄之志!

"联合调查组"经过长达半年的内查外调,没有查出邵淳从"瓦良格"项目中获取任何个人私利,调查组悄然撤出,没有宣布任何调查结果,也没有向邵淳宣布任何处分决定。从此,邵淳购买航母案,也就成了一个"悬案"。

调查组撤走以后,邵淳问夫人:"你不是要和我离婚么?离不离啊?"

纪根云笑道:"你倒想离呢!"

六、"瓦良格"命运转折

自1999年12月邵淳被停职以后,"瓦良格"项目便处于无人监管的状态。本来"瓦良格"是邵淳的"心头肉",现在却成了他的"心病"。船不回来,华夏证券公司投到这个项目上的3.6亿人民币就没有着落,将来这个船会是什么样的命运,难以预料。那些日子,他魂牵梦萦的几乎都是"瓦良格"。

2000年3月7日下午,邵淳从外面回到办公室,秘书王中告诉他,有一个叫王××的人留言,有重要的事情要见面谈。

邵淳问:"他没说什么事么?"

王中回答:"说是跟那个船有关的,非常重要。请你到他那里去,他有些东西给你看。"

王中把王××留下的名片递给邵淳。名片上的单位是一家航空工业公司的子公司,王××的职务是总经理助理。邵淳心中暗想:王××,这个人不认识啊!航空公司和船有什么关系呢?

他给王××打了电话:"我是邵淳。"

王××说:"邵总,我早就听说你的大名了。我有个急事,非常重要。电话里不方便说。"

二人约定第二天到王××所在的公司见面。

华夏证券公司距离王××的公司不远,邵淳带着王中去见王××。简单寒暄过后,进入正题。

"我知道你在做'瓦良格'项目,也知道你现在正在被调查。东方汇中的人想把'瓦良格'卖给台湾人。"

邵淳听了大吃一惊:"有这种事?"

"他们和台湾公司谈了好几遍了,意向都定了,就要签协议了。"

"他们要把航母卖给台湾公司?"

"他们是向台湾公司借款,两亿美金,对方提出来要抵押物,他们同意用航母作抵押。"

邵淳知道,东方汇中公司接手"瓦良格"项目以后,公司自营业务受到一些影响,邵淳在位时,曾经借款3000万人民币帮助他们解决难题;邵淳被停职以后,他们的一些投资项目面临资金链断裂的危险。可再困难也不能找台湾公司借钱,用航母作抵押啊!如果借款到期不能归还,抵押物就是人家的了!

王××接着说:"现在船主证在东方汇中手里,就等乌克兰方面的评估报告了。据说,评估报告3月18日出来,他们已经订了3月17日的机票,要到乌克兰去签协议。"

邵淳见他说得头头是道,就忍不住问:"你有什么证据?"

王××说:"这有东西啊!"顺手拿出一个文件夹,递给邵淳,"你看吧!这是他们双方往来的邮件和传真,还有台湾公司的银行本票复印件、公司的登记注册资料。"

邵淳看了,不由得吓了一跳。那是一家国民党总部下属的公司,公司资料上面有国民党的党旗、党徽,有关购买"瓦良格"的报告是国民党主席吴伯雄签署的。把"瓦良格"从共产党手里卖到国民党手里,这可不是一个小问题。

邵淳看过材料,问王××:"你给我看这些材料,目的是什么?"

王××说:"我建议你马上报告上级。"

邵淳问："你怎么不报？"

"你是当事人，你的报告会引起上级的重视。"

"我根本就不可能知道这些事啊！人家要问我，这情况哪儿来的？这不是开玩笑么？这么大的事，我又说不出消息来源。"

"没关系，你可以说，消息是我给你提供的。"

"你怎么能提供呢？"

王××说："那就不用你管了。你就说是我提供的，让他们找我核实。"

邵淳想，这么大的事，如果不赶紧采取措施，还有10天，戴岳他们就去乌克兰了。

从王××那里回来，邵淳一直在想：怎么处理这个事情呢？晚上，他决定向调查组报告。他给古树林打电话："古处长，有个紧急情况……"他在电话里把台湾人与航母的事情简单说了一下，最后强调，"这是大事，我第一个向你汇报。"

古树林说："我不在北京，我在成都呢！我给你联系车书记吧！"

过了一会儿，古树林回话："明天上午9点，你到金融工委车书记办公室向车书记汇报。"

3月9日上午，邵淳带着秘书王中一起去见车××。车书记听了邵淳的简要汇报，感到很稀奇："有这个事儿？"

邵淳说："有。我原来说，你们调查组把船接过去，你不接，现在要出问题了，大问题啊！"

车书记问："王××是什么人？"

邵淳说："我也不知道。前天他来找我，我不在，我昨天去见的他。你们赶紧采取措施。"

车书记又问："这条船，真给两个亿美金？"

邵淳说："那个不好说，也许比这个更值钱。"

车书记说："他要出两个亿美金，你着什么急啊？华夏公司的钱不就回来了么？"

邵淳一听，差点没晕倒，但他耐着性子说："车书记，这不是钱的事，这可关系到两岸的军力对比啊！关系到两岸的军心、民心啊！你想过没有？再说了，就算他们拿了两亿美金，不可能给我们，他们在境外成交，两个人到哪儿一藏，隐居了，你上哪儿找去？"

车书记听邵淳这么一说，神情才开始庄重起来。

邵淳说："车书记，你赶紧和王××联系，你来核实我跟你说的情况，尽快核实，尽快采取措施，务必不能让那两个人出国，把所有的文件都收走，涉案资产的资料，你们为什么不收啊！"

车书记说："行了，我知道了。"

邵淳焦急地等了两天，但毫无音讯。邵淳对秘书说："王中，咱得把向车书记口头汇报的事情一条条写下来，我怎么说，他怎么说，整个过程，不能遗漏。"

邵淳整理这个材料的目的是要留下一个历史文件，以免将来发生什么事情，空口无凭。

材料整理出来以后，邵淳就派人给车书记送去一份，一是送他备案，二是想催促他一下。

又过了一天，3月12日，还是没有消息，王××坐不住了，邵淳也坐不住了。邵淳约国家安全部的一个朋友和总政的一个朋友见面，征求他们的意见：这个事到现在这个程度，怎么办？

他们都表达了相似的意见：按照正常程序上报材料，运转时间不够，必须采取特殊措施。

总政的朋友说："你这么着，把这个情况写下来，把严重性、紧急性说清楚，再把给调查组的报告附在后面，直接报中央最高领导。"

邵淳有些犹豫，他说："我报上去了，他们都不一定看得到。"

朋友说："你报告里要写清楚，这是大事，特别紧急，哪个环节都不要压。"

邵淳说："这玩意儿是真的还是假的啊？我心里有点拿不准，本来上级就在调查我，然后再来个'欺君之罪'，这个玩笑可就开大了！"

朋友问："你现在能确认是假的吗？"

邵淳说:"我不能确认。"

朋友说:"只要你不能确认是假的,只要你有你的消息来源,只要你向上级汇报的情况与你的消息来源一致,你必须报!你心里就是有问号也得报!以防万一。如果你判断失误了,这个事可不得了!"

邵淳说:"好,就按你的意见办!"

朋友说:"你给我们一份,我们找渠道往上报,肯定会报得快!"

邵淳和王中马上行动,很快把材料写出来了,一式四份,邵淳分别送给国家安全部和总政的朋友各一份,送给调查组一份,送给华夏证券公司一份。

邵淳对公司临时负责人赵大建和程炳仁说:"你们按照程序上报吧!情况非常严重,要出大事,我报给你们,你们不及时上报,后果你们负责。"

赵大建说:"这个事情是你搞的,我们都没经手。"

邵淳说:"你要是不报,掉脑袋的是你,反正我报了,就没我的责任了。本来也没我什么责任。"

程炳仁说:"得,咱主不了这事儿,赶紧报,赶紧报!"

程炳仁是北京市金融工委的干部,他马上给北京市金融工委写了一个报告,大意是:邵淳同志反映的情况,我司不好处理,请示上级酌处。邵淳情况反映附后。

据说当天晚上中央领导就看到了邵淳的报告,迅速批示,要不惜代价把"瓦良格"弄回来,决不能落到台湾人手里。中央领导批示之后,国务院有关部门立即召开会议研究对策,并把王××找去了,问他向领导汇报了没有,他说汇报了。

领导人问:向谁汇报的?

王××答:科工委主任刘积斌。

经向刘积斌核实,确有其事。

于是,政府接手"瓦良格"项目,华夏证券公司将澳门创律公司与该项目有关的所有文件全部上交国家。政府决定由中船重工集团公司以澳门创律公司的名义,负责运作该项目。从此,"瓦良格"的命运出现重大转折。

七、"瓦良格"海峡受阻

2000年4月,中船重工集团公司总工程师兼军工部主任胡基政、副主任牟安成、大连造船厂副厂长唐士源等人先后飞抵乌克兰,与乌方有关人员洽谈"瓦良格"善后事宜。

2000年6月14日,"瓦良格"正式启航。徐增平对媒体说:"瓦良格"是1999年7月启航的。实际上那是他被澳门创律公司董事会免职的时间。从那以后,他在"瓦良格"项目上就没有话语权了。而他对外公布的这个"瓦良格"启航时间流传甚广,就连"辽宁舰"上的宣传片,也采用了这个错误的时间。

根据中方与乌方签订的协议,"瓦良格"的拖带路线是:经土耳其海峡,进入爱琴海、地中海;经苏伊士运河,进入红海;经曼德海峡,进入阿拉伯海、印度洋;再经马六甲海峡,进入南中国海。据国际运输承包商荷兰ITC公司预测,按照这条航线,60天左右可将"瓦良格"号拖至中国。

但是,多灾多难的"瓦良格"刚刚启程3天,就在过土耳其海峡时遇到了麻烦。6月17日,土耳其政府出动多艘舰船进行阻拦,不让"瓦良格"过海峡,命令拖船把"瓦良格"拖回黑海。

土耳其海峡是黑海与外界的唯一通道,由博斯普鲁斯海峡、马尔马拉海、达达尼尔海峡组成,是地球上最繁忙的航路之一,也是"瓦良格"号航母来中国的必经之路。根据1936年蒙特利尔海峡公约,土耳其对这段海峡享有主权,商船可以自由通航,但涉及大型军舰,必须向土耳其海事部门提出申请,否则不能通过。负责联系此项业务的乌克兰马什公司通过土耳其的中介公司去办的手续,不知道哪个环节出了问题。

"瓦良格"过不了海峡,又回不了乌克兰;既不能停靠任何海港,又无法靠自身动力掌握方向,只能由荷兰ITC公司的拖船拖着,在黑海上没完没了地兜圈子。

在当时情况下,"瓦良格"只能在海上漂泊。中方委托乌克兰马什公司通过土耳其的中介公司马依巴伊公司为拖船进行补给。

"瓦良格"在黑海上漂泊的日子里,国内相关部门一直在积极地做工作。中船重工集团公司军工部副主任牟安成与乌克兰马什公司的项目经理库兹涅佐夫来到土耳其首都安卡拉,通过土耳其的马依巴伊公司与土耳其政府进行交涉。因为此事属于商业运作,政府不介入,使馆不介入,牟安成孤立无援,举步维艰。几个月过去了,毫无进展。

后来,中国政府正式出面,又经过几个月的运作,土方才允许通过,但是提出了20项过海峡的条件,如中方不能满足,仍然不予放行。中方经与土方协商,在基本满足土方条件的情况下,最后土方终于同意放行。

2001年11月1日,"瓦良格"号航母在十几艘船只的拖带、护卫下,顺利通过土耳其海峡。至此,"瓦良格"已经在黑海上漂泊了502天!由于担心走苏伊士运河再出麻烦,前线领导小组决定改变航线——经大西洋,绕过好望角,进入印度洋,经马六甲海峡进入南中国海。

八、邵淳大连迎"瓦"舰

在等待"瓦良格"归航的日子里,停职在家的邵淳内心充满了煎熬。一是他被停职后,他的继任者盲目蛮干,造成投资重大失误,公司濒临破产;二是他为之付出惨重代价的"瓦良格"号航母滞留黑海,归程遥遥无期。他没有办法挽救公司,没有办法挽救"瓦良格",只能眼睁睁地看着在自己手中渐渐壮大的"金融大鳄"华夏证券公司,忽然变成了"壁虎",只能对远在黑海上漂泊、不知归期的"瓦良格"望眼欲穿。

2001年11月初,邵淳在得到"瓦良格"通过土耳其海峡的消息后,欣喜若狂,仿佛一个失散已久的亲人就要见面了!他与中船重工集团公司军工部副主任牟安成建立了联系,牟安成不时向他传递"瓦良格"归航的信息。这些信息为他枯燥的停职生活增添了无穷的乐趣。

2002年2月28日,"瓦良格"经过长达3个月的漫漫航程,到达大连港外的三山岛锚地,当天因为雾大,没能进港。

3月1日,大雾弥漫,仍然不能进港。

3月2日,雾终于散了,却又刮起7级大风,海面上浪烟翻卷,一片白茫茫的世界。拖船船长认为,这种天气不可进港。指挥部决定:为保证安全,进港计划撤销。

早在一周之前,邵淳就接到牟安成的电话,牟安成告诉他,"瓦良格"即将抵达大连港,邀请他前去观看历经磨难终于归航的"瓦良格"。邵淳怀着一种复杂的心情,带着夫人纪根云和秘书王中前往大连。

"瓦良格"到达三山岛锚地以后,邵淳每天一大早就让司机拉着他到距离锚地最近的地方去看"瓦良格",可是雾太大,距离太远,什么也看不见。在大连等待"瓦良格"的日子里,邵淳比谁的心情都要焦急。从1998年7月接触"瓦良格"项目开始,他的命运就和"瓦良格"连在了一起。他因"瓦良格"项目被停职、被调查。他因"瓦良格"所经历的艰辛和磨难,是不被外人所知的。他不知道自己还是不是党员,有没有公职,有没有公民权利,每个月只领取3000多元生活费,也没有享受医疗保险。这些他都能忍耐,只要"瓦良格"能回来。

如今"瓦良格"终于"回家"了,却深藏雾海,迟迟不肯露出"庐山真面目"。

尽管心情很焦急,邵淳表面上却显得很平静。他在心里安慰自己:已经到家门口了,已经是咱国家的船了!回来就好,回来就好!

3月3日,天气转好。邵淳接到通知,他可以跟一条快艇到海上去迎接"瓦良格"。这个消息让他喜出望外。

凌晨5点,拖船和引水船驶到"瓦良格"停泊的水域。荷兰拖船提前解缆,船厂和大连港的拖船开始带缆,并将航母拖向大连港。

中船重工集团公司派了一个摄影师,给"瓦良格"拍录像,邵淳乘坐摄影师的快艇,在海上围着航母转了几圈。

快艇很小,在快艇上看航母,巨大的"瓦良格"就像一座山一样耸立在他的面前。看到这个远道而来的庞然大物,他的心中感慨万千:"瓦良格",我的受尽苦难的兄弟,你终于回来了!这几年,我也被你害得好苦啊!看着锈迹斑斑的"瓦良格",他不由得热泪盈眶,他克制着,没让泪水流出来。他手持相机,不失时机地亲自为"瓦良格"拍下一些照片作纪念。

虽然暂时还不知道"瓦良格"将来能派什么用场,但它毕竟来到了中国,有了这个大家伙,起码华夏证券公司为之投入的资金就不会"打水漂"了。就是卖废钢铁也不会亏本啊!更何况它还有四台主机,那四台主机就值8000万美元啊!

看着"瓦良格"被缓缓拖进大连港,邵淳有一种如释重负的感觉。心中油然生起一种从来没有过的豪气:我邵淳这一辈子,能与这么一个大家伙产生交集,也是一种独特的不可多得的人生经历啊!

2002年3月3日,邵淳在大连港:我买的航母回来啦!

九、邵淳成"不幸功臣"

1999年12月,国家六部委"联合调查组"进驻华夏证券公司,邵淳的主要"罪状"就是动用"股民保证金"买航母。结果查来查去,发现事实并非如此。

华夏证券公司并不是一个纯粹的证券公司,下属子公司中有一个投资公司。"瓦良格"项目的投资主体并不是华夏证券公司母公司,而是其子公司——海南隆泰源实业投资有限公司。投资公司投资买航母,属于正常的投资业务,不违规。那么,邵淳买航母的钱是从哪儿弄来的呢?这件事只有邵淳和吴宇能说清楚。

海南隆泰源实业投资公司投到"瓦良格"项目上的钱,一部分是公司自营利润,一部分是从其他企业融资而来:中石化公司一笔,丰台农信社一笔。从丰台农信社融到的不是现金,是国债,吴宇在W的协助下,通过他们的资本运作能力,将其变现,用在了"瓦良格"项目上。

邵淳作为华夏证券公司的老板,他知道什么钱可以动,什么钱不能动。后来华夏证券公司倒闭了,有人说是因为邵淳买航母才倒闭的。实际情况恰恰相反,是邵淳的继任者经营不善,导致公司损失30多亿人民币,把华夏证券拖入了无法自拔的泥潭。最后,还是在国家收购"瓦良格"后,用"瓦良格"获得的利润,支撑华夏证券公司苟延残喘了一年多。

六部委"联合调查组"没有给邵淳作任何处理意见,邵淳就被那么无限期地"挂"了起来,这一挂就是十几年。后来邵淳对别人说:我要是有1万元的经济问题,我就得进监狱!

这句很普通的话,却很能说明问题。邵淳作为当时国家三大证券商之一的老总,每年运营的资金达100多亿元人民币,居然没有任何经济问题,应该认定,他是一个清正廉洁的好党员、好干部。

在调查组撤走以后,不断有各种信息传到邵淳的耳朵里:"联合调查组"的调查报告曾以邵淳"违规操作,为国家造成重大损失"为名,提出给予邵淳"双开"(开除党籍、开除公职)的建议,有关部门也作出了对邵淳"双开"的决定。但是有人对这个决定提出了不同意见:现在这个船还在乌克兰,暂时回不来,不等于以后回不来啊!如果现在把处分决定公布出去了,说邵淳"为国家造成重大损失",明天船回来了怎么办哪?所以这个"双开"文件就没发。邵淳一直没有收到任何处分决定通知。

没有结论就等于没有"宣判",没有"宣判"的人永远是"犯罪嫌疑人"。

"邵淳违规购买航母案"从1999年11月立案至今,已经十七八年过去了,当初办案的那些人,也许都不在了,邵淳的案子不会永远"悬"在那里没人管吧?社会影响这么大的案子,总该有个结论吧?

十、网友誉"航母大侠"

我在采访"瓦良格"项目的过程中,原华夏证券公司下属的香港达程公司总经理张勇给我提供了一份邵淳写于2000年4月16日的材料。邵淳在材料结尾这样写道:

"苟为利害生死以,岂因祸福趋避之。"只要对国家有利,我愿个人付出一些代价。在"瓦良格"号项目的全过程中,我这一态度贯彻了始终。是非功过,我相信组织和历史会给我作出公正的评价。

由此可见,邵淳在"瓦良格"项目上的心迹和胸怀。

2012年9月25日,中国海军第一艘航母"辽宁舰"交接入列仪式在大连造船厂隆重举行。时任中共中央总书记、国家主席、中央军委主席胡锦涛向海军接舰部队授予军旗,中共中央政治局常委、国务院总理温家宝宣读党中央、国务院、中央军委的贺电。

"历史将永远记住这一天,2012年9月25日,中国海军从此迈入航母时代。""辽宁舰"舰长、海军大校张峥说。他的这句话被中国媒体广为引用。

没有飞机的航母,就是一条普通的大船。

2012年11月23日,海军航空兵的歼-15舰载机首次着舰成功,完成了舰与机的结合,从这一天起,"辽宁舰"由一条普通的大船,真正变身为航空母舰了。

至此,"瓦良格"消失了,进入人们眼帘的是焕然一新的"辽宁舰"。

早在"瓦良格"变身"辽宁舰"之前,媒体关于"瓦良格"的炒作就沸沸扬扬,但有关购买"瓦良格"的报道,大都是徐增平个人对外发布的,奇怪的是,他从来不提华夏证券公司和邵淳的名字。

最近两年,邵淳的名字开始在网上出现,网友对邵淳的事迹和不幸遭遇表示关注。我在网上看到有网友留言:"向邵大侠致敬!"

纵观"瓦良格"来中国的整个历程,以及邵淳在这个过程中表现出来的勇气和魄力,称他为中国"航母大侠"一点也不为过。

我认为,邵淳的前半生都在积蓄能量,就为了这一次惊世骇俗的精彩绽放!

我曾对邵淳说过这样的话:你不参与买航母,可能中国到现在还不会有航母;你不参与买航母,你只是一个在中国证券界有点名气的公司老板而已,只能在《中国证券史》留下一段佳话;你参与了买航母,你就是"航母功臣""民族英雄",会在《中国证券史》和《中国航母史》上留下重重的一笔。不管你吃了多少苦,受了多少冤屈,人生有此"壮举",值了!

邵淳欣欣然。

2017年5月21日于河北固安孔雀城
2017年8月3日改于北京"听雪斋"

作者附言:我从2012年底开始采写"辽宁舰"报告文学,如今已近5年。我一共采访了各行业人员200多人,上至国家部委领导干部、部队将军,下至船厂工人、部队官兵,还有外交官和国企、私企老板。我不仅采访到了他们的事迹,还搞清了中国航母的历史。我发现曾经有人出于个人目的,颠倒黑白,混淆是非,故意把中国航母的历史搞乱了,因此我的使命也变得神圣起来。我不但要记录历史,还要厘清历史,还原历史,要拨乱反正,正本清源。参加过"瓦良格"项目的人很多,邵淳不过是其中一员。因篇幅所限,我在这里只能着重讲述他一个人的航母梦。我认为,邵淳的可贵之处,不仅仅在于他干了一件惊天动地的大事,还在于他历经中央六部委"联合调查组"长达6个月的调查,还能屹立不倒,令人肃然起敬。在邵淳身上,体现了中华儿女的优秀品质、爱国情怀,以及为国防建设勇于奉献的牺牲精神。在我即将出版的长篇报告文学《"瓦良格"航母来中国》一书中,读者将会看到更多这样优秀的人。他们是国家的脊梁,民族的希望!

作者简介

李忠效,笔名钟笑,男,海军政治部创作室一级作家,中国作家协会会员,中国报告文学学会理事。1955年11月出生,1969年12月入伍,历任潜艇轮机兵、轮机班长、轮机军士长、宣传干事、创作员、潜艇副政委、创作室主任等职。1974年开始发表文学作品,1978年开始从事专业创作,1989年毕业于解放军艺术学院文学系。主要著作有:长篇纪实文学《我在美国当律师》《我在加拿大当律师》《联合国的中国女外交官》《再生之地》《监狱之旅》,长篇小说《酒浴》《翼上家园》《从海底出击》,作品集《升起潜望镜》《蓝色的飞旋》《核潜艇艇长》等20部,并有电影《恐怖的夜》(编剧)、电视连续剧《海天之恋》(编剧)、文献纪录片《刘华清》(总撰稿)等多部。

中国创新之问

陈　芳　余晓洁

众所周知,中华民族在古代曾经以造纸术、指南针、火药和印刷术这四大发明闻名于世,可为什么科学和工业革命没有在近代的中国发生?20世纪英国著名科技史学家李约瑟到中国考察,他满心赞叹又充满困惑。然而放眼今日中国,一轮新的科技创新热潮正如火如荼席卷神州大地……神舟飞天创造了"中国高度",蛟龙潜海成就了"中国深度",高铁奔腾刷新了"中国速度","中国天眼"拓宽了"中国维度"。而高铁、支付宝、共享单车和网购更被称作中国"新四大发明",还有已经领先全球的超级计算机、量子卫星……高精尖科技创新成果不断出现。如果李约瑟穿越到现在,也许会为那个著名的难题加上第二问:今日中国为何能恢复为人类科技创新贡献智慧的荣光?

"我要在中国建一个世界一流的量子物理实验室。"

1996年,奥地利。面对导师"你的梦想是什么"的提问,时年26岁的潘建伟如是回答。

2001年,他放弃海外教职回国,在中国科技大学组建实验室;今天,"墨子号"量子科学实验卫星遨游太空,量子通信京沪干线工程即将建成。

"如果抢占量子通信先机,就有望抓住由模仿者变成引领者的机遇。"中科院院士、中国科技大学常务副校长潘建伟说,"我们的研究蕴含新的国家力量。"

70多年前,英国科学家李约瑟到中国考察。他在由衷赞叹"古代中国的科学技术如此辉煌灿烂"的同时,振聋发聩地叩问:中国文明缘何未能在亚洲产生近代科学?

在那个国家积贫积弱的年代,多少怀抱科学救国理想的人们报国无门,留下了深深的遗憾。

科技,人类文明进步的火种;创新,支撑民族复兴的脊梁。

穿越一个世纪的悠长,中国人民坚定选择创新之路。从新中国"一穷二白"到迈向中华民族伟大复兴,科技创新撬动兴国强国杠杆,托起民族希望。

"天眼"探空、"蛟龙"探海、神舟飞天、高铁奔驰、北斗组网、大飞机首飞……一批重大成果惊艳全球。从量的积累,到质的飞跃;从点的突破,到系统能力的提升,创新画卷壮阔铺展。

调南方之水、从风中取电,织高速路网、在云端架桥,从承诺"决不让困难群众掉队",到织就"全球最大健康保障网",重大工程成为实现中国梦的关键之举。

创新发展,刷新着世界对中国的认识。这个占世界人口五分之一的发展中大国,曾被称为"泥足巨人"的国家,如今阔步走向世界舞台中央……

激烈竞争中,唯创新者进,唯创新者强,唯创新者胜。

从"向科学进军"到"迎来科学的春天",从"占有一席之地"到"成为具有重要影响力的科技大国"……中国跨越式发展的过程,就是一次又一次打破"定律"、改写"模式"的过程。

唯有敢于创新的国度,才是充满希望的热土。

唯有勇于追梦的民族,才能创造光明的未来。

面向中华民族伟大复兴的未来之门,已经开启。中国的创新之音越来越激越、昂扬……

第一章 李约瑟之问

历史的转折,往往再回首才能看得更清晰。

在绵延5000多年的文明发展进程中,中华民族创造了以"四大发明"为代表的闻名于世的科技成果。

近代以后,中国饱受战乱动荡,历经长达一个多世纪的磨难,屡次与科技革命失之交臂。

古代中国的科学技术如此辉煌灿烂,为什么科学和工业革命没有在近代的中国发生?20世纪英国著名科技史学家李约瑟到中国考察,他满怀赞叹又充满困惑。

古代辉煌与近代悲歌道出真理:科技是国家强盛之基,创新是民族进步之魂。

1925年,鲁迅先生曾在《两地书》中这样写道:"中国大约太老了,社会上事无大小,都恶劣不堪,像一只黑色的染缸,无论加进什么新东西去,都变成漆黑……我看,一些理想家,不是怀念'过去',就是希望'将来',而对于'现在'这一个题目,都缴了白卷,因为谁也开不出药方。"

历史是现实的源头。

中国人民开始"睁眼看世界"。经过新中国成立以来特别是改革开放以来的不懈努力,科技发展取得一系列突破。从1978年全国科学大会中国迎来"科学的春天",到2016年"科技三会"吹响建设科技强国的时代号角,中国科技正走在伟大的复兴道路上。

世界开始重新打量并尊重今日的中国。《在千年沉睡之后,中国重新致力于发明》,美国《华尔街日报》刊文,文章引用经济合作与发展组织的数据说,中国的研发开支在2009年超过了日本,在2013年超过了欧洲,而到2020年有望超过美国。

如果李约瑟穿越到现在,也许会为那个著名的难题加上第二问:中国为何能恢复为人类科技创新贡献智慧的荣光?

(一)中国突破:飞跃的新起点

国务院第一会议室前一条30米长的走廊,是去开国务院重要会议的必经之路。2017年6月22日下午,这条走廊变成了展现新一轮科技革命和产业变革的最前沿"长廊"。

来这里开会的人员,先被"人脸识别智能迎宾会议签到系统""辨认"出来,这是在自然环境下超越人类能力的人脸识别人工智能系统。

往前几步,全息投影正在播放干细胞与再生医学的临床应用,可以治疗帕金森和脊髓损伤等顽疾。接下来则是30纳米染色质结构模型、空间冷原子钟、北斗应用设备等20多项我国科研最新前沿成果的展示……

当天下午,李克强主持国务院党组理论学习中心组学习讲座。总理特意邀请了白春礼、潘云鹤、潘建伟、周琪4位院士分别围绕世界新科技革命和产业变革总体态势、人工智能、量子科学和基因编辑作专题讲解。

"中国成功跻身全球创新领导者行列"——2017年最新发布的全球创新指数报告,印证了中国的创新竞争力,成为年度全球创新领域的标志性新闻。

由世界知识产权组织和康奈尔大学等机构联合发布的最新报告,对全球127个经济体的创新能力和可衡量成果评估,中国国际排名从2016年的第25位升至第22位,成为唯一与发达国家经济体创新差距不断缩小的中等收入国家。报告在一定程度上也为我国实施创新驱动发展战略的前瞻性和正确性提供了令人信服的证据。

"这一成绩得益于创新驱动发展政策导向的结果,显示出中国'令人惊艳的创新表现'。"世界知识产权组织负责人表示。在七大类指标中,中国在制度、人力资本与研究、基础设施、知识与技术产出、创意产出等五大类均有所提升。

一批科技型企业爆发式增长,引领世界经济风潮。在科技创新推动的产业热潮中,中国的科技型创业已经涌现出三代创业者:以联想、华为、海尔为代表的第一代已走向全球,以阿里巴巴、腾讯、百度为代表的第二代正改变世界,以小米、美团、滴滴、大疆等为代表的第三代"独角兽"企业,也研发出诸多跨界融合的新成果。

近年来,中国专利增长迅猛。截至2016年底,我国国内发明专利拥有量达到110.3万件,是继美国和日本之后,世界上第三个国内发明专利拥有量超过百万件的国家。世界知识产权组织2016年11月发布的报告显示,"创新势头在地理上已发生转移"。

科学技术作为第一生产力,蕴藏着巨大潜能。在"科技三会"召开的当年,全国技术合同成交额同比增长 15.97%,科技创新正加快融入经济社会发展全局。

"中国的科学研究正处在一个黄金时代,能成为这个时代的实践者之一,我倍感幸福。"在庆祝全国科技工作者日暨创新争先奖励大会上,中国科学院院士、清华大学副校长薛其坤教授毫不掩饰自己的激动。

过去,中国的科技企业一直模仿西方同行,如今创新向"科学无人区"挺进。一个个"零"的突破彰显中国的创新自信。

2017 年立夏之日,C919 大型客机一飞冲天,一个多小时的精彩飞行尽显"全民网红"气质。"中国曾因在大飞机研制上起步较晚,被嘲笑是'没有翅膀的雄鹰',如今却有望继波音和空客之后,成为世界上'飞机供应第三强'。"复旦大学航空航天系主任艾剑良表示,这是我国民用航空工业发展的重要里程碑。

33 天,是"神舟十一号"航天员景海鹏、陈冬在太空逗留的时间,也是我国迄今时间最长的一次载人太空飞行任务。

对太空的探索,永不止步。

2016 年是中国航天 60 周年,走过一甲子的中国航天事业,从无到有、由弱到强,正在努力实现从航天大国到航天强国的跨越。

2017 年"天舟一号"飞行任务的圆满成功,突破和验证了空间站货物运输、推进剂在轨补加等关键技术。

"这标志着我国载人航天工程第二步胜利完成,意味着我国稳步迈进'空间站时代',对于实现不懈追求的航天梦,具有十分深远的意义。"中国载人航天工程总设计师周建平表示。

可上九天揽月,可下深海探秘。经过近 20 年的不懈努力,我国取得了天然气水合物勘查开发理论、技术、工程、装备的自主创新,实现了历史性突破;在掌握深海进入、深海探测、深海开发等关键技术方面取得重大成果。这是中国人民勇攀世界科技高峰的又一标志性成就。

2017 年 4 月 27 日,中共中央、国务院、中央军委对"天舟一号"飞行任务圆满成功发贺电;5 月 5 日,中共中央、国务院对 C919 大型客机首飞成功发贺电;5月18日,中共中央、国务院对海域天然气水合物试采成功发贺电……

从星辰到大海"国之重器"纷纷亮相,举世瞩目!中央不到一月连发三份贺电,提振国人信心!很多人的"朋友圈"最近一段时间都被"大国重器"的突破刷屏了。

网民"JCR"说,天舟合体、航母下水、飞机首飞、高铁奔驰,天上飞的、地上跑的、海里游的,所有的一切,我们从无到有,一步步见证祖国的强大,我们很幸福!为什么我的眼里常含泪水,因为我对这片土地爱得深沉……

建设世界科技强国的号角已在耳畔吹响,这些重大突破,不是起始音,也非休止符,而是强劲的创新交响曲。

"国家重视在上,必须要有敢为人先的自信。"马伟明院士带领的海军工程大学电力集成创新团队,在"舰船综合电力""电磁发射""新能源接入"等领域实现革命性技术突破,取得国际领先优势。

30年的创新实践带给他切身体悟:"绝不能认为西方国家有了我们才能做,我们要有在世界科技前沿比拼的勇气和自信。"

潘建伟10多年前从海外回国,着手组建国际领先的量子实验室。那时,量子科学的许多领域还存在大量空白,质疑声不是没有:"投入这么多经费,外国有没有人做成过?"

"我们比别人做得快,已经走到别人前面了。"潘建伟这样回答。他说,中国从来都不缺聪明人,中国人有很强的创新精神。"我们现在条件好了、能力也强了,要习惯于自己在前面跑。敢为天下先,应该变成一件很自然的事情。"

在中国科技成果"井喷"的今天,很难想象半个世纪前的科技突破有多难。

(二)千年梦想

从嫦娥奔月的神话传说到莫高窟的飞天壁画,从战国诗人屈原的"天问"到明朝万户飞向空中的首次尝试……飞天梦,与中华民族的沧桑历史一样悠远。近现代我们落后了,直到新中国成立,最早仰望星空的民族才真正迈出探索太空的步伐。

"东方红,太阳升……"

1970年4月24日,中国第一颗人造地球卫星"东方红一号"成功发射、准确入轨,拉开了中国人探索宇宙奥秘、和平利用太空、造福人类的序幕。

47年过去了,"东方红一号"仍然在自己的轨道上稳定运行!

当年的"造星人"纷纷进入古稀之年。梦醒时分,耳畔仿佛依然回响着《东方红》乐曲,回响着47年前新华社向世界播发的一份激动人心的电文——

"新华社4月25日讯:1970年4月24日,我国成功地发射了第一颗人造地球卫星。卫星运行轨道,距地球最近点439公里,最远点2384公里,轨道平面和地球赤道平面夹角68.5度。绕地球一周114分钟。卫星重173公斤。用20.009兆周的频率,播送《东方红》乐曲……"

那一天的北京城,万人空巷,人们都在抬头等待那颗期盼已久的"中国星"。

几经找寻,我们在北京航天城中国航天科技集团五院502所里找到了"东方红"乐音盒的"双胞胎"兄弟——备份乐音盒。

这个小兄弟保存完好,金色外壳和"东方红"三个字锃亮发光。

它的"孪生哥哥"是怎么"唱"《东方红》的呢?

科研人员从火车站的钟声中受到启发,用电子线路模拟铝板琴演奏清晰悦耳的《东方红》乐曲。从"音键"的选择、调配,到所有元器件、材料和测试仪器,经过上百次试验,终于取得了令人满意的效果。测控站将接收到的"东方红一号"卫星传回的音乐信号录制成磁带,专机送往北京,供中央人民广播电台向全世界广播。

当年在发射"东方红一号"的酒泉卫星发射中心测量站任技师的侯同来说:"我专门跑到主机房去听卫星播送的《东方红》,觉着特自豪!"

"东方红一号"发射成功,标志着中国成为世界上第五个能够独立研制和发射人造卫星的国家。当时新加坡《民报》刊文:中国成功地发射了第一颗人造地球卫星,从天外飞来的音波,不但震荡了举世的人心,也使美苏两国闻之相顾失色。

互联网时代的我们,难以想象当年为发射一颗卫星,要付出多么艰苦的计算!

中国航天科工集团二院退休老专家宋庆元的青春时光,就是在为国之重器算、算、算中度过的。

"单位只有一台计算机,大部分时候用手摇计算器。计算一个弹道耗时一个月。计算纸垒了一房间。我们不知道具体为什么算,但知道在为国家做很重要的事,所以夜以继日。"81岁的宋庆元女士说,自己21岁一毕业就进入国防科工领域。

那个"很拼"的年代的"很拼"生活,时常在她脑海回放。

"那会儿我第二个孩子特别小,刚会跑。我一出家门,孩子就在后面追,哭喊着妈妈。家里老人就跟在孩子后面撵。我心里酸酸的,但一想到工作重要,还是一天天坚持。"

直到发射成功后,宋庆元才知道自己算的是中国首枚人造卫星轨道数据。没想到,更大的惊喜在后面。作为"东方红一号"研制人员的代表之一,她被邀请"五一"劳动节上天安门。

"先是周总理进来了,他向同志们问候辛苦了。8点左右,毛主席出现在城楼上,挥着手走向大家。后来,他微笑着和我们一一握手。我特别激动,幸福的泪水夺眶而出。"宋庆元说。

飞了47年,那么"东方红一号"是从哪儿起飞的呢?

大西北的巴丹吉林沙漠边缘,中国酒泉卫星发射中心从当年鲜为人知,崛起为世界知名航天发射中心。

1958年10月,中国酒泉卫星发射中心正式组建。当时,国家财政十分困难,党和政府举全国之力来建设我国的第一个综合导弹试验靶场。就拿中心的这条铁路来说,当时就投入了5960万元,而当年全国一年的财政收入才370多亿元。

戈壁沙丘下的指控室里,当年使用过的仪表设备显得简陋陈旧,只有墙面的标语依然醒目:"一定要在不远的将来,赶上和超过世界先进水平!"

赛跑还在继续。

与老塔架遥相呼应的,是载人航天工程宏伟气派的天蓝色新塔架。

1992年,中国载人航天工程正式启动,酒泉卫星发射中心以其独特的环境条件和雄厚的科技实力,被确定为载人航天发射场。国人熟知的神舟飞船系列和"天宫一号""天宫二号"都是从这里出发,飞向寰宇。

(三)极不平凡的"接力"

在中国科技发展的历史长河中,有一些标志性的时间节点。

1956年元月的一天,毛泽东等党和国家领导人以及1300多名领导干部,在中南海怀仁堂听取中国科学院4位学部主任关于国内外科技发展的报告,党中央向全党全国发出"向科学进军"的号召。

此后10年,在各方共同努力下,我国建立了学科齐全的科学研究体系、工业技术体系、国防科技体系、地方科技体系,取得了以"两弹一星"为标志的一批重大科技成果。

1978年,党中央召开全国科学大会,邓小平在大会上作出"科学技术是第一生产力"的重要论断,我国迎来"科学的春天"……

党的十八大以来,以习近平为核心的党中央着眼于实现"两个一百年"奋斗目标和中华民族伟大复兴的中国梦,把科技创新摆在更加重要位置,发出了建设世界科技强国的号召,推动我国科技发展取得辉煌成就。

2016年5月30日,全国科技创新大会、两院院士大会、中国科协九大召开。"抓科技创新,不能等待观望,不可亦步亦趋,当有只争朝夕的劲头。"习近平总书记发表重要讲话,吹响了建设世界科技强国的号角。

如今,中国正加速从"制造大国"向"创新大国"迈进——

世界最大的单口径射电望远镜建成使用,世界首颗量子科学实验卫星"墨子号"发射升空,世界首台超越早期经典计算机的光量子计算机成功构建,"海洋六号"科考船刷新多项极地和深海科考纪录……

5G引领势头逐渐形成、特高压输变电关键技术领跑世界、LED照明产品产量和应用规模全球第一……科技创新"三跑并存"中并跑、领跑的比重越来越大。从北京中关村到上海张江,从深圳南山到武汉光谷,"创新之花"竞相绽放,国人信心和梦想不断被点燃。

让大飞机早日翱翔蓝天,是几代中国人的梦想。C919大型客机首飞成功只是大型客机项目的关键一步,后续任务依然艰巨繁重。据介绍,作为我国首次按照国际适航标准研制的150座级干线客机,C919不仅攻克了100多项核心关键技术,还使我国掌握了民机产业5大类、20个专业、6000多项民用飞机技术。

从2007年正式立项,到2010年展出样机,再到2016年总装下线,十年磨一剑。C919一路走来,见证了我国航空工业自主创新的奋进历程。十年来,以上海为龙头,陕西、四川、江西、辽宁、江苏等22个省市、200多家企业、近20万人共同参与了大型客机项目的研制和生产。

业界前辈、曾任运10飞机副总设计师的程不时说:"C919是中国民机的新高度,它不只是一个机型的成功,更代表着一种能力,一种创新之力,这是中华民族最深沉的民族禀赋!"

从量的积累,到质的飞跃;从点的突破,到系统能力的提升——中国抓住科技革命的难得机遇,乘势而上。

——这样的中国突破,根植于多年的默默积累。

"长征五号"有着中国运载火箭的数个"之最",这般迅猛的中国速度,发轫于无数科技工作者多年的辛勤耕耘。首届全国创新争先奖获奖团队代表、"长征五号"运载火箭总设计师李东说,"岂止是十年磨一'箭',前期论证和攻关,必须要追溯到30年前。"

——这样的中国突破,是只争朝夕的创新之果。

当埃博拉病毒肆虐西部非洲,研发此类疫苗成为当时医疗科研界努力摘夺的"皇冠",中国的疫苗研发水平很快得到国际同行高度认可。曾战斗在抗击埃博拉一线的中科院微生物研究所高福院士回忆,在一次国际学术会议上,曾有一位外国同行半开玩笑地说,"你们最近在研究什么,告诉我,我们就不去研究了。"

——这样的中国突破,澎湃于科技工作者超速的"运转"。

已故杰出科学家黄大年,仿佛没有时间停下喘口气,将一个个高端科技项目推向世界前沿,直至生命定格在58岁。有人说他是个"疯子",他却毫不在意:"中国要由大国变成强国,需要有一批'科研疯子',这其中能有我,余愿足矣!"

《国家创新驱动发展战略纲要》明确提出,到2020年进入创新型国家行列,到2030年跻身创新型国家前列,到2050年建成世界科技创新强国。

创新是发展的新引擎,改革则是发动引擎的点火器。改革与创新两个轮子一起转,培育创新沃土,让创新活力喷涌。

为了营造利于创新的环境,我国推行了一系列改革。政府不再直接管理科技项目,意在再造科技计划管理体系;完善突出创新导向的评价机制,则在探索政府、社会组织、公众等多方参与的新模式;科技体制改革主体架构基本建立,企业创新政策、计划经费管理、科技成果转化、收入分配制度等重点领域改革取得实质性突破,科技人员获得感进一步增强;成功举办G20科技创新部长会议,科技创新的国际位势不断提升。

(四)超万亿投入之变

根深方能叶茂。

创新领域的百花齐放,依靠的就是国家经济基础的稳固与综合实力的提升。

国家统计局数据显示,2016年我国国内生产总值744127亿元,比上年增长6.7%。世界银行发布的2016年GDP总量排名中,美国以24.32%的占比位居第一,中国以总量占比14.84%排在第二。

近年来,中央财政对科技创新扶持的力度不断加大。数据显示,2006年至2014年,中央财政一般公共预算科学技术支出,从1009亿元增加到2899.2亿元,并带动全社会研发投入快速增加。

中国研发投入超万亿给新经济注入强劲动力。当创新成为政府、企业、高校等各界共识,研发投入大国开始向创新大国迈进。

加利福尼亚州圣马特奥的LimeBike在美国采用了中国无桩停放共享单车的模式;苹果公司在其iMessage即时通讯服务中增加了支付功能……最近,美国公司开始模仿中国同行的现象引起西方普遍关注。

中国企业在创新领域的追赶,被一些学者形容为"逆袭"。

科技部部长万钢指出,与建设世界科技强国的目标相比,我们还有较大差距——处于领跑水平的关键核心技术相对较少,科技创新对经济社会发展的支撑引领作用亟待加强。加快实施一批关系全局和长远的重大项目,有利于我国加快赶超引领世界科技新方向,掌握新一轮全球科技竞争的战略主动,实现从跟跑并行到领跑的战略性转变。

战略高技术取得重大突破。"神舟十一号"载人飞船与"天宫二号"空间实验室实现自动交会对接,航天员遨游太空30天;大推力新一代运载火箭"长征五号"发射升空。首颗量子科学实验卫星"墨子号"、首颗微重力科学实验返回式卫星"实践十号"、首颗全球二氧化碳监测科学实验卫星成功发射、"悟空号"暗物质探测卫星在轨运行一年,太空科学探索迈出新步伐。深海技术装备迈向谱系化和全海深,"海斗"号无人潜水器最大潜深达10767米,我国成为第三个研制出万米级无人潜水器的国家。采用自主研发芯片的世界首台十亿亿次超算系统"神威·太湖之光"居世界之冠。

基础前沿加速赶超引领。国际科技论文数量稳居世界第二,科学研究的国际影响力大幅提升。在信息科学领域,首次在光晶格中并行制备并测控约600对超冷原子比特纠缠对,基于超冷原子的量子计算和量子模拟取得重要进展。在生命科学领域,首次实现精准定位高分辨全脑连接图谱,创造了在单细胞水平解析和定位全脑神经形态的成像方法。首次构建小鼠－大鼠异种杂合二倍体胚胎干细胞,破解了种间杂交研究的天然资源限制。基于冷冻电镜解析了重要蛋白质机器的结构,提出活病毒疫苗研发新理念。首次发现动物源细菌耐药性关键基因。发现人源寨卡病毒治疗性抗体及其作用机制。

科技创新基地布局进一步优化。世界最大单口径500米球面射电望远镜(FAST)落成启用,大幅提升我国深空测控能力。科研设施与仪器国家网络管理平台建成运行,28个省市、20个部门所属的5000多家科研及管理单位互联对接,各地通过创新券等方式有效推动科研设施与仪器开放服务。

按照全球创新指数,我国在一些具体指标上仍然落后,如"易于创业"等制度类指标,"高等教育入境留学生占比"等人力资本类指标,"GDP/能耗单位""环境表现"等基础设施类指标,"易于保护中小投资者""易于获得信贷"等市场成熟度指标,仍有较大提升空间。

虽然我国在综合创新排名上进步明显,但是在一些专业性评价中却表现不佳。汤森路透的2015全球创新企业百强,日本以40家高居榜首,美国35家第二,而中国无一入围;在《财富》杂志发布的"2016年50家改变世界的公司"榜单中,中国大陆只有"滴滴出行"一家公司入围。这些都是差距和挑战。

国家科技评估中心主任王瑞军分析说,我国科技创新正处于可以大有作为的重要战略机遇期,也面临着差距进一步拉大的风险。"十三五"期间,必须坚持以改革驱动创新,以创新驱动发展,确保我国如期进入创新型国家行列,并为实现更高目标奠定坚实基础。

制度创新提供"原动力",科技创新提供"主动力",文化创新提供"软实力"。中国创新发展开始渗透到经济社会、百姓生活的方方面面。

一份来自麦肯锡全球研究院的研究报告写道:"中国的创新规模不断扩大,有潜力坐上全球创新领导者的宝座,甚至有望成为全球创新典范。"

历史学家汤因比曾说:"如果中国能够在社会和经济的战略选择方面开辟出一条新路,那么它也会证明自己有能力给全世界提供中国和世界都需要的礼物。"今天,以"中国梦"标定民族复兴总目标,以"两个一百年"确立前进大坐标,以"创新驱动发展"推动经济社会大变革,中国奏响了新时代的交响曲。

第二章 "中国芯"之艰

如果说开创工业时代的驱动力是蒸汽机,开创电气时代的驱动力是电力,那么开创信息时代的驱动力就是集成电路。

这是一场无法回避的创新竞赛,竞赛者不在一条起跑线上。

海关数据显示,中国集成电路产品进口从2007年的955亿美元,一路飙升到2015年的2307亿美元,是原油进口总额的1.7倍,超过铁矿石、钢、铜和粮食四大战略物资之和。计算机处理器、汽车内联式芯片等高端产品更是极度依赖进口,严重"卡脖子"。

我国自主研发的安全可靠的芯片和软件技术水平落后,无法大规模使用,各行各业计算机系统和中国人的手机,大多在"裸奔"。

一方小小的芯片,为何如此之难?

(一)"卡脖子"之忧

集成电路产品,是美国第一大出口产品,中国的第一大进口产品。

中国半导体行业协会公布的数据显示:2016年前三季度,中国进口集成电路产品2471.6亿块,同比增长9.1%,进口额1615.7亿美元。

集成电路是一个投入大、周期长的"烧钱"产业,投资一条月产5万片的12英寸28纳米生产线,约需50亿美元。

开发新一代IC技术的成本越来越高,研发支出排在全球首位的英特尔研发支出占营收的比例在过去20年内不断增加,2015年达到24%,超过120亿美元。中国在2014年成立了总规模近1400亿元人民币的国家集成电路产业投资基金,并鼓励地方、社会参与。这样的投入和雄心前所未有。要知道,上世纪90年代后半期,中国在这一领域的投入不足10亿美元。

长期以来,我们缺"芯"少"魂"。发达国家对我国集成电路产业发展严加遏制。美国就曾以违反出口限制法为由,对中兴通讯采取出口限制。

高技术领域,能买来的往往不"新鲜"。"中国要强,中国人民生活要好,必须要有强大科技。"高端制造必须从"跟随者"变为"领跑者"。

为打破"引进——落后——再引进——再落后"的怪圈,自主造的"中国芯"工程在新世纪启动。

这是决定命运的关键一招,这是打开未来之门的神奇密码。

2008年8月8日,在北京奥运会开幕当天,中国16个重大科技专项中的"01专项"——核高基正式启动,吹响集成电路行业发展的集结号。

核高基,相比于载人航天、重大新药创制等专项,听起来似乎太"高冷"。"这是干吗的,跟我有啥关系"?非专业人士多半会这么问。

芯片,是指含集成电路的硅片。1元的芯片产值,可带动电子信息产业10元的产值和100元的GDP。一部ipad,集成电路价值占到整机的50%。

芯片是纳米级产品,一纳米相当于头发丝千分之一粗细。英特尔正在向7纳米工艺发起冲击。而今,集成电路设计进入百亿只晶体管时代——人类可以把上百亿只晶体管集成在指甲盖大的芯片上!

在我们的生活中,从手机到电脑,从冰箱到汽车,从银行卡到小小的U盘,都离不开芯片和软件。实际上,芯片——指甲盖大的小玩意儿,已经渗透到各行各业。从"制"到"智",深刻变革着电子信息、高端装备制造、医疗健康等各个行业。

"核高基是核心电子器件、高端通用芯片及基础软件产品重大专项的简称,涉及信息技术核心领域,主要涵盖核心电子器件、高端通用芯片和基础软件三个方向。"专项总体组组长、清华大学微电子所所长魏少军介绍说。

芯片是"心",软件是"魂"。

院士专家们"诊断"认为,与国际上集成电路发达的国家和地区相比,我国集成电路产品还缺乏竞争力,"中国芯"尚有四大"痛点":

集成电路高端装备和材料基本处于空白状态,完全依赖进口,产业链严重缺失;制造工艺与封装集成较弱,企业规模小,力量分散,技术创新难以满足产业发展需求。量大面广的高端通用芯片,例如高性能多核CPU、数字信号处理器、动态存储器和现场可编程的门阵列电路等发展基础薄弱;价值链整合能力不强,芯片与整机联动机制尚未形成,国产芯片以中低端为主,用户企业采用积极性不高,具有强强战略合作关系的企业少;产业链不完整,专用设备、仪器和材料发展之后,难以支撑集成电路产业发展。

前有让中国人挺立起不屈脊梁的"两弹一星",现有重塑现代工业信息化智能化心魂的"两件一芯"。美国的智慧地球、韩国的未来IT战略、英国的数字英国计划……正因为此,芯,成为各大国的战略必争,集成电路技术水平和产业规模已成为衡量一个国家产业竞争力和综合国力的重要标志。

(二)"中国芯"的冲锋

事非经历不知难。从技术研发到转化为产品和服务,并获得市场的认可,往往要经历几番"阵痛"。

2001年,32岁的中科院计算机所研究员胡伟武带领团队研制自主可控的"中国芯",先后开发出"龙芯"1号、2号、3号等系列高性能CPU。令人遗憾的是,被寄予厚望的"龙芯"一直未能实现大规模推广应用。

躺在实验室里的"中国芯"没有生命力,真正产业化才有国际竞争力。

2010年,胡伟武横下一条心带着团队骨干脱离事业编制,从学院派转向市场派,力推"龙芯"产业化。"与外国芯片相比,'龙芯'最大的差距不在技术指标,而是未能与产业链对接、建立与之相匹配的生态系统。"胡伟武说。

能不能用?好不好用?性能如何?是否稳定?缺"芯"之痛还痛在知名度不高,自主研发的芯片在寻找买家时,总会碰到一大堆问号。长期受制于人,让国产芯片从诞生之日起就得不到信任。用户企业对国产芯片的性能和后续发展"心里没谱",导致销量起不来,成本难降低。

"十二五","中国芯"向产业化发起冲锋。

"核高基专项增强了整个行业的信心。'十二五'期间,'产能为王'越来越凸显,谁有产能,谁就有发言权。"魏少军说,"01专项"的要义之一,就是推动芯片和软件产业的迅速发展。

中国科学院微电子所所长叶甜春脑海里刻着过去20年,"中国芯"跟跑的铿锵脚步:封装技术从低端向高端挺进;关键装备和材料从无到有,部分产品进入14纳米研发;制造工艺取得长足发展,28纳米进入量产,14纳米研发实现突破,系统级芯片设计能力与国际先进水品差距逐步缩小。

然而,要实现《2015年工业强基专项行动实施方案》提出的新目标:10年内力争实现70%芯片自主保障且部分达到国际领先水平,仍然任重道远。

中国工程院组织的"信息电子制造战略研究"给集成电路"号脉":集成电路板块具有渗透力强、影响力大、发展速度快和潜力大等特点,尤其伴随着物联网、云计算、大数据、移动互联等信息技术的成熟和大规模应用,集成电路及电子信息产业市场前景必将更加广阔。

作为现代工业的"粮食",芯片强则产业强,芯片兴则经济兴,没有芯片就没有安全。在信息时代,集成电路是核心基石。没有集成电路产业支撑,信息社会就失去了"根基",集成电路因此被喻为现代工业的"粮食"。

高端装备和材料从无到有,制造工艺与封装集成由弱渐强,技术创新协同机制羽翼渐丰……2008年国务院批准实施集成电路装备专项后,共有200多家企事业单位和2万多名科研人员参与攻关。9年来,先后有30多种高端装备和上百种关键材料产品研发成功并进入海内外市场,从无到有填补了产业链空白。

"核心电子器件、高端通用芯片及基础软件产品"专项技术总师、清华大学教授魏少军说:"我们在核心电子器件关键技术方面取得重大突破,技术水平全面提升,与国外差距由专项启动前的15年以上缩短到5年,一批重大产品使我国核心电子器件长期依赖进口的'卡脖子'问题得到缓解。"

面向2020年,我国继续加快实施已部署的国家科技重大专项,培育产品,做大企业。重点攻克高端通用芯片、高档数控机床、集成电路装备等方面的关键核心技术,形成若干战略性技术和战略性产品,培育新兴产业。"十三五"期间还将重点支持7-5纳米工艺和三维存储器等国际先进技术的研发,支持中国企业在全球产业链中拥有核心竞争力,实现产业自主发展,形成特色优势。

(三)"madeinchina"的优与忧

美国《基督教科学箴言报》10年前发表了一篇《没有"中国制造"一年》的文章,曾引起各界关注。

撰写此文的美国普通家庭主妇萨拉说,她想看看自己家里是否能摆脱对中国产品的依赖。在"抵制""中国制造"近一年的实验后她终于发现:没有中国产品的生活一团糟,代价会越来越大。

近些年来,这样的尴尬不断:制造业大国,却难觅几个全球叫得响的牌子;是出口大国,但90%以上是贴牌产品;海外大到大家电、小到指甲刀保温杯被人抢,国内一些产能落后的企业库房积压严重……尽管有着"世界工厂"的美誉,但多年来也被贴上"创新力不足"的标签。

中国光伏行业协会理事长高纪凡每次到欧洲都会去商场"逛逛",其实就是想看看中国商品的境况。"很多中国产品是为海外品牌代工的,东西是你的,但牌子是人家的;还有一些家用电器在很多商场都有,但跟欧洲货、日本货不摆在同一区域,常常在商场角落才能找到。"

听听国内消费者的声音:同样的图纸,同样的设备,在中国生产出来的东西就跟德国有不小差距,工人"在加工制作时会有意无意地放宽条件,结果每个环节差一点点,成品后就会差很多"。

这些产品中国也会做,但为什么还是外国货受欢迎?不少消费者说,因为他们为传统产品开发出了新功能,满足了消费者要求产品更加方便、快捷、人性化操作、多样化体验等"痛点","可见中国制造在创意、设计上还有待加强"。

为什么中国消费者到日本疯抢电饭煲?核心专利缺乏、品牌营销不足、工匠精神缺失……面对挑战,如何让"madeinchina"风行世界?

一篇《盘点老外最爱的9大国货名牌》曾在互联网上流传甚广,其中,联想、华为、"老干妈"辣酱等列入其中,文章分析认为,这些产品物美、价廉是其受欢迎的主要原因。但专家表示,从中不难看出,中国制造还未进入外国人追求的高价格、高品质之列。

"中国消费者是全世界最大的奢侈品买家。"近年来,国外知名媒体不断报道,外国制造的电饭煲、奶粉和纸尿裤等商品是中国买家从海外采购或通过在线平台订购的热门商品。尤其一到春节假期,不少赴日中国游客"一掷千金"。

"中国制造业品牌附加值低、竞争力弱。"工信部一份有关"中国制造2025"的调查报告指出,中国制造的产品质量发展不均衡,部分产品质量档次不高,与国际先进水平存在较大差距;同时品牌建设滞后,顾客美誉度和忠诚度有待提高。业内人士认为,中国制造与发达国家产品相比,大都存在品质低、创意少、标准乱三大问题,这直接损害了其品牌形象。

"其实,成就品牌的理念、技术和做法并非高深莫测,而是极其朴实朴素的。即始终坚持的消费者立场,脚踏实地的调查和耐得住寂寞的钻研。"在国内一些企业家看来,日本世代流传的"匠人精神",再加上自主创新的动力驱动,使得日本制造得以在诸多方面独领风骚。

"没有理由,那么多企业做不好一个电饭煲!"格力电器董事长董明珠谈到"到国外买电饭煲"时发了狠话。"电饭煲之问"该如何作答?

发达国家"再工业化"、新兴经济体"承接转移","德国工业4.0"计划与"美国工业互联网"战略迅速发展,中国制造业必须突围、再造"新比较优势"。

2017年1月,太原钢铁(集团)成功研发"笔尖钢",百亿支圆珠笔有望安上"中国笔头"的消息一经传出,朋友圈立即刷屏。这标志着我国不仅首次实现了笔头钢的批量生产,而且正在开发更为环保的国际顶尖无铅笔头。

不仅如此,实现这项技术突破的太钢集团推出10余种打破国外垄断的新产品,实现利润12.9亿元,为身处寒冬的钢铁业增添了暖意。"通过供给侧结构性改革,中国经济不断降脂增肌、优化结构,为后续发展筑牢了根基。"太钢集团董事长李晓波说。

3000多家制笔企业、年产圆珠笔400多亿支……作为世界上最大的圆珠笔生产国,我国圆珠笔长期承受缺"芯"之痛,在制笔核心材料之一的笔尖钢上,90%来自进口。这个直径仅有2.3毫米的球座体,无论是生产设备还是原材料,长期以来都掌握在瑞士、日本等国家手中。造不出笔头,每年仅从日本等国就要买1000多吨笔尖用不锈钢丝。

小小圆珠笔,到底有多少高科技?专家介绍,笔头上不仅有小"球珠",里面还有五条引导墨水的沟槽,加工精度都得达到千分之一毫米。笔尖的开口厚度不到0.1毫米,任何一个小偏差都会影响笔头书写的流畅度和使用寿命,还要考虑到书写角度和压力。只有严格控制特殊元素含量、轧制、拔丝、热处理等每一个环节,才能达到性能最佳。

微量特殊元素的最佳配比设计和精准添加技术是笔头钢的核心"奥

秘",也是国外企业的绝对"机密"。就像我们生活中使用糖精一样,多加一点点就太甜,少加一点点就无味。

"制造笔头需要用很多特殊的微量元素,这个配比找不到,中国的制笔行业永远都需要进口笔尖钢。"太钢集团技术中心高级工程师王辉绵,有26年国内一线科研工作经历,他在笔尖钢的研发中深深感受着"攻坚之难"。没有可借鉴资料,成分配比从几十公斤开始练……为找到国外守口如瓶的保密配方,科研团队重在摸清笔尖钢的成分配比这一环节,在切削性和加工性上寻求平衡点,最终在笔头用不锈钢材料的7大类工艺难题上取得突破。

工艺突破的灵感来自"和面"。在技术人员眼中,"面"要想和得软硬适中,就要加入新"料"。相应的,钢水里要加入工业添加剂,如果能把普通块状添加剂变细、变薄,钢水和添加剂就会融得更加均匀,这样就可以增强切削性。"掌握了关键技术,就掌握了制造笔芯的良方。"王辉绵如是说。

最新测试结果表明,我国生产的圆珠笔出水均匀度、笔尖耐磨性基本稳定,产品质量与国外产品相当,具备了批量生产供应、逐步替代进口的能力。

创新关键是创"芯"。事实上,"十二五"期间,在科技部"国家科技支撑计划"重点项目的支持下,太钢与国内主要制笔企业和相关科研院所共同实施并完成了"制笔行业关键材料及制备技术研发与产业化"计划。

科技创新,从"跟跑"到"并行""领跑",是一段艰辛漫长的征程,挑战重重。

(四)让世界爱上"中国造"

2017年夏,一条由中国公司主持修建并全部采用中国最新技术的铁路,在非洲大陆正式开通运营,它使肯尼亚首都内罗毕和海岸城市蒙巴萨紧密连接在一起。

近年来,中国新开通高铁1.36万公里,使高铁营业里程突破2.2万公里,稳居全球榜首。

从北京到香港,从连云港至乌鲁木齐,万水千山一朝跨越。2020年,全国铁路营业里程即将达到15万公里。既能驰骋冰天雪地,又能穿越沙漠风区,日均400多万的旅客发送量,更使高铁成为诠释"获得感"的最佳代名词之一。

与"和谐号"相比,"复兴号"设计寿命提高了10年,在车体断面增加、空间增大的情况下,按时速350公里试验运行,列车运行阻力下降7.5%以上,人均百公里能耗降低17%,车内噪声下降1～3分贝……如此多骄人的成绩从何而来,又历经了哪些挑战?

在决胜全面建成小康社会、实现中华民族伟大复兴中国梦的重要历史节点,将中国标准动车组命名为"复兴号",有哪些不同寻常的意义?

——降低成本、提高效率,是研发中国标准动车组的直接诱因。

——适应国情路况、倒逼持续创新,是研发中国标准动车组的根本原因。

放眼世界,没有哪个国家的高铁运营距离有中国这么长,更没有哪个国家的高铁运营环境能同日横跨"冬夏"。铁道科学专家王悦明说,一些引进车型在这样复杂的环境中运行,难免"水土不服"。从拿着国外的图纸打造"舶来品",到基于原有技术平台再创新出"混血儿",经过十几年的经验积累,中国已经完全有能力设计制造出满足国情需求的"纯中国血统"高速动车组。中国标准动车组的"标准",意味着今后所有标动平台列车都能连挂运营,互联互通。

经国务院批复,自2017年起,每年5月10日设立为"中国品牌日"。品牌体现着企业创新的智慧、制造的品质,倾注了生产者的情怀,传递着文化底蕴和价值理念,最优秀的品牌往往是一个国家的名片。

众多创新产品后面有强大的技术竞争力作支撑。至今,格力已累计申请专利20738项,其中发明专利6811项,生产出20个大类、400个系列、12700多种规格的产品,远销全球160多个国家和地区,全球用户量超过3亿。

格力集团董事长董明珠坦言,2000年前格力没有专利,从2000到2006年,格力有了专利,但技术缺少含金量;而最近3年取得的专利是2011年前的三倍之多。

3年前,格力布局模具制造和智能装备制造。格力"棋盘"里对于智能制造的战略,代表了中国制造转型升级的方向。

放眼全球,美、德、日等发达国家纷纷推出振兴制造业战略,以自动化、网络化、智能化重塑工业竞争力;新兴经济体积极推进工业化进程,努力提升本国制造业在全球价值链中的地位。

新一轮科技革命和产业变革蓄势待发,国际产业分工和竞争格局发生深刻变化,连续3年成为"全球货物贸易大国"的中国,也在努力从产业链低端的机械式加工制造,向高端的创新制造迈进,重新找到中国制造的定位。

当前中国经济增速换挡之下,董明珠不认为企业会遭遇太大困境。"这是一个转型期,制造业通过'休眠期'进行重新定位将更有意义。"

3年来,格力智能制造初具规模,开始为电子、食品、医药等领域提供装备技术服务。格力自主研发生产的工业机器人,去年生产了约1000台,全部用于自给。今年,格力工业机器人生产目标为5000台,除了自用,还将外销服务于其他制造企业。

"作为一个大国,中国应当有能力用自己的技术去和别国合作,那才是一个真正有价值的选择。"董明珠说,真正意义上的智能制造是核心技术,是自主研发创新能力。要用技术去服务于全球,让世界爱上"中国造",离不开"中国造"。

今天的手机公司已经进入了最惨烈的淘汰阶段,最终只有掌握核心技术的公司才能存活下来。以小米科技董事长雷军为主角的神曲"Areyouok"风靡网络,小米手机成为印度市场的"新宠"。印度街头可以经常听到小米标志性铃声;对网约车司机来说,小米手机更成了赚钱"神器"。

苹果和三星热销全球之际,中国华为手机品牌悄然跻身国际大牌行列,也为中国制造在国际竞技场实现再定义。褪去价廉质低的标签,中国制造带给国际消费者的是更多选择与价值提升。

中国制造的全球化战略需要更加开放的心态和更加宽阔的视野。"中国企业走出国门一定不要忘记我是谁,我来自哪里。全球化的胸襟才能拥抱世界!"董明珠如是说。

经济学家刘世锦说,中国经济的一系列问题与世界大环境的变化有着密切的关联。从"中国制造"的风波来看,往往是你中有我,我中有你。中国要学习的,是如何调整自己的思路,不断提升品质,让自己在这一轮产业转移中受益。

改变在全球产业链分工中的"出大力赚小钱"困境,实现中国产品高端、可靠的品牌形象,这是"中国制造2025"战略必须解决的问题,也是中国制造随"一带一路"和国际产能合作战略更好地走向世界的必经之路。

只有落后的企业,没有落后的行业。"我从没想到一把智能锁能卖几千元,还供不应求。"中国小五金名镇中山小榄的铁神锁业有限公司总经理李宝坚说。

当产业中高端之变真正来临,曾经一度困惑的传统产业集群重新焕发活力。2015年,这个镇的发明专利申请总量增长113%,高新技术企业数量增长69%。政府通过扩大公共产品与公共服务的供给,如今遍布广东的380多个"专业镇"已经脱胎换骨。

2017年5月5日,上海浦东国际机场,中国首款拥有自主知识产权、具备国际主流水准的干线飞机——C919成功首飞,中国自主品牌的奋进之路烙上深刻印记。

美国著名技术杂志《连线》刊文评论道,下一个硅谷已出现在东方,中国的创新一代已准备好与世界顶级高科技品牌正面竞争。

如今,中国不再想只做世界的生产车间,一批企业正在以工匠精神和创新精神开启中国制造的"新黄金时代"。到2020年,我国将形成新一代信息技术、高端制造、生物、绿色低碳、数字创意等5个产值规模10万亿元级的新支柱,并在更广领域形成大批跨界融合的新增长点,平均每年带动新增就业100万人以上。

第三章 "论文大国"之问

国际科技论文,被视为一国科研实力的某种象征。

近年来,中国科学家的论文质量在全球科技舞台上日益令人瞩目。

2017年6月15日,美国《科学》杂志以封面文章形式,发布了中国量子卫星实现量子纠缠分发"一步千里"的世界跨越;我国科学家利用化学物质成功合成4条人工设计的酿酒酵母染色体,3月10日以封面文章的形式在美《科学》杂志发表,标志着人类向"再造生命"又迈进一大步……

10年前中国科研人员对SCI(科学引文索引)论文的贡献量不足2.5%;2015年,美国对SCI论文的贡献量占25%左右,中国则超过了20%。

瞄准前沿、紧扣需求,一大批自然科学领域基础研究取得的突破,正是国家对基础研究的重大投入,为我国科技创新提供了持续不断的"原动力"。

然而,一个必须正视的现实是,国内虽不缺少逼近诺贝尔奖水平的科研成果,但论文和科研水平仍处于有高原缺高峰的状况。

如同一枚硬币的两面,一面是论文数量与质量齐升,中国SCI论文贡献量已超20%;一面是论文造假丑闻频发,少数科研不端行为抹黑科学殿堂。

精心呵护科技创新这个大森林,及时清除造假蛀虫,"科技森林"才会更加繁茂。

(一)A面:"量变"惊人+"质变"积蓄

世界最大单口径射电望远镜、全球首颗量子通信卫星、世界最快的超级计算机……即使你不是科技迷,这些2016年亮相的中国重大科研成果,也是令人热血沸腾的大新闻。

新一轮科技革命正在重塑世界经济结构和竞争格局。2015年,我国国际合作论文发文量达7.1万篇,跃升为全球第三。中国国际合作论文的引文影响力,显著高于中国科研论文的平均引文影响力及全球国际合作论文的平均被引表现。

由国家科技评估中心与科睿唯安近期联合发布的《中国国际科研合作现状报告》,依托文献计量学方法,对我国科研国际合作进行了深入剖析,指出10多年间中国的国际科研合作发生了"质"与"量"的双重转变。

有关信息显示,2006年以来,我国通过制定与强化国际科技合作政策机制等举措,不断推动中国的国际科技合作发展。中国的R&D经费支出占GDP的比重,由2006年的1.42%,增长到2016年的2.1%。国际合作论文中受中国国内经费资助的比例,从"十一五"的31.6%,上升到"十二五"的65.2%。我国国际科研合作"走出去"的道路不断拓展。国家科技评估中心主任王瑞军说,国际科研合作10年来不仅是合作规模创造了新高,还发生了"质"的飞跃,高被引论文中,中国科研工作者发挥的作用越来越明显。

我国的"科研朋友圈"也在不断深化扩大,中国逐步成为国际科研合作网络中各国重要的合作伙伴。数据显示,中美间科研机构的合作最为紧密。法国国家科学研究中心、美国能源部所属科研机构与中国合作规模最大。

我国国际合作论文的影响力如何？在高被引论文方面,中国与主要国家合作论文的被引比例均远超全球平均水平。高被引论文的中国通讯作者比例同时显示,在与澳大利亚、新加坡、美国开展的高质量国际科研合作中,中国科研人员发挥了较高的主导作用(通讯作者比例大于40%)。中国科学院和中国科学技术大学是发表多作者论文最多的国内科研机构,上海交通大学合作发表的多作者论文引文影响力最高。

这种中国科学家在"高引用"上的群体露脸,以及中国科研团队在研究前沿领域的突出表现,一定程度上体现了中国科研力量的角色分量越来越重,不是一两个冒头,而是成群结伴地往世界舞台前排走,形成了颇有规模的整体。

事实上,早在2006年,中国超过日本和英国,成为仅次于美国的科学和技术研究论文世界第二大产出国家。2007年我国就已在国际索引的工程类论文数量上取代美国,跃居全球第一。

从研发强度,即研发占GDP的比例来看,中国研发强度10年间几乎增长了1倍。

放眼全球,研发支出总体呈上升趋势,尤其集中在北美、欧洲及东亚和东南亚地区。美国仍然是世界第一研发大国,中国居第二位,中国的研发开支接近欧盟的总和。

在按购买力平价计算的全球研发总支出当中,中国约占20%,仅次于美国的27%;日本居第三位,占10%;德国第四,占6%。

2016年,全国研究与试验发展经费支出预计达15440亿元,比上年增加9%,占GDP比重为2.1%,企业占比78%以上;SCI论文总数达29万篇,比上年增长9.7%;发明专利申请量居世界第一,有效发明专利保有量超过100万件。

施普林格-自然出版集团大中华区总裁安诺杰接受新华社记者采访时说,中国已经为进一步促进科技发展"打下了坚实的基础"。

施普林格-自然出版集团旗下运营了大量有影响力的科研期刊,其中就包括国际知名学术期刊《自然》杂志。

路透社的母公司汤森路透日前公布了2014年全球高引用科学家名单。全世界3000多位学者入选,其中美国有1700多人,中国有130多人。

当今中国经济总量跃居世界第二,科技成为重要支撑。正如中国科学院院长白春礼所说:"中国科技创新正在呈现两个深刻变化——一是由'量'的积累向'质'的飞跃转变;二是由'点'的突破向'面'的提升转变。"

(二)B面:学术的"污水井"

大学里公共场所贴满了代写论文的牛皮癣广告。论文造假在中国已成公开秘密,而涉及国际论文造假的产业链还鲜有披露。

国际科技论文被视为一国科研实力的象征。然而,2017年4月,著名国际出版商施普林格公司旗下的《肿瘤生物学》杂志发表了一篇撤稿声明,因"同行评议造假"撤销其收录的中国学者的107篇论文。此事一出,引起国内舆论哗然。

撤稿事件发生后的6月5日,科技部部长万钢召集科研诚信建设联席会议,部署处理论文造假工作。科技部牵头会同相关部门成立联合工作组,制定了彻查处理工作方案,组织涉事论文作者所在单位从行政调查和学术评议两条线,实事求是对论文质量、论文署名情况、撰写发表过程、代写代投第三方机构情况、论文使用情况等开展彻查,基本查清了撤稿论文的情况。针对事件中参与造假的第三方中介机构,科技部、教育部等部门会同中央网信办、工商部门,启动网上网下清理工作,打击论文造假的"灰色产业链"。

据了解,撤稿的《肿瘤生物学》杂志原属德国施普林格出版集团管理,2017年1月转至美国赛格出版集团管理,被撤论文发表于2012年至2016年,撤稿原因是提供虚假同行评议,包括提供虚假同行评议专家、伪造同行评议意见。

事实上,2015年3月,英国现代生物出版社撤销43篇论文,其中41篇来自中国。8月,施普林格出版集团撤回旗下10本学术期刊上发表的64篇论文,大部分来自中国。10月,拥有《柳叶刀》《细胞》等知名学术期刊的出版巨头爱思唯尔撤销旗下5种杂志中的9篇论文,也来自中国。

国际论文轮番被撤,刺痛着中国学术界的颜面和神经。中国论文为何被撤?背后有着怎样不为人知的故事?随着中国科协、国家自然科学基金委员会、被撤论文作者单位进行的调查,一条代写、代投、伪造同行评审的国际论文"一条龙"服务灰色产业链浮出水面。

在对中国论文被撤痛心疾首的同时,不少专家也指出,中国科学界的学术不端并非主流,不能因撤稿否定我国科研水平的总体提升和对世界的贡献。但必须正视的是,一些学者之所以论文造假,除了个人问题,也是因为目前很多行业中,论文和职称晋升紧密挂钩。

"要警惕做1000台手术和救100个病人,不如发1篇论文现象"。中国工程院院士、中国中医科学院首席研究员李连达,在长春举行的2017年中国科协年会上呼吁,现在有的医院过度强调科研,过度重视建设科研型医院,过度提倡医生成为科研型医生,导致出现一些临床水平不高甚至不会治病的医学博士和专家。

知名医学网站丁香园曾特别对此作过一项包含1928份有效问卷的调查,其中,824名医生表示,医院晋升高级职称和副高级职称必须有SCI论文;而晋升高级职称,85%以上都要求有2篇及以上SCI,要求有5篇以上的达到29.21%。

2016年3月,中央印发的《关于深化人才发展体制机制改革的意见》明确提出,要注重凭能力、实绩和贡献评价人才,克服唯学历、唯职称、唯论文等倾向。"不将论文等作为评价应用型人才的限制性条件"。

然而实际工作中,论文仍是一些单位人才晋升道路上迈不过去的坎儿,不少临床医生为评职称"放下手术刀、走进实验室",为发论文而与"论文掮客"一道弄虚作假。

这是"润色"幌子下的"一条龙"服务:花点钱就能在国际期刊发文,第三方机构往往会有组织地为一些论文提供虚假同行评审服务。调查发现,同行评议是学术刊物普遍采取的论文评审制度。由出版方邀请论文所涉领域的专家评价论文质量,提出评审修改意见。它很大程度上决定了文章是否刊发。

中国科协副主席、科技工作者道德与权益专委会主任黄伯云表示,调查发现第三方机构提供虚假的评审专家信息。比如用自己注册的邮箱地址冒充专家邮箱,评审时论文实际上是返回到投稿者手里。投稿人冒充评审人将正面评价发至出版方,从而达到操纵评审的目的。

深入调查发现,虚假同行评议只是"冰山一角"。几批被撤论文中,有少数作者与第三方机构签署了一"明"一"暗"两个合同:"明"合同是指为论文进行语言润色服务,而"暗"的就是成果转移合同。论文直接由第三方代写,完成后再转移给买家,论文买卖的本质十分明显。

调查显示,这些提供国际论文服务的第三方机构多以"语言公司"的面目在网络上出现。表面上,他们是为英文水平不高的科研人员进行论文润色,实际上却提供从虚假同行评议、代投到代笔的"一条龙"服务。这些机构网罗了不少同时具备专业知识和英语水平的"海归"充当"枪手",根据服务项目的不同向顾客索取几千到数万元的费用。除了"守株待兔",第三方机构还会根据中文核心期刊论文提供的作者信息情况主动出击,给"具有国际论文潜力"的论文作者发邮件,寻找潜在客户。

"调查表明,被撤论文中绝大多数作者均不同程度存在学术不端。其中大多存在通过第三方代润色、代投、提供虚假的同行评审信息等行为，少数根本没有实验数据，直接是由第三方代写。"黄伯云说。

论文被撤作者中有位南京女医生，她癌症手术经验丰富，也积累了大量临床数据。由于评职称对国际论文数量有要求，这位医生屡次向国际期刊投稿，却因为英语水平不行和缺乏同行评议频频被退。于是她从淘宝上找了个第三方机构对论文进行润色，随后这家机构还为她提供了虚假的同行评议和代投服务。果然，论文发表在业内知名期刊《DiagnosticPathology》（《诊断病理》）上。

（三）打造中国的 SCI

"我国每年产出数百万篇学术论文，90%以上的高水平论文投向了国外期刊！"在中国科协和国家新闻出版广电总局主办的第十届科技期刊发展论坛上，时任中国科协党组书记尚勇发言语惊四座。

科技期刊是科技传播的首要媒介、学术交流的主要平台、科研评价的重要标准。拥有一批学术水平高、影响力强的科技期刊，已成为衡量一个国家科研水平和创新能力的重要指标。虽然我国科技期刊和国际论文数量均居世界第二，但与发达国家相比，科技期刊的质量、权威性、影响力等还存在很大差距。

据统计，2010 年我国共出版期刊 9884 种，其中发表论文的学术期刊 5000 多种。仅就数量而言，我国是仅次于美国的世界学术期刊出版大国。

但是，与发表论文的需求相比，数量如此庞大的学术期刊仍不敷使用。新闻出版总署报刊司有关负责人对记者说，这 5000 多种学术期刊每年刊发的论文数量约为 100 万篇，但每年专业技术人员因业务考核、职称评聘、岗位聘用、学位授予等产生的发表论文的需求为 480 万篇，是造成"'非法办刊''版面买卖''论文中介'等现象的深层原因。"

绝大多数科研论文的引用率排在世界 100 名开外，真正好的论文凤毛麟角。许多单位把论文与毕业、报奖、评职称、评院士、发奖金、课题评审、引进人才等"定向捆绑"。

我国仍然缺乏严苛的论文评审制度。国外许多知名科研杂志，都要求论文作者严格注明资料来源、研究目的、设计环境、试验制剂名称,一篇文章的发表,从投稿到被编辑提出修改意见,再到修改和递交,反反复复要经过多次。与之相比,尽管我国绝大多数期刊都秉承了相对严格的评审制度,但依然不乏依靠人情、疏通关系、缴纳金钱就可以发表论文的现象。

数量繁多但质量不高的现象,暴露出我国科研界仍然大量存在的浮躁和功利之风。一些科研工作者只重论文"有没有",不关心论文成果到底"有啥用"。畸形的评价机制,催生出偏执的论文导向和狂热的论文崇拜。

"我国科技期刊的平均影响因子低于国际总体平均值,更远远落后于美、英、德等学术期刊出版强国。"国家新闻出版广电总局有关专家表示。

中华医学会继续教育部主任、《编辑学报》副主编游苏宁认为,国内科技期刊当前面临诸多问题:重指标轻读者,过分关注评价指标,为提高指标弄虚作假,忽略了读者口味;重经营轻质量,逐利环境和经济指标的压力下,编辑的独立性无从谈起;重形式轻学术,对学术水准把关不严,存在大量关系稿、造假、抄袭问题……

我国科技期刊长期处在政府的保护下,而且70%是非独立法人的编辑部,缺乏办刊的主体性、独立性。提高科技期刊的质量,必须改革现有的科研评价标准。

"我国的学术评价机制要有利于科技期刊的发展。"图书编辑专家初景利建议,应尽快改变以发表论文的数量以及期刊的国别、等级、主办单位等作为考核、晋升、奖励依据的办法,把论文的学术贡献作为标准。"同时,要支持和引导由国家公共资金支持的、具有自主知识产权的研究成果,优先在国内的精品科技期刊上发表。"

国内期刊只有走规模化、数字化、网络化之路,才能跟上时代潮流。科技期刊的质量不单单体现在一本杂志上,其背后是出版社、出版集团,乃至整个科技期刊行业和产业的核心竞争力。随着互联网和移动互联网等新型媒体的蓬勃发展,国际科技期刊正在朝集团化、数字化、网络化方向大踏步前进。

"我们现在已经有大部分杂志和资源是以公开获取的方式来发布。"

《自然》执行主编暨自然出版集团大中华地区总监尼克·坎贝尔介绍《自然》的开放获取出版模式。所谓"开放获取",是基于互联网时代科技期刊出版的新模式,让用户把经过同行评议的学术论文放到互联网上,以期学术成果的快速自由传播。

像《自然》一样,目前发达国家大型学术期刊出版机构已经基本完成了由传统业务模式,向现代数字出版模式的转型。

"国内科技期刊分散弱小的现状阻碍了规模化、集约化的发展,学术期刊主办单位数字化转型比较滞后。"报刊专家艾立民说。一方面,科技期刊与新媒体融合发展仍然停留在分散探索、项目实践的阶段,标准缺位、人才匮乏、资金短缺、版权保护不到位等制约了科技期刊的转型升级;另一方面,我国平均每个出版单位出版的期刊只有1.3种,规模过小、能力太弱,难以实现集约化、专业化、数字化。

专家们指出,目前科技期刊的信息传播功能正在从纸本转向数字和网路,国内期刊只有不断深化体制机制改革,走集约化、专业化、数字化之路,才能增加科研成果发布,增强国际话语权。

目前国内有7大核心期刊(或来源期刊)遴选体系:(1)北京大学图书馆"中文核心期刊",(2)南京大学"中文社会科学引文索引(CSSCI)来源期刊",(3)中国科学院文献情报中心"中国科学引文数据库(CSCD)来源期刊",(4)中国科学技术信息研究所"中国科技论文统计源期刊"(又称"中国科技核心期刊"),(5)中国社会科学院文献信息中心"中国人文社会科学核心期刊",(6)中国人文社会科学学报学会"中国人文社科学报核心期刊",(7)万方数据股份有限公司正在建设中的"中国核心期刊遴选数据库"。

业内人士告诉记者,中国的期刊在SCI中的很少,我们应该着力提升中国期刊的实力。现在中国人费那么大力气发到国外的期刊上,自己想看时,还得再翻译成中文来看。

提升中国期刊的实力,已经在着手实施。

"中国科协启动了'中国科技期刊国际影响力提升计划',着力打造具有核心竞争力和国际影响力的一流科技期刊。从 2016 年起实施中国科技期刊登峰行动计划,推动一批科技期刊攀登世界一流科技期刊高峰。已经有第一批 16 家杂志列入了杂志升级计划中,每家杂志补贴 250 万元。剩下几批也将启动。"中国科协机关党委办公室副主任孟令耘对记者表示。

2016 年 12 月 9 日,中国科协公布了第一批提升的名单。在"十三五"规划期间,提高一批重要学科领域英文科技期刊提升学术质量和国际影响力,在学科国际排名中进入前列,成为了一个任务。

中国科协将采取"以奖代补、定额资助"的方式,重点支持一批学术质量高、国际影响力明显提升的英文科技期刊,创办一批代表我国前沿学科,或能填补国内英文科技期刊学科空白的高水平英文科技期刊,激发我国科技期刊品牌建设和创新发展的内在动力,引导国内优秀科研论文在国内科技期刊上发表。

第四章　逐梦者之春

500 年来,世界经济中心几度迁移,背后的重要力量就是创新。科技创新在哪里兴起,发展动力就在哪里迸发;发展制高点和经济竞争力就转向哪里,现代化高潮就兴起在哪里。相反,科技落后,也会挨打!

(一)致敬"寂静"

一个绝密 28 年的名字,一段铸核盾、卫和平一甲子的传奇。

2015 年 1 月 9 日,人民大会堂。习近平总书记亲自为 2014 年度国家最高科学技术奖获得者、中国科学院院士、中国工程物理研究院高级科学顾问于敏颁发获奖证书,紧握老科学家的手,温暖赤子报国的心。

1926 年出生的于敏,坐在轮椅上,华发稀疏……

中国传统文化涵养出的本土核物理学家,究竟能迸发多么灼热的能量与光芒?

越神秘,人们越想要走近他。

1961 年 1 月 12 日,正当于敏在原子核理论研究中可能取得重大成果时,二机部副部长钱三强找他谈话,秘密交给他氢弹理论探索的任务。

"我毫不犹豫地表示服从分配,转行!"于敏说。

从那一天起,他开始了长达28年隐姓埋名的生涯,直到1988年解密。

连妻子孙玉芹都说:"没想到老于是搞这么高级的秘密工作的。"

光明前景发端于艰辛的探索。

茫茫戈壁——

狂风,沙暴,饥寒;

休克,便血,失眠;

坚守,奋战,奉献……

氢弹设计远比原子弹复杂,核大国对技术绝对保密。我国科研人员重担千斤。

一次核试验前的讨论会上,压力、紧张充斥整个屋子。这时,只听到——"臣受命之日,寝不安席,食不甘味……臣鞠躬尽瘁,死而后已……"于敏和陈能宽两位科学家忽然你一句我一句地将诸葛亮《出师表》背诵到底。

那一刻,在座所有人无不以泪洗面,所有人真切体会到个人奋斗与国家命运紧紧相连。

英雄,不轻言止步,只因国之使命在肩。

终于,东方巨响。

那些不同寻常的日子,注定刻入中华民族的记忆。

沉默如金的戈壁见证——

1967年6月17日8时,罗布泊沙漠腹地。

徐克江机组驾驶"轰6"进入空投区。但听一声惊天"雷鸣",万里碧空升腾起炽烈耀眼的火光,一朵蘑菇云顶天立地……

中国第一颗氢弹在西部地区上空爆炸成功——当日,新华社向全世界庄严宣告。

东方巨响,震惊世界。

从第一颗原子弹爆炸到第一颗氢弹试验成功,美国用了7年零3个月,中国用了2年零8个月,速度世界第一。

1964年10月,第一颗原子弹爆炸成功;

1967年6月,第一颗氢弹试验成功;

1971年9月,第一艘核潜艇顺利下水……

两弹一艇,铸就共和国核盾牌。

被西方封锁的新中国,接连研制成功两弹一艇——原子弹、氢弹和核潜艇,让核大国惊叹:

中国绝非一推就倒的"泥足巨人"。她拥有自己的"核脊梁",威慑讹诈对她不管用!

"中国闪电般的进步,神话般不可思议。"西方科学家评论。

"如果60年代以来中国没有原子弹、氢弹……中国就不能叫有重要影响的大国,就没有现在这样的国际地位。"邓小平曾说。

于敏、王淦昌、邓稼先、朱光亚、吴自良、陈能宽、周光召、钱三强、郭永怀、程开甲、彭桓武(姓氏排序)……中国核事业奠基者的名字和功勋,永远铭记在共和国的史册上。

沉默如金的戈壁作证:就是在这荒原上,核工业人安下心扎下根,以大无畏的爱国精神和感天动地的革命豪情进行第一次创业,实现了决定中国命运的"两弹一星"强军梦。

人,总有憾事。

老于说,亏欠妻儿很多;妻走了,他想补偿,来不及了。

"父亲受传统文化熏陶很深,最崇拜诸葛亮和岳飞。记忆中,小时难得见到父亲。现在他没那么忙了,一句句教孙儿《满江红》。"于敏的儿子于辛说。

三十功名尘与土,八千里路云和月。

一代人有一代人的光荣与梦想。一代人有一代人的际遇和烙印。

无论时代如何变迁,个人的梦想只有与国家的梦想、民族的梦想相通,才能成真。

(二)浪花奔腾

"人的生命相对历史的长河不过是短暂的一现,随波逐流只能是枉自一生,若能做一朵小小的浪花奔腾,呼啸加入献身者的滚滚洪流中推动历史向前发展,我觉得这才是一生中最值得骄傲和自豪的事情。"

1988年,黄大年在自己的入党志愿书中写道。

命运与祖国相连、与大地相依,生命就会长青。

黄大年,吉林大学地球探测科学与技术学院教授,国际著名航空地球物理学家,以茫茫大地为纸,以一腔热血研墨,以赤子之心书写了心有大我、至诚报国的人生篇章!

2008年,国家引进海外高层次人才的"千人计划"开始实施。当时黄大年教授在英国从事海洋和航空快速移动平台高精度地球重力和磁力场探测技术工作,已是航空地球物理研究领域享誉世界的科学家。学医的妻子在伦敦开了两家诊所,女儿在英国上大学,一家人生活优越而安逸。然而,国家"千人计划"的召唤改变了这一切。"振兴中华,乃我辈之责!"大学毕业就立下铮铮誓言的黄大年,毅然决定卖掉两家诊所,自费购买了昂贵的科研仪器,和妻子一起回归祖国的怀抱。

2009年12月30日,回国后的第6天,黄大年就与吉林大学正式签下全职教授合同,成为第一批回到东北发展的国家"千人计划"专家。"回想当初的选择,我没有后悔过。"这是黄大年常说的话,"为国担当,是父母从小的教诲。我是国家培养出来的,我的归宿在中国。"

他说,"我觉得对我来说很简单,因为简单的根源就是情结问题,就惦记着养育我成长的这片土地。我们国家从一个大国向一个强国迈进过程中,她需要像很多很多我这样的人回来,参与这个建设。"

向深海进军、向深空进军、向深地进军,这是我国科技发展的重要战略方向。航空重力梯度仪,深海、深空、深地探测的重要装备。

当时世界先进水平勘探开采深度已达2500米至4000米,而中国大多小于500米,并且深地探测的研究还停留在理论阶段,没有研发整套装备的能力。黄大年深深地知道:他在国外所从事的海洋和航空快速移动平台探测技术研究对祖国意味着什么。

回国后,黄大年开启了他的"拼命黄郎"模式,主动承担多项任务,争分夺秒、夜以继日地工作。白天开会、洽谈、辅导学生,到了晚上别人都休息了,他不是在办公室加班,就是坐午夜航班去出差。七年来,黄大年三分之一的时间都在出差,最多的一年达到160多天。

常年的超负荷工作使黄大年的身体不堪重负,他曾多次累倒在工作岗位上,即使在住院治疗期间,还每天在病房中与团队师生研究项目、布置工作。这位"拼命黄郎"曾在微信朋友圈里这样说:"幸运的是,回归母校与诸位知根知底的伙伴们为伍,一路走来开心愉快,走多远算多远吧,倒下就地掩埋。"

为叩开"地球之门",在国家大力支持下,黄大年挑选了国内最有实力的科研机构组建了航空重力梯度仪科研团队,与世界赛跑。经过几百位科学工作者的共同努力,我国在该领域的关键技术取得重大突破,他们研发的多种重力梯度仪原理样机进入国际前沿水平。

固定翼无人机航磁探测系统工程样机研制成功,首个国家"深部探测关键仪器装备野外实验与示范基地"建成,"深部探测关键仪器装备研制与实验项目"通过评审验收,专家组结论:项目成果国际领先水平……这一项项令世人瞩目的成果背后,无不倾注了黄大年的满腔热血和赤胆忠心。

"始终不忘当年立志振兴国家科技的初心,始终保持事业的初衷和攻关克难的激情,把论文写在祖国的大地上,为国家的高精尖科技发展作出新的贡献。"2016年7月22日,黄大年在学习习近平总书记系列重要讲话精神高层次科技领军人才研修班大会发言时说。

清华大学副校长施一公说,"大年,是对中国人的事业、对国家安全、对我们中国的老百姓最赤胆忠心的科学家。"

2017年1月8日,年仅58岁的黄大年教授永远地休息了,离开了他倾注一生的事业,离开了他热爱的这片大地。那天,来自社会各界的近800人带着伤痛和怀念,默默垂泪,悼念送别。

习近平对黄大年同志先进事迹作出重要指示,指出,"黄大年同志秉持科技报国理想,把为祖国富强、民族振兴、人民幸福贡献力量作为毕生追求,为我国教育科研事业作出了突出贡献,他的先进事迹感人肺腑。"

大地深处,生命在回响,为实现中国梦的科学探索永不停息!

(三)为梦燃烧

放眼世界,一场新的科技革命乃至产业变革,正在席卷全球,科技革命改变国家力量对比。

习近平总书记指出,抓住新一轮科技革命和产业变革的重大机遇,就是要在新赛场建设之初就加入其中,甚至主导一些赛场建设,从而使我们成为新的竞赛规则的重要制定者、新的竞赛场地的重要主导者。奋起直追、迎头赶上、力争超越,以科技创新为第一动力的全面创新,将为中国插上圆梦的翅膀。

"只领导,不跟随。"

中国科学院、美国国家科学院"双料"院士,北京生命科学研究所所长王晓东的梦想是,在中国土地上做出影响世界的发现和发明。

"我们追求的不只是填补国内空白,而是获取人类知识的创新。"王晓东说。

对乙肝病毒的新发现,为未来相关药物研发打开崭新的大门;发现植物第六类激素——脱落酸的受体,被同行认为是能够写进教科书的经典发现;动物病原浸染的新型裂解酶方面、植物与病原微生物间相互作用机理研究成果,均填补国际空白……

2004年,41岁的王晓东当选为美国国家科学院院士,成为当时中国内地20多万赴美留学生中进入美国科学界最高殿堂的第一人。而当北京生命科学研究所2005年揭牌成立时,被聘为所长的王晓东毅然选择回国,投身中国的科研事业。

追求原创,而不是跟着别人跑弄个"山寨版",王晓东对中国生命科学研究充满期待,"过去10年里,中国在生命科学领域有了巨大的发展,一批年轻科研人员脱颖而出。"

科技创新,既要"顶天",努力突破核心关键技术,打造国之重器;又要"立地",通过大众创业、万众创新,将科技成果转化为现实生产力,变成产品和服务,振兴经济、造福人民生活。

继农业经济、工业经济、信息经济后,人类已经迈入生物经济时代——

深圳大鹏街道下沙片区"禾塘仔",山谷间,一片建设规模11.6万平米阶梯式建筑,宛若"哈尼梯田"。这里,就是生物经济时代的重要基础设施——刚刚竣工的中国国家基因库。

1999年,华盛顿大学汪建等几个年轻人"自作主张",以中国代表的身份,承担了人类基因组计划1%的测序任务。同年,华大基因成立。

弹指一挥间。华大基因由最初不足10人的"手绘作坊",蝶变成"世界基因测序航母":人员逾5000名,测序能力全球第一,相关技术应用于60多个国家和地区的2000多家医院单位。更关键的是,他们研制并大规模生产了通往生物经济时代的工具——具有自主产权的高通量基因测序仪。

2017年7月,华大基因正式敲钟上市,成为深圳证券交易所第2001家上市公司。

药学家屠呦呦站上了诺贝尔奖的领奖台,中国人原创的青蒿素拯救了千百万人的生命;赖远明团队成功解决青藏铁路修建中"无法攻克的世界性冻土难题",创造了"天路"奇迹;裴端卿团队发现细胞在结构上"返老还童"的关键机制……

从实验室到火热的生活,从宏观到微观,一个个科学家及其团队的努力和付出,让一个个科学新发现逐步变成应用;一台台仪器或关键部件研制成功、一个个生产技术细节得以改进跃升,为现实生产生活带来一点一滴的变化。

神舟飞天创造了"中国高度",蛟龙潜海成就了"中国深度",高铁奔腾刷新了"中国速度","中国天眼"拓宽了"中国维度"……

科技,改变人生命运轨迹;创新,让机遇在创业中勃发——

(四)创客火了

2015年3月5日人民大会堂,全国"两会"时间。

国务院总理李克强在2014年工作回顾中说,互联网金融异军突起,电子商务、物流快递等新业态快速成长,众多"创客"脱颖而出,文化创意产业蓬勃发展。

这是"创客"第一次闯入共和国总理所作的政府工作报告。

何为创客？

有梦想，更有行动的创新创业者。

中国空间技术研究院博士二年级学生覃政2014年初退学创办的蚁视ANTVR，是一家专注于虚拟现实、增强现实、全息现实等穿戴式设备的公司。它是2014年最火爆的"创客"之一——估值一年内翻了百倍，获得千万美元的投资。

在新常态下，中国经济社会的发展正从"要素驱动"转向"创新驱动"，更多依赖像覃政这样的"创客"——产学研链条上的"活跃因子"，在创新创业中把科技成果转化为现实生产力，为经济从"中高速"转为"中高质"提供不竭动力。

总理铿锵有力地部署：大力发展众创空间，增设国家自主创新示范区，办好国家高新区，发挥集聚创新要素的领头羊作用。

什么是众创空间？它代表着一种互联网时代的新型孵化服务器。

大学生、大企业高管、科技人员、留学归国创业者，被称为创新创业的"新四军"。

从"科学的春天"到"创新的春天"，从北京中关村到武汉光谷，从四川成都到上海张江，创新创业成为一种价值导向、生活方式和时代精神。

"十三五"规划纲要草案提出，要深入推进大众创业万众创新，鼓励各类主体开发新技术、新产品、新业态、新模式，打造发展新引擎。

"新的时代坐标上，要紧跟'风口'，这是中国创业者的黄金年代。"天使投资人徐小平说。

中国社科院发布的《2015中国创业心态调查报告》显示，被调查者中有兴趣创业的人达到54.5%，35.5%的人未来3年有创业可能。

创新创造和市场规则相融合，正集聚起"创时代"的澎湃动力。

改革开放三十多年，中国航船驶入一个新境界。

在中关村国家自主创新示范区，创新创业的历史大剧正在上演。一张张青春面庞后是"21岁创业现象""百折不挠连续创业者""跨界融合创新创业者"。

"美国真正应该害怕中国什么?"

著名创新大师史蒂夫·布兰科感慨,"在全世界范围内,我都看见过创业公司的聚集,但北京让我震惊。"在中关村采访后,《华盛顿邮报》记者这样写道,"中国新一代年轻人的创业,才是中国未来的真正优势所在。"

2013年9月30日,十八届中共中央政治局第一次将集体学习的"课堂"搬到红墙外——中关村,向中国与世界释放"加快实施创新驱动发展战略,科技创新成为提高社会生产力和综合国力的战略支撑"的强烈信号。

2014年,中关村诞生1.3万家企业,贡献了占这座城市近四分之一的GDP,技术交易额占全国近四成。

不仅是中关村,在武汉光谷、在广东深圳、在上海张江、在100多个国家高新区、在祖国的大江南北,创业成为一种生活方式,创新成为一种自觉行动。

"大力发展市场化、专业化、集成化、网络化的众创空间,实现创新与创业、线上与线下、孵化与投资相结合,为小微创新企业成长和个人创业提供低成本、便利化、全要素的开放式综合服务平台。"中关村管委会创业处处长杨彦茹说。

作为我国第一个国家级高科技园区和第一个国家自主创新示范区,中关村正引领全国创新创业大潮。2014年超过1.3万家。新生科技企业活跃度超越"硅谷"。

中小微企业大有可为,要扶上马、送一程,使得"草根"创新蔚然成风、遍地开花。

怎么扶上马?怎么送一程?新东方科技教育集团董事长俞敏洪认为,鼓励和支持"创客",首先要培育好"创客"滋生的土壤。大多数"创客"创办的是小微创业,属于"草根"创业。政府应加大对"创客"一族的政策支持,减免税收或提高大学生创业贷款的额度;鼓励更多成熟的企业家积极支持,成立天使基金等,为创立初期的中小微企业"输血"。

作为投资人的俞敏洪,已经有了回"扶马"的经历,去年投资了一家微电商。他认为,"创客"应该更好地借助移动互联网、众筹等平台,得到投资和良好的"孵化"。

经济降速换挡,就业压力增加。有统计显示,平均每1人创业可带动4至5人就业。全国政协委员、天津庆达投资集团有限公司董事长孙太利说,大众创业、万众创新应与解决就业难的问题相结合,创造新机会、新岗位,在促进经济发展的同时解决民生问题,促进社会稳定。

对支持高校毕业生就业创业,九三学社中央的一份提案建议,设立高校毕业生就业创业国家专项经费,支持高等学校开展就业工作;设立国家级和省级高校毕业生创业基金,主要用于为高校毕业生提供创业启动资金支持。

忽如一夜春风来,千树万树梨花开。

中国"创"之风,首先从中央高层刮起。党的十八大以来,中央明确要求实施创新驱动发展战略,习近平总书记反复强调,必须紧紧抓住科技创新这个"牛鼻子"。

李克强总理2014年9月在第八届夏季达沃斯论坛开幕式上号召,在全国掀起"大众创业""草根创业"的新浪潮。

2015年10月19日,全国首个"双创周"在中关村国家自主创新示范区展示中心启动,创客们被称为"时代英雄"。从"科学的春天"到"创新的春天",大众创业万众创新成为一种新的生活方式,创新创造与市场规则相融合,积聚起中国经济新的澎湃动力。

"双创"有利于稳增长调结构促就业,促进经济中高速增长、迈向中高端水平。中国的"创"之风,也从基层创业创新的生动实践中来。

海尔集团董事局主席张瑞敏说:"海尔正在搭建创新平台,打造创新加速器创新。"

江苏宿迁9名大学生村官利用"互联网+平台",带动留守农民开网店,并开发了"牛牛农场""林地高能早餐奶"等产品,农民收入提高三成。

"作为中国'创'时代的受益者,我们80后的一代备受鼓舞。"互联网金融企业人人贷总裁张适时说。

创业者是中国"创"时代的主角。他们用实实在在的筑梦脚步,诠释着"敢为人先、追求创新、百折不挠"的"创"精神。

"小众"到"大众",创新创业不再是少数人的"专利"。

创新工场、车库咖啡等近百家新型孵化器雨后春笋般出现在各地的高新区。大众创新创业呈现出创业主体从"小众"到"大众",创业服务从政府为主到市场发力,创业活动从内部组织到开放协同,创业理念从技术供给到需求导向等新特点。

6年前,25岁的香港科技大学学生张云飞带着无人船技术来到珠海,创立云洲智能科技有限公司。他的无人船已在全国十多个省得到应用,他本人还入选国家"千人计划"特聘专家。

正如无人船商用化背后有张云飞,在广州迈普的3D打印"人工脑膜"背后有归国留学人员袁玉宇,在深圳光启的超材料产业化背后有杜克大学博士生刘若鹏。大批高端人才的涌入,让珠三角成为前沿科技产业化的"圆梦之地"。

从农村务工人员为主,到大学生为主,珠三角曾经历两轮大的人员流入,在这一轮以留学归国人员等高层次人才为引领的"孔雀东南飞"潮中,这个区域将获得以技术进步为表现的新人口红利。一幅新的"孔雀东南飞"画卷正在展开。

数据显示:目前,广东省的专业技术人才总量已达506万人,占全国总量的9%;高技能人才总量273万人,比2010年底增长67.5%;每年在粤工作海外专家总量超过13万人次,约占全国20%。

"我们是自己的CEO!"已过不惑之年的"创客"于树怀感叹。毕业于清华大学汽车工程系的他,目前从事汽车电控大数据的研发与利用。让他感触最深的是,"创业成本更低、创业环境更好了。"

2000年,于树怀与师兄共同创立了研发汽车电控系统的公司。这在当时还是个"另类"选择,工商注册、融资、招聘,都是于树怀一步一步跑出来的。

创业艰苦,收入也不稳定,2004年于树怀进入汽车外企工作。2013

年,他再次萌生创业的想法,借"互联网+"的机遇,推进汽车节能减排的互联网监控。依托清华校友网络,他的项目入驻清华大学苏州汽车研究院,得到了清华科技园孵化器等社会资本近3000万元的资金。如今,他成立的易康泰科公司研发的汽车电控系统部分技术标准已不输于国际大公司水平。

与于树怀不同,"85"后年轻人印奇的双创之路开启得更顺利一些:在2011年回国研发Face++人脸识别技术初期,就获得了"联想之星"天使投资人的天使投资和专业指导。2013年,团队获得"创新工场"A轮投资;2014年,又获多家投资机构的4400万美元投资。

"过去一流的学生去创业是不被理解的。但现在一流的学生去创业,大家都觉得很自然了。"真格基金创始人、新东方联合创始人徐小平说。

在科技部部长万钢看来,中国"创时代"呈现新特征新趋势:创业主体从小众转向为大众,创新创业由精英走向大众。互联网、开源软硬件赋予创业更好的技术条件。创业服务从政府发力到市场发力,一大批市场化、专业化的新型创业孵化机构提供投资、推广、培训、辅导等增值服务。天使投资、创业投资、互联网金融也快速聚集。

"我们是自己的CEO!"越来越多的大学毕业生、海归留学生、科研人员、企业高管纷纷走上创业之路。大学生选择创业的比例从2013年的2.8%提高到2015年的6.3%。2014年40万留学归国人员中15%选择创业。

在中国,创业创新正在成为新的价值导向、生活方式和时代气息。

星星之火渐成燎原之势。中国已经开启"创时代"。对于大众创业万众创新来说,融资难、人才紧缺、用地难等诸多"痛点"依然困扰着诸多创业者,尤其是初创企业。

"70后"的李熙是北京嘿哈科技有限公司的创始人,从事人机自然交互技术开发。他告诉记者,虽然许多银行都推出了面对科技企业的融资优惠政策,但科技公司缺少抵押物、市场前景不确定等因素,难以贷到款。

山东省中小企业局的一份调查显示,有的地区80.6%的中小企业认为融资难;与银行有借贷关系的企业中,41.3%的企业贷款综合融资成本在15%~20%。如果附加上各种隐性的咨询费、顾问费和服务费,就会高达30%。

广州燃石生物科技有限公司 CEO 汉雨生啃的是基因诊断肿瘤的科技"硬骨头"。在他看来,基因技术应用最有前景、患者需求最迫切的领域就是肿瘤治疗。然而,目前相关领域的人才,在国内乃至全球都极为紧缺。公司找人、用人成本非常高。

科技成果创新的主体是企业,创新的效益是由成果产出和转化。在专家学者看来,中国"创"时代,仍需在一些关键环节持续发力,让双创之花持久绽放。一方面,应以更优化的政策与服务解决企业在融资、用地等方面的难题。另一方面,应以市场化的机制推动创客空间和众创、众包、众扶、众筹"四众"平台的建立,真正解决创业企业面临的问题。

创投圈 CEO、天使投资人李晓宁表示,目前许多创业项目仍停留于简单的商业拷贝,没有真正的创新。科技型企业需要真正的核心技术、核心竞争力。

"成立初期,大疆远不是现在这般顺风顺水。但在大批才华横溢且不放弃梦想的'拓疆者'共同努力下,大疆无人机年产值 50 亿元,占领全球70%的消费市场。"年轻的飞行梦想家、大疆创新创始人汪滔说。

要给"创客"良好的"土壤"。科技部党组书记、副部长王志刚说,创新创业已成为一种价值取向、生活理念和时代特征。"创客"身上的无穷创新活力和创造动力,正成为新常态下中国经济未来增长的新引擎。"要构建一批适应大众创新创业需求的低成本、便利化、全要素、开放式的新型创业服务平台,采取措施帮扶'嗷嗷待哺'的'婴儿企业'。"

第五章 科研经费之殇

部长怒了!

一次国新办新闻发布会上,科技部部长万钢对科研经费"恶性问题"连说两个"愤怒",并表示"痛心"和"错愕"。

虚假套取、跑冒滴漏、重复滥用……科研资金激发创新背后,一些违法违规问题也日益暴露出来。一些科研经费似乎成为"唐僧肉",侵占手段五花八门。梳理审计机关对国家各部委、各省份预算执行和其他财政收支情况发布的数百份年度审计报告,人们或许能理解科技部长的怒从何来。

——工资福利。一些单位用科研经费给职工发工资奖金,或是用作人员、办公经费。

——吃。比如在课题经费中列支职工食堂餐卡充值费。

——会议、考察、出国。

——买车、交通、零花钱。报告特别注明,这些火车票是"自行搜集",与课题无关。

——盖房、装修、买家具。

创新活动都离不开经费的支持。近些年来,国家财政对科研的经费支持逐年稳步上升,2015年全国研发经费投入总量为1.4万亿元,其中企业研发经费逾1.1万亿元,政府属科研院所、高等学校研发经费约为3000亿元。

经费增多的同时,由于科研项目和经费管理的相关制度规章不合理,也出现了"人的创造性活动为经费服务"的怪现象。

"现在评奖、跑项目占用了科研人员很多时间,往往一个项目跑半年,不跑就没有奖、没有项目。"

不少科研人员感慨,经费报销手续繁杂、程序较多、时间过长,经常把教授逼成"会计"。

年度过万亿元的科研投入,如何换来与之相应的科技创新效应?简政放权改革,如何更好地为科研项目申报"减负"?

(一)"一管就死,一放就乱"?

科技界有句流行语:"吃喝拉撒睡,都能靠经费。"

九三学社中央2014年提交的《发挥市场配置科技资源的决定性作用 让创新活力竞相迸发》一份提案,引起社会广泛关注。其中剖析了科技体制特别是科研经费存在的问题:

经费被中饱私囊,一些科研人员因贪污、滥用巨额科研经费而身陷囹圄;科研人员广受干扰不能潜心钻研;"有形之手"越过"无形之手"去指定产业技术路线和发展方向;在"市场失灵"的基础研究、社会公益研究和共性关键技术研究领域,"有形之手"的力量尤显不足……

"改进与加强科研项目和资金管理",一直是个引人深思的问题。那科研人员的时间都去了哪儿了?

"三分之一跑项目,三分之一开会,只剩下三分之一时间在搞科研。"不少科技界代表委员指出,当前科技领域存在的科研经费分配不公、行政主导干预科技资源分配等问题日益凸显,已经影响科技创新发展,必须加快落实科技体制改革任务。

全国"两会"一次政协分组讨论现场,全国政协委员、中科院院士姚檀栋的发言引发共鸣。

这个分组讨论的参加者都来自科学技术界,其中不乏科技领域的杰出专家学者。

"要是申报国家奖,跑的时间更长。"高级工程师李鸿委员接过姚檀栋的话茬。

"请大家注意,是'跑'! 不是答辩。"中科院院士杨元喜委员打断道。围绕这个"跑"字,更多委员加入讨论。

"不跑不行,一个项目只给6分钟汇报时间,往往两三天要评几十甚至上百个项目,要在这么短时间内让评委了解打分几乎不可能,只能功夫在评外,提前跑评审专家。"

"一跑就容易滋生腐败。不少评委在评奖前就不断接到电话,名义上是汇报项目情况,实际就为见一面塞个红包。"

"评奖像考试,从单位到各个部门再到国家,层层上报层层运作,有些评审专家甚至不是研究这一领域的,这种走马灯式的评审怎么保证科学公正?"

……原本安排的发言顺序,早已被打乱。

作为连续三届的政协委员,李鸿曾参与撰写和提交了多份呼吁改革科技评奖机制的提案,建议相关部门取消和淡化一些行政主导的科技奖项。"科技成果的好坏应该交由懂行的专家、交由市场和社会评价。"她说。

"科技成果的好坏评价最终还是要回归到小同行评价的本质上。"中科院院士吴一戎委员赞同道,"所谓小同行评价就是让能看懂的专业人士来评价。"

中央纪委监察部网站公布的科技部党组巡视整改通报中披露的这一消息,成为社会关注的热门话题。不少网友评价:反腐利剑正在指向科研经费"乱象"。

2012年4月审计发现5所大学7名教授弄虚作假套取国家科技重大专项资金2500多万元。目前,相关部门共依法依纪查处了8人。从"象牙塔尖"落入法网,贪念让优秀科技人才的人生轨迹发生重大转变。

1978年以来,我国财政科技投入增长了100多倍。一方面投入支撑了我国科技事业的长足发展和整体科技实力的提升;另一方面,科技资源配置效率不高,资金使用违规违纪现象屡禁不止,庞大的科研经费管理常常陷入"一管就死,一放就乱"的怪圈。

这些"花钱"的前提是"要钱"。在令人啼笑皆非的另类用途背后,巨额科研经费的诱惑,让一些人不惜绞尽脑汁,采取各种手段,甚至铤而走险。

——套。山东省对省内青岛大学等4所大学2011年科研经费管理等情况审计发现,有22个项目报销无具体品名和数量的发票438张,金额51.54万元;9个项目报销虚假业务内容发票1824张,金额103.05万元;4个项目报销虚假签字单据,套取资金114.78万元。

——骗。广东省针对2008年至2009年重大科技资金审计发现,有1个县级市的项目单位弄虚作假,骗取资金108万元;部分项目单位将不属于项目范围的支出941万元和项目立项之前的支出1392万元列入项目成本;有1个市的项目单位违反合同规定自行调减建设规模多获资金191万元。

——贪。在广东省2008年至2010年产学研省部合作资金执行运用中,除存在扩大使用范围、挪用专项资金外,还有2家企业4名工作人员涉嫌贪污资金47.8万元。

——吞。2008年8月,民航局机场司自行同意将委托中国民航工程咨询公司代管的课题经费结余37.03万元,转作公司收入。

从中央到地方,从科研院所到高校所出台的相关改革,问题导向明显,科研经费在实际使用中存在僵化、碎片化、不规范等三大问题。

中国工程院院士、西安电子科技大学副校长郝跃说,科研经费的报销制度往往非常繁琐,管得太死。中国工程院副院长、医学家樊代明说,"假如预算中的小白鼠是20只,如果有小白鼠意外死亡,则需自掏腰包购买,因为这在预算之外。"

一些科研人员曾抱怨,申报科研经费常面临多头管理,科技资源配置重复申请、重复投入等"碎片化"问题。即将在2017年建成的公开统一的国家科技管理平台将解决这一问题。平台由科技部牵头,通过30多个部门参与的国家科技管理的部际联席会议制度,进行资源统筹和协调联动,避免重复申报的烦恼。

多年来,科研经费真正用于科学研究和开发的有一部分,不少则用于开会、出差,有的甚至出现寻租和腐败现象。

科研经费本来就不多,哪能这么糟蹋!必须狠刹挥霍浪费、挤占挪用、骗取冒领科研经费之风。

(二)好钢用到刀刃上

科技计划管理条块分割、资源配置"碎片化"、项目多头重复申报⋯⋯这些曾是困扰科技界多年的老大难问题。

长期以来,我国的各种科研计划针对不同的问题提出,分别由不同的部门管理。各部门之间缺乏互相沟通协调,由于计划的多头管理,各部门通气不够,条块分割造成资源配置碎片化,导致科研项目聚焦不够、项目多头申报。

"这些年来,科技计划、专项、基金的产出与国家发展的要求相比还有不小差距,突出表现在科技计划碎片化和科技项目取向聚焦不够两个方面。"科技部科研条件和财务司负责人如是说。

2014年上半年,中央巡视组在对复旦大学的专项巡视中发现,该校科研经费管理使用存在问题:经核查,2008年至2013年,复旦大学有25个项目在同一时间多渠道申请获得资助,属于重复申报课题。而业内人士表示,类似的情况在各家大学和科研机构内均不同程度存在。

资源配置"碎片化"导致的一个直接后果,就是科研项目目标聚焦不够。以当前社会各界高度关注的大气污染科研项目为例,就存在重复交叉问题:自身部门已经立项的和即将立项的重复,各个部门之间也存在重复立项的问题。

"如果不管是什么项目,经费管理都是一个模式,显然不符合科研活动规律。"全国人大常委会有关专家表示,在科技计划的管理上,政府部门科技管理重点管宏观、管规划、管政策、管布局、管监督、要效率。

科技创新有其自身规律,不能把对党政机关和公务员的要求简单套用到科技人才和科研经费管理上。改革和创新科研经费使用和管理方式,既确保经费合法合理有效使用,又充分体现科技工作者智力劳动价值,真正让经费为人的创造性活动服务,而不能相反。

改革来了!

中办、国办2016年年中联合印发文件,从经费比重、开支范围、科目设置等方面提出了一系列重磅措施,激发科研人员创新创造活力。

"松绑"和"激励",是这份《关于进一步完善中央财政科研项目资金管理等政策的若干意见》的看点。

意见简化预算编制科目,下放调剂权限,对一些科目合并"同类项"。比如,将直接费用中会议费、差旅费、国际合作与交流费合并为一个科目。通俗说,就是"打酱油的钱可以买醋"。

在项目总预算不变的情况下,将直接费用中的材料费、测试化验加工费、燃料动力费科目的预算调剂权下放给项目承担单位。

如果合并后的总费用不超过直接费用的10%,就不用提供预算测算依据,科研人员在编制这部分预算时不用再具体到开会与出差次数。

此外,下放科研项目预算调剂权,在项目总预算不变的情况下,直接费用中的多数科目预算都可以由项目承担单位自主调剂。

以人为本,加大激励。科研项目资金分为直接费用和间接费用,直接费用一般包括设备费、差旅费、会议费、国际合作与交流费、劳务费等10类左右的支出科目;间接费用主要用于项目承担单位的成本耗费和对科研人员的绩效激励。

长期以来,我国科研项目间接费用与美国等国家相比比例偏低,为进一步完善间接成本补偿机制,意见提高了间接费用比重,核定比例可以提高到不超过直接费用扣除设备购置费的一定比例:500万元以下的部分为20%,500万元至1000万元的部分为15%,1000万元以上的部分为13%。

劳务费不设比例限制。参与项目研究的研究生、博士后、访问学者以及项目聘用的研究人员、科研辅助人员等,都可开支劳务费。打破"玻璃门"劳务费不设比例限制、年度剩余资金可结转下年使用、设"科研财务助理"……

一项项务实的改革举措,直抵科研人员心坎。

2016年在北京召开的"科技三会"——全国科技创新大会、两院院士大会、中国科协第九次全国代表大会上,科研经费管理成为最受关注的话题之一。

"要着力改革和创新科研经费使用和管理方式,让经费为人的创造性活动服务,而不能让人的创造性活动为经费服务。要改革科技评价制度,建立以科技创新质量、贡献、绩效为导向的分类评价体系,正确评价科技创新成果的科学价值、技术价值、经济价值、社会价值、文化价值……"

党的十八大以来,科技体制改革不断深化,中央和地方政府以及高校、科研院所,都在积极出台改革措施,推动科研经费使用的规范、高效。既激发科技人员积极性,又能"扎紧笼子"规范使用科学经费。中央政策强调"鼓励、尊重、约束并行",地方通过科学化管理防止"一统就死、一放就乱"。

科技部、教育部等部委对科研经费的管理日益精细化、科学化。例如科技部、财政部印发《中央财政科技计划(专项、基金等)监督工作暂行规定》。

科技部党组书记、副部长王志刚表示,科研经费的使用要强调鼓励、尊重、约束并行,科技奖励必定有一定的规矩和程序,"你自己私下套取现金装到口袋,任何政策、任何规定都是不允许的。"

中科院出台《中国科学院院级科研项目经费管理办法》,要求对重大项目经费使用情况进行监督检查和中期评估。

全国各地也加大了对科研经费的科学化管理,防止"一统就死、一放就乱"。例如北京出台《北京市科技计划项目(课题)经费管理办法》,要求加强科研诚信建设和信用管理、建立绩效考评机制,推行面向目标和结果的问效机制。四川、广东调整了劳务开支范围,包括"项目组成员中的临时聘用人员被纳入其中","承担项目人员的人力资源成本费,由原来的30%调至为40%"等。

从中央到地方出台的一系列措施,在科研经费使用上不断优化调整,逐步形成"用钱必问效,无效必问责"的氛围,这既对乱用科研经费等现象起到震慑作用,也对更有效利用科研经费、激励科学人员积极性提供了制度保障。

(三)让科研经费花得好、用得活

近百项科技计划,优化整合成新5类科技计划:国家自然科学基金、国家科技重大专项、国家重点研发计划、技术创新引导专项(基金)和基地人才专项。2016年立项实施1300个科研项目,涉及中央财政资金320多亿。与改革前相比,项目数量减少了约50%,平均资助强度增加约54%。

"中央财政科技计划管理改革已取得决定性进展。"科技部副部长黄卫表示,过去,30多个政府部门都有各自的科研计划和管理平台,难免存在科研项目重复设置、科研人员在不同部门重复申请的情况。现在,所有科技计划都在公开统一的国家科技管理平台上运行管理,大大提高了科技资源配置效率。国家目标导向的科技计划更加有效地瞄准重点领域、聚焦重大任务,重复申报的问题从源头上得到基本解决。

"您好!报账已办理,支出项目为:20202980139。支出内容为:赴北京差旅费报销,金额3671元,凭证编号为:02536,打入您尾号为2878卡中,请查收。如有疑问,请与单位报账员联系。"这是华中师范大学心理学院教师汪颖近日收到的一条短信,短信由华中师范大学财务处自主研发的短信服务平台发送,让报账者实时了解报账进度、到账时间等信息。

"从把报销票据交给报账员,到报销款到我的银行卡,中间只隔了一天,确实比以前快很多。"汪颖说。

中共中央办公厅、国务院办公厅印发《关于进一步完善中央财政科研项目资金管理等政策的若干意见》。为确保科研经费花得出、用得好,进一步释放创新潜能,国务院常务会议还专门亮出五大措施,旨在推动科技资金管理"升级"。

不仅使经费报销更加便捷,还聚焦简化科研项目预算编制、提高间接费用比重、明确劳务费开支范围和标准等一系列科研人员关心的主要问题。

——打破"玻璃门"劳务费不设比例限制

目前我国科研经费使用中,劳务费比例过低,对于人员费的使用还存在很多限制。在实施科研项目时最发愁的是人力费难报销问题。项目找很多学生做实验需要支付劳务费,但都不好报销。意见明确劳务费开支范围和标准,重申劳务费不设比例限制。参与项目研究的研究生、博士后、访问学者以及项目聘用的研究人员、科研辅助人员等,都可以开支劳务费。

——年度剩余资金可结转下年使用

项目资金下半年才拿到,年底就必须花完,否则就要被收回——不少科研人员吐槽的科研项目结余经费收回制度,此次有了重大改革。

意见指出,科研项目实施期间,年度剩余资金可以结转下一年度继续使用,当年的钱花不完不用收回。项目完成任务目标并通过验收后,结余资金按规定留归项目承担单位使用,在2年内可以统筹安排用于科研活动的直接支出;2年后未使用完的,按规定收回。

——下放差旅会议费管理权限

高校、科研院所的科研项目经费中,一块重要支出就是差旅和会议费。此次意见一大亮点就是明确下放差旅会议费管理权限,给高校和科研院所更大自主权。

在差旅费方面,合理确定教学科研人员乘坐交通工具等级和住宿费标准;对于难以取得住宿费发票的,中央高校、科研院所在确保真实性的前提下,据实报销城市间交通费,并按规定标准发放伙食补助费和市内交通费,解决无法取得发票但需要报销城市间交通费和住宿费等问题。

在会议费方面,业务性会议的次数、天数、人数以及会议费开支范围、标准等,由单位自主确定。因工作需要,邀请国内外专家、学者和有关人员参加会议,对确需负担的城市间交通费、国际旅费,可由主办单位在会议费等费用中报销。

——设"科研财务助理"解放科研人员

科研经费报销手续繁杂、程序较多、时间过长,很多大学教授、科学家等科研人员,在获得项目经费的同时,也因报销环节的诸多问题被逼成了"会计",不能专心从事科研活动。

科学家不再当"会计"了。不仅是经费报销更加便捷,若干意见聚焦科研人员关心的主要问题,简化科研项目预算编制,提高间接费用比重,明确劳务费开支范围和标准,改进结转结余资金留用处理方式。

只有切实打破束缚科技工作者的藩篱,充分发挥他们的主观能动性,才能让创新驱动发展战略真正"落地"开花。

"中央释放出的信号表示将给科研人员更大的经费支配权,科研经费管理将变得更加灵活,更好地适应科研活动规律和实际需求。"中国民营科技促进会副会长汪斌说。

相比于发达国家将大部分科研投入花在"人"身上,我国的科研经费大多数投到设备等"物"上。中国科学院院士许智宏认为,未来"以人为本"的理念将在科研经费管理中得到更大落实,真正体现人才的智力价值。

汪斌认为,科研经费中人员经费预算比例、科技人员从事科研活动的智力报酬有望大幅提升,促进其科研工作干劲和创新积极性,降低钻科研经费空子的冲动。

一切科技创新活动都是人的活动。科学的进步,离不开科研人员的潜心研究。因此,必须让专业的人做专业的事,把科研人员从繁琐的"会计"

事务中解放出来。

让科学家潜心攻关,还科学一份纯粹与沉潜。人的精力是有限的,一心难以二用。在国际竞争日趋激烈的今天,把时间还给科学家,千方百计为他们潜心攻关创造条件,是为科研人员造福,也是给科技创新加油。

科技资源配置要实现从"小投入"到"大投入"的转变,既要用好财政科技投入,又要引导好全社会资源向创新配置的积极性。科技部部长万钢表示,改革的方向,一方面在检查评审上"做减法",减轻单位和科研人员负担。另一方面,在服务方式上"做加法",为科研人员潜心科研营造良好环境,让科研经费真正成为创新的"助推器",让更多千里马竞相奔腾。

第六章　科技"陈果"之忧

好莱坞大片《地心引力》中,中国神舟飞船在千钧一发之刻闪亮登场,助女主角重返地球。如此的情节设置是有意讨好中国观众么?

阿方索导演直言:情节出于对事实的尊重。

阿方索所说的"事实",是中国近些年"上天""入海"的科技成就。

从"中国学习世界"到"世界瞩目中国",越来越多的国家和地区关注中国科技创新的进步。

越是形势好,越要冷静地寻找我们与世界科研强国的差距。

长期以来,我国科技经济"两张皮"现象突出。一方面论文发表完后,科技成果就"束之高阁",成为"陈果";另一方面企业缺乏核心技术"嗷嗷待哺"。

我国近年来对科学技术研发的投入保持高增长,但科技成果转化率较低,科技尚未彻底走出"低效泥潭"。我国智力资源数量和国际科技论文数量均位居世界前茅,科技成果转化率仅约为10%。

科研成果走不出实验室,企业盼不来先进生产力……科技成果"入市难"问题,成为制约科技推动经济社会发展现实动力的顽疾。

既强调创新驱动发展,也强调改革驱动创新,力争在制约科技发展的体制机制障碍上有新突破。只有扫除阻碍科技创新的体制机制障碍,两个轮子一起转,才能真正解放第一生产力,让创新源泉喷涌。

(一)"束之高阁","梗阻"在哪儿?

"甲醇制取低碳烯烃"项目,在 2014 年度国家科学技术奖励大会上摘取了本年度国家技术发明奖一等奖。预计可新增产值超千亿元,然而工业装置却一套也未落户辽宁,科研人员对这一技术未能就地转化扼腕叹息。

据了解,一些科技成果出来后,有关人员专门到辽宁的一些国有大企业去推广,可企业决策要几个月甚至几年才能定下来。而南方的民营企业都是主动上门来要技术,并且当场就可以拍板购买。

谈起科研成果外流,一位院士讲起之前的遭遇也是满脸遗憾。她所在的实验室曾研制出低排放、新概念钢铁大铸坯制备技术,是利用辽宁一家企业的设备研发的。"企业自己偷偷把我们的模具留在那儿,试图仿制,结果没有做成。后来,我们的技术转让给江苏一家企业,人家已经投产,辽宁这家企业还要跑到他们那里买产品。"

台盟辽宁省委 2014 年调研显示,2008 年-2012 年,辽宁高校仅获奖科技成果就达 1345 项,但仅有 470 项科技成果实现就地转化。

科研院所负责人和科技研发人员指出,与东南沿海地区相比,一些地方对科技创新的重视还停留在口头上。由于体制、机制问题,在与科研机构合作或购买科技成果时,最先考虑的往往不是合作或成果本身的实用性和潜在价值,而是将风险防范放到第一位。

一位国有大企业的负责人的心态很有代表性——如果购买一项成果后没有成功产业化或产业化后效益不如意,那会不会被指责造成国有资产流失呢?

2017 年春,山东理工大学毕玉遂团队聚氨酯化学发泡剂专利技术"卖出"5 亿元高价,首付 4100 万元现已到账。如此高价在省内高校独占鳌头,国内高校也为数不多。

60 多岁的毕教授并没有"高枕无忧",反而比以前更忙了。这几天,他正带着团队奔波于实验室和工厂之间。

回首来路,披荆斩棘。面向未来,征途漫漫。研发——小试——中试——产业化——知识产权保护……人们很难想象,一项科技成果,从实验到论文,从小试到中试,从产业化到大规模推广应用,要迈过道道坎,越过"死亡谷"。

聚氨酯泡沫材料,与生活息息相关,沙发家具、枕头、玩具等用的都是聚氨酯泡沫。而生产聚氨酯泡沫材料的重要原料就是发泡剂。

毕玉遂团队通过十余年的努力,终于在2011年发明了无氯氟聚氨酯化学发泡剂。经国家知识产权局专家组审查和国内外检索后确认为"颠覆性的发明"。

从中试开始,科研人员就开始面临完全不同的攻关课题。仅仅做出实验结果是不够的,还要综合考虑成本、产能、合格率、安全性等多种因素。

即使成功产业化,市场推广依然要闯过不少难关。氟利昂作为发泡剂,一吨只需几千块钱,因环境破坏巨大而被禁用,但国内仍有厂家偷偷使用。

早在2013年,正华集团和毕玉遂就已经决定将这项发明产业化,但2017年以前却一直藏着掖着。"就怕核心技术泄密,十几年的心血付之东流。"2016年4月,由国家知识产权局张宏副司长带队的调研组来到山东理工大学,就发现了不少知识产权保护上的问题。专家建议,急需进一步强化专利布局,在保护主题方面进一步扩大;同时,应尽快申请PCT专利。

正是有了专利保护这颗定心丸,2017年2月,正华集团专门为该项目成立的补天新材料技术有限公司,与山东理工大学正式签订了专利技术独占许可协议。下一步将投资6.7亿元,建设年产10万吨聚氨酯化学发泡剂项目。

对于毕玉遂来说,除了发泡剂,他的这项发明还涉及一大类新的化学物质和相关反应,基于这一发明的反应原理将衍生出数百种新物质、新产品、新技术的诞生。他希望,能在学校建立起一个国家级的研发平台,推动更多成果的转化。

(二)科研成果产业化就像马拉松

中国科学技术发展战略研究院《国家创新指数报告2013》的统计数据:

我国国际科学论文数居世界第二位,专利申请量和授权量分居世界首位和第二位……科技成果转化率仅为10%左右。

报告显示,我国有超过324.7万研发人员,居世界首位;研发经费长期处于快速增长通道,超万亿元,居世界第三位。

一面是庞大的科研队伍和位居世界前列的专利成果,一面是尴尬的科技成果转化率和创新能力的不足。我国一直存在着科技成果向现实生产力转化不力、不顺、不畅的痼疾。

充分发挥科技创新的作用,一个关键环节是科技成果转化和产业化。转化的"中梗阻"在哪儿?其一,高校和科研院所普遍缺乏中试基地,大部分科技成果处于实验室阶段;其二,科技成果中介服务机构数量少、功能单一,提供信息服务不及时、不准确;其三,科技成果转化一般投入大、周期长、技术风险和市场风险高,难以从常规的商业渠道获得足够的资金支持。

联想控股的董事长柳传志是中国产业界的一位传奇人物。30多年前,他从中科院计算所一间不足20平米的实验室走出来,先后打造出联想集团神州数码、君联资本一批领军企业,对于科技创新的话题,他有颇多感慨。

"企业创新为何举步维艰?科技创新常说是以企业为主体也是老生常谈,但还是很难有效的落实。"柳传志认为,技术和基础科学是有根本不同的。第一点,如果技术本身转不成效益,本身是没有价值的。第二点,要想到效益在哪儿得到,因为有了实验室的成果你要形成供应链,要预备资金,形成大量的产品推广。分歧点主要体现在第三点上。未来的智能科技都是属于竞争性极其剧烈的行业,在这个行业里边,企业本身必须得拥有非常强大的技术队伍,不然难以生存,在这些企业里,应该拥有院士。

中国企业为什么以前核心技术总是难有创新性突破?柳传志说:"我们回忆一下当年英特尔在做大规模集成电路,做CPU的时候,三星做触摸屏的时候,包括当年UMTS的操作系统开发的时候,每年要投入多少多少亿的美金,那个时候在我们看来完全是天文数字,需要长期的投入。要通过技术创新取得核心性突破,并且要得到规模效益的话,需要大量的长期的资金投入。再就是企业家要有眼光,国家也要有正确的战略布局。"

"经济科技'两层皮'的问题长期没有解决。"一些高校或科研院所重视用科研成果获得职称评定,却对成果的产品化、商品化观念淡漠,造成有价值的科技成果变成毫无价值的"陈果"。

"科技成果转化'梗阻'在于科技成果与市场需求的脱节。"专家表示,目前研发的科技产品在技术工艺、生产模式和管理方法等方面,缺乏针对性和实用性,没有解决企业面临的实际难题。

从发展的角度看,2015年末,全国技术市场的成交额已经达到9835亿元,科技成果转化发展较快。但从结构上看,80%左右是企业进行转让和吸纳的,高校、研究院所在转化成果时还有一些障碍。

(三)跑好科技创新"接力赛"

创新驱动发展必定有科技研发到工程化应用的过程,任何的科学研究不能变成实实在在的生产力都是没有意义的。中国拥有8100多万科研人员,是一个资源大国,但是"我们的有利条件没有得到充分发挥"。

国家自然科学基金委员会主任杨卫院士说,科研工作是一场接力赛,将科研成果应用于实际需要接力跑,搞基础的是一拨人,搞应用的是一拨人,搞产品开发的又是一拨人。目前,这个接力环节交接得不好。"应该建设一个接力区,促进各个环节科研人员接好棒,才能将从源头创新,到最后产生有用成果更好地结合起来。"

中国工程院院士王基铭认为,科技成果转化,要发挥企业的主体作用,在"产学研用"体系中,企业要起主体领军的作用。科研、工程设计、生产要紧密结合,也就是习总书记讲的要"围绕产业链部署创新链",这样创新和成果就能跟着转型升级。

申请项目、科研创新、发表论文、评聘职称、继续申请项目……在一些高校负责人眼中,缺少成果转化环节的科研循环之所以长期在高校存在,教师缺乏积极性是重要原因。高校科技成果转化缺少市场化评估机制,造成科研机构惜售科技成果和企业不愿风险投入的局面。

"一个标准化、专业化、国际化的创新体系,不仅可以集纳资本、技术等类创新资源,也有利于吸引、凝聚和培育人才和创新团队,激励广大科技工作者和企业聚焦国家战略目标,形成合力取得突破。"清华科技园发展中心主任梅萌表示,清华科技园正在通过启迪创业孵化器、启迪科技成果转化基金等,助推高校在国家科技创新和区域经济发展中发挥更大更积极的作用。

事实上,科研人员要享受巨额转化收益并不容易。上海理工大学太赫兹技术团队实施成果转化后可获得72%的收益,由此产生的个人所得税高达400多万元。而要享受个人所得税税收优惠,需要向主管税务机关提供高新技术成果出资入股的相关认定资料。但在科委这一头,相关文件已经废止,此路走不通。

"我们经常碰到这种情况,企业联系学校想寻找某方面的技术,但是学校现有的成果无法满足企业的需要,或者是仅仅停留在实验室小样阶段,企业无法在实际生产中复制。"专家表示,很多科技成果难以满足企业需求,是造成其"沉睡"的重要原因。

企业是创新的主体,但单独申报国家级课题难度依然很大。科研人员反映,申请课题过程繁琐,验收条件,往往和实际脱节。"希望有关部门整合资源实现科技成果转化专业化分工,让专业的人做专业的事,解决成果转化'最后一公里'问题。"

过去,高校院所科研成果归国家所有,科研人员没有动力进行转化,大量有价值的科研成果被"束之高阁"。同时,兼职兼薪这件事,在科研院所与高校规定中是被明令禁止的,几乎没人敢触碰这条"红线"。其结果就是,科研人员抱着成果在体制内清贫度日,而中小企业的科技需求也难以被满足。

唤醒"沉睡"的科技成果,首先要让其"更接近市场"。科研人员建议,应破除人才流动的体制障碍,促进科研人员在高校与企业间合理流动。

(四)"变现"成就"科技富豪"

是时候打破僵局了。以增加知识价值为导向的分配政策制定出台、科技计划管理改革取得决定性进展……2016年,科技领域坚持问题导向破除体制机制障碍,关键领域改革取得实质性突破。

"以前搞农技推广心里老不踏实,牵扯到成果转化的具体经济关系时很难把握,生怕违反规定和制度。"现在国家鼓励科技人员兼职兼薪就是倡导创新创业,拓展了成果转化和服务的空间和深度。

与激励相伴的是,进一步为科研人员"松绑助力"。过去,科研人员管理简单套用党政干部管理模式、"一刀切"的人才评价方式等。随着深化科技体制改革的推进,在科研人员管理的各个方面正逐步形成区别对待、分类管理政策。

让主角登台唱戏,科技成果的转移转化让科技创富不再是神话。新修订的促进科技成果转化法,对科研人员的权益进行了全方位保障,鼓励更多高校老师成为企业老板。

2015年8月,新修订的促进科技成果转化法正式通过,从国家法律层面破解了科技成果使用、处置和收益权等政策障碍;2016年2月,国务院印发实施促进科技成果转化法若干规定,进一步明确细化相关制度和措施;随后,国务院又印发促进科技成果转移转化行动方案……形成科技成果转移转化"三部曲",旨在打通政策落实的"最后一公里",一系列体制机制障碍终于得以破除。

9年前,"双创"远没有今天这么火时,西安光机所就开始拆除围墙开放办所,鼓励科技人员创业。目前,全院有84个高科技企业,院里均不控股。有位1979年出生的创业者,他的企业去年估值超过1亿元,个人持股45%,身价数千万元。中科院西安光学精密机械研究所产业处处长曹慧涛说,"有人担心国有资产保值增值问题。我们所的国有资产管理公司市值从起步阶段的750万元,增长到2015年的逾4亿元。"

中科院上海药物研究所2015年有15个新药成果项目落地,合同金额约8亿元。"我们紧紧围绕出新药这个目标,分8个步骤走好科技成果转移转化的'第一公里'——项目组或研究所发起成果转移转化、初审、评估、论证、决议、公示、开始实施以及贯穿全过程的内控。"中科院上海药物研究所叶阳说。

中科院大连化学物理研究所多年来科研及成果转化成绩斐然,每隔三至五年就有在行业内影响深远的"重磅"成果成功转化。

"现在我们有些成果刚发表论文,就被企业、风投'盯'上。事实上,比转化更重要的是出真正有分量、高质量的成果本身。应该呼吁各类资金更多地投向科学研究前端。"中科院大连化学物理研究所副所长冯埃生说。

从修订法律条款到制定配套细则到部署具体任务,科技成果市场化、资本化的"中梗阻"被逐步打通,科技创新创业的活力进一步激发。

"随着制度的改革,原来'偷偷摸摸'干的事,现在终于可以光明正大地干了。"乘着这股东风,很多科研人员的成果转化实现了"奔跑"。

河北·京南、宁波国家科技成果转移转化示范区建设启动;江苏实施重大科技成果转化专项,推进170项科技成果转化,带动社会投入过百亿元。一批线上与线下结合的技术交易平台加快发展,各省市都创造和积累了成果转化的新思路、新模式,取得新成效。

全社会创新创业活力进一步激发。龙头骨干企业、高校院所等建立的专业化众创空间异军突起。浙江打造"星创天地",科技特派员达到73.9万人,服务农民6000万人。众创空间数量超过4200家,与3000多家科技企业孵化器、400多家加速器形成创业孵化服务链条。

开启科技成果转化直通车,把看得懂的"有效供给"给企业。2016全国双创周期间启动的科技成果直通车暨首届科技成果路演,受到产、学、研、资、用创新链上各环节代表的欢迎。

"科技成果直通车,就是要从海量'养在深闺人未识'的科研成果里好中选优,通过路演这种直观性强、展示度高的形式,让企业看得懂。克服技术与产业之间的沟通障碍,提高科技成果转化的效率。"科技部火炬中心负责人说。

市场化方法进行科技成果确权、定价、交易,确立"实惠归个人、荣誉归单位、利益归社会"的科技成果转化"三归"机制,明确将"三权"下放到科技人员和创新团队,将收益比例提高到70%以上……自身并没有多少区域优势的武汉光谷,通过一系列科技体制改革和双创政策,千方百计将"智力"转化为真金白银,充分释放科技成果转化的潜力,成为继中关村之后我国第二个国家自主创新示范区。

武汉市以光谷为中心,还出台了被社会称为"黄金十条"的改革举措:高校院所科研人员下海,可保留岗位3至8年;科研成果1年内未转化,完成人或者团队可自主进行成果转化,至少可获转化收益70%;高校院所科研人员携带在单位完成的科研成果创业,至少可获得八成股权……

为提升科技创新能力,湖北省出台文件,明确高校院所科技成果转化资产处置的收入,扣除资产处置过程中发生的直接费用后的现金收益,超过70%归研发团队;多地探索实施科研项目资金管理使用新举措,"让科技人员花自己的钱办自己的事。"

创新驱动发展是一项系统工程,创新链、产业链、资金链、政策链相互交织、相互支撑。只有让科技创新和体制机制创新两个轮子一起转,才能形成创新发展的合力。

科技部部长万钢用"勇破坚冰、高速前进,打响了一场勇闯'深水区'、敢啃硬骨头的攻坚战",来形容当前科技体制改革的艰巨性。"这场改革被科技界视为科技体制突破口,并拉开了自下而上、自上而下、部门联动、地方联动的大幕。"

西安交通大学将"煤炭超临界水气化制氢发电多联产技术"成果知识产权及相关技术作价1.5亿元人民币转让,其中所得收益的70%(约1.05亿元)用于对该技术研发的重点科研团队的股权奖励。创新引领型企业加快发展壮大,新产业、新业态、新技术、新模式不断涌现。

改革坚持问题导向。用简政放权的"减法"换取创新创业的"加法"。实施以知识价值为导向的分配政策,让科研人员既有"面子"又有"里子",最大限度地激发科技人员创新创造的热情,激活了万众创新的"一池春水"。

第七章　量子男孩

这是一支站在世界最前沿的中国量子"梦之队"。

(一)惊喜不断

2016年1月8日,北京,人民大会堂。

由中国科技大学的"70后"院士、"80后"教授组成的"青春战队",将2015年度国家自然科学奖一等奖"收入囊中"。他们是"多光子纠缠及干涉度量"团队的潘建伟、彭承志、陈宇翱、陆朝阳和陈增兵。

他们如此年轻,潘建伟41岁当选中国科学院院士,陈宇翱和陆朝阳28岁任中国科技大学教授。

2003年至2015年,这个团队1次入选美国《科学》杂志评选的"年度十大科技进展",1次入选《自然》杂志评选的"年度十大科技亮点",6次入选欧洲物理学会评选的"年度物理学重大进展",5次入选美国物理学会评选的"年度物理学重大事件"。成员曾获得国际量子通信奖、求实杰出科学家奖、何梁何利科学与技术成就奖等重要奖项。

此外,潘建伟、陈宇翱、陆朝阳,分别于2005年、2013年、2017年先后荣获欧洲物理学会"菲涅尔奖",这是授予量子电子学和量子光学领域青年科学家的最高荣誉,每两年颁发一次。

英国《新科学家》杂志在"中国崛起"特刊中评价道,"潘和他的同事使得中国科学技术大学———因而也是整个中国———牢牢地在量子计算的世界地图上占据了一席之地"。

《自然》杂志在报道"梦之队"的新闻特稿中说:"这标志着中国在量子通信领域的崛起,从十年前不起眼的国家发展为现在的世界劲旅,将领先于欧洲和北美……"

(二)科学红利

科学研究的目的是什么?

德国不少小商店店主每年都停业五周,带着家人去度假。"这件事对我触动很大——德国发达的科学技术和精良的制造业,为经济发展提供了强劲动力。而经济发展最直接的受益者就是普通百姓。"潘建伟说。

科学家在基础研究之外,还要注意转化科技成果,为经济发展作贡献。中国经过几十年的改革发展,到了让百姓享受科技红利的时候。

百姓何时能享受量子红利?

量子不可分割、不可克隆、一次一密、完全随机,所以能保证加密内容不被破译。它有利于保障信息安全,理论上能保护全人类的隐私。当然,我们才刚刚开始,未来可能发射多颗量子卫星进行组网。

而陆朝阳正在主攻的量子模拟、量子计算,未来有望解决大规模计算难题,比如密码分析、气象预报、药物设计、石油勘探……

(三)成功秘诀

这个拿奖拿到手软的团队,在哪儿?

在潘建伟看来,一个人最后做成什么样,三样东西很重要:兴趣、能力和机遇。相较而言,前两者更重要。如果有兴趣有能力,一个机会没有抓住,只要不是特倒霉,还有新机会出现。"对我而言,最大的机遇和幸运是得到了中科院有力的支持和保障,遇上了非常好的同事。先遇到宇翱,再碰到朝阳,这是缘分。"

2001年,陈宇翱正在读大三,获得奥赛冠军后被举办地冰岛请去做客。回来自认为有了见识,开始觉得课本没用,想进实验室。当时潘老师刚回国,他建实验室挑学生。

一位老乡安排宇翱在潘老师住的专家楼见面。从天文地理到人文历史,从科学研究到人生理想,谈了四五个小时。这次畅谈之后,宇翱走上了量子研究之路。

"有一次宇翱打电话给我要求涨工资。我没给涨,他也没走。"潘建伟偶尔跟学生、同事打个趣。

陆朝阳加入团队缘于一场同乡会。2003年秋,中科大迎来一批新生。浙江东阳籍学生有个传统,学兄学姐请学弟学妹聚聚。同是东阳人的潘老师也应邀参加。

"当时潘老师在量子物理和量子信息研究上已成绩斐然,一下子成了焦点。我原本就要保送到微电子专业读研了,这次见面后,我改了志愿。2004年本科毕业之后,我来到合肥微尺度物质科学国家实验室,开始了光子纠缠和量子计算方面的研究。"陆朝阳说,"是潘老师把我引进了量子世界。"

（四）朴素依恋

陆朝阳说：潘老师身上有种感召力，把学生送到国外去学习，大家先后都能回来。

除了对科学的好奇，这支量子"梦之队"有着共同的精神血脉。

著名物理学家赵忠尧生前曾说："经历过许多坎坷，唯一希望的就是祖国繁荣昌盛、科学发达，我们已经尽了自己的力量，但国家尚未摆脱贫困与落后……"这段话就刻在潘建伟团队办公楼进门大厅的墙上。

一个人和他的祖国，好比跟母亲、跟家庭，有一种朴素的情感和依恋。不管时代如何变迁，个人的命运是和国家紧密相连的。

这个年轻教授云集的团队里，不少是中国顶级海归"百人计划""青年千人计划"中的一员。宇翱至今记得，2009年"十一"前，他在国外，潘老师给他发了条短信："宇翱，我正在人民大会堂看《复兴之路》，感触良多！甚望你能努力学习提升自己，早日学成归国为民族复兴、科大复兴尽力！建伟。"

当时宇翱正在做实验，突然收到这条短信，真想把手里的活儿扔下，赶回国来。不久后他真的回来了，并至今保存着这条短信。

很多人好奇，这些科学巨脑累了怎么放松休息？

量子科学是饶有兴趣但非常艰苦的探索，每天工作12个小时对他们是常态，只能吃饭的时候陪陪家人，算是一种补偿。

"累了就站起来嘛，或者出去散散步。现在我们经常往合肥、上海两地跑，也会一起在旅途中打打牌。"陆朝阳说。

在潘建伟看来，"科研人员也要享受生活，热爱生活。留学期间，我会在莱茵河畔摘韭菜和荠菜。每过一段时间，比较烦躁的时候，我就去旅行。到国外、甚至荒郊野外去转一转。

"在旅行中，我能够重新获取能量，然后在科学探索的道路上继续前行。"

第八章 新四大发明

中国日常生活中越来越高的科技含量,让外国友人津津乐道。

在一项由"一带一路"沿线20国青年参与的评选中,高铁、支付宝、共享单车和网购被称作中国"新四大发明"。曾以古代"四大发明"推动世界进步的中国,正再次以科技创新向世界展示自己的发展理念。

"卖煎饼的大妈都有支付宝。"

外国留学生发现,在中国出门可以不用带钱包,拿一个手机,就能买所有想买的东西,吃所有想吃的东西,连卖煎饼的大妈都有支付宝。

"你最想把中国的什么带回国?"

在"一带一路"国际合作高峰论坛举行期间,一项针对20国青年的调查显示,高铁、网购、支付宝、共享单车,成为这些在华外国人心目中的中国"新四大发明"!

"新四大发明"不仅改变中国,而且深刻影响着地球村时尚,吸引着五大洲目光。

古老中国创造的指南针、造纸、火药、印刷术四大发明曾经改写世界历史。如今的"新四大发明"正改变着中国人的生活,也为解决人类问题贡献了中国智慧、提供了中国方案。

(一)全球瞩目

"新四大发明"中,高铁与网购并非始于中国,但中国人用自己的智慧与创造,矗立起"新发明"的世界高峰,并将其打造成闪亮的"中国名片"。

中国高铁——通车里程全球第一,并走向世界。

高铁技术起源于日欧,如今中国却一马当先。

穿越塞北风区,翻过岭南山川,从重要城市之间的单线,到"八纵八横"蓝图徐徐展开。进入21世纪的第二个十年,轨道交通开始由中国高铁领跑。高铁不仅成为很多人出行的首选,同时也有力地促进经济社会发展。

从追赶到引领,从中国制造到中国标准,中国高铁走过了高效而辉煌的引进、消化、吸收、再创新之路。

中国标准动车组"复兴号"在研制过程中大量采用中国国家标准,在254项重要标准中,中国标准占84%。

截至去年底,中国累计投入运行的高铁动车组达到2595组,超过全球总量的60%,通车高铁里程长达2万多公里。预计到2030年将超过4.5万公里,比绕地球赤道一周还要长。

从安卡拉到伊斯坦布尔,从莫斯科到喀山,从匈牙利到塞尔维亚……本土之外,中国高铁加速走向世界。

网购——"动动指尖",商店饭店搬回家。

1969年,美国启用了国防部建设的军用"阿帕网"。25年后,一条64K的国际专线从中科院计算机网络中心连入Internet,中国互联网蹒跚起步。

一根网线改变中国。随着移动互联时代的到来,如今中国成为世界第一大网络零售市场,网民超过7亿。

"6·18""双11"、春节、五一、国庆……国民网上购物的狂欢日越来越多。数据显示,今年"6·18"开场仅7分钟,天猫国际成交破亿元;京东商城15个小时累计下单金额超千亿元。

中国网购为世界经济输出"互联网商机"。从中国本土到越南、泰国等亚洲邻国,到远在地球另一端的阿根廷、巴西……"剁手党"全球网购嗨翻天。

支付宝——二维码取代卖菜大妈的零钱筐。

鲜有人想过,有一天中国人可以玩一种"魔法",跨越物物交换,取代各种货币,轻松"扫一扫"交易即完成。

"魔法"无边,支付宝的应用迅速扩散开来。截至2017年7月31日,移动支付活跃账户和日均支付交易笔数均超过6亿。

腾讯和中国人民大学发布的智慧生活指数报告显示,84%的被访者表示"不带钱、只带手机出门"可以"很淡定"。今年8月的支付宝无现金日,将有1000万线下商户参与。

共享单车——绿色出行"说走就走"。

2017年6月,摩拜完成6亿美元新一轮融资;7月初,ofo也宣布完成7

亿美元新一轮融资。短短两年时间,多彩的共享单车迅速占领了中国的大街小巷。目前摩拜单车在全球运营超过 500 万辆,日订单量最高超过 2500 万辆,注册用户超过 1 亿。

自行车生产企业,一度是被边缘化的传统行业,却随着中国共享单车的出海,一跃成为朝阳产业。今年 ofo 与凤凰合作的海外共享单车产能将达到 100 万辆。

"席卷"中国大江南北之后,共享单车的身影出现在了"英国单车之都"剑桥。街头看到一片片共享单车,那是从中国飘来的橘红色云彩。

从共享单车、共享汽车,到分享知识、技能、劳务……"分享经济"的概念发端于上世纪 70 年代的美国,如今在中国土地上迅速生长,并带来生活方式的巨变。

2016 年中国分享经济交易额约为 34520 亿元,比上年增长 103%。未来几年,中国共享经济仍将保持年均 40% 左右的高速增长。

科技创新,就像撬动地球的杠杆,总能创造令人意想不到的奇迹。

如果说高铁是中国人织就的连通中国各地、连通中国与世界的一张有形的网,那网购则是中国人缔造的连通中国各地、连通世界每个角落的一张无形的网。支付宝则是全球生产者、经营者和消费者,超越地缘限制,在这张无形的网上轻松交易的金融血脉。共享单车就是解决"最后一公里"难题的健身"小伙伴"。

在中国工程院院士邬贺铨看来,"新四大发明"织就了一张张有形无形的网。"发明创造让中国百姓的日子越过越好,也让中国成为一个对世界有积极贡献的国家,一个让世界感到温暖的国度。"

(二)缘何"创响"在当代中国?

20 世纪 60 年代,日本的新干线就开通运营。中国是在 21 世纪初才开始走出高铁之路的。支付宝、网购、共享单车所赖以生存的网络在中国起步也较晚。那么"新四大发明"为什么会在当代中国"创响"?世界求解中国答案,期待破译这"东方密码"。

无论是高铁,还是网购、支付宝、共享单车,其兴起的一个重要条件在于中国广袤的国土、巨大的市场和庞大的人口数量。

国土越大,经济半径的束缚力也就越大,突破速度的需求也就越大。960万平方公里的土地,需要"八纵八横"连接贯通。

13亿多中国人日益丰富多元的物质文化需求,13亿多中国人蕴含和待释放的庞大生产能力和消费能力,在遭遇经济半径、支付限制的阻碍后,产生强烈的脱困动力。

出行累、银行挤、交通堵……打破百姓生活的痛点堵点纠结点,让百姓生活得更幸福更便捷,是刺激"新四大发明"在中国"点亮"并"光耀"世界的又一大动因,而且在短时间内形成强大扩散力。

如果说高铁"坐地行千里",解决的是快速远行的难题,那么共享单车则"说走咱就走",解决的是庞大人口随时随地完成"最后一公里"的难题。

庞大的市场、众多的人口、较低的人力成本,让中国"新四大发明",一旦落地就会呈几何级数增长。

问题的关键并不仅限于此,更重要的决定性因素在于中国科技创新力量的迸发与技术基础设施的完善。

当一个文明古国把创新作为发展理念之首,把科技创新放在全面创新的核心位置;当一个工业革命的后来者想要奋勇踏上新科技革命的列车,久久为功,从跟跑到并跑到引领的时候,便会有高科技支撑的标志性产品服务出现。

别小看红包摇一摇,没有庞大的云计算、新一代移动通信、大数据等技术条件强有力的支撑,春节时候上亿人同时抢红包是难以实现的。也别小看共享单车扫一扫,背后离不开导航、移动支付、物联网来帮忙。

凡此种种,构成了中国发明"喷涌"而出的土壤与气候。于是,我们看到一个立体多维、接地气、有人气的中国的"新四大发明"。

"顶天",面向世界科技前沿,致力于未来发展;"立地",面向国家战略需求,赢得战略主动;"惠民",面向经济社会发展主战场,让人民拥有更多"获得感"。

中国曾经以廉价劳动力闻名于世,现在它有了其他东西来贡献给世界——创新。中国"智造"的结晶,犹如一张张名片,让中国重新找到了全球发展中的坐标,也让世界重新定位了经济版图中的崭新中国。

(三)跨越时空

犹如在穿行一条长长的历史隧道:

2000多年前,我们的先辈筚路蓝缕,穿越草原沙漠,开辟出连通亚欧非的陆上丝绸之路;我们的先辈扬帆远航,穿越惊涛骇浪,闯荡出连接东西方的海上丝绸之路。

从古老的四大发明到"新四大发明",沉沦与抗争交织,奋斗与崛起辉映,再现了泱泱华夏源远流长的文明史。古老的四大发明曾是中国强盛的标志,"新四大发明"是中国复兴路上的精彩篇章。

500年来,世界科技、经济、文明的中心几度迁移,但科技创新这个主轴一直在旋转、在发力,支撑着经济发展,引导着社会走向。

中国"新四大发明"正在呈现出中国创新走向世界的"百景图"。

"印度版支付宝""泰国版阿里巴巴""菲律宾版微信""印尼版滴滴"……在"一带一路"沿线国家,许多在中国热门的移动应用实现本土化,让当地民众体会到"互联网+"的方便与实用。

中国发明,世界受益。支付宝已覆盖70多个国家和地区的数十万商家,微信也已在19个国家和地区落地。

在"新四大发明"火起来的十年前,外国人眼中的中国制造形象仍然是山寨iPhone等外国先进产品的仿冒品。

如今,在美国《彭博商业周刊》看来,中国已不再满足于扮演"跟跑者"角色。事实上,中国公司在技术产品和商业模式方面正在引领全球趋势,特别是在超级计算机、智慧交通、数字支付等领域。

从基础建设到消费方式,从商业理念到经济业态,"新四大发明"折射出"中国式"创新的澎湃动能。

这种动能方兴未艾,它让我国完全拥有自主知识产权的"复兴号"飞驰,令"墨子号"量子卫星腾飞,它闪耀在超级计算机的电子元件中……

国家力量牵引的重大工程,在世界面前书写下"中国式"创新的浓墨重彩。源于社会生活的那些发明,也在人类经济发展的历史卷轴上描绘出万紫千红。

中国,成为全球创新指数报告中唯一进入前25名集团的中等收入国家;世界上第三个国内发明专利拥有量超过百万件的国家;国际合作论文发文量跃升为全球第三的国家……

美国《连线》指出,未来的机会属于中国。我们唯一要做的就是改变对中国创新的成见。

英国历史学家克劳利曾言,丝绸之路"把东方的味道、思想和影响,以及某种浪漫的东方主义带到了欧洲世界"。如今,越来越多的"发明",在"一带一路"沿线国家备受青睐,带来久违的感觉、独特的味道。

(胡喆、董瑞丰对此文亦有贡献)

作者简介

陈芳,女,新华社高级记者,多篇报道获得中国新闻奖。

余晓洁,女,新华社主任记者,多篇报道获得科技类好新闻。

图书在版编目(CIP)数据

北京文学年度报告文学精选.2017/北京文学月刊社选编.—北京:光明日报出版社,2018.7
ISBN 978-7-5194-3903-3

Ⅰ.①北… Ⅱ.①北… Ⅲ.①报告文学—作品集—中国—当代 Ⅳ.①I25

中国版本图书馆 CIP 数据核字(2018)第 014622 号

版权声明:该书版权为游读会网络科技(上海)有限公司所有,授权光明日报出版社在中华人民共和国境内出版中文简体版。

北京文学年度报告文学精选.2017
BEIJINGWENXUE NIANDU BAOGAOWENXUE JINGXUAN. 2017

选　　编:北京文学月刊社	
责任编辑:谢　香　李　倩	责任校对:傅泉泽
封面设计:李尘工作室	责任印制:曹　诤

出版发行:光明日报出版社
地　　址:北京市西城区永安路 106 号,100050
电　　话:010-67078248(咨询),010-63131930(邮购)
传　　真:010-67078227,67078255
网　　址:http://book.gmw.cn
E-mail:renqing339@126.com
法律顾问:北京德恒律师事务所龚柳方律师
印　　刷:北京汇瑞嘉合文化发展有限公司
装　　订:北京汇瑞嘉合文化发展有限公司
本书如有破损、缺页、装订错误,请与本社联系调换,电话:010-67019571

开　　本:170×240mm	
字　　数:330 千字	印　　张:23
版　　次:2018 年 8 月第 1 版	印　　次:2018 年 8 月第 1 次印刷
书　　号:ISBN 978-7-5194-3903-3	
定　　价:69.00 元	

版权所有　翻印必究